TERCEIRA VOZ

CILLA & ROLF BÖRJLIND

TERCEIRA VOZ

Tradução de Maira Parula

Título original
THIRD VOICE

Copyright © Cilla e Rolf Börjlind, 2013

Todos os direitos reservados.

O direito moral de Cilla e Rolf Börjlind de ser identificados como autores desta obra foi assegurado sob o Copyright, Designs and Patents Act 1988.

Edição brasileira publicada mediante acordo com Grand Agency e Viking Brasil Agência Literária e Tradução Ltda.

Direitos para a língua portuguesa reservados
com exclusividade para o Brasil à
EDITORA ROCCO LTDA.
Av. Presidente Wilson, 231 – 8º andar
20030-021 – Rio de Janeiro – RJ
Tel.: (21) 3525-2000 – Fax: (21) 3525-2001
rocco@rocco.com.br
www.rocco.com.br

Printed in Brazil/Impresso no Brasil

CIP-Brasil. Catalogação na fonte.
Sindicato Nacional dos Editores de Livros, RJ.

C514t
    Cilla
        Terceira voz / Cilla, Rolf Börjlind; tradução Maira Parula. – 1ª ed. – Rio de Janeiro: Rocco, 2017.

        Tradução de: Third voice
        ISBN 978-85-325-3051-6 (brochura)
        ISBN 978-85-8122-677-4 (e-book)

        1. Romance sueco. I. Börjlind, Rolf. II. Parula, Maira. III. Título.

16-37209   CDD–839.73
                                                  CDU–821.113.6-3

O texto deste livro obedece às normas do
Acordo Ortográfico da Língua Portuguesa.

1

Descalça, fico olhando do alto do telhado. Nove andares abaixo, vejo a rua cinza. Está vazia e a cidade dorme sem um sopro de brisa no ar. Dou alguns passos pela beira do telhado e estendo os braços para me equilibrar. Um pássaro pousa de repente e fica empoleirado a pouca distância. Acho que deve ser uma gralha. O pássaro olha para as casas silenciosas. Nós duas temos asas. As minhas são brancas, as dela, negras.

Falta pouco para amanhecer.

Com muito cuidado, dou alguns passos em direção à gralha. Não quero assustá-la. Quero que entenda por que estou aqui, neste exato momento.

Quero explicar.

Deixei meu corpo ontem à noite antes mesmo de morrer, sussurro para a gralha. Eu já estava pairando sobre meu corpo quando ele começou a me bater. Eu vi tudo de cima. Vi a cinta cortando o meu pescoço. Ele a apertara demais. Eu sabia que iria sufocar. Por isso gritei barbaramente. Doeu tanto. Eu nunca gritei assim desse jeito antes. Deve ter sido por isso que ele começou a me bater e não parava mais, até um cinzeiro pesado atingir a minha têmpora.

Sinto a brisa agora.

É a primeira brisa amena a vir do mar em séculos. A gralha olha para mim com um olho só e ao longe avisto a poderosa Madona dourada. Ela fica na colina mais alta, sua face voltada para mim. Será que também viu o que aconteceu ontem à noite? Será que estava naquele quarto comigo? Não poderia ter me ajudado?

Olho para a gralha novamente.

Antes de morrer eu era cega, sussurro. Por isso foi tudo tão terrível. Eu e ele, nós não estávamos sozinhos no quarto. Eu ouvi outras vozes. E tive medo do que não podia ver, das vozes daqueles homens que eu não via, só ouvia, palavras em uma língua estrangeira. Eu não queria mais fazer parte daquilo. Tudo parecia um erro. Então eu morri, e só nós dois estávamos lá. Ele teve que limpar sozinho todo o sangue. E demorou muito tempo.

A gralha ainda está no mesmo lugar, imóvel. Será um anjo em forma de pássaro? Será que foi pega numa rede e quebrou o pescoço? Ou foi atropelada por um caminhão? Agora ouço os barulhos da rua lá embaixo, alguém acordou, posso sentir até aqui o cheiro do lixo queimando. Logo haverá gente circulando entre as casas.

Tenho de me apressar.

Ele tirou-me de lá e me carregou no escuro, sussurro para a gralha. Ninguém nos viu. Eu estava flutuando acima de tudo. Ele colocou-me no porta-malas de um carro e dobrou minhas pernas finas. Estava com pressa. Fomos para o penhasco. Ele pôs meu corpo nu no chão de cascalho, ao lado do carro. Tive vontade de erguer minha mão e passá-la no rosto para limpá-lo. Eu parecia tão aviltada. Ele me arrastou pelos braços, para longe, para o meio de árvores e pedras. E lá me esquartejou. Primeiro, cortou minha cabeça. Fico imaginando como se sentiu ao fazer isso. E fez tudo muito rápido, com um facão. Enterrou-me em seis lugares diferentes, distantes um do outro. Não queria que ninguém me encontrasse. Quando ele foi embora, eu voei até aqui. Para este telhado.

Agora estou pronta.

Lá longe, nas montanhas mais ao norte, os primeiros raios de sol se precipitam na longa faixa de colinas, o orvalho brilhando nos telhados. Um solitário barco de pesca ruma de volta ao porto.

Vai fazer um dia bonito.

A gralha ao meu lado abre as asas e lança-se na brisa. Eu me inclino e vou atrás dela.

Alguém vai me encontrar.

Eu sei que vai.

2

"Extirpada do ventre de minha mãe assassinada."

Olivia atormentava-se dia e noite. Pensamentos vis e sombrios ocupavam sua mente à noite. Durante o dia ela se escondia.

E assim foi por muito tempo, até sentir-se mais ou menos apática.

Até não poder continuar mais.

Então, certa manhã, seu instinto de sobrevivência gritou mais alto e empurrou-a para o mundo novamente.

Lá, ela tomou uma decisão.

Concluiria o seu curso na Academia de Polícia e seria uma agente da polícia.

Depois iria para outro país. Não para procurar emprego. Ela iria desaparecer, iria para longe, tentaria resgatar a pessoa que sempre foi antes de tornar-se a filha de pais assassinados.

Se isso fosse mesmo possível.

Ela seguiu o seu plano, pegou dinheiro emprestado com um parente e partiu em julho.

Sozinha.

Primeiro para o México, a terra natal de sua mãe assassinada, para lugares desconhecidos com pessoas desconhecidas e línguas estrangeiras. Levou consigo na viagem apenas uma mochila marrom e um mapa. Não tinha nenhum plano e nenhuma direção específica. Todos os lugares eram novos e ela não era ninguém. Precisou passar o tempo com o seu eu interior, movimentando-se em seu próprio ritmo. Ninguém a viu chorar. Ninguém sabia por que ela às vezes afundava num riacho e deixava seus longos cabelos pretos acompanharem o fluxo da água por um tempo.

Ela estava em seu próprio universo.

Antes da viagem, chegou a pensar vagamente em rastrear as origens da mãe, talvez pudesse encontrar alguns parentes, mas logo percebeu que não sabia quase nada deles para poder chegar a algum lugar.

E assim, ela ficou apenas pegando ônibus para cidades pequenas e desembarcando em cidades menores ainda.

Três meses depois, acabou indo parar em Cuatro Ciénegas.

Registrou-se no Xipe Totec, o hotel do deus esfolado, na periferia da cidade. Ao anoitecer, caminhou descalça até a bela praça do centro. Era o seu vigésimo quinto aniversário e ela queria ver gente. Havia lanternas coloridas penduradas nos plátanos com pequenos grupos de jovens reunidos debaixo deles, garotas usando saias coloridas e rapazes com lenços enfiados nas calças. Estavam rindo. A música vinda dos bares se espalhava pela praça, os burros estavam parados perto da fonte e uma infinidade de odores estranhos circulava pelo ar.

Ela se sentou em um banco como uma estranha e sentiu-se segura.

Uma hora depois voltou para o hotel.

O ar da noite ainda estava quente quando ela sentou na varanda de madeira e ficou olhando para o vasto deserto de Chihuahua, enquanto o canto penetrante das cigarras misturava-se ao ruído dos cascos dos cavalos. Ela acabara de tomar uma cerveja gelada e estava pensando em tomar outra. Então aconteceu. Pela primeira vez sentiu-se segura e centrada.

Vou mudar de nome, pensou.

Sou metade mexicana, na verdade. Vou usar o nome da minha mãe. O nome dela era Adelita Rivera. Vou mudar meu sobrenome de Rönning para Rivera.

Olivia Rivera.

Ela olhou para o deserto à sua frente. Isso mesmo, pensou, é assim que vou começar de novo. Simples. Depois virou-se e fez um gesto com a garrafa de cerveja vazia em direção ao bar no interior do hotel.

Beberia a próxima cerveja como Olivia Rivera.

Olhou para o deserto novamente, viu a leve brisa soprando alguns arbustos secos e o calor emergindo do chão. Um lagarto verde e preto subia por um saguaro espinhoso de três ramificações, um casal de aves de rapina planava em silêncio no horizonte abrasador e, de repente, ela sorriu para o nada, sem entraves. Pela primeira vez desde o final do verão passado, sentia-se quase feliz.

Simples assim.

Naquela noite, foi para a cama com Ramón, o jovem barman que gaguejara um pouco ao perguntar-lhe educadamente se ela queria fazer amor.

Ela deu por encerrado o México. A viagem a levara para o lugar que precisava ir. Seu próximo destino seria a Costa Rica e a cidadezinha de Mal Pais, onde seu pai biológico tinha uma casa. Na Costa Rica, ele se chamava Dan Nilsson, embora seu nome verdadeiro fosse Nils Wendt.

Ele tivera uma vida dupla.

No caminho, ela tomou uma série de decisões, todas saídas de Olivia Rivera, do estranho poder que alcançara com seu novo sobrenome.

Uma das decisões foi a de dar um tempo da carreira policial para estudar história da arte. Adelita fora uma artista, fazia belos trabalhos em tapeçaria. Talvez elas pudessem conectar-se de alguma forma abstrata, ela pensou.

Houve uma decisão mais crucial com relação a sua perspectiva de vida. Assim que voltasse para a Suécia, seguiria o seu próprio caminho. Pessoas em quem confiara a haviam magoado. Fora ingênua e sincera, em troca deixaram seu coração aos pedaços. Ela estava determinada a não correr esse risco novamente. A partir de agora só confiaria em uma única pessoa.

Olivia Rivera.

Era fim de tarde quando ela saiu do mar em uma praia na península de Nicoya. Seus longos cabelos negros caíam sobre seu corpo bronzeado – ela havia passado quatro meses sob o sol tropical. Seguiu pela areia da praia deserta e jogou uma toalha nos ombros. Um coco verde rolava com as ondas na beira da água. Ela virou-se em direção ao mar e sabia que tinha que passar por aquilo novamente.

Aqui e agora.

"Extirpada do ventre de minha mãe assassinada."

A imagem emergiu de sua consciência novamente. A praia, a mulher, a lua. O crime. Sua mãe fora afogada na maré alta e enterrada na ilha de Nordkoster. Antes de eu nascer, ela pensou, minha mãe morreu antes de eu *nascer*.

Ela nunca chegou a me ver.

Agora ali, naquela praia muito diferente, ela tentava aceitar – o que era muito mais difícil do que tentar entender – o fato de os olhos da mãe e os dela nunca terem se encontrado.

Nasci sem ser vista.

Olivia olhou para o mar. O oceano estendia-se até o brilhante horizonte cor de âmbar. Logo escureceria. Ondas tranquilas quebravam e chegavam até a areia, ondas quentes e suaves que molhavam seus pés. A distância, viu um grupo de cabeças balançando na superfície da água.

Ela colocou o seu fino vestido branco e começou a andar.

Pequenos siris branco-acinzentados corriam para seus buracos na areia quando ela passava por eles, a água cobrindo suas pegadas. Ela caminhara ao longo da praia por quase uma hora, lentamente, de Santa Teresa até ali, os penhascos de Mal Pais. Ela sabia que seria assim, que as imagens e os pensamentos viriam à tona.

Era esse o motivo daquela caminhada.

Ela queria submergir na dor de novo, uma última vez, queria estar preparada. Em poucos minutos iria encontrar-se com um homem que a levaria de volta para ainda mais perto de seu passado misterioso.

O homem estava sentado em um longo tronco de árvore na costa. Tinha 74 anos e morava naquela região desde o início da sua vida. Chegara a ser dono de um bar em Santa Teresa, mas agora passava a maior parte do tempo bebendo rum na varanda de sua casa singular. Ele já se reconciliara com a maioria das coisas. Quando o namorado que amava morreu alguns anos atrás, a última coisa que mantinha acesa a sua chama de vida desaparecera com ele. É preciso respirar fundo, cedo ou tarde tudo chega ao fim. Mas ele não se queixava. Tinha a sua bebida. E o seu passado. Muitas pessoas entraram e saíram da sua vida, algumas ficaram na memória. Duas delas eram Adelita Rivera e Dan Nilsson.

E agora ele estava prestes a conhecer a filha deles.

A filha que nenhum dos dois teve a chance de conhecer.

Ele se arrependeu de não ter trazido um pouco de rum para a praia.

Olivia avistou-o de longe. Ela sabia alguns detalhes de sua aparência. Abbas el Fassi contara a ela. Mas ela podia se enganar. Então, parou a alguma distância do tronco de árvore e esperou que o homem olhasse para cima.

Ele não o fez.

– Rodriguez Bosques?

– Bosques Rodriguez. Bosques é o meu primeiro nome. E você é Olivia?

– Sim.

Só então Bosques ergueu a cabeça e olhou para ela. Quando seus velhos olhos estreitos avistaram o rosto de Olivia, ele estremeceu. Não visivelmente, mas o suficiente para suscitar em Olivia uma nítida lembrança. Era exatamente a mesma reação que Nils Wendt tivera quando a vira na porta da cabana na ilha de Nordkoster no ano anterior, sem ter a menor ideia de quem ela era. Especialmente que ela era sua filha e de Adelita Rivera. E Olivia também não teve ideia de quem era aquele homem na sua porta. Depois cada um seguiu o seu caminho, e foi a primeira e última vez que tinha visto o seu pai vivo.

– Você é a cara de Adelita, cuspida e escarrada – Bosques disse com sua voz rouca.

– Eu sou a filha dela.

– Sente aí.

Olivia sentou-se no tronco de árvore, a uma boa distância de Bosques, o que ele não deixou de reparar.

– Você é muito bonita – disse ele. – Como a sua mãe.

– Você conheceu a minha mãe.

– E o seu pai. O sueco grandão.

– Ele era chamado assim?

– Por mim, pelo menos. E agora os dois estão mortos.

– Sim. Você escreveu dizendo que tinha uma foto da minha mãe.

– A foto e algumas outras coisas.

Olivia tinha sido informada do endereço de e-mail de Bosques por Abbas el Fassi. Em algum lugar no México ela fora até um cibercafé, enviara um e-mail a Bosques, explicando quem era e dizendo que estava planejando ir para a Costa Rica e queria conhecê-lo. Bosques tinha respondido prontamente. Ele só recebia e-mails pessoais uma vez na vida outra na morte, e respondeu a ela dizendo que tinha uns poucos pertences pessoais de seus pais.

Ele ergueu uma pequena caixa retangular de metal vermelha e amarela, que originalmente acondicionava alguns charutos cubanos exclusivos, abriu-a e pegou uma fotografia. Suas mãos tremiam ligeiramente.

– Essa é a sua mãe. Adelita Rivera.

Olivia inclinou-se na direção de Bosques e pegou a fotografia. Sentiu um leve cheiro de charuto emanar do papel. Era uma fotografia colorida. Ela já tinha visto a imagem de sua mãe uma vez, em uma foto que Abbas tinha levado para casa consigo quando viera de Santa Teresa no ano passado, mas esta era muito mais nítida e mais bonita. Ela olhou para a mãe e notou que um dos seus olhos era ligeiramente estrábico.

Assim como Olivia.

– Adelita tem o nome de uma heroína mexicana – disse Bosques. – Chamava-se Adelita Velarde e lutou durante a Revolução Mexicana. Seu nome tornou-se um símbolo para as mulheres com força e coragem. Há uma canção sobre ela também. "*La Adelita*."

Bosques de repente começou a cantar baixinho, num suave espanhol melódico, a canção sobre a mulher forte e corajosa por quem todos os rebeldes se apaixonaram. Olivia olhou para ele, para a fotografia da mãe, e a canção na voz trêmula do velho tocou fundo em sua alma. Ela ergueu a cabeça e olhou para o mar. Tudo aquilo era estranho, mágico, muito distante do seu cotidiano em Estocolmo.

Bosques calou-se e seu olhar afundou na areia. Olivia o olhou e percebeu que também ele estava triste. Ele tinha sido um amigo próximo de seus pais. Ela aproximou-se dele, ficando quase ao seu lado. Ele colocou a mão sobre a dela, cuidadosamente. Ela deixou que ele fizesse isso. Bosques pigarreou um pouco.

– Sua mãe era uma artista muito talentosa.

– Abbas me contou. Por falar nisso, ele manda lembranças.

– É um sujeito muito bom com as facas.

– É sim.

– Vamos subir até a casa do seu pai?

– Daqui a pouco.

Olivia voltou os olhos para o mar novamente e viu uma enorme onda pulsando na água. Todas as cabeças que tinha visto antes subiram em pranchas de surfe. Depois pegaram a onda com seus corpos curvados e foram levados para longe do horizonte âmbar a uma velocidade furiosa.

Ela se levantou.

3

Sandra Sahlmann estava contente. Ela corria pela escuridão de um novembro chuvoso na sua nova scooter branca sentindo-se feliz. Sua mente estava repleta de pensamentos exultantes – havia tantas coisas boas acontecendo naquele momento da sua vida. Seu treinador de voleibol tinha dito que ela iria jogar na equipe principal na próxima temporada e ela tirara a nota máxima na prova de estudos religiosos, o que de certa forma foi uma surpresa porque achava que não tinha se saído muito bem. Ela circundou rapidamente a margem do campo de golfe em direção à área residencial e acelerou um pouco mais.

De repente o motor morreu.

Ela girou a chave na ignição algumas vezes, mas logo percebeu que a gasolina havia acabado. Então estacionou na beira da estrada e desceu da scooter. Não estava longe de casa, apenas algumas centenas de metros, mas, como empurrar uma scooter debaixo de chuva não era lá muito divertido, ela pegou o celular e ligou para o pai. Ele bem que poderia vir encontrar-se com ela e trazer um guarda-chuva.

Ninguém atendeu.

O pai costumava colocar o celular no modo silencioso sempre que assistia à TV, para não atrapalhar sua concentração, dizia ele. Ou talvez estivesse na rua fazendo compras e não tivesse conseguido ouvir o telefone tocar. Ele havia prometido comprar tacos, a comida preferida de Sandra, como uma recompensa por ela ter tirado uma nota excelente na prova. Ela teria que se virar sozinha. Vou colocar a scooter aqui e podemos vir pegá-la mais tarde, pensou. Ela empurrou a scooter para debaixo de uma árvore, passou a corrente e trancou o cadeado. Não tirou o capacete que estava usando. Em seguida, tentou ligar para o pai novamente. Talvez ele tivesse tirado o telefone do modo silencioso. Ou já estivesse em casa.

Não.

Ela teria de voltar a pé e começou a andar.

De longe percebeu que felizmente as luzes da passagem subterrânea estavam acesas. Às vezes, a iluminação não funcionava. Não que tivesse medo do escuro, mas, se houvesse alguém lá embaixo, não daria para ver quem era e ela não gostava nada disso.

Quando chegou à passagem subterrânea, avistou um homem vindo na direção contrária. Ela conhecia a maioria dos moradores daquela área, mas não reconheceu o sujeito. Ela acelerou um pouco o passo quando eles se cruzaram, depois deu uma corridinha pelo último trecho e olhou para trás.

O homem tinha sumido.

Será que ele tinha corrido também?

Foda-se.

Agora, tudo o que precisava fazer era seguir pelo caminho estreito, atravessar o bosque e estaria praticamente em casa.

O forte vento arrastava as folhas molhadas na sua direção e a névoa parecia encobrir as árvores, mesmo assim ela se sentia segura no bosque, embora estivesse bastante escuro naquela noite. Estava quase chegando quando lembrou-se da bolsa. Com as chaves de casa. Estava no baú da scooter. Se o pai tivesse saído para fazer compras, ela não poderia entrar em casa. Então deu meia-volta e retornou pelo mesmo caminho. Seu bom humor já tinha ido para o espaço. Para piorar ainda mais, a passagem subterrânea agora estava às escuras. Ficou tão irritada que começou a correr destrambelhada pela passagem, alcançou a scooter, abriu o baú, pegou a bolsa e começou a caminhar de volta na chuva. Quando viu outra vez aquele túnel escuro à sua frente, pensou no homem que havia sumido.

Onde ele foi parar?

Antes de entrar na passagem, ela interrompeu o passo e tentou enxergar o outro lado, o fim do túnel. Não era tão longe e parecia não ter ninguém. Ela respirou fundo e começou a correr sem parar. Ridículo, pensou, ao chegar do outro lado.

Estou com medo de quê?

A distância, pôde ver que as luzes estavam acesas em uma casa próxima. Por algum motivo, isso fez com que de repente se sentisse segura. Pelo menos havia gente por perto. Ela subiu pelo caminho estreito pisando na grama molhada, aproximou-se do bosque de novo e tentou animar-se. Não faltava muito, e depois ela e o pai pegariam sua scooter juntos e comeriam tacos.

Estava no meio do bosque agora.

Os seus sapatos esmagavam as folhas molhadas a cada passo.

Ela seguiu pela trilha fechada, um caminho que já fizera uma centena de vezes e que dava nos limites da cerca viva de sua casa. Então, ouviu um barulho. Como se um galho tivesse sido quebrado. Bem atrás dela. Ela se virou, mas o capacete restringia o seu campo de visão.

Que barulho foi esse?

Ela olhou para as árvores, os troncos escuros e os galhos meio arriados com o peso da chuva.

Um cervo?

Aqui?

Ela virou-se e começou a andar mais rápido. Sabia onde o caminho ia dar, mas acabou esbarrando em um tronco de árvore. Ela cambaleou e tirou o capacete. Então, ouviu outro barulho. Muito mais perto.

Tem alguém aqui!

Ela jogou o capacete no chão e saiu correndo por entre as árvores. Não estava tão longe da cerca viva de sua casa e estaria a salvo lá, desde que chegasse ao portão. A casa era circundada por um alto paredão de cerca viva e ela teve de contorná-lo correndo para alcançar o portão. Correu o mais rápido que pôde, até que de repente caiu no chão ao tropeçar num monte de adubo bem ao lado da cerca. Ficou imóvel por alguns segundos, o rosto enfiado na terra lamacenta, sem se atrever a olhar para trás, e sentiu as lágrimas brotarem dos seus olhos.

– Pai! *Pai!*

Sandra gritou bem alto. Se seu pai estivesse em casa, ele poderia ouvi-la! Ela estava logo ali, do outro lado da cerca! Ela esticou os braços, levantou-se do chão e começou a correr novamente em direção ao portão. Estava aberto. Cruzou-o rumo à porta de casa, pegou sua bolsa e tentou abri-la. O zíper estava travado. Finalmente conseguiu abri-lo, encontrou a chave, colocou-a na fechadura, girou e abriu a porta. Entrou rápido, bateu a porta, passou a chave duas vezes, respirou fundo e virou-se – cinco metros a sua frente viu o pai pendurado no teto por uma corda de reboque azul, a língua de fora e os olhos arregalados olhando diretamente para ela.

O jantar foi maravilhoso, tudo uma delícia, desde a sopa de cogumelos *chanterelle* com molho madeira até a vitela e uma fantástica *panna cotta*.
– Você fez a *panna cotta* também?
– Não é tão difícil.
Olivia sorriu. Quando se tratava de cozinhar, nada era muito difícil para Maria Rönning, sua mãe adotiva, uma advogada de origem espanhola de cabelos compridos e pretos. Estavam sentadas à mesa da cozinha na casa geminada onde Maria morava em Rotebro. Maria fora pegar Olivia no aeroporto e insistira em preparar-lhe um jantar. Não levara muito tempo para convencer Olivia. Depois de passar longas horas cruzando o Atlântico à base de biscoitos secos e uma comida insípida regados com café aguado, uma oferta daquelas da sua mãe era difícil de recusar. Mas o que ela realmente queria era voltar ao seu apartamentinho em Södermalm para dormir e recarregar as baterias antes de dar as notícias difíceis a Maria.
Aquilo teria de ser conversado no momento certo.
Jantar com ela em sua cozinha, ainda sob os efeitos do jet lag e do vinho que beberiam, iria criar uma intimidade entre elas que Olivia teria preferido evitar.
Mas agora ela não podia mais evitar.
Então, decidiu contar quase tudo no carro no caminho de volta do aeroporto de Arlanda.

– Você mudou o seu nome? – disse Maria ao volante, sem virar o rosto.
– Sim. Para Rivera.
– Quando decidiu isso?

— No México.
— Olivia Rivera?
— Sim.
— É um nome bonito.

Maria não tirava os olhos da estrada. Olivia observou-a de lado. Ela estava falando sério? Queria mesmo dizer que era um nome bonito no sentido geral, ou então o quê?

— Combina com você – disse Maria.

Olivia ficou perplexa. Esperava uma reação muito diferente e havia reunido uma bateria de argumentos para defender sua escolha pelo nome de sua falecida mãe. "Combina com você." O que ela queria dizer com isso?

— Obrigada. E também decidi dar um tempo da força policial. Pelo menos por enquanto.

— Bom.

— Bom?

— Para que você quer ser uma policial? Não é o tipo de trabalho para você, eu vivo dizendo isso.

O que era verdade. Maria nunca estimulara a decisão de Olivia de entrar para a polícia. Ela havia apoiado, mas sem grande entusiasmo. No entanto, Olivia ainda se sentia ligeiramente irritada. Por que ela não podia ser uma policial?! Mesmo que não quisesse mais trabalhar na polícia. De repente, sentiu-se inquieta. Maria tinha reagido a suas duas decisões mais importantes como se fossem trivialidades. Ou pelo menos não tão importantes quanto eram para Olivia. Durante o resto do trajeto de carro, Olivia descreveu os vários lugares que visitou e chegaram a comentar o alívio que ambas sentiram com a vitória de Obama na eleição presidencial.

— Então o que pretende fazer em vez disso?

Maria serviu mais vinho enquanto olhava para Olivia.

— Em vez do quê?

— Em vez de ser policial.

— Estou pensando em estudar história da arte.

Só não diga "bom" agora de novo, pensou Olivia.
– Uma decisão inteligente. Uma espécie de ligação com Adelita.
– Sim.
Maria sorriu e olhou para Olivia.
– O que foi?
– Você está bem bronzeada.
– Eu sou metade mexicana.
– Calma, querida, foi só um elogio.
– Obrigada.

Olivia sentiu que precisava de um pouco de ar. Ela revestira-se de coragem para aquele primeiro encontro com Maria e sentira uma espécie de necessidade obstinada de provocá-la com a mudança do nome e todas as outras coisas, mas acabou que tudo dera num estranho tipo de nada.

– Quer dar uma caminhada? – Maria sugeriu.

Tinha parado de chover, mas Olivia ainda assim sentiu o choque ao pôr o pé na rua. Ela passara um bom tempo em um clima tropical – e ali a temperatura estava em torno de zero grau e o vento de novembro soprava forte. Maria emprestou-lhe um velho casaco comprido e um gorro de lã horrendo.

E, diante das circunstâncias, Olivia não pôde deixar de ficar feliz por isso.

Lado a lado, elas caminharam pela fileira de casas onde Olivia passara a maior parte de sua infância. Maria apontava para as casas à medida que passavam, informando quem ainda morava lá, quem tinha morrido, quem tinha casado de novo com um vizinho e coisas do gênero. Olivia assentia com a cabeça de vez em quando para parecer interessada. Seus pensamentos estavam em outro lugar, com Arne, seu pai adotivo, o marido de Maria, que havia morrido de câncer quando Olivia tinha 19 anos. Olivia idolatrava Arne. Ele tinha sido seu porto seguro durante os anos difíceis da adolescência, sempre ao seu lado quando ela precisava de apoio, se sentia perdida, queria morrer ou fugir, ou apenas ficar enroscada ao lado de alguém que a consolasse sem fazer comentários.

Maria sempre fazia comentários.

Olivia odiava isso.

Depois Arne morreu, deixando-a com uma profunda tristeza e um Ford Mustang branco. Ela ainda tinha o Mustang, mas a tristeza se transformara em outra coisa completamente diferente.

Desde o instante em que descobriu que Arne não era o seu pai verdadeiro. Tanto ele como Maria tinham escondido isso dela. E o que era pior, ele não havia contado a história terrível de Olivia nem para ela mesma nem para Maria, algo que ela não conseguia entender e provavelmente nunca entenderia. Agora era tarde demais para obter respostas. Ele estava morto. Mas foi uma traição que arrastou o pai adotivo a quem amava tanto para um redemoinho de emoções caóticas. Com o tempo, ela chegou a aceitar as coisas como eram. Por que desperdiçar sua energia ficando revoltada com um homem que está morto e enterrado? Ela acabou se reconciliando com o que havia acontecido.

Era o que tinha a fazer.

Ela e Arne se amavam muito. Um sentimento profundo e sincero que durou toda a vida dele. Não havia nenhuma razão para estragar isso.

– Em que você está pensando? – perguntou Maria.

Elas viraram e entraram na Holmbodavägen.

– Em como papai teria reagido ao meu novo nome.

– Ele teria reagido como eu.

– Como você sabe?

– Porque ele era... o que está acontecendo?!

Maria parou de repente e apontou. Havia uma ambulância na frente de uma das casas, no final da rua. Dois policiais uniformizados estavam saindo pelo portão. Maria segurou no braço de Olivia.

– Aquela é a casa dos Sahlmann, não é?

– Sim.

Olivia sabia quem eram os Sahlmann. Ela tomara conta de Sandra, a filha mais nova do casal, algumas vezes quando ainda morava com os pais. Depois que a mãe de Sandra, Therese, morreu por conta de um tsunami há oito anos, Maria foi um dos moradores da vizinhança que apoiou seu pai Bengt e o ajudou com diversas formalidades legais.

– O que aconteceu? – perguntou Maria.

Elas seguiram até a ambulância. Olivia percebeu que havia alguns vizinhos meio escondidos atrás das cortinas olhando para a casa dos Sahlmann. Quando estavam quase chegando perto, ela se surpreendeu ao ver que um dos policiais no portão parecia muito familiar. Era Ulf Molin, um de seus colegas de turma na Academia de Polícia. Ele era o mais persistente de todos os caras que deram em cima dela durante aquele tempo. Olivia rapidamente tirou da cabeça o feio gorro de lã.

– Olá, Ulf.

Ulf Molin virou-se.

– Olivia? Oi! O que você está fazendo aqui?

– Visitando a minha mãe, ela mora aqui perto.

– Ora ora, e como você está? Que bronzeado é esse? Ouvi dizer que você tinha...

– Eu passei um tempo fora. O que aconteceu? Por falar nisso, esta é Maria, minha mãe.

Ulf cumprimentou Maria. De uma forma meio bajuladora demais, pensou Olivia. Será que ele ainda não desistiu?

– Nós conhecemos Bengt Sahlmann e sua filha Sandra – disse Maria, e repetiu a pergunta de Olivia. – O que aconteceu?

Ulf deu alguns passos para o lado e Olivia e Maria o seguiram. Consciente ou inconscientemente, ele baixou um pouco a voz.

– Sahlmann se matou. Enforcou-se. Sua filha chegou em casa há pouco e o encontrou.

Maria e Olivia se entreolharam. Enforcou-se?

– Oh, coitada da menina! – Maria exclamou.

– Onde ela está agora? – perguntou Olivia.

– Na ambulância. Deram-lhe um sedativo. Nós perguntamos onde sua mãe está, mas ela não quer responder.

– A mãe dela morreu – disse Maria.

– Ah, então é isso.

– Você já contatou algum parente?

– Nós tentamos contato com a tia, mas parece que ela está em uma conferência em Copenhague, por isso ainda não conseguimos nada.

– Ninguém mais?
– Ela não mencionou outra pessoa.
– Posso falar com ela? – perguntou Olivia.

Ulf assentiu com a cabeça, foi até a ambulância e abriu a porta de trás. Olivia aproximou-se e olhou para dentro. Uma paramédica estava sentada em um lado. Na frente dela, em um banco estreito, estava sentada uma adolescente magra com a roupa suja de lama e um cobertor vermelho sobre os ombros. Ela olhava para o chão, seu cabelo louro caído sobre os olhos e as mãos apertavam a boca. Demorou um pouco para Olivia reconhecê-la, mas não demorou nada para sentir um nó na garganta.

Ela engoliu em seco.

– Olá, Sandra. Você se lembra de mim? – disse Olivia.

Sandra virou o rosto manchado de lágrimas em direção a Olivia.

– Eu costumava tomar conta de você quando você era pequena. Você se lembra?

Sandra olhou para Olivia por alguns segundos e fez que sim com a cabeça quase imperceptivelmente. Olivia se inclinou um pouco mais.

– Acabei de saber o que aconteceu e...
– Eu não quero entrar nessa casa.

A voz de Sandra saiu fraca e praticamente inaudível. Ela puxou o cobertor sobre os olhos e abaixou a cabeça na direção do peito.

– Você não precisa – disse Olivia.
– Eu não quero ficar aqui.
– Eu entendo... você é mais do que bem-vinda em nossa casa, se quiser.
– Eu quero ir para a casa de Charlotte.

A voz veio do fundo do seu peito.

– Quem é Charlotte?
– A minha tia.
– Pelo que se sabe, sua tia está em Copenhague. Assim que a polícia conseguir falar com ela, tenho certeza de que ela vai voltar para casa, mas não antes de amanhã. Você não quer vir para a nossa casa?

Sandra começou a balançar o corpo para trás e para a frente. Olivia se virou. Ulf e Maria estavam em pé atrás dela. Olivia olhou para Ulf e sussurrou tão silenciosamente quanto pôde.

– Para onde vocês vão levá-la se ela não quer...

De repente, Sandra levantou-se do banco. Olivia rapidamente pegou na mão dela e ajudou-a a descer da ambulância. Maria deu um passo na direção da garota.

– Olá, Sandra.

Maria colocou um braço em volta dos ombros de Sandra e começou a afastar-se da ambulância. Olivia virou-se para Ulf.

– Algum problema se nós a levarmos conosco?

– Não, problema algum, se é isso o que ela quer. O número do seu celular ainda é aquele antigo?

O que ele está querendo agora?, pensou Olivia. Aqui?

– Por quê?

– Se conseguirmos contato com a tia, é bom que você saiba o mais cedo possível.

– Ah, sim, claro. Sim, é o mesmo número.

– Ótimo. Manteremos contato. E por falar nisso, bonito chapeuzinho. – Ulf apontou para o gorro de lã na mão de Olivia.

Ulf ligou meia hora depois. Ele conseguira entrar em contato com a tia de Sandra em Copenhague, contou a ela o que tinha acontecido e que Sandra estava na casa de Maria Rönning. Charlotte foi informada do número de celular de Olivia e ligou imediatamente. A conversa com Sandra foi breve e bastante monossilábica. Ambas estavam chorando ao telefone. Finalmente Sandra passou o telefone de volta para Olivia e Charlotte explicou que ela iria tomar o primeiro avião de volta na parte da manhã.

– Sandra pode ficar com vocês até eu voltar?

– Claro – disse Olivia.

– Obrigada.

Olivia encerrou a ligação.

As três se sentaram à mesa da cozinha. Maria tinha acendido algumas velas na mesa e preparou um chá com uma mistura especial, uma espécie de panaceia universal que já curara muitas feridas. Mais do que tudo, era relaxante.

Talvez para acalmar principalmente Maria e Olivia, uma vez que Sandra já mostrava sinais visíveis de tudo o que os paramédicos lhe deram para tomar. Estava em choque, esgotada e dopada. Incapaz de dizer uma palavra. Maria e Olivia tomaram um gole de chá e estavam um pouco inseguras em como lidar com a situação quando a voz fraca por fim encontrou o seu caminho e saiu.

– Eu fiquei sem gasolina...

Sandra olhava fixamente para sua xícara enquanto dizia isso, tão baixinho que Olivia e Maria precisaram se inclinar em sua direção.

– ... e liguei para o meu pai, mas ele não respondeu, pensei então que talvez tivesse saído para fazer compras, que tivesse ido comprar tacos, que eu gosto tanto, nós íamos comemorar...

Sandra ficou em silêncio. Lágrimas pesadas correram pelo seu rosto e pingavam em sua xícara.

– O que vocês iam comemorar?
– Eu não quero voltar para casa.
– Eu sei, eu entendo – disse Olivia. – Você pode ficar com Charlotte?
– Quando é que ela chega?
– Amanhã de manhã. Ela virá direto para cá.
– Eu vou dormir aqui?
– Você não quer?

Sandra não respondeu. Maria colocou a mão em seu braço.

– Você pode dormir no antigo quarto de Olivia.

Sandra concordou com um leve movimento da cabeça. Empurrou sua xícara de chá e olhou para Olivia. Seu olhar estava ausente, os olhos turvos.

– Eu quero o meu computador.
– E onde ele está?
– No escritório do meu pai. Ele o usava também. Eu tenho um monte de trabalhos escolares nele. Está em uma bolsa de laptop, uma bolsa xadrez de cortiça.
– Eu vou lá buscá-lo, então.

Olivia se levantou. Maria olhou para ela e Olivia deu de ombros discretamente. Se Sandra queria o computador, ela iria buscá-lo. Apesar de tudo, ele era uma fonte de continuidade para ela.

– Você tem uma chave da casa com você?

Sandra colocou a mão no bolso, tirou uma chave e entregou-a a Olivia.

– Eu volto logo.

Olivia apressou-se e cruzou o portão de Maria. Talvez Ulf não esteja mais na casa. Tenho de verificar isso com ele, pensou. Ela pegou seu celular e ligou para Ulf.

– Molin.

– Oi, é Olivia.

– Oi! Como estão as coisas? Como ela está se sentindo?

– Está um trapo. Ulf, ela me pediu para pegar o computador dela na casa, posso ir? Ela me deu a chave da porta.

– Não tem problema, já acabamos por lá. Mas ande com cuidado na cena, não vá melar tudo, você sabe disso.

– Eu sei. Nós fizemos o mesmo treinamento.

– Fizemos?

– Pare com isso.

Olivia encerrou a ligação. "Não vá melar tudo." Onde eles arrumam essas expressões idiotas? Mas ela entendeu o que ele quis dizer e percebeu que deveria estar usando luvas. Verificou os bolsos do casaco e tirou umas luvas esfarrapadas. Luvas de lã? Então colocou-as de volta no bolso e virou-se em direção à casa dos Sahlmann. Voltara a chover e o vento castigava ao passar entre uma casa e outra. Ela apertou os olhos e hesitou um pouco. Percebeu um vulto escuro junto ao portão. Ou seria a sombra de uma árvore? Ela continuou andando em direção à casa. A ambulância e a viatura da polícia tinham ido embora, mas os vizinhos ainda estavam de vigia, escondidos atrás das cortinas. Ela sentia os olhos deles seguindo-a pela rua mal-iluminada.

Por fim chegou ao portão.

Não havia ninguém ali. Provavelmente era uma sombra, ela pensou, e caminhou até a porta da frente. Abriu-a com a chave que Sandra lhe dera e entrou. De repente, a porta fechou-se atrás dela com um grande estrondo.

Na antessala, a escuridão era completa.

Na casa inteira.

O silêncio, avassalador.

Um homem morrera pendurado ali havia não muito tempo. Bem à frente de onde ela estava agora. Pendurado por uma corda no teto. Olivia evitou pensar nisso e começou a tatear a parede procurando por um interruptor de luz. Então sua formação de policial veio à tona. Ela rapidamente pegou de volta as luvas e calçou-as. Poucos segundos depois, percebeu como a mão humana era um instrumento realmente sensível. Tatear paredes à procura de um interruptor naquele escuro e ainda usando luvas grossas não é tarefa fácil. Finalmente, ela encontrou. A luz da antessala mostrou-lhe o caminho para a sala, onde descobriu outro interruptor. A luz da sala acendeu. Olivia olhou em volta. Uma sala de estar como outra qualquer, com um sofá, uma televisão, estantes de livros, uma luminária de pé, uma poltrona, alguns quadros na parede. Ela aproximou-se de uma estante para dar uma olhada em algumas fotografias dispostas na prateleira. Em uma foto grande viu uma Sandra mais novinha e um Bengt Sahlmann também mais jovem com uma mulher de cabelos louro-escuros da idade dele. Era Therese, a mãe de Sandra. Olivia reconheceu-a vagamente.

Uma família.

E agora só restara Sandra. Olivia sentiu um aperto no estômago. Ela seguiu para o aposento contíguo e acendeu a luz de teto. Junto a uma das paredes havia uma grande mesa quadrada com vários dispositivos elétricos, um modem, uma impressora, um roteador e um emaranhado de cabos.

Não viu nenhum laptop.

E nenhuma bolsa de laptop xadrez feita de cortiça.

Ela deu uma boa olhada em volta. Nas prateleiras, cadeiras e novamente na superfície da mesa. O computador não estava lá. Talvez estivesse em outro cômodo? Embora Sandra tivesse sido muito clara: "No escritório do meu pai." Mas ela poderia estar enganada. Seu pai pode ter colocado o laptop em outro lugar.

Olivia desligou a luz do escritório e voltou para a sala de estar. Um arrepio percorreu-lhe a espinha. Ela olhou de novo para o teto, para o gancho da luz de teto que Sahlmann provavelmente tinha usado para se enforcar, uma vez que Sandra o vira imediatamente assim que entrou pela porta. Ela percebeu que estava respirando baixinho. Por que estava agindo assim? Não havia nenhum assassino ali. Apenas um homem infeliz que dera cabo da própria vida com uma corda. A única coisa perturbadora que poderia ser encontrada ali era a sua alma. Mas Olivia seria a última pessoa no mundo a se envolver com coisas de magia, então ela seguiu direto para a cozinha.

A lâmpada do teto lançava uma luz fraca em toda a cozinha. Olivia deu outra olhada cuidadosa em volta. Nada do laptop. Só uma cozinha comum. Armários brancos, ímãs na máquina de lavar louça, uma tigela de frutas, uma bancada com vários frascos pequenos, uma mesa no centro com uma toalha de plástico verde, um copo de água bebido pela metade ao lado do fogão. Apenas um lugar prosaico, parte da rotina de todos os dias até poucas horas atrás.

Mas agora era algo completamente diferente.

Olivia sentiu novamente aquela ardência no estômago ao pensar em como a vida de repente podia virar de pernas para o ar, ir da segurança do cotidiano ao choque e à tristeza. Ela olhou para a bancada da cozinha. Ali estavam um pacote de tacos, um pote de molho de taco, uma lata de milho em conserva e um saco de chips de milho. Lembrou-se de Sandra falando de como gostava de tacos e que seu pai iria sair para comprá-los porque iriam comemorar não sei o quê. Ela abriu a geladeira. Viu um pacote fechado de carne moída na prateleira de cima.

Todos os ingredientes para a refeição favorita da filha.

E depois ele resolveu tirar a própria vida.

Olivia apagou a luz da cozinha e voltou para a sala de estar. Alguma coisa a incomodava ali. Ela de fato não sabia o que era, mas alguma coisa não estava batendo. Sentou-se no sofá e olhou para as suas luvas. O silêncio na sala a envolveu. O que havia acontecido ali? Virou lentamente a cabeça e olhou para a antessala por onde Sandra havia entrado, para o teto, onde seu pai estivera pendurado, para o chão, onde sinais de uma mancha revelavam onde a polícia havia trabalhado, e depois para o corredor escuro que dava nos outros aposentos.

Devo dar uma olhada lá também?

Ela esfregou as mãos enluvadas e tomou uma decisão. O sofá não ficava muito longe do corredor. Andou alguns metros e parou. Ouvira um barulho. Um ruído de raspagem.

Seriam os galhos de uma árvore roçando nas janelas do quarto?

Deu mais um passo à frente e ficou parada na frente da porta entreaberta. O ruído tinha parado. Voltara o silêncio mortal. Ela estendeu a mão para a maçaneta e, no exato instante em que ia abrir a porta, um som agudo invadiu a casa. Um telefone. Um sinal estridente que fez com que voltasse apressada para o corredor. Em questão de segundos estava de volta à sala de estar. O telefone estava na estante em frente ao sofá. E tocou de novo. Ela se aproximou da estante. Quando soou pela terceira vez, ela pegou o fone e quase o deixou cair no chão por causa de suas luvas grossas.

Mas conseguiu atender.

– Alô?

– Alô, aqui é Alex Popovic. Eu gostaria de falar com Bengt. É você, Sandra?

– Não.

– Bengt está?

– Não. Você é amigo da família?

– Com quem estou falando?

– Olivia Rivera. Bengt Sahlmann cometeu suicídio. Se você quiser obter mais informações, entre em contato com a polícia.

Olivia desligou o telefone e foi em direção à porta da frente.

Ela havia feito o que Sandra lhe pedira para fazer.

Quase.

Não havia sinal algum de computador.

As cinzas do final da cigarrilha estavam apenas a um centímetro de seus dedos amarelados. Logo cairiam na frente de seus pés descalços. No entanto, ele mal fumara: havia acendido a cigarrilha, dera uma longa baforada e, em seguida, fora engolido pela música, e por *Scheherazade*. E foi assim que ficou. Ele havia posicionado os alto-falantes de um modo que os sons de cada caixa se entrecruzassem exatamente onde ele estava sentado, nu, de olhos fechados, no meio da enorme sala. A luz de um par de luminárias de alabastro cintilava nas belas tábuas do chão e a sombra do seu corpo magro movia-se lentamente como uma figura silenciosa na parede. A extensa parede nua que dava para o norte que ele tanto amava. A parede oposta estava coberta do chão ao teto com livros de lombadas escuras, livros grossos e silenciosos que ele nunca leu e nunca planejou ler. Já estavam lá quando ele se mudou. Ele virou o corpo nu ligeiramente, como se houvesse uma barra de compasso que não podia alcançar. Não havia. Todos os tons e sons estavam reunidos ali, na sua cabeça. No mesmo lugar que aquela mulher. A mulher que sangrou, gritou e morreu, várias vezes, bem na frente de seus olhos impotentes, até seus olhos fechados perderem-na de vista e restar apenas a música. A música alta e bela fizera isso de novo. Purificou-o. Limpou-o. Eliminou todo o horror de seu cérebro.

Desta vez.

Ele abaixou a cabeça um pouco e abriu os olhos. Um novo som se intrometera no caminho, um som que ele não queria ouvir. Ele deu um passo para o lado e desligou a música. Seu celular estava no amplificador. Ele verificou quem estava ligando e atendeu, a voz familiar atingindo sua consciência.

– Bengt Sahlmann se enforcou.

As cinzas caíram no chão.

Os olhos de Sandra se fecharam na mesma hora. Maria a havia colocado na cama e viu que ela já estava dormindo antes de cobri-la com o cobertor. Ela ficou olhando a garota por alguns minutos antes de desligar a luz de cabeceira. Subconscientemente evitava traçar paralelos entre Sandra e Olivia – não queria encarar esses pensamentos justamente naquela noite.

– Não tinha laptop nenhum lá.

Olivia jogou o casaco sobre uma cadeira na cozinha e sentou-se à mesa. Maria encheu sua xícara de chá.

– Sandra está dormindo.

– Ótimo. Eu praticamente revistei a casa toda e ele não estava lá.

– Bem, você não pode fazer mais nada.

– Posso verificar se ele está no trabalho de Bengt.

– Sim. Mas a tia dela pode fazer isso também.

– Foi a mim que ela pediu para fazer.

Maria assentiu. Então percebeu que os paralelos que queria evitar haviam se enraizado em Olivia. Ela já abrira espaço para Sandra.

– O que Bengt fazia? – perguntou Olivia.

– Ele trabalhava na Alfândega. Você vai ficar para dormir?

– Vou sim.

O que Maria estava achando? Que ela iria voltar para Södermalm no meio da noite e deixar Sandra acordar ali sozinha? Não que desconfiasse da generosidade de Maria ou de sua capacidade de servir a Sandra um excelente e nutritivo café da manhã. Mas foi Olivia que fizera a conexão com Sandra.

Pelo menos segundo sua perspectiva.

– Você pode dormir no quarto de hóspedes, os lençóis estão limpos. Acho que estou indo para a cama agora – disse Maria.

– Pode ir. Eu arrumo tudo aqui.

Maria se levantou e hesitou por um segundo, se perguntando se deveria curvar-se e dar um beijo no rosto de Olivia. Agora Olivia Rivera. Em vez do beijo, ela decidiu afagar o rosto da filha.

– *Te amo* – disse Maria em espanhol.

– Durma bem.

Maria se dirigiu para a porta da cozinha. No meio do caminho, virou-se e olhou para Olivia.

– Você se identificou com a situação dela, não é?

Olivia não respondeu.

– Boa noite.

Maria sumiu de vista. Olivia observou-a ir. Maria tinha razão. Olivia se identificara com a situação de Sandra desde que tinha visto aquela garota magra sentada na ambulância em estado de choque, depois de ter acabado de perder o pai. E depois de ter perdido a mãe em um tsunami apenas alguns anos antes. Os pais dela tinham morrido em circunstâncias dramáticas. Como os da própria Olivia. Não foi nada difícil imaginar-se no lugar de Sandra.

Muito pelo contrário.

Embora os próprios choques por que passou tenham acontecido um após o outro, de uma maneira completamente diferente. Mas a garota que dormia lá em cima em seu antigo quarto acordaria amanhã para uma existência órfã e seria obrigada a se virar na vida sozinha.

Agora você está sendo injusta com Arne e Maria, pensou Olivia. Você foi criada por seus pais, um dos quais ainda está vivo. Você não estava de mãos vazias quando soube da terrível notícia. Os seus pais verdadeiros não foram arrancados da sua vida. Você nem sabia que eles existiam.

Olivia sentiu que estava perdendo as forças, física e mentalmente. O longo voo estava cobrando o seu preço – o cansaço, a tensão e, em seguida, a tragédia em que se viu envolvida. Justamente quando pensou que iria dormir mil horas para depois voltar ao mundo.

Forte. Preparada.

Pelo visto as coisas não seriam tão simples assim.

Olivia pegou sua mochila e abriu-a. Ela havia embrulhado a bela caixa de charutos de Bosques com duas camisetas sujas. Pegou a caixa com todo cuidado e colocou-a na mesa da cozinha. Depois olhou para a porta e apurou os ouvidos.

Silêncio.

Ela não queria mostrá-la a Maria. Especialmente não o que estava dentro da caixa. Era uma relíquia muito particular que não tinha a intenção de compartilhar com ninguém. Abriu a tampa e sentiu novamente aquele cheiro familiar de charutos antigos. Pegou a fotografia de Adelita com todo cuidado. Debaixo da foto, havia uma mecha de cabelos pretos presos com um pedaço de barbante. Quem tinha guardado aquilo? Nils Wendt? Quando ele pegou? Quando Adelita viajou para a Suécia logo antes de ser assassinada? Ela colocou a mecha de cabelo ao lado da fotografia. No fundo da caixa havia algumas cartas escritas à mão. Ela já dera uma olhada nas cartas quando estava no avião e percebeu que o seu espanhol não era bom o suficiente para entender o que estava escrito. Um dia iria arranjar alguém para traduzi-las. Não Maria, mas Abbas, quem sabe. Ele era bom em espanhol. Abbas tinha cruzado sua mente algumas vezes durante sua longa viagem. Ela gostava dele, muito, sem nem ao menos conhecê-lo direito.

Bosques gostava de Abbas também. "Ele é homem", dissera Bosques. E Olivia não achou que soou bobo. Ela entendeu exatamente o que Bosques queria dizer. Vou ligar amanhã para Abbas, Olivia pensou, olhando dentro da caixa novamente. Havia apenas mais uma coisa. Um broche de ouro. Olivia pegou-o e percebeu que ele podia ser aberto. Ela não tinha visto o broche no avião. Então abriu-o cuidadosamente e lá dentro havia uma pequena fotografia. De um homem de pele morena. Quem seria? Ele não parecia com Adelita nem com ela própria. Lembrava um pouco Bosques, mas não pensou mais a respeito.

Ela fechou o broche e colocou-o de volta na caixa.

E pensou em Sandra novamente.

A adolescente órfã que dormia em seu antigo quarto.

4

O SUÉTER CINZA-CLARO CAÍA elegantemente no corpo magro e flexível de Abbas el Fassi. Ele estava de banho tomado e vestia uma calça chino marrom. Seus pés se deslocavam lentamente ao descer a escada. Congelada no tempo, ele pensou. Alguns dos degraus de pedra delicadamente curvos eram adornados com belos fósseis de moluscos de milhões de anos. *Orthoceratidae*. Eles o fascinavam. Ele continuou a descer, cada vez mais rápido. Estava indo verificar a caixa de correio na portaria. Havia expectativa em seus passos: com um pouco de sorte, encontraria um livrinho de poesia sufi por lá. Ronny Redlös, gerente de uma loja de livros antigos e raros, havia postado a encomenda ontem, por isso supostamente deveria chegar hoje.

Supostamente.

No entanto, com a pouca confiabilidade dos correios, a entrega poderia demorar mais um dia, o que seria um aborrecimento. Ele ansiava desesperadamente por alguma catarse espiritual antes de pegar o turno da noite no cassino. Então começou a descer as escadas mais rápido.

– Abbas!

Abbas parou. Sabia de quem era aquela voz. Quando deu meia-volta, viu Agnes Ekholm de pé na frente da sua porta entreaberta. Sua peruca cinza-prateada pendia meio torta e o velho penhoar estava abotoado errado.

– Você está indo pegar sua correspondência?

– Estou sim. Quer que eu pegue a sua também?

– Se você não se importar.

Abbas subiu alguns degraus e pegou a pequena chave de Agnes.

– Vou esperar aqui – disse ela.

Abbas concordou com um gesto de cabeça e voltou a descer. Ele refletiu que os idosos com ossos frágeis e senso de equilíbrio instável eram agora obrigados a subir e descer a penosa escada de pedra para pegar a correspondência. E isso várias vezes por dia, porque ninguém sabia ao certo quando a correspondência chegava. Tudo para que os carteiros não precisassem mais entregá-la na porta de cada um. Este era um dos motivos que o levavam a não gostar de caixas de correio na portaria. Outro era que certas pessoas, se assim quisessem, teriam todo o tempo do mundo para roubar informações pessoais e dados bancários.

Os correios haviam facilitado tudo para elas.

Abbas abriu a caixa de Agnes primeiro: uma carta fininha da igreja da Suécia e um cartão-postal que devia ser para a sua vizinha. A caixa dele estava bem mais cheia. Algumas cartas, um folheto horrível de uma companhia de seguros e um jornal grosso. O jornal que assinava.

Mas nenhum livro.

Pelo menos o jornal havia chegado, pensou, e rapidamente subiu as escadas até o andar de Agnes. Ela olhou para ele cheia de esperança.

– Não havia muito hoje, infelizmente – disse ele.

Agnes pegou a carta da igreja da Suécia e tentou esconder sua decepção.

– Talvez haja mais amanhã? – perguntou ela.

– Sim.

– Olha aqui. Leve isso para você.

Agnes passou-lhe um pequeno pedaço de bolo de cenoura envolto em um guardanapo de papel branco.

– Eu não fiz hoje, mas...

Abbas pegou o pedaço de bolo. Era um ritual. Toda vez que ele ia buscar a correspondência para Agnes, ela lhe dava uma fatia de seu bolo de cenoura. Na segunda vez que ele o provou, percebeu que era provavelmente o mesmo bolo da última vez, de uma semana antes. Na terceira vez, ele o deixou em uma tigela de cachorro no corredor do andar de cima.

– Obrigado.

– Espero que você goste.

Abbas concordou novamente e continuou a subir as escadas. O bolo foi parar na mesma tigela que o anterior. Ele chegou à porta do seu apartamento e abriu-a ao mesmo tempo que verificava sua correspondência. Duas contas para pagar e um recibo de salário do cassino Cosmopol. Ele fechou a porta, colocou a correspondência na mesinha da antessala e abriu o jornal.

Antes que a primeira página estivesse completamente aberta, ele já havia entrado na sala. E parou. Levou apenas alguns segundos para ler as manchetes e esquadrinhar uma grande fotografia em preto e branco. Então passou os minutos seguintes lendo o artigo. Durante quinze minutos ficou segurando o jornal na sua frente, na mesma posição, sem sair do lugar, a única diferença é que suas mãos agora tremiam e seus olhos tinham parado de ler. Agora estava apenas segurando um objeto feito de papel.

Totalmente alheio.

De repente, conseguiu voltar a si. Dobrou o jornal com cuidado e colocou-o sobre a elegante mesinha de vidro na frente do sofá, certificando-se de que ficasse emparelhado com a borda da mesa. Em seguida, deu dois passos em direção à janela e girou as lâminas para abrir as persianas de madeira. Seu olhar cruzou a janela e vagou até a igreja de São Mateus do outro lado da rua. Ficou olhando fixamente para a igreja, sem de fato vê-la. Depois fechou as cortinas e ficou parado, olhando para a frente.

O aspirador de pó.

Onde eu o coloquei mesmo?

Ele afastou-se da janela e foi procurar o aspirador. Estava onde sempre esteve. Ligou-o na tomada e começou a aspirar. A princípio metodicamente, percorrendo todo o chão da sala, debaixo do sofá, debaixo da mesa de vidro e depois de volta ao chão outra vez. Por fim ele se deteve em um ponto só. Aspirou o mesmo lugar repetidamente, para a frente e para trás, até que sentiu a cãibra.

Primeiro no peito, depois no estômago.

Largou o aspirador no chão e foi para a cozinha. Ele só conseguiu pensar "Talvez eu devesse pintar as paredes?" antes de vomitar na pia, vezes seguidas, até restar-lhe somente bile verde para expulsar. No final, só havia ânsia de vômito. Sua cabeça ficou pendida um pouco acima da pia, as mãos soltaram a bancada e ele caiu lentamente no chão, sobre o tapete da cozinha. Ficou em posição fetal e suas pálpebras se fecharam.

A última coisa que viu foi o estranho aparelho zumbindo no meio da sala.

5

STILTON GANHARA PESO. Principalmente muscular. O seu corpo havia praticamente secado durante os anos em que viveu nas ruas, a clavícula servindo como um cabide de osso para um saco de pele. Ele dera um fim a isso. Aos poucos e com determinação, começara a recuperar o seu corpo desgastado, exercitando-se, cuidando de si mesmo, e toda a pele flácida acabou sendo preenchida novamente. Agora ele estava quase de volta ao seu antigo eu.

Fisicamente.

Ele passou a mão na cabeça. Seu cabelo comprido desgrenhado havia sido cortado e dera lugar a uma cabeleira loura com alguns fios grisalhos. A cicatriz branca no canto da boca transparecia por baixo dos pelos curtos da barba, lembrando-o do jovem rapaz que era pouco antes de completar vinte anos. Um jovem sueco de poucas palavras em uma plataforma petrolífera norueguesa, uma plataforma que explodiu repentinamente, desencadeando um pânico generalizado, menos nele, o sueco, que arrastara alguns colegas do inferno de aço retorcido com um desprezo mudo pela morte e salvara suas vidas. Um ano depois, ele se apresentaria à Academia Nacional de Polícia de Estocolmo.

Stilton levava uma bolsa Adidas azul na mão e descia a Hornsgatan em direção a Långholmen. Caminhava acelerado para manter-se aquecido. Estavam naquela inspiradora época do ano em que o esquema de cores deslumbrava com diferentes tons de cinza. Ele abotoou o casaco de couro marrom até o pescoço. Ainda estava um pouco grande demais, mas cumpria sua função até nos ventos mais frios. Havia herdado o casaco do avô, um caçador de focas velho e durão da ilha de Rödlöga, cujos ombros eram largos como um batente de porta.

Ele nunca caberia direito naquele casaco.

Mas o avô estava morto, o casaco agora era seu e ele o usaria da melhor forma que pudesse.

Enfiou a mão no bolso interno, pegou seu celular e digitou um número. Não chamou por muito tempo.

– Luna.
– Oi, sou eu, Tom Stilton de novo.
– Sim?
– Eu só estava pensando se poderia dar um pulo aí.
– Agora?
– É.
– Tudo bem.
– Estarei aí em dez minutos.

Stilton encerrou a ligação e pegou o pedaço de papel que encontrara afixado em um velho carvalho nos limites do parque de Långholmen. Leu o texto novamente.

– *Sara la Kali*.

E por que não?, pensou.

Luna passava uma escova de aço em um dos suportes de ferro do convés da proa. A ferrugem ia e voltava. Voltava quando ela não se dava conta e ia embora novamente quando resolvia dar atenção. É uma tarefa de Sísifo, pensou. O barco tinha sido construído em 1932 e, embora estivesse em boas condições, precisava de manutenção constante. Ela levantou-se e olhou para a ponte de Pålsund. Uma figura solitária carregando uma bolsa azul vinha andando pela ponte, o vento forçando-o a se inclinar um pouco para a frente enquanto caminhava. Deve ser ele, pensou. O sujeito havia telefonado duas vezes em um pequeno intervalo de tempo e agora já estava ali. Que eficiente. Luna gostava disso. Ela largou a escova e ajeitou sua farta cabeleira loura com a mão um pouco suja assim que o homem olhou para o barco. Luna acenou para ele. Na verdade, ela não sabia nem como começar – talvez a melhor forma seja encarar de frente. Era a primeira vez que fazia isso e não estava lá muito confortável com a situação.

Em pouco tempo o homem alcançou a prancha de embarque, uma construção bastante primitiva feita de madeira e alcatrão. Ele atravessou-a em quatro passos e ficou parado no convés.

Luna foi encontrá-lo.

– Olá. Sou Luna Johansson.

– Tom Stilton.

Como é alto, pensou ela. Luna tinha 1,80 m e aquele homem era visivelmente mais alto, um homem com uma voz grave, rosto cansado e um casaco de couro marrom bacana. Ela estava vestida com um macacão verde e sujo. Será que ele parece um pouco perigoso? Talvez isso fosse bom. Houve uma tentativa de arrombamento há uma semana, o que poderia acontecer novamente.

– É este o seu barco? – perguntou Stilton.

– É.

– Você vive aqui sozinha?

Luna pensava que ela seria a única a fazer perguntas, mas não se importou.

– Sim.

– Podemos dar uma olhada no interior da cabine?

– Em um segundo. Você tem referências?

– Eu fui sem-teto durante cinco anos, vendia exemplares da *Situation Sthlm*, e no ano passado morei em Rödlöga.

– São essas as suas referências?

– Você está preocupada com o aluguel?

– Não. Vou receber adiantado. Você tem emprego?

– Ainda não.

– O que você fazia antes de ser um sem-teto?

– Eu era policial. Divisão de homicídios da Polícia Nacional.

Esse homem ou era um mentiroso compulsivo ou muito estranho mesmo. Luna ainda não tinha se decidido quando Stilton continuou.

– Eu venho de uma família de caçadores de focas.

Ele era estranho.

– A cabine é por aqui – disse Luna.

Ela fez um gesto apontando e esperava que o homem fosse na frente. Ele pensou de outra forma, por isso houve alguns segundos de silêncio nervoso antes de Luna virar-se e dirigir-se para a popa.

Stilton a seguiu.

Estudou a mulher a sua frente. Era alta, de ombros largos e, embora seu macacão não revelasse muito sobre seu físico, ele teve a impressão de que ela estava em boa forma. Quando ela virou a cabeça para o lado, seu cabelo louro caiu sobre o ombro, revelando parcialmente seu pescoço. Não muito, mas o suficiente para Stilton ver uma tatuagem serpenteando até a orelha.

– Chegamos. É aqui.

Luna se afastou para que Stilton pudesse dar um passo à frente. Ele olhou o interior da cabine e viu um beliche de parede, um pequeno armário, uma mesa quadrada sob a pequena escotilha redonda, uma prateleira estreita, anteparas de madeira e nada mais.

– É a maior cabine daqui – disse ela. – Sete metros quadrados.

As celas da prisão de Kumla têm dez, pensou Stilton.

– Parece bom – disse ele. – Posso trancá-la? – Stilton apontou para a porta da cabine.

– Não, mas se quiser eu posso colocar um ferrolho na porta.

– Sim, por favor. Onde você dorme?

– Na outra ponta. Minha cabine tem trinco.

Stilton na verdade não soube como reagir a isso. Luna continuou falando.

– Você tem acesso ao chuveiro, sala e cozinha. Há apenas uma geladeira. Você pode usar as duas prateleiras de baixo. Nós compartilhamos o banheiro.

– Tudo bem. Três mil por mês?

– Bem, sim, em princípio.

Stilton olhou inquisitivo para Luna.

– Eu consideraria reduzir o aluguel em troca de alguns trabalhos de reforma do barco.

Stilton concordou. Ele não era exatamente um mestre de obras: estava ocupado demais em consertar a si mesmo. Mas a oferta era boa.

– Teremos um contrato? – ele perguntou.

– Será que precisamos de um?

– Vou lhe pagar um mês de aluguel adiantado. Como posso saber que o barco ainda estará aqui na semana que vem?

– Não tem como saber.

– Não. E aí como é que fica...?

– Que diferença faria um contrato?

– Nenhuma.

– Exato, então você pode muito bem confiar que eu não vou lhe passar a perna.

– Aparentemente sim.

Stilton percebeu-se na defensiva, e ele não gostava nada de estar nesta posição. Uma de suas principais qualidades como interrogador da polícia fora sua capacidade de conduzir o diálogo na direção que bem quisesse até os interrogados serem encostados na parede sem escapatória.

Luna certamente não se sentia encostada na parede.

– Quando pretende se mudar? – perguntou ela.

– Agora mesmo, se não houver problema.

Luna olhou para a bolsa azul.

– Eu tenho outra bolsa na casa de um amigo.

– E quanto ao aluguel?

Stilton tirou uma carteira preta do bolso, abriu-a e puxou três notas de mil coroas. Havia mais algumas notas lá. Quatro meses atrás, ele tinha vendido um pedaço de terra na ilha de Rödlöga a um ansioso corretor da bolsa de Gotemburgo. Seus avós deviam estar se revirando no túmulo quando a venda aconteceu, mas Stilton precisava de dinheiro e era a sua herança afinal. Ele agora tinha uma quantidade decente de dinheiro em uma conta poupança no Swedbank.

– Obrigada.

Luna pegou as notas.

Stilton entrou na cabine e fechou a porta.

* * *

Havia muitas coisas diferentes acontecendo naquele dia. O sol, por exemplo, resolvera dar as caras, o que não tinha feito durante toda a semana anterior. Agora ele se infiltrava nos telhados só para mostrar que ainda estava lá. Em pouco tempo sumiria outra vez.

Mas mesmo assim.

Os feixes de luz solar cintilavam na cozinha de Maria, lançando um brilho amarelado acolhedor por toda a volta. As coisas também estavam diferentes ali. Maria tinha sido chamada para o Tribunal de Recursos de Svea para ajudar um colega e nenhuma das pessoas sentadas à mesa da cozinha morava na casa. Uma delas era uma filha que voara do ninho e estava pensando em mudar de sobrenome, e a outra era Sandra, a garota que tinha encontrado o próprio pai pendurado no teto com uma corda de reboque no pescoço há menos de dezoito horas. Ela acordara tarde. Seu rosto tinha nítidos traços de choque e pesadelos, mas, acima de tudo, ela parecia ter acordado só agora para a realidade de que não teria mais os pais na sua vida.

Olivia viu essa realidade estampada em seu rosto assim que entrou na cozinha. Aproximou-se e deu um demorado abraço em Sandra. Um abraço silencioso. Poucos minutos depois, ela sentiu que seu fino suéter estava encharcado com as lágrimas de Sandra. Após um tempo, Sandra livrou-se do abraço de Olivia e pediu para usar o banheiro. Olivia mostrou-lhe onde ficava. Enquanto esperava, ela tirou da geladeira de Maria tudo o que pôde encontrar para um desjejum, e em pouco tempo elas estavam sentadas cada uma com uma tigela de cereal na frente. Não foram muitas as palavras trocadas naquela mesa. Olivia esperava. Sandra ficava dando voltas com a colher em torno da tigela.

— Você conseguiu entrar em contato com Charlotte? – perguntou ela.

— Sim, ela está a caminho. Seu voo chega daqui a meia hora e ela virá direto para cá.

— Você pegou o computador?

— Ele não estava lá.

Sandra olhou por cima da tigela.

— Não estava no escritório?

– Não, eu olhei em todos os lugares. Ele poderia tê-lo levado para o trabalho?

– Eu não sei. Ele costumava deixá-lo em casa.

– Tudo bem. Eu posso dar uma olhada no escritório do trabalho. Que tipo de computador é?

– Um MacBook Pro. É supernovo. Eu coloquei um adesivo pequeno na parte interna, um coração cor-de-rosa... Por que ele fez isso?

– Quem?

– Meu pai!

– Cometer suicídio?

– Sim!?

Sandra de repente estava olhando diretamente nos olhos de Olivia. Como se achasse que Olivia teria uma resposta.

– Eu não sei.

– Mas por que as pessoas se matam?

Olivia viu que Sandra estava se esforçando para falar, para colocar o horror em palavras, para tentar compreender o incompreensível. Um pai tirar a própria vida. Sem qualquer tipo de aviso, deixando sua única filha órfã.

– Eu não sei, Sandra. Eu não conhecia direito o seu pai. Ele estava triste com alguma coisa?

Olivia ouviu como suas palavras soaram bobas: "triste com alguma coisa". Ela não estava falando com uma criança. Sandra era uma adolescente, estava prestes a entrar na vida adulta de uma forma que não deveria acontecer com ninguém.

Ela merecia mais respeito.

Olivia puxou sua cadeira para perto de Sandra.

– Sandra... existem mil razões para as pessoas tirarem a própria vida, mas há uma coisa que você pode excluir. Ele não tirou a própria vida por sua causa. Eu não sei por que ele fez isso, talvez a investigação da polícia nos dê alguma resposta: pode haver razões financeiras ou pode ser alguma coisa relacionada a sua mãe. Quer dizer, ela morreu...

– Ele havia superado a morte da minha mãe. Nós dois superamos. Um dia, cerca de seis meses depois que ela morreu, ele entrou no meu quarto e me contou da sua dor, de como ele às vezes ficava tão triste que não sabia se poderia continuar vivendo se não fosse por mim. Nós nos apoiamos um no outro e conseguimos superar.

Isso corroborou o que a intuição de Olivia havia lhe dito. Sandra não era mais uma criança.

– Depois disso ele ficou muito mal com o que aconteceu com o meu avô – disse Sandra.

– O que aconteceu com o seu avô?

– Ele morreu um tempo atrás. Estava morando num lar de idosos e morreu lá. Papai disse que não tinham tomado conta direito dele, e isso o deixou muito mal. Ele não demonstrava, mas eu via a tristeza em seus olhos.

– O seu avô era muito velho?

– Ele tinha 83 anos e estava muito doente. Sabíamos que ia morrer em breve, por isso não foi...

Sandra comeu uma colherada de cereal. Olivia viu que a mão dela tremia. Espero que Charlotte seja uma boa pessoa, ela pensou, que saiba como lidar com Sandra. Ela deve ser, sua irmã havia morrido no tsunami, então ela já enfrentou suas próprias crises.

Mas nunca se sabe.

– Onde está o seu pai?

Sandra falou de repente enquanto afastava sua tigela. Olivia estava completamente despreparada para aquela pergunta.

– Ele morreu há alguns anos. De câncer.

– Bem, pelo menos você ainda tem a sua mãe.

– Sim.

Olivia poderia ter terminado a conversa nesse ponto, com uma meia-verdade. Mas não queria isso. Não sabia o quão próxima de Sandra seria no futuro e não queria que a garota se deparasse com a verdade quando fosse tarde demais. Não queria fazer o mesmo que os outros fizeram com ela.

Então começou a contar o que tinha acontecido.

Demorou um bom tempo. Não era uma história simples. Mas quando finalmente contou todas as coisas trágicas que haviam acontecido com ela e seus vários pais, e respondeu as inúmeras perguntas de Sandra, a jovem olhou para ela e disse:

– Coitada, que barra.

Como se fosse Olivia que precisasse de conforto.

As duas jovens saíram pelo portão da casa geminada em Rotebro, iam pegar a scooter de Sandra. A fraca luz do sol de novembro mal conseguia secar as pequenas poças na estrada. Fazia bastante frio, mas o vento não estava tão severo como na noite anterior. Elas caminhavam devagar. De uma certa distância poderiam passar por melhores amigas, ou irmãs, uma um pouco mais velha do que a outra. Elas não eram nem amigas nem irmãs, mas as horas que passaram na cozinha de Maria haviam criado um vínculo entre as duas, como se compartilhassem a mesma sorte.

O que era verdade até certo ponto.

Relatos adicionais de Olivia sobre assassinatos brutais e dolorosas traições abasteceram ainda mais a mente de Sandra, permitindo que ela reprimisse sua própria angústia.

Pelo menos por enquanto.

Pensamentos muito diferentes corriam pela cabeça de Olivia. Quando chegaram à passagem subterrânea, lembrou-se do que queria perguntar.

– Você conhece alguém chamado Alex Popovic?

– Não muito bem. Só sei que ele é um dos amigos do meu pai, um jornalista. Por que a pergunta?

– Ele ligou para a sua casa quando eu estava lá procurando o computador.

– O que ele queria?

– Não sei, eu logo encerrei a ligação.

– Você contou a ele sobre o meu pai?

– Sim.

Elas entraram na passagem subterrânea. Olivia olhou atentamente para a garota ao seu lado. Na noite anterior, ela fizera este mesmo caminho ao voltar para casa, feliz, ansiosa para comemorar sua boa nota na prova. Agora toda a sua existência fora esmagada.

Emergiram do outro lado.

– Onde você deixou a sua scooter?

– Ali adiante, junto de uma árvore.

Sandra tomou a dianteira e foi na direção de algumas árvores onde havia deixado sua scooter. Mas não havia scooter para ser encontrada.

– Não está mais aqui!

Olivia aproximou-se dela.

– E foi aqui mesmo que você deixou?

– Foi.

Olivia olhou em volta e avistou o cadeado arrombado no chão, meio oculto pelas folhas molhadas.

– Só pode ter sido roubada.

– Sim.

Olivia chegou a pensar que Sandra desmoronaria novamente. Mas ela não se deixou abalar. Era como se o desaparecimento da scooter fosse apenas uma parte da tragédia maior, que tudo estivesse relacionado.

– Deve ter sido o filho da puta daquele homem – disse Sandra.

– Que homem?

– Um sujeito que passou por mim.

– Onde?

– Na passagem subterrânea, quando eu estava indo para casa. Ele vinha na direção oposta e depois desapareceu. Voltei correndo até a scooter para pegar a minha bolsa com a chave e o cara tinha sumido. Ele pode ter se escondido e me viu voltando para a scooter e depois ir embora. Deve ter visto a scooter ali parada de bobeira e aproveitou para roubar.

– Sim, pode ser. Você não o reconheceu? Não era um morador da área?

– Não, nunca vi.

– Mas quando ele passou por você, ele estava vindo da direção de sua casa?

– Sim, o que você quer dizer?

– Nada.

Olivia pegou seu celular.

– Vou relatar o sumiço da scooter.

* * *

Mette Olsäter pegou um pequeno guardanapo de papel e passou sob o nariz – ela podia sentir que havia gotas de suor sobre o lábio superior. Ela havia pedido que deixassem aberta uma janela da exígua sala de reuniões para manter baixa a temperatura, uma vez que o termostato não estava funcionando direito. Seu corpanzil e a inescapável tensão a fariam suar, ela sabia disso, e o suor compromete a autoridade. Não poderia permitir isso – precisava de alguma autoridade para o que queria dizer. Consultou seu relógio, um Rado fino e preto presenteado pelo marido quando ela completou cinquenta anos, e percebeu que faltava menos de um minuto para a reunião. Deu uma última olhada em sua espaçosa sala esparsamente decorada, um dos escritórios mais antigos da divisão de homicídios. Antigamente havia fotos pessoais em sua mesa e várias peças de cerâmica que confeccionara e usava para enfeitar as janelas. Agora tudo se fora. Chegara numa fase em que queria manter seu trabalho e sua vida particular completamente separados. E estava perto de se aposentar.

Ela pegou sua pasta azul e se encaminhou para a porta aberta. Sabia que fariam perguntas, algumas mais inteligentes do que outras. Foi capaz de prever e preparar-se para a maioria delas. As menos inteligentes. Mas as outras, as perguntas inteligentes, aquelas que seriam ventiladas quando ela menos esperasse e que não teria como prever, essas a preocupavam. Eles poderiam desafiá-la, ou pelo menos exigir respostas que ela não podia dar. Ela precisava cumprir bem o seu papel. Sabia que as pessoas reunidas naquela sala se encontrariam para uma avaliação posterior, e que o resultado disso determinaria o curso das investigações. E talvez determinasse até mesmo o seu papel nessas investigações. A Suécia fora encarregada de montar uma estratégia para uma resposta internacional coordenada ao crescimento explosivo das vendas de drogas pela internet. Mette Olsäter havia sido colocada no comando do projeto. Agora, estava prestes a apresentar a estratégia defendida pela polícia sueca para dezesseis representantes da polícia estrangeira.

Ela fechou a porta de seu escritório para ir em direção à sala de reuniões. Neste exato momento sentiu seu celular vibrar no bolso. Era Olivia enviando uma mensagem de texto: "A que horas?". Mette respondeu: "19h."

Ela convidara Olivia para jantar.

TERCEIRA VOZ

* * *

Stilton arrumou seus pertences na cabine. Não demorou muito tempo para fazê-lo. Algumas peças de roupa no armário minúsculo e um retrato rasgado de Vera Zarolha na estreita prateleira ao lado da luz de cabeceira. Era o mais perto de um lar que ele poderia obter na sua situação. Mas não se importava. Pouco mais de um ano atrás, estava morando em um trailer emprestado que pegou fogo – um ataque criminoso. Agora morava numa cabine de um barco velho. Um pouco mais apertado, mas livre de lembranças fragmentadas.

O que lhe convinha perfeitamente.

Ele saiu do barco sem topar com Luna. Pensava em ir ver Abbas. Sabia que Abbas raramente começava a trabalhar no cassino antes das oito horas da noite. Stilton queria dar início a algumas investigações particulares sobre a merda que havia acontecido antes de tornar-se um sem-teto, e ele podia precisar da ajuda de Abbas.

Os dois tinham um relacionamento muito especial baseado no respeito mútuo. Stilton tomara conta de Abbas quando o jovem francês fora preso por venda de mercadorias falsificadas e depois quase esfaqueou um colega na cadeia. Stilton estabeleceu uma conexão com ele, encontrou uma forma de entrar em seu mundo fechado e viu algo que ninguém mais viu naquela época.

Uma boa pessoa.

Um sujeito avariado e fechado, com uma bagagem na vida que Stilton só podia imaginar, mas ainda assim uma boa pessoa. Ele organizou um programa especial para Abbas com dois supervisores em quem confiava. Mette e Mårten Olsäter.

Com o tempo, descobriu-se que a avaliação de Stilton sobre Abbas estava correta. Ele era um bom sujeito. Tão bom na verdade que acabou sendo considerado um membro da família pelos Olsäter, decidiu aprender a ser um crupiê e começou a estudar sufismo. Ele jamais esqueceu o que Stilton tinha feito por ele.

Durante os anos em que Stilton viveu como sem-teto, Abbas teve a oportunidade de retribuir um pouco de sua dívida de gratidão.

E agora Stilton estava tocando a campainha de sua porta na Dalagatan. Nenhuma resposta.

Ele deve estar com Ronny Redlös, pensou Stilton, e com o celular desligado. Ou talvez esteja tomando banho ou ouvindo música nos fones de ouvido. Abbas tomava banho a toda hora. Stilton não exagerava neste aspecto. Ele tocou a campainha novamente. Quando parou de soar, ele encostou o ouvido na porta. O que é isso? Ele ouviu um zumbido ininterrupto vindo do interior do apartamento. Abbas estava passando o aspirador de pó? Stilton então resolveu bater na porta várias vezes, com força. O zumbido continuava. Stilton concluiu que Abbas el Fassi, que tinha uma fixação quase anal por limpeza e arrumação, devia estar aspirando o pó ouvindo música nos fones de ouvido. E ele poderia muito bem estar fazendo isso há algum tempo.

Stilton desceu a Dalagatan e seguiu na direção da Odengatan. Era aquela época do ano em que as pessoas não se olham nas ruas. O tempo frio e inclemente, uma escuridão que durava quase todo o dia, antes de a neve começar a cair para alegrar um pouco as coisas. Todo mundo que passava por ele estava olhando para baixo, canalizando seus corpos para um lugar quente.

Stilton não se importava com o tempo, não dessa forma.

A relação que as pessoas criadas nas ilhas planas do arquipélago de Estocolmo têm com o tempo é diferente daquela das pessoas da cidade. Nas ilhas, o clima é uma questão de vida e morte. Quando as tempestades alcançam trinta metros por segundo a partir do mar aberto, você não pode simplesmente refugiar-se em um restaurante sofisticado como o Sturehof para ficar reclamando da porra do frio que está fazendo.

Então Stilton seguiu para a Odenplan sem prestar atenção alguma ao vento que soprava em torno dele. Ele já ficara do lado de fora das estações de metrô vendendo seus exemplares da *Situation Sthlm* em condições muito piores do que esta. E com uma grande diferença. Naquela época, ele estava totalmente esgotado, ausente, sem um único sentimento relevante no corpo.

Agora era completamente o oposto.

Ele estava extremamente ligado. Concentrado. E tinha uma tarefa. Precisava resolver o assunto com Rune Forss, o investigador-chefe que havia manobrado para tirá-lo da polícia.

Um homem muito do canalha.

A pressão crescente dentro de Stilton obrigou-o a cerrar os dentes até tensionar a mandíbula ao máximo. Ele parou na frente da loja de brinquedos Hellmans na Odengatan e viu seu reflexo na vitrine. Nunca tinha feito isso quando era um sem-teto. Nunca. A primeira vez que viu a si mesmo em um espelho na casa dos Olsäter, depois de cinco anos morando nas ruas, ele teve um choque. Mas agora não. O que via no reflexo era um homem que ele mesmo havia recuperado.

Em Rödlöga.

Durante todo o ano anterior, ele morara lá sozinho, na casa que tinha herdado da mãe – a velha casinha de pescador dos seus pais. Antes disso, ele não aparecia lá desde que surtara em 2005. Abbas fora visitá-lo algumas vezes, e ele tinha ido à cidade para encontrar-se com Mette e Mårten algumas vezes também. Mette era uma de suas colegas mais antigas na polícia, a única pela qual nutria total respeito e que ao longo do tempo transformara-se em uma amiga pessoal muito próxima. E, posteriormente, também tornou-se amigo do marido de Mette, Mårten, um psicólogo infantil um pouco excêntrico.

Mas suas visitas à cidade eram de curta duração, pois sempre queria voltar para a ilha novamente. Voltar ao isolamento. No começo, ele passou um tempo mantendo a casa em ordem. Era uma casa simples, com revestimento de madeira nas paredes e um piso de pedra, uma cobertura de telhas que resistira à pior das intempéries. Aquele telhado existia havia mais de cem anos, e Stilton queria assegurar-se de que permaneceria ali firme ao longo de toda a sua vida.

Depois que deu um jeito na casa, ele começou a limpar a terra.

Vários anos haviam se passado desde que alguém cuidara do lugar e muitas árvores tinham caído durante as tempestades. O que lhe convinha perfeitamente. Ele começou a trabalhar com o velho serrote do avô, rachando lenha, empilhando e, em seguida, cortando em pedaços menores. Todas as manhãs seguia para o cepo, pegava um novo pedaço de madeira e seu machado. Hora após hora, até seus braços virarem um pudim. Então ia se deitar na cama ao lado da cozinha e examinava seus braços e pernas para procurar carrapatos.

Depois dedicava-se à leitura.

A coleção Manhattan. Histórias de detetive dos anos 1950. Os únicos livros que havia na casa de seus avós. O avô os adorava. Peter Cheney, James Hadley Chase, Mickey Spillane. Ele os lia sem parar quando era moleque, quando morava lá com os velhos, levando escondido os livros de bolso já sebosos até a latrina para perder-se naquelas histórias de ficção *hard-boiled*. Ainda se lembrava dos nomes de muitos heróis. Lemmy Caution. Slim Callaghan. Mike Hammer. Às vezes ele se perguntava até que ponto o seu fascínio juvenil por essas histórias de bandido e mocinho havia influenciado a sua escolha de uma profissão.

Ele lia cada livro várias vezes até pegar no sono.

Quando acordava, comia tudo o que conseguira comprar – fosse da lojinha que havia na ilha ou de um barco de entregas que vinha de Vaxholm, dependendo da época do ano.

Sempre comida de fácil preparo.

Então ele se sentava e ficava olhando pelas janelas de vidro soprado. Para o mar, as estrelas e as luzes distantes dos navios. Ele não sonhava com o mar, ou com uma vida no mar – queria terra firme sob os pés. Mas gostava de ficar na janela. Aquilo fazia passar o tempo.

Com sua força física recuperada, pelo corte de madeira, a pesca e longas caminhadas em torno da ilha, seu cérebro também começou a trabalhar novamente.

Por bem ou por mal.

Um dia fez um sério exame de consciência. Não deixou de ser doloroso. Forçou-se a lembrar dos nomes de todos aqueles a quem havia traído durante seus anos na polícia. As pessoas que abandonara, com quem havia rompido laços, a quem havia tratado mal e menosprezado. As pessoas que o amaram, que tentaram apoiá-lo, que estavam sempre presentes quando ele precisava. As pessoas que acabaram perdendo as esperanças.

Isso custou caro.

Mas levou-o em frente.

Primeiro para o sentimento de vergonha, o que demorou uns bons meses para processar. Mas quando finalmente percebeu que o primeiro passo seria respeitar mais a si mesmo, a pessoa que ele era agora, a pressão diminuiu um pouco. Ele era o que era e tinha de lidar com isso da melhor maneira possível. E tentaria construir uma nova autoestima a partir disso.

Foi quando começou a sentir raiva.

Não de imediato. Ainda não estava preparado para tanto, mas começou a ponderar sobre certas coisas. "O tempo perdido." Ele havia perdido tantos anos em sua vida. E por quê? Sabia o que desencadeara isso, sabia que não havia nenhuma explicação médica, mas seria essa toda a verdade?

Foi quando chegou mais perto da raiva.

E mais perto de Rune Forss.

Stilton olhou novamente para o seu reflexo na vitrine da loja de brinquedos. Um velho vestindo um casaco pesado aproximou-se e ficou ao lado dele.

– Você não teria um Dog Poo, não é?

– Dog Poo?

– Little Wiffin fez cocô na calçada e eu esqueci de trazer um saco.

Stilton olhou para baixo e viu uma bola de pelos de aparência estranha circulando em volta das pernas do homem.

– Desculpe, eu não tenho um Dog Poo.

– Tudo bem, desculpe incomodá-lo.

O homem afastou-se levando Wiffin. Stilton virou-se para encarar a vitrine outra vez. Ele não tinha problemas para concatenar as coisas que vinham acontecendo dentro dele. Vinham acontecendo havia algum tempo, e recentemente tomaram proporções maiores. Uma espécie de necessidade frenética de voltar. E tomar o seu lugar no mundo novamente.

Compensar o tempo perdido.

No entanto, ainda não sabia como. Dedicara muito tempo de reflexão sobre o assunto. Aonde deveria ir? O que iria fazer da vida? Já havia desistido dela uma vez e agora a retomara de novo.

Ou recuperara.

O que iria fazer com ela?

Passara a maior parte da vida adulta trabalhando na polícia, com êxito. Tinha uma boa bússola moral, uma noção de certo e errado, talvez ainda mais claramente agora do que no tempo que passou vivendo nas ruas. Mas não conseguia imaginar-se voltando ao ambiente da polícia.

Ele precisava seguir em outra direção.

Mas primeiro tinha que cuidar de Rune Forss.

Era o primeiro passo para dar o fecho que estava procurando.

Deixou o seu reflexo de lado e olhou para o interior da loja de brinquedos. Viu trenzinhos elétricos, quebra-cabeças, grandes caixas de Lego e se pegou sentindo falta de crianças.

Crianças brincando.

Com ele.

Crianças que fossem dele.

Ele nunca teria filhos, tinha certeza disso. Esse tempo havia passado. Quando houve oportunidade, durante seu casamento com Marianne Boglund, ele vivia consumido por investigações de assassinatos e deixara bem claro que não estava preparado para ter filhos. Esse foi provavelmente um dos motivos do divórcio.

Mas havia outros.

Ele se afastou da loja de brinquedos e rumou para a Odenplan. Olhou para o restaurante Tennstopet do outro lado da rua. Estava lotado lá dentro, uma multidão fugindo do frio e da desolação. Esse senso de comunidade nunca o atraiu muito. Tirou o celular do bolso e ligou para Mette Olsäter. Ela atendeu depois de dois toques.

– Oi, é o Tom.

– Oi! Você está na cidade?

– Sim. Quero resolver um assunto com Rune Forss.

– É mesmo? Oh!

– Está surpresa?

– Não. Mas não posso falar no momento. Acabaram de me pedir para participar do comitê executivo para uma operação internacional antidrogas e preciso enviar milhões de e-mails. Podemos nos encontrar amanhã?

– Eu poderia ir vê-la na sua casa esta noite?

– Não é muito conveniente.

– E por quê?

– Convidei Olivia para jantar.

– E daí?

Houve um silêncio do outro lado da linha e Stilton sabia exatamente do que se tratava. Olivia culpara Stilton por todas as merdas que aconteceram no caso Nordkoster. O assassinato de sua mãe. Com alguma razão, ele sabia disso. Ele havia se omitido e não ousara contar-lhe a verdade sobre alguns fatos. Quando finalmente contou, ela ficou furiosa, e provavelmente ainda estaria.

Novamente com alguma razão.

Então ele entendeu o que Mette quis dizer com aquele silêncio.

– Bom, a que horas podemos nos ver amanhã então? – ele disse.

– Às onze.

– Onde?

– Aqui.

– No seu escritório?

– Sim, não tenho tempo para ficar batendo perna por toda a cidade. Por falar nisso, sabe alguma coisa de Abbas?

– Não, por quê?

– Tentei ligar para ele várias vezes, mas ele não está atendendo.

– Ele está passando o aspirador.

– Passando o aspirador?

– Ou pode estar em outro mundo, no além-mundo.

Abbas uma vez tentou explicar a Stilton do que se tratava o sufismo. Stilton tinha escutado. Quando Abbas começou a falar sobre um além-mundo, Stilton sugeriu que eles deveriam jogar gamão.

E foi isso.

– Mas eu posso dar uma ligada para ele – disse ele.

– Eu agradeceria. Tchau.

Stilton encerrou a ligação.

Ele levantou a gola do casaco de couro e seguiu no seu caminho até a Odenplan. Sentiu um pouco de fome e pensou que devia haver uma barraca de salsichas por aquela rua.

Não havia.

* * *

Olivia estava sentada naquela cozinha maravilhosamente antiga saboreando a mais recente experiência de ensopado de Mårten. Ela realmente ansiava por voltar àquele lugar, rever o antigo casarão verde e branco dilapidado e semicaótico de Kummelnäs, em Värmdö, com filhos e netos fervilhando por todos os lados. Já fazia muito tempo desde a última vez que estivera ali. As feridas ainda não haviam cicatrizado na época, e ela ainda teria uma longa viagem pela frente. Mesmo assim, tudo veio à tona logo que passou pelo portão. Foi ali naquela casa que tudo havia sido revelado, pouco mais de um ano atrás. Mette e Mårten estavam presentes, mas não foram eles que a deixaram profundamente perturbada. Foi Tom Stilton. Ele não estava ali agora – se estivesse, ela teria ido embora.

Com uma colher, ela começou a provar um pouco daquela comida deliciosa e quente.

– Tom parece estar prontamente restabelecido de novo – comentou Mette de repente enquanto enchia o copo de Olivia com vinho tinto.

– Ah, é mesmo? Mas que ensopado divino, Mårten! Que temperos você usa? Alho pra caramba?

– Sim – confirmou Mårten. – E um pouco de pimenta caiena e *garam masala*.

– Ele está morando em Rödlöga faz quase um ano agora – Mette continuou.

– Vamos ficar falando de Tom Stilton?

Olivia soou um pouco mais ríspida do que pretendia e lamentou-se por isso. Ela sabia que Mette não falava por mal, mas não estava ali para conversar sobre Stilton. E Mårten compreendeu isso na mesma hora.

– Conte-nos sobre a sua viagem – disse ele.

Ela ficou feliz por poder contar e relembrar. Alguns copos de vinho mais tarde, Mette e Mårten estavam devidamente atualizados sobre a maioria das coisas que aconteceram durante a sua viagem.

À exceção de Ramón.

Quando terminou seu relato, Mårten olhou para ela.

— Então, você vai mudar o seu sobrenome mesmo?

— Sim, mas ainda não resolvi nada oficialmente.

— E onde pretende candidatar-se a um emprego, então?

Foi Mette que perguntou, e Olivia estava temendo essa pergunta. Ela sabia que esse tipo de pergunta em algum momento seria ventilado, é claro, mas também sabia que Mette não era Maria, que reagira com um monossilábico "bom". Mette era uma investigadora-chefe da divisão de homicídios da Polícia Nacional.

— Em lugar nenhum — Olivia respondeu.

— O que quer dizer?

— Eu de fato não sei se quero trabalhar na polícia. Por enquanto não sinto a menor vontade disso.

— Mas você acabou de concluir o seu treinamento!

— É verdade, eu sei.

— E por que não quer trabalhar lá?

Mårten percebeu o aborrecimento na expressão de Mette e Olivia sentiu o clima em volta da mesa ficar pesado. Mas ela havia tomado uma decisão e não arredaria o pé.

— Quero fazer outras coisas.

— Como o quê?

— Estudar história da arte.

— Você vai desperdiçar toda a sua formação na polícia?

— Mette. — Mårten colocou a mão no braço de Mette. – Isso é com ela – disse ele.

— Claro. – Mette dirigiu-se especificamente para Mårten, sem olhar para Olivia. – Mas eu achava que ela adorava a profissão. Que ela queria fazer alguma coisa. Fazer a diferença. Realizar alguma coisa. Pelo que vejo, me enganei.

— Isso não é justo da sua parte – disse Olivia. Mette estava prestes a responder, mas Olivia continuou: – Você não tem nenhum motivo para ficar sentada aí e me julgar. Você não tem ideia do que eu quero e do que posso alcançar. Há muitas pessoas que fazem a diferença e que não estão trabalhando na polícia. Pensei sinceramente que você tivesse uma mente mais aberta.

Mårten olhou para Mette. Há muito tempo que ninguém se atrevia a falar com ela naquele tom, e de forma tão direta. Ainda mais uma pessoa jovem. O respeito dele por Olivia subiu vários pontos, mas ele assegurou-se de não deixar que a esposa soubesse disso. Mette observou Olivia por alguns segundos, sua mão erguendo e baixando o copo de vinho enquanto assimilava as palavras de Olivia.

– Desculpe – disse ela. – Você tem razão. É só que eu fiquei muito desapontada. Eu sei que você é uma pessoa muito qualificada, talentosa, e sei que tipo de pessoa você é. Precisamos de gente como você. Parece um desperdício. Você poderia tornar-se uma investigadora criminal fantástica.

– Eu não disse que jamais vou trabalhar na polícia. Posso mudar de ideia.

– Vou manter meus dedos cruzados.

Mette ergueu o copo para Olivia e ambas tomaram um gole de vinho. Mårten sentiu que um cessar-fogo havia sido alcançado.

Um cessar-fogo momentâneo.

Mette não desistiria.

– Um dos nossos vizinhos se enforcou ontem – disse Olivia, mais para mudar de assunto. – Lá em Rotebro.

– Bengt Sahlmann – disse Mette.

– Sim. Você o conhecia?

– Não pessoalmente, mas sabia quem era. Ele trabalhava na Alfândega. Nós estivemos em contato quando fizeram uma grande operação de combate às drogas um tempo atrás. Acabei de ouvir a notícia esta manhã. Ele era uma boa pessoa.

– Sim.

– Você o conhecia?

– Maria conhecia melhor. Eu costumava ser baby-sitter da filha dele, Sandra, há muito tempo. Foi ela que o encontrou lá pendurado.

– Que horrível.

Mårten levantou-se e começou a limpar a mesa. Ele queria dar às damas a chance de chegarem a algum campo neutro. Olivia queria o mesmo. Mette significava muito para ela, profissionalmente e como amiga. Não queria que houvesse tensão entre as duas, de modo que disse algo que achava que chamaria a atenção de Mette.

— Mas eu acho que tem algo estranho nesse suicídio — disse ela.

— Como assim?

— Ah, sei lá, muitas coisas.

Olivia viu Mette encher o seu copo e puxar sua cadeira um pouco mais para perto.

— Conte-me.

Ela conseguira sua atenção plena.

— A primeira coisa que me surpreendeu foi que ele sabia que Sandra estava a caminho de casa. Ele sabia que a filha estava para chegar e os dois se encontrariam. Enforcar-se pendurado no teto? Para sua única filha encontrar o corpo? Não acha um pouco estranho?

— É verdade.

— Ele também prometeu a Sandra que compraria sua comida favorita para o jantar, o que de fato fez. Tudo estava na cozinha.

— Você foi até lá, entrou na casa?

— Sim. Depois da polícia, claro. Estávamos cuidando de Sandra, ela dormiu na casa de Maria. Ela me pediu para ir buscar seu laptop, por isso eu fui lá.

— E foi então que você descobriu que ele havia comprado a comida?

— Sim. Ele compra a comida e depois tira a própria vida?

Mette tomou um gole de vinho.

— E o que mais? — perguntou ela.

— Não havia nenhum bilhete de suicida, nada.

— As pessoas nem sempre deixam um bilhete. No caso de Sahlmann, sabendo que a filha estava indo para casa, deveria haver. Mas nunca se sabe. Algo mais?

Mette estava totalmente concentrada agora. Já não era mais uma curiosidade genérica, mas um interesse por razões que Olivia desconhecia.

— O laptop — disse Olivia. — Sandra disse que eles usavam o mesmo computador, e que havia alguns trabalhos seus da escola arquivados nele de que iria precisar. Supostamente o laptop estaria no escritório do pai.

— E não estava?

– Não. Eu procurei, mas não achei em lugar nenhum.
– Qual foi a reação de Sandra?
– Ela achou muito estranho. Pelo que sabia, ele sempre deixava o computador no escritório de casa.
– Talvez ele tivesse levado para o trabalho?
– Sim, talvez.
– Mas você não acha?
– Eu não faço ideia.
– Você acha que foi roubado?
– Se foi roubado, então talvez não tenha sido suicídio.
– É, não. Mas nós não sabemos disso.
– Ainda não – disse Olivia.
– Agora você soa como a investigadora criminal que não quer ser.

Mas Mette sorriu um pouco ao dizer isso e Olivia retribuiu o sorriso. Mårten então percebeu que o clima estava suficientemente desanuviado e que ele poderia tentá-las com uma tábua de queijos.

Antes de sair, ainda na antessala, Olivia deu um abraço caloroso em Mette e Mårten. Havia um suficiente vínculo de afeto entre Mette e ela para suportar um pouco de confronto.

Assim que Olivia desapareceu pela porta, Mette pegou o celular. Ela havia retido intencionalmente algumas informações de Olivia. Informações da polícia. Coisas que não diziam mais respeito a Olivia – afinal ela estava indo estudar história da arte. Caso contrário, Mette teria revelado a ela que um grande carregamento de drogas havia desaparecido recentemente da Alfândega. Parte de uma grande apreensão de drogas feita um tempo atrás, ainda naquele outono. Ninguém sabia onde as drogas foram parar. Havia um inquérito interno em curso que, até ontem pelo menos, estava sendo conduzido por Bengt Sahlmann.

Que tinha acabado de se enforcar.

Em circunstâncias que despertaram as suspeitas de Olivia.

E agora também as de Mette Olsäter.

A conversa foi breve. Mette solicitou mais celeridade na autópsia de Bengt Sahlmann. Quando desligou, Mårten estava encarando Mette com aquele seu olhar já conhecido. Um olhar que parecia inócuo para todos, menos para sua parceira de 39 anos de convivência.

Ela sabia exatamente o significado daquele olhar.

– Sim, eu a pressionei, eu sei, mas me desculpei.

– Só porque era do seu interesse se desculpar.

– É, pode ser. Mas eu acho que ela é uma idiota. Uma das detetives mais promissoras e talentosas que já conheci. "Por enquanto não sente vontade de trabalhar na polícia." É típico.

– O que quer dizer com "típico"?

– Típico de criança! Elas querem viajar, rodar o mundo, ficar pensando nas coisas, em sei lá o quê, ficar pulando de galho em galho, tudo é possível numa vida sem obrigações, só querem concentrar-se em si mesmas. Isso me irrita.

– Agora você está sendo injusta com ela. Ela teve problemas excepcionais para lidar, e você sabe disso. Ela, mais do que ninguém, precisa encontrar seu próprio caminho. Se puder.

Mette concordou em parte. Mas Mårten tinha toda a razão.

– Em qualquer caso, eu acho que é definitivamente a maneira errada de fazê-la voltar a ser policial – disse ele.

– O que você quer dizer?

– Essas suas provocações. Ela é como Tom. Parte para a ofensiva. Ela odeia ser questionada. Você vai ter que pensar em algo mais astuto, se quiser chegar a algum lugar com Olivia.

– E a astúcia é o seu departamento.

– Obrigado.

Mårten puxou Mette na direção dele e estava prestes a dar-lhe um beijo ligeiramente bêbado, quando a porta abriu e um de seus filhos entrou com uma sorridente Jolene a reboque.

– Eu acertei!

Jolene tinha vinte anos e era a filha caçula. Tinha síndrome de Down. Uma semana atrás, começara a praticar basquete com as jogadoras com necessidades especiais do Skuru IK Specials, e nesta noite ela conseguira colocar a bola na cesta.

Foi um grande momento para ela.

* * *

Olivia estava sentada no ônibus de volta para casa e sentia os efeitos do vinho tinto. Foi a segunda noite consecutiva e não estava acostumada a isso. Sentia-se enjoada quando o ônibus sacudia na autoestrada para Slussen. E aquele cheiro de urina não estava facilitando as coisas. Escolhera sentar-se à direita no fundo do ônibus e parecia que alguém tinha mijado ali atrás. Então levantou-se e foi até um banco mais à frente. Só havia mais três passageiros além dela. Afundou no banco e ficou olhando pela janela tentando focalizar melhor.

"Você poderia tornar-se uma investigadora criminal fantástica."

As palavras de Mette ficavam martelando na sua cabeça. Eram palavras importantes de uma das investigadoras criminais mais experientes da Suécia, conhecida por não desperdiçar elogios à toa. Sou eu que estou errada? Será que eu deveria desistir dos meus planos e trabalhar na polícia? Afinal foi isso o que sempre quis. De repente, ela se sentiu cansada, triste e bêbada.

Então seu celular tocou.

– Oi, é a sua melhor amiga!

A voz de Lenni quase podia ser ouvida pelo motorista do ônibus.

Olivia foi obrigada a segurar o telefone longe da orelha.

– E eu realmente quero vê-la enquanto você ainda está linda e bronzeada!

– Claro. – Olivia sorriu. – Vamos nos ver amanhã.

– Mas eu quero ver você agora! Onde você está?

– Indo para casa.

– Ótimo. Porque eu estou te esperando sentada bem na frente da sua porta.

A repentina urgência de Lenni para ver Olivia tinha suas razões. Ela perdera as chaves de casa e não estava com a menor vontade de ir até a casa da mãe em Sollentuna para pegar a chave reserva.

* * *

Olivia tinha acabado de sair do elevador na Skånegatan quando seu rosto desapareceu no meio de uma bola loura de cabelos rebeldes recém-lavados e ela viu-se envolvida por um abraço enorme de Lenni.

– Você está proibida de me deixar sozinha por tanto tempo novamente! Prometa!

– Prometo. – Olivia riu.

– Mas, meu Deus, você está fedendo a álcool!

– Vinho, não álcool.

Olivia livrou-se do abraço e olhou para Lenni.

– E você cortou o cabelo desde a última vez que nos falamos por Skype.

– Sim, decidi que eu deveria ter uma franja.

Lenni rapidamente tentou ajeitar sua franja despenteada com os dedos.

– Ela combina com você! Você está ótima – disse Olivia.

– E você! Que puta bronzeado! Nem pense em andar ao meu lado com esse bronze nas próximas semanas.

Olivia riu de novo e sentiu a tristeza desaparecer. Deus, como ela estava com saudade de Lenni! A amizade delas era tão simples e natural. E apesar de suas diferenças, tanto externas quanto interiormente, Lenni era uma das poucas pessoas em quem Olivia ainda confiava. Olivia pescou as chaves na bolsa e abriu a porta. Quando entrou na antessala e acendeu a luz, viu que metade do batom de Lenni estava agora no seu rosto. Ela sorriu e esfregou-o com a mão. Lenni apareceu atrás dela no espelho.

– Bem, isso é o mais perto que você chegará de fazer uma maquiagem – disse ela. – Mas eu faço o que posso. Vou fazer um chá para você ficar sóbria.

E assim aconteceu, Olivia foi ficando sóbria enquanto Lenni a atualizava sobre todos os seus amigos em comum. Olivia ficou a par de tudo, pelo menos das coisas que eles postavam publicamente no Facebook, mas é claro que Lenni foi capaz de contar-lhe uma infinidade de detalhes constrangedores de que os amigos não se orgulhavam e não queriam ver espalhados na rede.

Depois, Olivia fez um relato sobre sua viagem, nos mínimos detalhes.

– E como foi com esse Ramón? O que rolou?

– O que tinha de rolar. Mas depois eu fui embora.

Lenni riu.

– Há algo de diferente em você, sabia disso?

Olivia olhou para a amiga.

– Quer dizer, eu sei que aconteceu muita coisa – disse Lenni. – Mas não é só isso. Antes, você nunca faria sexo casual com um cara qualquer em uma espelunca no México.

– Não, mas também eu nunca estive no México antes.

Olivia sorriu.

– E quais são os seus pensamentos em relação a Ove? – Lenni perguntou.

– O que quer dizer com "meus pensamentos"? O que ele tem a ver com tudo isso?

– O que ele tem a ver com tudo isso? – Lenni a imitou. – Você sabe exatamente o que quero dizer.

Mas Olivia não sabia. Ove Gardman era o menino que havia testemunhado sua mãe ser afogada, e ele realmente salvara a vida de Olivia. Literalmente. Se ele não estivesse lá naquela noite, 25 anos atrás, ela não estaria aqui hoje. Agora ele já não era um menino, mas um homem de 35 anos que passara a vida atravessando o planeta para salvar recifes de corais, golfinhos e baleias. Era um biólogo marinho. Seus caminhos tinham se cruzado no ano passado, quando ela voltou a Nordkoster para ver a praia onde a mãe tinha morrido e ela nasceu. Quando ela desmontou, foi ele que juntou seus pedaços. Olivia ficou com ele durante uma semana. Ele ouvia, apoiava e fez de tudo para ela poder se alimentar. Ele fora o seu amparo. E, desde então, os dois eram quase como irmão e irmã, duas crianças sozinhas que entendiam uma à outra.

Mas nada mais.

Pelo menos da parte de Olivia.

– Ove está na Guatemala ou em algum lugar parecido – disse ela. – Nós nos falamos por Skype outro dia.

– E ele estava sentindo falta de você desesperadamente? Estou certa? – Lenni colocou teatralmente a mão no coração e com a outra pressionou a testa.

– Pare com isso, somos apenas amigos, como você sabe muito bem.

– Sim, mas eu não sei por quê. Que desperdício! Ele é gente boa, seriamente gostoso e...

— E?

— Perfeito pra você. Só o nome dele é que é meio horroroso, Ove Gardman, mas você vai ter que conviver com isso. Ele pode mudar de nome também, como você.

Olivia riu. Lenni sempre teve opiniões em relação a todo mundo. Caras com o corte de cabelo errado, com as roupas erradas e nomes errados levavam um não no seu mundo.

Por outro lado, ela poderia escolher e pegar o que bem quisesse.

— Eu não estou apaixonada por Ove e ele não está apaixonado por mim. É só isso.

Lenni fixou atentamente os seus olhos azuis maquiados em Olivia.

— Você já perguntou isso a ele?

— É claro que não.

— Você já se perguntou?

Olivia não se perguntara. Ela nunca sequer pensara em Ove dessa forma. Quando ele entrou na sua vida, não havia espaço para um sentimento desse tipo, havia muitos outros com que tinha de lidar para poder pensar em amor. E agora que já havia lidado com os outros sentimentos... bem, quais os que ela nutria por Ove?

Olivia ficou acordada por um tempo depois que Lenni adormeceu ao seu lado na cama, no meio de uma frase. Ela escutava a respiração profunda da amiga que, depois de um tempo, transformou-se em um ronco suave. Será que Lenni tinha razão? Havia algo mais entre eles? Ela sentia saudade dele, sabia disso, e ele sempre ficava feliz em vê-la quando conversavam por Skype. Mas... não, eles eram como irmãos e é assim que deveria continuar. Um caso de amor só serviria para destruir o que já haviam construído, Olivia concluiu antes de desaparecer nos seus sonhos, ao som do ronco de Lenni.

Stilton tinha se dirigido ao centro da cidade. Ligou para Abbas duas vezes, mas ninguém atendeu. Estaria passando o aspirador no prédio inteiro? Em seguida, desligou seu celular para economizar bateria. Ele não tinha muitas outras pessoas para quem ligar. Os Olsäter estavam jantando com

Olivia. Nesse ponto a sua lista de amigos acabava. Poderia ter ligado para Benseman ou Arvo Pärt, ou um dos outros sem-teto que se tornaram uma espécie de amigos durante os anos em que morou nas ruas, mas ele sentiu que já estava em outra.

Em vez disso, ficou simplesmente perambulando pela cidade.

Ele preferia circular pelas ruas escuras e estreitas situadas a poucos quarteirões de distância da azáfama da cidade. Menos automóveis, menos lojas, menos barulho. Queria evitar gente, ainda sentia que as pessoas ficavam olhando para ele como costumavam fazer há não muito tempo. Ele ainda evitava o olhar de estranhos.

Então caminhava de cabeça baixa, olhando para a calçada.

E caminhou assim por muito tempo.

Sentia que precisava fazer o tempo passar. Ainda havia muita coisa acontecendo na sua cabeça para ele permanecer confinado naquela cela que acabou alugando no barco de Luna. Precisava caminhar mais para espantar sua inquietação. Quando estava em sua cabine no barco, ele só queria se desligar de tudo. Amanhã se encontraria com Mette para falar de Rune Forss. Teria de matar o tempo até então.

Ficou dando voltas pelo centro da cidade antes de retornar para Södermalm. Viu ex-colegas passarem por ele em viaturas da polícia e se afastou um pouco. Não que fossem reconhecê-lo, ele nunca havia saído em serviço de patrulha, e as pessoas dentro das viaturas eram jovens demais para saber quem ele era.

Mas eram policiais.

Isso bastava.

Faziam com que se lembrasse das coisas erradas.

Por fim chegou ao barco, tarde da noite, naquele estado em que se julgava pronto para enfiar-se na cama e desaparecer. Atravessou a prancha de embarque. Estava escuro no convés. Luna certamente não desperdiçava energia elétrica, pensou ele, enquanto seguia para a sua cabine.

– Oi.

A voz veio da direção da balaustrada completamente escura, e isso o fez dar um pulo. Ele reconheceu a voz, mas não podia ver ninguém.

– Oi – disse ele. – Eu estava indo para a cama.

– Você não quer tomar um uísque antes?

Luna deu um passo à frente saindo da escuridão e entrando num feixe de luz da lâmpada do cais. Seu macacão havia sido substituído por uma calça jeans desbotada e um suéter de lã cinza. Estava com um cobertor grosso em volta dos ombros.

– Eu estou muito cansado – disse Stilton.

– Você já está trabalhando?

– Não.

Stilton hesitou um pouco. Luna estava de pé a poucos metros de distância. Seus cabelos volumosos estavam caídos por cima do ombro, presos em um rabo de cavalo.

– Você vai se levantar cedo?

– Eu me levanto assim que acordo.

Luna assentiu com um ligeiro gesto de cabeça e manteve o olhar fixo em Stilton.

– Mas eu gostaria de um uísque – ele mentiu.

Luna virou-se e desceu para a sala de estar, na frente de Stilton. Ela havia colocado algumas luzes, ouvia-se uma suave música country vindo de algum lugar na escuridão e havia um leve aroma de alcatrão no ar. Duas pequenas oliveiras e dois limoeiros maiores haviam sido colocados ao longo das anteparas. Luna apontou para um banco de parede comprido. Havia alguns quadros emoldurados pendurados acima do banco, pequenas pinturas a óleo abstratas em cores vivas. Stilton sentou-se. Era a primeira vez que ficava ali embaixo. E gostou do espaço. Tudo em madeira escura, acessórios de metal aqui e ali, a mesa oblonga e arredondada na frente dele, cheia de arranhões. Ele lembrou de Rödlöga, dos velhos barquinhos no mar e das antigas casas de pescador. Sentiu uma estranha saudade de casa. Luna foi até um armário de madeira na parede e tirou de lá uma garrafa de Bulleit Bourbon e dois copos pequenos.

– Certamente devo comemorar o meu primeiro inquilino – disse ela.

– Acho que sim.

Ela serviu o uísque e estendeu um copo para Stilton.

— Saúde.

Stilton levantou o copo e deu um gole no uísque seco.

— Então esta é a primeira vez que você aluga uma cabine? — ele disse.

— Sim. Preciso aumentar a minha renda.

— O que você faz?

— Sou zeladora de cemitério, o Norra Begravningsplatsen, e o salário lá é muito ruim. Como você foi parar nas ruas?

A pergunta veio do nada e Stilton não teve como fugir. Ele olhou para o copo. Fizeram-lhe essa mesma pergunta tantas vezes que ele era capaz de apresentar uma infinidade de respostas diferentes, dependendo de quem perguntasse. Mas naquele exato momento, ele não teve vontade nenhuma de responder.

— É difícil responder a isso — disse ele.

— Por quê?

— Porque eu não sei quem você é e qual a resposta que devo escolher.

Luna sorriu sem dizer nada. Stilton sentiu-se desconfortável.

— Que música é essa? — ele disse, tentando mudar de assunto.

— "Lover's Eyes". Mumford & Sons. De que música você gosta?

— Nenhuma em particular.

Luna olhou para ele e tomou um pequeno gole do seu copo.

— Luna — disse Stilton.

— Sim?

— Um nome muito incomum.

— Minha mãe me batizou como Abluna, um nome de família.

— Soa estranho.

— Abluna é um antigo nome de menina na Suécia. Mas um dia minha mãe desapareceu e, como meu pai não gostava do nome, ele começou a me chamar de Luna. Lua em italiano. Eu gostei dele.

— É lindo.

— Obrigada.

— Quando a sua mãe foi embora?

— Quando eu tinha 12 anos. Ela era uma "caminhante do vento".

— Caminhante do vento. O que significa?

— É uma antiga expressão do povo sami, o que anda com o vento. Aquele que segue o seu próprio caminho.

— Ela era sami?

— Não.

— Ah, sei.

Nesse ponto, o estoque de assuntos de Stilton começou a secar, mas ele conseguiu achar uma saída de fácil acesso.

— Há quanto tempo você tem este barco?

— Eu me deparei com ele há uns dois anos, em Toulouse, e me apaixonei pelo nome.

— *Sara la Kali.*

— Sim. É o nome de uma santa cigana. Levei-o até os canais.

— Você sozinha?

— Não, meu pai é capitão do mar. Ele foi também.

Stilton assentiu com a cabeça e bebeu o uísque. Sentiu a fadiga acumulada bater com força total. No entanto, ainda queria ficar ali sentado. Mais ou menos. Sabia que teria de resolver um assunto com Rune Forss.

— Estou exausto, vou cair na cama agora – disse ele.

— Obrigada pela companhia.

— Haverá outras vezes.

Stilton desviou o olhar ao dizer isso. Luna sorriu novamente e o seguiu com os olhos. Ela se serviu de outra dose, lentamente. Quando levou o copo aos lábios, Stilton já desaparecera.

"Eu venho de uma família de caçadores de focas."

Luna bebeu o uísque e colocou o copo na mesa. Quando largou o copo, viu que sua mão tremia ligeiramente. Tinha mãos vigorosas, cobertas de sulcos, alguns frutos de muito trabalho, outros eram segredos. Ela virou-as e olhou para as unhas, largas, cortadas uniformemente, sem esmalte. Não gostava de pintar as unhas. Era vaidosa de um jeito diferente.

Mas por que tremia?

Ela apertou o punho para acalmar o tremor. Aquilo a estava incomodando. Tivera o mesmo tremor naquela manhã, e no cemitério no dia anterior. Um leve tremor nas duas mãos que não conseguia explicar. Estava com

41 anos de idade e sempre fora forte e saudável a vida inteira, com exceção de uma alergia estranha. Ela olhou o corredor pelo qual Stilton desaparecera. Pena que ele não seja médico, pensou. Ex-policiais provavelmente não tinham muito a dizer sobre mãos trêmulas. Ela recostou-se e desligou as luzes da sala. As luzes do cais lançavam uma claridade baça através das escotilhas, e sua silhueta era visível na parede de madeira escura atrás dela. Ela deixou-se cair no banco de madeira e esticou-se um pouco. Ultimamente estava tendo dificuldade para pegar no sono. Às vezes, saía da cama e ia deitar-se na sala, só para mudar de ambiente, e de vez em quando conseguia adormecer assim. Fechou os olhos e sentiu a cabeça relaxar, a bebida a embalando na escuridão. Exatamente um segundo antes de estar prestes a se render ao sono, ela ouviu o grito.

Veio da cabine de Stilton.

Ela sentou-se na mesma hora, o coração batendo. Já estava se preparando para deitar outra vez quando ouviu um segundo grito. Luna levantou-se e foi até o corredor. Parou a alguma distância da cabine de Stilton. Não havia luz por baixo da porta. Ela ficou ali em silêncio. Depois, houve outro grito, dessa vez mais baixo, mais curto, seguido por um gemido longo e prolongado.

Ele está sonhando, pensou. Pesadelos.

Quando Stilton perguntou se poderia trancar a porta da cabine, ela já tinha sentido que havia algo de misterioso naquele homem. Como se o aluguel que estivesse pagando fosse apenas um mal necessário, uma forma rápida e fácil de obter uma moradia, um canto para dormir e nada mais.

Ela voltou para a sala.

O pequeno feixe de luz circular deslizou lentamente pela parede branca e nua do quarto de dormir. Tocou cuidadosamente a borda de um cartaz, parou, hesitou e depois fez o lento caminho de volta pela parede nua novamente.

Abbas estava sentado no chão com uma pequena lanterna na mão e uma colcha cinza sobre os ombros. Seus olhos, quase visíveis na luz, estavam doloridos e vermelhos de tanto chorar e esfregá-los, e pela falta de sono. Ele tentou olhar para a parede em frente, tentou chegar à parte sombreada que não conseguira iluminar, mas não se atreveu. Fechou os olhos para ganhar algum tempo. Ele sabia que tinha de olhar para o cartaz.

Agora.

Estava sentado ali havia horas, esperando a escuridão cair, tentando reunir forças. Para nada. Todo o seu corpo estava esgotado, o braço que segurava a lanterna estava mole e fraco, os sinais enviados de seu cérebro mal alcançavam a mão.

– Eu tenho que olhar para ele agora.

Ouviu-se dizendo estas palavras. E repetiu-as mais uma vez. Abriu os olhos devagar e começou a dirigir de novo o foco de luz para a parede em frente, para o cartaz. De repente recuou, a luz tremulando para cima e para baixo, mas em seguida ele permitiu que ela se derramasse sobre a borda do cartaz, com muito cuidado.

Era um belo cartaz, grande, um cartaz de um circo da França, o Cirque Gruss, de meados dos anos 1990, todo vermelho e azul. A luz explorou a imagem carregada de energia, os malabaristas, o trapézio, os elefantes; demorou um pouco antes de ele ousar iluminar até embaixo, onde ficava o texto com os nomes dos artistas.

Mas foi ali que a luz ficou.

De repente, ela se apagou e a escuridão caiu sobre o quarto. O único som que se ouvia era o de uma inalação pesada.

O aspirador estava em silêncio.

6

Pouco antes de chegar ao alto da escada, Agnes Ekholm precisou parar e tomar fôlego. Tinha problemas com escadas, principalmente para subir, e agora estava se dirigindo ao quarto andar. Ela havia colocado um casaco sobre seu penhoar cor-de-rosa e calçara um par de chinelos macios. Quando alcançou o patamar, hesitou um pouco.

Qual era a porta mesmo?

Sua visão a obrigava a usar óculos diferentes para diferentes distâncias, e obviamente ela havia levado os óculos errados. Enfiou-os de volta no bolso do casaco e inclinou-se para bem perto da porta. Sim, só podia ser esta. Com um ligeiro tremor, ela apertou a campainha. O ruído do outro lado da porta era audível até mesmo para Agnes com sua penosa audição. Depois de alguns minutos, tocou novamente a campainha. Será que ele não está em casa? Tocou mais uma vez, esperou e tentou girar a maçaneta. A porta estava trancada. Agnes suspirou e deu meia-volta para ir embora. Todo aquele montanhismo para nada. Quando se preparava para pisar no primeiro degrau, a porta atrás dela abriu. Ela se virou. Havia um homem parado na soleira, conseguiu vê-lo. Estava enrolado em uma colcha, a barba grossa por fazer, o cabelo desgrenhado e seus olhos aninhavam-se em um par de órbitas escuras. Agnes recuou um pouco.

– Desculpe. Eu estava procurando por Abbas.

– Sim?

Agnes olhou fixamente para o homem e foi forçada a perceber que aquele ali de pé à porta era Abbas de fato. Num estado em que ela jamais o vira antes. Nunca o vira com a barba por fazer.

– Ah, me desculpe, eu não o reconheci.

– O que a senhora quer?

– Eu encontrei o carteiro e ele disse que sua caixa estava abarrotada, não havia mais espaço para colocar a correspondência de hoje, parecia que não tinha sido recolhida por um bom tempo.

– Eu estive doente.

– Bem, eu posso ver isso, coitadinho. O que é...

– Vou esvaziar a caixa.

– Está bem, e... espero que você melhore logo. Você não quer um pedaço de bolo de cenoura?

– Não, obrigado.

Agnes assentiu com a cabeça ligeiramente e virou-se para descer a escada. Abbas fechou a porta rapidamente.

A caixa de correio está abarrotada?

Ele deu alguns passos na antessala e olhou-se no espelho estreito. Entendeu na mesma hora o porquê da reação de Agnes. Sua aparência estava tenebrosa. Há quanto tempo estaria assim? Ele livrou-se da colcha e notou duas manchas grandes em seu suéter. Será que eu vomitei na pia da cozinha? Ele tinha uma vaga lembrança disso. Seguiu para a sala de estar e viu o aspirador no chão. Eu estava aspirando o pó? Por quê? Ele estava plantado no meio da sala. Havia alguma coisa ali que provocou isso tudo. O que seria? Lentamente, seus olhos vagaram para baixo, até a mesa de vidro. Avistou o jornal que assinava. Exatamente no mesmo lugar onde o havia deixado, um lado perfeitamente alinhado com a borda do tampo de vidro. Ele olhou para o jornal. Será que foi isso?

Foi.

O que não tinha volta começou lentamente a voltar.

Pouco a pouco.

Quando tudo foi restaurado nos escaninhos de sua memória, ele seguiu direto para o chuveiro.

Primeiro, água quente, por um longo período de tempo, para emergir da sua queda, depois, gradualmente, mais fria. Quando a água ficou fria de rachar, ele se recuperou por completo e tomou uma decisão.

A primeira coisa que pegou foram as facas.

Cinco facas Black Circus.

De dois gumes.

* * *

Mette passou pelo corredor em passo acelerado, sem um aceno através do vidro para qualquer um de seus colegas sentados em suas salas. Ela estava com pressa. Levando uma pasta grossa debaixo do braço, dobrou o corredor e abriu a porta da sala de reunião que havia escolhido. Bosse Thyrén e Lisa Hedqvist, dois de seus jovens investigadores favoritos, já estavam ali. Por enquanto ela queria manter o grupo tão reduzido quanto possível. Jogou a pasta sobre a mesa e sentou-se na cadeira para conduzir a reunião. Ela recebera o laudo técnico da perícia menos de uma hora atrás: Bengt Sahlmann havia sido assassinado. Não havia nenhuma dúvida quanto a isso.

– Ele já estava morto quando foi pendurado. O crime foi provavelmente precedido por uma briga, ele tinha fragmentos de pele sob as unhas.

– Algum DNA?

– Eles estão trabalhando nisso.

Mette também instalara uma operação de porta em porta em Rotebro e enviara técnicos até a casa dele.

– Nós perdemos um tempo precioso – disse ela. – Sahlmann foi encontrado enforcado na noite de anteontem por sua filha Sandra e não havia nada na cena do crime que indicasse ser outra coisa além de suicídio. O laudo preliminar é impecável. O que significa que o assassino ou assassinos estão mais de 36 horas à nossa frente. Pedi que Lagerman verificasse as finanças de Sahlmann. Elin está mapeando seu círculo social. Sua esposa morreu no tsunami. Ele tem uma cunhada que mora na Johan Enbergs Väg 8, em Huvudsta. Seu nome é Charlotte Pram. A filha dele, Sandra, está com ela agora. Ela ainda não foi informada de que se trata de uma investigação de homicídio. Você cuida disso, Lisa, mas tenha cuidado. Bosse e eu iremos até a Alfândega.

– Por que estamos cuidando dessa investigação? – Bosse perguntou, em dúvida.

– Porque eu quis.

– E por quê?

– Porque há conexões com o comércio internacional de drogas. Um grande carregamento da droga sintética 5-IT desapareceu recentemente da Alfândega. Ela foi apreendida em uma maciça operação de combate às drogas deslanchada no início do outono, vocês lembram?

— Sim — disse Lisa. — Mas o que Sahlmann tem a ver com isso?

— Ele estava no comando de uma sindicância interna na Alfândega que tentava descobrir onde essas drogas foram parar. Ele acabou descobrindo algumas informações que o colocaram em risco.

— Isso é uma especulação? — perguntou Lisa.

— Sim. O que não é tanto especulação é o fato de o laptop de Sahlmann ter sido roubado de sua casa na mesma noite em que foi assassinado.

— Como você sabe disso?

— De uma fonte.

Por algum motivo, Mette não quis citar a sua fonte, Olivia Rönning. Ou Rivera. Bosse e Lisa conheciam Olivia desde o caso Nordkoster, Mette sabia disso. Naquele exato momento, ela percebeu que eles precisavam falar com Olivia, é claro. Ela esteve presente na cena do crime apenas uma hora ou mais depois do ocorrido.

Então Mette recuou.

— Olivia Rönning foi a fonte.

— E como foi que ela soube? — perguntou Bosse.

— Ela mesma é que vai ter de lhe dizer. Por que você não vai falar com ela antes de irmos até a Alfândega?

— Está bem.

Bosse e Lisa se levantaram. Mette pegou seu celular. Lisa aproximou-se dela.

— Olivia está de volta então?

— Sim.

— E como é que ela está?

— Ela vai trocar de sobrenome. Para Rivera.

— Sério?

— E ela decidiu não permanecer na força.

— Mas por quê?

— Vamos trabalhar agora, ok?

Lisa entendeu o recado e se encaminhou para a porta. Mette pegou seu celular e preparou-se para ligar para Olivia. Quando Bosse e Lisa fecharam a porta, ela apertou a tecla de chamada. Olivia atendeu imediatamente.

– Oi, Mette! Obrigada por ontem à noite!

– Ora, obrigada a você por ter vindo. Chegou bem em casa?

– Sim, obrigada. Um pouco mais embriagada do que eu imaginava, mas o engraçado foi que...

– Você estava certa.

– Sobre o quê?

– Bengt Sahlmann foi assassinado. Acabei de receber o laudo da perícia.

Olivia ficou em silêncio. Seus sentimentos estavam divididos. Pelo lado positivo porque a perícia confirmou suas suspeitas. O lado negativo por causa de Sandra. Ou talvez não. Talvez fosse um alívio para ela saber que o pai não dera cabo da própria vida. Mas assassinado? Assim como seu próprio pai biológico? Seria muito mais fácil de lidar com isso?

– Você contou a Sandra? – perguntou ela.

– Lisa está a caminho agora, vai falar com ela. Bosse vai entrar em contato com você. Falo com você mais tarde.

Mette encerrou a ligação.

Uma manhã cinzenta, nuvens pesadas e escuras que cruzavam o céu num ritmo preguiçoso, mas nada de chuva. Era só uma questão de tempo. Stilton estava na balaustrada do barco escovando os dentes: gostava de fazer isso ao ar livre, um hábito que adquirira em Rödlöga, pois lhe dava uma sensação de liberdade. Segurava um copo de plástico com um pouco de água. Luna estava parada a alguma distância, observando-o enquanto ela escovava os cabelos. Stilton trabalhou com afinco na escova de dentes, e por um longo tempo. Quando era sem-teto, nunca possuíra uma escova de dentes, ele limpava os dentes com o dedo indicador e enxaguava a boca quando havia água por perto. Ou café. Em Rödlöga tudo isso mudou. A preocupação com a higiene passou a ser preponderante. Todas as manhãs, obrigava seu corpo magro a entrar na água do mar fria e cortante, contanto que não estivesse congelada, e o esfregava com uma escova que encontrara atrás de uma bandeja esmaltada na cozinha. Como se limpar por fora fosse limpar um pouco de sua confusão interior também.

Seus dentes faziam parte disso. Luna viu como ele manobrava a escova para a frente e para trás de forma quase compulsiva.

– Você é muito meticuloso com os dentes – disse ela.

– São os únicos que eu tenho.

– Você teve pesadelos ontem à noite.

– É mesmo?

– Você estava gritando. E alto.

Stilton enxaguou a boca com a água do copo de plástico, gargarejou por um tempo e cuspiu pela balaustrada. Quando se virou, Luna havia desaparecido. Ótimo. Ele não tinha tempo mesmo para conversa-fiada: estava estressado, tinha dormido mais do que devia e pelo visto teve pesadelos. O que isso tinha a ver com ela? Ele tinha de sair. Dali a pouco mais de uma hora se encontraria com Mette para falar sobre Rune Forss. Estava na hora de fazer as coisas andarem.

Então ele viu Abbas.

No caminho em frente à marina.

Vindo na direção do barco.

Após uma das ligações não atendidas por Abbas no dia anterior, Stilton deixara uma mensagem mencionando o *Sara la Kali* na marina de Mälarvarvet, onde ele alugara uma cabine. Aparentemente, Abbas tinha ouvido sua mensagem. Ele atravessou a prancha de embarque e a primeira coisa que Stilton reparou foi que ele estava com a barba por fazer. Stilton teve a mesma atitude ante os hábitos de barbear de Abbas que Agnes Ekholm tivera, não se lembrava de já tê-lo visto com a barba por fazer.

– E aí? – disse Stilton. – Eu fui vê-lo ontem, mas você não abriu a porta. Estava passando o aspirador de pó?

– Não. Eu tenho que me mandar por uns tempos e quero que você venha comigo.

– Para onde?

– Marselha.

— Marselha? Quando?

— Hoje à noite.

Stilton olhou para Abbas. Não era só a barba por fazer que era estranha. Tudo nele estava estranho. Era a primeira vez que ele aparecia ali, e nada perguntou. Sobre o barco. Por que eu estaria morando ali. Por que não estou na cidade. Limitou-se a ir direto ao assunto.

Mau sinal.

— O que vamos fazer em Marselha?

— Vamos falar sobre isso outra hora. Você vem?

— Você sabe que eu vou.

Aquilo na verdade não estava nos planos de Stilton no momento. Mas ele tinha uma dívida para com Abbas. Uma dívida imensa.

Além disso, ele sabia que Abbas não teria pedido se não fosse extremamente importante.

— Mette sabe disso? – ele perguntou.

— Não. Por quê?

— Ela está tentando entrar em contato com você. Talvez você devesse falar com ela. Nós vamos de avião?

— Não, iremos de trem.

— Por quê?

— O trem viaja por terra.

Abbas tinha medo de avião. Além disso, era mais fácil para ele ficar de olho nas facas dentro de um trem – seria muito mais difícil em um avião. Este provavelmente foi o fator decisivo.

— A que horas vamos?

— Por volta das quatro. Passe na minha casa antes.

— Tudo bem.

Abbas se virou e desceu a prancha. Stilton ficou observando enquanto ele se afastava. Quando Abbas estava a uma distância segura, ele bateu com o punho na balaustrada. Ele havia se preparado um tempão para vir à cidade resolver as coisas que tinha de resolver, e agora essa história de ir para Marselha. Sem ter a menor ideia do motivo.

Tudo o que sabia era que não devia ser por turismo.

– Quem era aquele cara?

Luna veio andando pelo convés. Vestia uma jaqueta de lenhador verde-escura e calça jeans desbotada. Seus cabelos, caídos nos ombros, emolduravam o nariz afilado e acentuado, e as sobrancelhas, muito mais escuras do que a cor dos cabelos. Sua aparência chamava a atenção de Stilton. Ela o lembrava das mulheres das capas melodramáticas dos romances policiais que tanto apreciava. Meio Rita Hayworth, meio Katharine Hepburn. Ele só percebera isso agora, agora que estava a caminho de Marselha.

– Um amigo – respondeu ele. – Abbas el Fassi.

– Um árabe?

– Francês, criado em Marselha. Nós vamos para lá hoje à noite.

– Para Marselha?!

– Sim.

– Quanto tempo você vai ficar fora?

– Não tenho ideia.

– É algum feriado?

– Não.

– O que vai fazer lá?

– Não sei, mas acho que é algo importante. Eu tenho que fazer as malas.

Stilton passou por Luna e desapareceu no convés inferior.

Fazer as malas?, pensou Luna. Que malas? Aquela bolsinha azul? De repente, ficou pensativa. Ela não tinha ideia de quem era Stilton. Não tinha feito qualquer verificação sobre ele. Apenas aceitara a sua palavra. Sentira que poderia confiar nele, em grande parte por causa de sua intuição. Ela era vivida e aprendera a ler as pessoas: raramente se enganava.

Talvez tivesse se enganado dessa vez.

E se ele fosse um traficante de drogas? Como posso saber? Indo para Marselha assim tão repentinamente. Do que se tratava, afinal? "Acho que é algo importante." Luna estava pensando em ir até a cabine de Stilton para exigir algumas respostas. Por outro lado, ela recebera um mês de aluguel adiantado. Se houvesse qualquer rolo, não iria afetá-la.

Mas estava extremamente ansiosa para descobrir o que estava acontecendo afinal.

Abbas tinha acabado de chegar em casa quando seu celular tocou. Ele viu que era Mette e lembrou do que Tom dissera. Resolveu atender.

– Até que enfim! Olá, Abbas! Aconteceu alguma coisa?

– Não. Por quê?

– Eu liguei muitas vezes e normalmente você sempre...

– Meu celular subiu no telhado outro dia.

– O que quer dizer com subiu no telhado?

– Como você está?

– Bem. E você?

– Eu estou indo para Marselha esta noite.

– Esta noite. Por quê? Aconteceu alguma coisa?

– Sim.

– E o que foi?

– Não quero falar sobre isso, é sobre o passado.

Mette aceitou sua resposta.

– Vai precisar de ajuda? – disse ela.

– Sim. Tom vai comigo.

– Tom?

– Sim.

– Está bem. Como você vai até lá?

– De trem.

– Bem, me informe quando chegar.

– Pode deixar. Dê um oi para Mårten e Jolene.

Abbas desligou. A conversa foi breve, mas não havia suor escorrendo por sua testa. Ele detestava esconder as coisas de Mette. E de Mårten. As pessoas que significavam mais para ele do que seus próprios pais. Que sempre confiaram nele.

Foi difícil.

Mas ele não estava em condições de dizer mais do que tinha dito.

Ele pegou o jornal sobre a mesa de vidro.

Era sobre o passado.

Stilton arrumou sua bolsa azul. Era a única que tinha. Como não sabia quanto tempo ficaria fora, não havia motivo para planejamentos. Uns poucos produtos de higiene pessoal, algumas camisetas, um carregador de celular. Bagagem leve. Ele já estava desembarcando quando Mette telefonou. Ela não enrolou, foi rápida no gatilho, mesmo para os padrões de Mette.

– O que você vai fazer em Marselha?

– Você já falou com Abbas?

– Sim.

– O que ele disse?

– Que era algo sobre o passado.

– Bem, então você sabe mais do que eu.

– Você está mentindo!

Stilton se virou e viu Luna de pé na balaustrada. Ela acenou. Ele acenou de volta. Passou pela cabeça dele que aquela poderia ser a última vez que veriam um ao outro. Como em um filme, o homem se afastando de navio e as mulheres no cais acenando. Depois ele morre em um país estrangeiro.

– Alô?! Você ainda está aí?

– Sim. Não, eu não estou mentindo. Abbas pediu-me para acompanhá-lo a Marselha. Ele não disse por quê.

– E você não perguntou?

– Não.

– Deus, você é tão infantil!

Este é o momento em que eu deveria dizer "Somos homens", pensou Stilton, mas percebeu que aquilo poderia soar um pouco infantil demais.

– Alguma coisa aconteceu, eu não sei o que foi, só sei que ele quer que eu vá com ele e, portanto, eu vou. Você sabe o que ele fez por mim.

Mette sabia muito bem o que Abbas havia feito por Stilton. Foi Abbas que o ajudou quando ele estava morando nas ruas e Stilton viu a morte de perto. Foi Abbas que o colocou em vários abrigos e o tirou de lá quando a barra pesava, apesar de Stilton tentar mantê-lo a distância.

Então, ela não tinha como contra-argumentar.

– Quer dizer que agora é a sua vez de cuidar dele? – perguntou ela.

Abbas não precisava de ninguém que "cuidasse" dele, pensou Stilton.

– Eu não sei. Você está preocupada?

– Você está?

– Sim – disse Stilton.

– Obrigada. Isso é muito tranquilizador.

– Mette. É uma completa perda de tempo temer o pior. Deixe para cuidar das crises quando elas surgirem. Quem vivia me dizendo isso?

– Tudo bem. Prometa-me que você vai ligar assim que chegar lá!

Stilton encerrou a ligação. Quando se virou, viu que o barco estava envolto por uma espessa névoa de novembro.

Luna tinha sumido.

Olivia estava sentada com Bosse Thyrén na sede da divisão de homicídios. Ela gostava dele. Thyrén tinha uma barba bem aparada, olhos que brilhavam e não lhe oferecia um café repugnante nem falava bobagens. Era conciso. Então ela lhe contou sobre sua visita à casa dos Sahlmann na noite em que ele se enforcara. Falou do desaparecimento do laptop. Da sombra que tinha visto no portão, mas que na hora achou que não tivesse significado algum. Mas e agora? Será que tinha?

– Você não tem certeza se era uma pessoa?

– Não. Mas se fosse, dificilmente seria o assassino, não é? Naquela altura, ele ou ela já deveriam ter fugido há muito tempo.

– Sim. Mas nunca se sabe.

– Não.

Então ela lhe contou sobre o homem que Sandra vira na passagem subterrânea, um homem que não morava no bairro.

– Mas é melhor você perguntar a Sandra sobre isso. Já contou a ela?

— Lisa ficou encarregada disso. Você deixou suas impressões digitais na casa?

— Não. Eu estava usando luvas de lã.

— Luvas de lã?

— Vou repetir, eu de fato fiquei sentada no sofá por um tempo, então pode haver um fio de cabelo ou algo do gênero por lá. Isso faz alguma diferença? Afinal, você não sabia que eu estava na casa?

— Sim, é verdade. Mas você sabe como os técnicos são.

— Sei. Já acabamos?

— Sim.

Olivia se levantou.

— Eu gosto de Rivera – disse Bosse. – Combina com você.

— Obrigada.

Olivia deixou o prédio sentindo-se confusa. Havia alguma coisa na atmosfera de lá que a seduzira, todas aquelas pessoas dedicando a vida para proteger e ajudar os outros. Por que ela não iria querer fazer isso? É claro que queria, de uma certa forma, mas não agora. Era muito cedo.

Então ela seguiu para a Alfândega na Alströmergatan. O local de trabalho de Bengt Sahlmann.

Após aguardar um pouco na entrada principal, foi conduzida ao departamento onde ele trabalhava. Ou tinha trabalhado. Quando entrou, foi recebida por alguém que presumiu ser uma recepcionista.

— Meu nome é Olivia Rivera, e a filha de Bengt Salman pediu-me para ver se o laptop dele está aqui. Em seu escritório. Ela precisa dele para seus trabalhos na escola.

— Você vai ter que conversar com Gabriella Forsman.

A recepcionista mostrou-lhe um corredor e a sala de Gabriella Forsman. Olivia parou na porta. A funcionária sentada na cadeira não era realmente o tipo de mulher que ela esperava encontrar na Alfândega. Algumas pessoas, homens em particular, veriam uma mulher muito sensual com cabelos ruivos deslumbrantes e um belo rosto. Olivia viu cabelos vermelhos demais, peitos grandes demais, um bocão vermelho com excesso de batom e um vestido colante num tom bizarro de laranja.

Como uma cópia da secretária de *Mad Men*, ela pensou.

– Posso ajudá-la? – disse a mulher com uma voz baixa e rouca.

Olivia repetiu o motivo de sua visita, o que provocou uma irrupção emocional de magnitude considerável da parte de Gabriella Forsman. Seu rosto já tinha começado a se contorcer tão logo Olivia mencionou o nome Sahlmann. Quando ela mencionou a filha, Gabriella rapidamente puxou uns lenços de papel.

Esta mulher está realmente se empenhando, pensou Olivia.

– Estamos todos muito chocados – disse Gabriella, tentando recuperar o autocontrole. – Foi terrível, não conseguimos nem acreditar que isso aconteceu! De repente, ele se foi! Sentávamos aqui e tomávamos café juntos falando sobre isto e aquilo e, de repente, ele não está mais aqui. É horrível, não é?

– Sim. Vocês trabalharam juntos por muito tempo?

– Durante quatro anos. Ele era o homem mais generoso do mundo, e sofreu tanto com a catástrofe e a morte da esposa no tsunami... Agora acontece isso.

Olivia observava enquanto Gabriella encharcava mais alguns lenços de papel.

– O laptop dele – disse Olivia finalmente.

– Ah, sim, é claro. Por favor, desculpe, a vida é tão cheia de altos e baixos. Você perguntou se ele tinha um laptop aqui?

– Sim.

– Não que eu saiba, mas podemos dar uma olhada.

Gabriella se levantou. Ela era alta, e seu corpo magro equilibrava-se elegantemente num par de sapatos de salto alto em couro vermelho. Olivia nunca seria capaz de espremer seu dedinho do pé dentro deles. Foram juntas para o escritório adjacente, que era um pouco maior.

– Este é o escritório do Bengt.

Olivia olhou para a sala arrumada. Havia um desktop sobre a mesa também arrumada. Mas nenhum laptop e nenhuma bolsa de cortiça. Ela deu uma olhada nas prateleiras da parede e na mesinha ao lado de uma poltrona.

— Você por acaso sabe se ele alguma vez trouxe o seu laptop pessoal para o escritório?

— Não. Ele tinha um computador aqui, esse desktop era o que usava para trabalhar.

Olivia assentiu com a cabeça. O laptop não estava ali. Pelo menos ela poderia dizer isso a Sandra, e que também havia tentado. Qualquer ajuda vale. Ela deu mais uma olhada na mesa de Sahlmann. Ao lado do computador havia uma pasta onde se lia "Inquérito Interno".

— No momento, Bengt estava trabalhando em quê? – perguntou ela.

— Bem, no de costume.

— Ele estava trabalhando em um inquérito interno?

Olivia apontou para a pasta ao lado do computador e Forsman seguiu seu olhar.

— Ah, isso. Bem, um grande carregamento de drogas desapareceu aqui e ele estava trabalhando nisso.

— O que quer dizer com "desapareceu"...?

— É melhor eu não falar sobre isso, se não se importa.

Forsman parecia bastante perturbada. Olivia concordou e começou a sair do escritório. De repente, Gabriella agarrou seu braço, cuidadosamente, e baixou a voz.

— Você sabe alguma coisa do motivo que o levou a se matar? Estamos todos tão chocados aqui e todos fazendo tantas especulações, mas ninguém sabe de nada. Você sabe?

— Não.

— Quer dizer, eu sei que ele ficou arrasado com a morte do pai, ficou bastante deprimido por um tempo, mas não pode ter sido por isso, pode? Não se comete suicídio porque um pai já idoso morre, ainda mais quando se tem uma filha de 17 anos para cuidar. Certo?

De repente, Gabriella estava tentando conter as lágrimas de novo, com os olhos e o nariz escorrendo, e Olivia sentiu que já tinha aturado o suficiente.

— Bengt Sahlmann não se matou – disse ela. – Ele foi assassinado.

* * *

Sua mala de rodinhas já estava preparada no corredor. Ele segurava o passaporte na mão e os bilhetes estavam no bolso interno do casaco. Ele estava praticamente pronto para sair quando Stilton tocou a campainha.

– Entre.

Stilton entrou e pôs a bolsa azul no chão. Abbas ficou olhando a bolsa.

– Estou supondo que vai ser uma viagem bem curta – disse Stilton.

– Sim, talvez.

Stilton seguiu Abbas para o interior do apartamento. Ele estivera ali algumas vezes. E a cada vez se espantara pela simples harmonia dos aposentos. Cada ornamento escolhido com esmero, segundo critérios de funcionalidade, cor e design. A tapeçaria tibetana na parede, as cadeiras de madeira, o tapete simples. E a cada vez ele se perguntava onde Abbas, o menino que cresceu em um *cul-de-sac* social no bairro mais miserável de Marselha, conseguira aquela sua incrível sensibilidade para a estética. Sua própria casa, a que ele dividira com sua esposa Marianne, parecia na época a definição de normalidade.

Esta era outra coisa completamente diferente.

– Eu só vou levar o lixo para fora.

Abbas passou por ele com dois sacos de lixo cinza em direção à porta da frente. Stilton liberou sua passagem. Ele foi até a cozinha e se serviu de um copo de água fria. Bebeu bem devagar. "Sim, talvez" significava que a viagem bem curta poderia transformar-se em algo bastante diferente. No pior cenário. Stilton não tinha tempo para isso. Ele colocou o copo vazio na bancada e se virou. A cozinha ficava bem ao lado do quarto de dormir. Ele aproximou-se um pouco. Nunca havia entrado ali antes, a porta era mantida sempre fechada. Agora estava aberta. Ele ficou no batente da porta e um grande cartaz preso em uma parede branca e fria chamou sua atenção. Era a única decoração no quarto, bem de frente para a cama baixa. Um cartaz de um circo, muito bonito e decorativo. Quando ouviu os passos de Abbas, ele se virou.

– Bonito cartaz.

– É, sim. Podemos ir agora?

* * *

Mette e Bosse estavam a caminho da Alfândega.

Mette havia preparado uma estratégia para tentar obter o máximo possível de informações sobre o desaparecimento das drogas antes de divulgar que Sahlmann tinha sido assassinado. Subiram até o departamento onde ele havia trabalhado e foram direto falar com a recepcionista. Mette mostrou sua carteira com o distintivo da polícia.

– Nós estamos procurando pelo pessoal do departamento de Bengt Sahlmann.

– Eles estão em uma reunião de crise, infelizmente.

– Onde?

– Lá, mas...

Mette seguiu direto até a porta que a recepcionista apontou. Bosse foi atrás. Mette abriu a porta e entrou. Havia nove pessoas sentadas na sala, incluindo Gabriella Forsman. Todas tentando manter a compostura. Um homem mais velho virou-se para enfrentar Mette.

– Vão me desculpar, mas o que é isso? Nós estamos no meio de uma reunião aqui.

– Uma reunião sobre o quê?

– Posso perguntar quem são vocês?

– Nós somos da divisão de homicídios da Polícia Nacional. Mette Olsäter.

Mette mostrou seu distintivo da polícia novamente.

– Que tipo de reunião de crise é essa? – perguntou ela.

– Um dos nossos colegas foi assassinado.

Mette precisou de alguns segundos para digerir a informação antes de dizer:

– Quem foi assassinado?

– Bengt Sahlmann. Você não sabia?

– Como você sabe disso?

– Eu contei a eles – disse Gabriella Forsman, já se levantando, como se ela soubesse que precisava se fazer ouvir.

– E como foi que você descobriu isso?

Mette olhou diretamente para Gabriella, seu silêncio insinuando coisas. Embora difícil de interpretar, eles certamente não pareciam nada satisfeitos.

— Uma amiga da família veio aqui outra hora pedindo o laptop de Bengt. Ela me contou.

— Qual era o nome dela?

— É... o nome dela... eu não consigo me lembrar, parecia meio italiano.

— Olivia Rivera?

— Esse mesmo!

Mette girou sobre os calcanhares, forçando Bosse a dar um pulo para sair do caminho.

— Cuide disso – ela sussurrou.

Bosse ainda assentia quando Mette bateu a porta com um estrondo e saiu.

Olivia estava na lavanderia do prédio, colocando as últimas peças de roupa suja na máquina quando Mette ligou.

— Você está em casa?

— Estou na lavanderia.

— Eu estava planejando aparecer por aí.

— E por quê?

— É sobre Bengt Sahlmann.

— Ok, vou subir em cinco minutos.

Olivia ligou a máquina e voltou para o seu apartamento. Bengt Sahlmann? Muito intrigante. Mette provavelmente tinha alguma novidade sobre o caso que queria dividir com ela. Sobre o assassino? Não, acho que não, é cedo demais. Olivia sentiu a curiosidade borbulhar dentro dela. Chegara ao ponto de ebulição quando a campainha tocou. Olivia abriu a porta e lá estava Mette.

— Oi... – Foi tudo que Olivia conseguiu falar.

— Mas que merda você está fazendo? – Mette explodiu.

— O que foi que eu fiz?

— Quem você pensa que é, porra?

Olivia estava visivelmente chocada quando virou-se para entrar na antessala. Mette foi ao encalço dela sem fechar a porta. Sua raiva acumulada estourou toda bem na cara de Olivia.

— Como pôde ser tão idiota?!

— Do que você está falando...

— Eu estou falando sobre o fato de que metade da Alfândega sabia que Sahlmann foi assassinado antes mesmo de chegarmos lá! Tudo graças a você!

— Mas eu apenas disse...

— Você detonou toda a nossa estratégia lá! Será que não entende? Se houver pessoas envolvidas no assassinato, você deu-lhes uma incrível chance de cobrir seus rastros. Então, muito obrigada por isso!

— Mas eu não pensei que...

— Não! Exatamente! Você não pensou em nada! Para quem mais você contou isso? Para quantos?

— Eu não contei, eu só...

— O que você foi fazer lá, para começo de conversa?!

— Verificar se o laptop de Sahlmann estava lá.

— E o que você ia fazer com ele?

— Dar para Sandra.

— Ia levar o computador da vítima e entregá-lo a um parente? É isso? No meio de uma investigação de homicídio? Será que você não aprendeu porra nenhuma durante o seu treinamento na polícia?

— Está bem, agora já chega!

De repente, as coisas passaram do limite para Olivia. O primeiro ataque, totalmente imprevisto, a assustara, mas agora sentia que havia ressentimentos brotando dentro dela acumulados desde o dia anterior. Desde que Mette a menosprezara por não querer continuar na carreira policial.

— Você se esqueceu de quem lhe disse que poderia ser assassinato? – ela disse, fechando a porta para evitar que metade da vizinhança soubesse da mesma informação sobre Sahlmann que, segundo Mette, Olivia havia contado para "metade da Alfândega". Quando ela se virou, Mette já não estava mais ali. Tinha ido até a cozinha beber um pouco de água para acalmar a garganta depois de sua explosão.

Ela bebeu direto da torneira.

— Mette.

Mette continuou bebendo.

— Mette!

Mette fechou a torneira e se virou. As duas mulheres se encararam. Uma delas era muito alta e tinha acabado de recuperar a compostura; a outra estava prestes a perder o controle.

Ela começou.

– Foi errado da minha parte revelar essa informação – disse Olivia. – Foi imprudente, me desculpe. Agora eu acho que você deveria pedir desculpas também.

– E por quê?

– Por me atacar como se eu fosse um lixo de gente.

Mette sorriu, muito longe da sinceridade.

– Minha querida – disse ela. – Você sabe o quanto eu me preocupo com você. Eu sei quem você é. Mas se você se meter em uma das minhas investigações de homicídio novamente, se me atropelar e atrapalhar tudo como você fez hoje, minha paciência vai acabar.

– Então você está me dando outra chance?

– Você está sendo sarcástica por acaso?

– Estou é puta da vida. Ok, eu cometi um erro, mas todo esse seu ataquezinho é na verdade por eu não querer trabalhar na polícia, o que no fim das contas tem tudo a ver com você. Mas eu vou fazer o que eu quiser.

– Você deixou isso muito claro hoje. A partir de agora eu acho que você deve se concentrar nessa sua história da arte aí e não se meter mais no meu trabalho.

– Eu acho que você deve ir agora.

– Obrigada pela água.

Mette passou por Olivia e se dirigiu para a saída. Quando ela bateu a porta, Olivia se sentou em uma cadeira. Sua raiva desapareceu rapidamente. Ela sabia que o que tinha feito estava errado, pura irreflexão. Sabia que Mette tinha razão, em princípio. Seu comportamento não fora nada profissional, e agora aquela briga séria com uma das poucas pessoas a quem mais respeitava.

Então o telefone tocou. Sandra.

Ela estava irritada e chateada, pois lhe disseram que seu pai tinha sido assassinado e, em seguida, fizeram um monte de perguntas sobre aquela noite terrível. Olivia teve que controlar o próprio humor.

– Foi Lisa Hedqvist que falou com você? – perguntou ela.

– Sim. Ela foi simpática, mas as perguntas foram realmente difíceis.

– O que ela queria saber?

– Fez todo o tipo de pergunta. Se eu tinha visto alguém no meu caminho de casa, essas coisas...

– E você viu?

– Não. Quer dizer, teve aquele cara na passagem subterrânea, e depois um carro.

– Que carro?

– Um carro passou quando eu estava indo na direção do bosque, e aí ela me perguntou a marca, a cor etc. e tal.

– Você se lembra?

– Era uma BMW, azul-escura.

– Você tem certeza?

– Tenho, meu pai alugou uma igual uns tempos atrás quando viajamos num feriado.

– Ah, tá. E onde você está agora?

– Na casa da Charlotte.

– Ela está aí?

– Está.

– Bom.

Houve alguns segundos de silêncio. Quando a voz de Sandra retornou, ela soou desesperada, quase quebrando.

– Quem queria matar o meu pai?

Olivia queria saber também, mas não tinha resposta alguma para dar.

– Eu não sei, Sandra, mas tenho certeza de que vamos descobrir.

– Você acha mesmo?

– Sim.

Apenas palavras de conforto. Mas o que deveria dizer?

– Obrigada por ligar – disse ela. – Eu estava mesmo pensando em telefonar para você. Eu fui ao trabalho do seu pai hoje, mas não vi computador nenhum por lá.

— Não? Sério? Onde ele está, então?

— Eu não sei, talvez tenha sido roubado.

— Por quem?

Olivia preferiu não responder a esta pergunta e, em silêncio, Sandra formulou a resposta para si mesma, e em seguida disse: — Imagine se ele ainda estivesse lá quando eu cheguei em casa.

Sua voz soou baixa e assustada.

E com razão.

Olivia não tinha pensado nisso.

O assassino poderia muito bem ainda estar na casa quando Sandra chegou.

Mårten sentiu que algo não estava certo. Notou assim que Mette entrou na cozinha e se sentou. Ela mal conseguiu olhar para ele ou Jolene. Só ficou olhando para o chão um tempo e em seguida levantou-se e saiu. Ele a seguiu. Ela estava de pé na saleta africana, um aposento decorado com esculturas, tecidos e todos os tipos de ornamentos exóticos e extraordinários das viagens que fizeram à África. Aquele lugar geralmente era usado sempre que alguém queria desaparecer dentro de si mesmo. Era uma espécie de refúgio sagrado, mas Mårten preferiu ignorar isso agora. Ele aproximou-se de Mette, que estava brincando com um grande tubo de madeira. O tubo continha fragmentos de ossos, assim lhes disseram, e, quando virado de um lado para o outro, fazia um monocórdico som de chuva tropical.

— Qual o problema?

Mette não respondeu. Ela virou o tubo de cabeça para baixo e o conteúdo escorreu para a outra extremidade.

— Jolene quer assistir a *Downton*, nós compramos a caixa com os DVDs — Mårten disse.

Mette adorava *Downton Abbey*. Se houvesse alguma coisa que poderia tirá-la desse estado, era *Downton Abbey*. Mette colocou cuidadosamente o tubo encostado na parede e olhou para o marido.

— Eu te amo — disse ela.

Isso era preocupante. Quando ela dizia isso, assim do nada, era sinal de uma perturbação emocional grave. O que tinha acontecido afinal? Mårten levou Mette pela mão e saíram do refúgio africano.

– Duas coisas – disse ela. – Conversamos depois.

Então Mårten, Mette e Jolene afundaram no sofá grande e florido em frente à televisão de tela plana e ficaram vendo a série. Alguns minutos depois de começado o episódio, Mette virou-se para Mårten.

– Eu tive de ir à casa de Olivia hoje.

– Por quê?

– Shhh! – Jolene reclamou. Ela detestava quando as pessoas ficavam falando enquanto viam TV. Atrapalhava sua concentração. Então, assistiram ao resto do episódio em silêncio total. Fascinados. Quando acabou, Mårten desligou a televisão e Mette beijou Jolene na bochecha.

– Suba, escove os dentes e se prepare para a caminha.

– Vocês vão "ter uma conversa"?

– Não, nós não vamos "ter uma conversa". Eu estarei lá em um minuto.

Jolene deu um abraço em Mårten e subiu correndo as escadas para o seu quarto. Quando ela sumiu de vista, ele virou-se para Mette.

– Então, em primeiro lugar: Olivia?

– Sim, a primeira coisa é sobre Olivia. Ela cometeu uma burrice que estragou toda a investigação que faríamos na Alfândega hoje. Então eu fui vê-la e descarreguei toda a minha raiva nela.

– Você fez isso?

– Fiz.

– Com razão?

– Claro.

– Mas você está extrapolando, porque ainda está irritada com a decisão dela.

– Você vai começar com essa história também? Eu reagi assim porque ela fez merda.

– Então, por que está se sentindo mal?

– Eu não estou mal.

– Sim, está, eu te conheço. É por isso que você me ama. Ligue para ela.

– Por que eu faria isso?

– Para resolver o problema.

– Nunca, nem em um milhão de anos.

Mårten sabia que não adiantava pressioná-la. Ele disse o que achava e tinha certeza de que ela iria pensar no assunto. Mette sempre precisava de tempo para entregar os pontos.

– E em segundo lugar? – disse ele.

– Abbas.

– O que tem ele?

– Ele está a caminho de Marselha, com Tom.

– Sério?

Mårten tentou responder com um tom de voz normal.

– O que eles vão fazer lá?

– Não tenho a menor ideia.

– Talvez Abbas queira mostrar a Tom o lugar onde foi criado.

Mette olhou para Mårten como se ele fosse louco.

– Você perguntou a eles o que iam fazer? – ele indagou.

– Perguntei. Abbas só me disse que era algo sobre o passado.

– Sério?

Não foi um comentário casual de Mårten, e Mette percebeu. Foi um "Sério?" claramente surpreso. Mårten se levantou. Mette olhou para ele.

– O que você acha? – ela quis saber.

– Sobre o quê? Essa viagem?

– Sim.

– Nós vamos descobrir com o tempo, suponho.

– É, acho que sim.

Eles se olharam. Mårten acariciou o braço de Mette.

– Eu vou lavar a louça. Você pode subir.

Mette concordou com um gesto de cabeça e se dirigiu para as escadas. Mårten abriu a máquina de lavar louça e começou a carregá-la com alguns pratos sujos. Ficou vendo o tempo passar. Assim que percebeu que tudo estava em silêncio no andar de cima, desceu para o porão sob a cozinha.

Para a sua pequena gruta particular.

A sala de música que havia decorado exatamente como queria.

Era seu retiro espiritual.

A conversa sobre Abbas o perturbara, mais do que deixara transparecer. Sua reação calma fora apenas por causa de Mette – a verdade é que estava seriamente preocupado. Ele foi direto para o CD player e colocou um álbum de Gram Parsons. Ele queria Kerouac para lhe fazer companhia, seu bichinho de estimação especial. Quando a aranha negra ouviu a música, ela saiu de sua fresta na parede e se apoderou de seu local favorito no canto. Mårten afundou na poltrona de couro gasto.

Abbas.

Ele lembrava bem da primeira vez em que se encontraram. Stilton entrando pelo portão da casa com um jovem magro que desviou o olhar quando se cumprimentaram. E quando se falaram. O rapaz olhando para longe por um longo tempo depois da conversa.

Aquele olhar tornou-se referência para Mårten.

Tantos anos trabalhando como psicólogo infantil lhe ensinaram muito sobre as expressões das pessoas. Crianças infelizes tinham a mesma expressão no rosto em todas as partes do mundo. No dia em que Abbas conseguiu pela primeira vez olhar nos olhos dele de fato, sustentando o olhar, Mårten entendeu que tudo daria certo.

Quase dois anos se passaram desde então.

E muito do que aconteceu foi graças a Jolene. Uma garota de dez anos que conseguira quebrar o bunker emocional de ferro que Abbas havia construído desde a infância. Ela o quebrara com seus abraços desinibidos e beijos espontâneos. Abbas por fim deixou que ela entrasse e, desde então, seria capaz de dar sua vida por Jolene.

Mårten sabia disso.

E agora estava preocupado.

Por muitos motivos.

Um deles era o fato de Abbas estar indo para Marselha, uma cidade tão carregada de lembranças traumáticas – um lugar onde ele tinha sido física e emocionalmente maltratado por tantos anos, por sua mãe, pelo pai e por todas as pessoas que consideravam os imigrantes marroquinos como verdadeiros inimigos. No fim, o que lhe restou era ir embora. Ou fugir. Com um passaporte falso e um par de facas assustadoras na bagagem.

E agora ele estava a caminho de Marselha novamente.

E com Tom, uma pessoa que ele jamais escolheria para lhe fazer companhia, eles simplesmente não passavam tanto tempo juntos assim. Mårten sabia disso. Eram homens que se ajudavam, mas só quando necessário. Caso contrário, não desperdiçavam muito tempo na companhia um do outro. Agora tinham ido para Marselha juntos.

E isso era parte de sua preocupação.

Ele sabia do que cada um deles era capaz.

Quando necessário.

No entanto, o que mais preocupava Mårten era a resposta de Abbas a Mette quando ela perguntou sobre o propósito da viagem.

O passado.

Mårten não sabia de muitos detalhes do passado de Abbas, não mais do que Abbas se permitiu dividir com ele. A caótica mistura de tristeza e ódio, totalmente desprovida de calor humano e amor. Assim, ele presumiu que a viagem fosse motivada por um ou outro: tristeza ou ódio.

No pior dos casos, ambos.

Olivia estava mais calma agora. Não havia muito que pudesse fazer em relação ao seu confronto com Mette. Secretamente esperava que Mette ligasse para ela e pedisse desculpas, ou pelo menos tentasse apaziguar os ânimos. Isso seria bom, mas era um tiro no escuro.

Mette não era esse tipo de pessoa.

Então ela foi até o Koh Phangan comprar comida tailandesa para viagem. Estava sentada na cama comendo um Moo Pad King, um prato de carne de porco frita temperada com pimenta, alho e gengibre. Uma comida gostosa sempre levantava o seu astral. Quando foi pegar a Coca-Cola na mesa de cabeceira ao lado, seu olhar recaiu na foto de Elvis, seu gatinho querido, morto a mando daquela puta da Jackie Berglund, proprietária de uma agência de acompanhantes. Literalmente puta. Olivia se deleitava só de pensar nos cenários bizarros que imaginava para infligir um castigo merecido a essa mulher.

Então, de repente, seu computador fez um ruído. Ela limpou os dedos e olhou para a tela. Era Ove querendo conversar no Skype. A recepção estava bastante desanimadora, mas por fim ela conseguiu ver o rosto dele radiante na tela, vindo direto da Guatemala.

– Qual é a sensação de estar em casa? – ele perguntou.

– Fria, escura e completamente maravilhosa!

– É sério?

– O frio e o escuro têm um pouco de verdade, o clima está horrível aqui no momento. E você? Como está aí?

– Calor e muita luz, mas não vai durar muito.

– Você está voltando para a Suécia?

– Sim. Eu tenho que trabalhar na recuperação do recife de Säcken. Legal, né?

O recife de Säcken era algo totalmente desconhecido a Olivia. Ela não tinha a menor ideia de onde ficava ou por que ele precisava ser recuperado, mas fez o possível para esconder sua ignorância.

– Muito legal! E o que isso significa na prática?

– Significa que vou poder morar em Nordkoster e ficar perto do meu pai.

Olivia sabia que isso era importante para Ove. Seu pai vivia em um lar de idosos em Strömstad e sua saúde esteve bastante precária no ano passado. Ove ficara mal por não poder estar lá com o pai.

– Que bom!

– Bom? É fantástico. E, além disso, vou poder trabalhar na salvação do meu ambiente local.

E assim Olivia concluiu que o recife de Säcken, obviamente, devia ficar perto de Nordkoster. Vou ter de dar uma googlada depois, pensou Olivia. Mas não houve necessidade – Ove começou a descrever entusiasticamente o trabalho que envolvia salvar o último recife de corais de água fria da Suécia, convenientemente localizado no Kosterfjorden. Olivia viu-o na tela explicando como os corais brancos de águas profundas dos recifes noruegueses próximos tinham sido transplantados para o fiorde sueco com sucesso. Seu entusiasmo a fascinava. Ele era realmente apaixonado pelo que fazia. Ela o invejava.

— Parece fantástico! Parabéns!

— Obrigado!

— Quando você vai voltar?

— Eu volto para Estocolmo em poucos dias. Tenho de participar de uma conferência antes de partir. Não sei exatamente quando, não fiz a reserva ainda, mas eu te aviso. Fale-me de você agora! O que anda fazendo?

Bem, o que ando fazendo?, Olivia se perguntou. Fingindo que estou na polícia, mesmo que não queira estar.

— Eu estou fazendo as coisas com calma no momento – disse ela. – Acabei de chegar de viagem. Acho que vou pegar um trabalho numa videolocadora onde a Lenni também trabalha, preciso faturar algum dinheiro. Estou pensando em estudar história da arte na primavera. Mas eu já te contei isso da última vez, lembra?

— Sim. Você tem certeza de que é isso que quer fazer?

— Não, mas é o máximo de certeza que consigo ter agora. E acabei sendo mais ou menos arrastada para uma investigação de homicídio.

Ove riu.

— Mais ou menos arrastada? Como é isso?

Então Olivia explicou a ele o significado de "mais ou menos arrastada". A versão dela, não a de Mette. Ela guardou em segredo a mancada que deu e o chilique de Mette. Era um assunto delicado demais, mesmo para contar a Ove. Por enquanto, pelo menos.

— Então você mal chegou em casa e cinco minutos depois já conseguiu farejar um crime?

Olivia sentiu-se um pouco ofendida com aquela escolha de palavras.

— Eu não "farejei" exatamente.

— Tudo bem, então, mas uma pessoa normal deixaria o assunto para outro resolver, e você não vai fazer isso, se eu te conheço bem. Mas onde...

As últimas palavras foram interrompidas por um ruído de interferência. Pequenos retângulos estavam reorganizando o rosto dele.

– Oi?

O ruído de interferência continuou e ela finalmente decifrou o que ele estava dizendo: "Eu entrarei em contato." Tudo totalmente fora de sincronia. Em seguida, ele desapareceu. Ela ficou olhando para a tela um pouco mais, como se esperando que ele pudesse reaparecer. Sinto falta dele, pensou, realmente sinto. Não do jeito que Lenni imagina, mas é ótimo que ele esteja voltando para casa.

Olivia fechou o laptop e deixou suas mãos descansando sobre ele por um instante.

O laptop?

Quem havia roubado o laptop de Bengt Sahlmann? O assassino, quem mais poderia ser? E por quê? O que havia naquele laptop que o assassino queria manter escondido? Ou *assassinos*? Ou era alguma coisa de que precisavam? Não cabia a ela descobrir, a investigadora-chefe Mette Olsäter tinha deixado isso bem claro. E era precisamente por isso que se sentia atraída. E Olivia tinha uma carta na manga, de que ela acabava de se lembrar, e foi por isso que não tinha contado a Bosse Thyrén quando ele falou com ela.

O homem que ligou para a casa de Sahlmann na noite do crime.

Alex Popovic.

O jornalista.

Ela rapidamente inicializou o seu computador de novo e pesquisou o nome dele. Nenhum problema – um jornalista do *Dagens Nyheter*. Seu número de telefone e endereço estavam lá.

Ligou para ele, embora fosse quase meia-noite.

– Alô.

– É Olivia Rivera falando. Eu atendi o seu telefonema para a casa de Bengt Sahlmann outra noite. Poderíamos nos encontrar em alguma hora amanhã?

– Por quê?

– Você não é jornalista?

– Sim.

– Bem, acho que você deve estar querendo saber por que Sahlmann foi assassinado.

– Você disse que ele cometeu suicídio.
– Eu estava enganada. Você está livre?
– Sim.

Eles marcaram hora e lugar e encerraram a ligação. Olivia soltou novamente a língua sobre o suicídio que foi um homicídio, mas não se arrependeu. Havia acabado de ver uma notícia sobre o assassinato cerca de uma hora atrás. Como Alex Popovic não sabia de nada? Isso não combinava com a imagem de um jornalista, pensou. E sobre o que ela falaria com ele?

O tempo diria.

Eles mudaram de trem em Copenhague, pegando os trens noturnos da City Night Line.

A apressada decisão de Abbas de viajar significava que ele seria obrigado a comprar um bilhete na primeira classe do trem-leito – não havia bilhetes sobrando na segunda classe. Isso não o incomodava. Ele tinha dinheiro suficiente e, de todo modo, dinheiro era irrelevante no momento. Eles sentaram de frente um para o outro, em seus próprios beliches, com uma pequena mesa entre os dois. Uma luminária redonda lançava uma luz amarela e morna sobre a mesa e a cabine cheirava a detergente.

O trem os levaria a Paris após uma troca em Colônia.

Eles teriam que trocar de trem mais uma vez para chegar a Marselha.

Depois que partiram de Estocolmo, Abbas tinha afundado em seu assento e adormecido antes de chegarem em Södertälje. Ele parece exausto, pensou Stilton, pegando um livro que havia trazido. *O zero e o infinito*, de Arthur Koestler. Ele o havia encontrado entre outros livros na estação das barcas. Stilton gostou do título. Achou que poderia ser uma história de mistério, suspense, quem sabe houvesse um crime. Quando chegaram em Katrineholm, ele percebeu seu erro e caiu no sono também. O livro era sobre a desilusão do autor com o comunismo.

– Quantas você trouxe?

Stilton apontou para as duas facas pretas de lâminas finas em cima da mesa. Abbas estava ocupado limpando uma delas com uma pasta cinza-escura retirada de uma latinha de metal.

– Cinco – disse ele.
– Do mesmo tipo?
– Sim.

Stilton observou os dedos magros de Abbas tratando as facas como se fossem bens preciosos encontrados em uma arca do tesouro no Caribe. Talvez fossem, Stilton não saberia dizer. Ele já tinha visto Abbas usá-las várias vezes, e tinha grande respeito pela maneira como ele as manipulava. "Você realmente é bom com facas", ele dissera uma vez. "Sim", fora a resposta de Abbas. E a conversa parou por aí. Abbas nunca foi particularmente muito falante, e, quando se tratava de facas, ele ficava praticamente mudo. Então Stilton não sabia muito do assunto. Supunha que as facas fossem um acessório necessário em Castellane, o bairro pobre onde Abbas fora criado.

Abbas começou a polir a outra faca.

– Você gostou do cartaz? – disse ele de repente, sem erguer os olhos.
– O cartaz? Aquele no seu quarto? O cartaz do circo?
– Eu trabalhei lá.
– No circo?
– Sim. No Cirque Gruss.
– Quando?
– Antes de cair no crime.

Abbas recolheu mais um pouco de pasta da latinha de metal.

– Meu pai me levou para conhecer o circo quando eu tinha 13 anos, foi minha primeira vez. Nós nunca tivemos condições de pagar para ver essas coisas. Sentei quase na beira do picadeiro e senti pena dos animais sendo forçados a fazer um monte de peripécias degradantes. Depois de um tempo, minha vontade era sair daquele lugar, mas eu sabia que o ingresso tinha custado muito caro, então fiquei sentado no meu canto. Foi quando ele entrou.

Abbas ficou em silêncio, colocou as facas pretas em sua bolsa e tirou de lá mais duas.

– Quem entrou? – Stilton perguntou depois de um tempo.
– O Mestre, Jean Villon, o atirador de facas. Sua apresentação durou apenas quinze minutos, mas mudou a minha vida. Fiquei hipnotizado.
– Pelo arremesso de facas?

— Por toda a sua performance. Ele lançava as facas em uma garota amarrada numa roda girando e as facas emolduravam seu corpo. Meu estômago ficava apertado, quase dando um nó, durante a apresentação. Quando saímos, eu perguntei ao meu pai se poderíamos ir novamente na noite seguinte. Nós não podíamos. Então comecei a economizar dinheiro, secretamente, surrupiava uns trocados dos bolsos do meu pai enquanto ele dormia. Quando finalmente consegui grana o suficiente para comprar um ingresso, o circo tinha ido embora.

Abbas olhou pela janela, para a escuridão, como se a lembrança do circo ausente ainda lhe doesse.

— Mas depois você não começou a trabalhar em um circo?

— Sim, quatro anos mais tarde, quando eu tinha 17 anos. Nessa época, eu já tinha visto uma série de espetáculos em várias tendas de circo na periferia de Marselha. Todos esses circos tinham atiradores de facas, mas nenhum deles chegava aos pés de Jean Villon.

— O Mestre.

— Era como o povo do circo o chamava. Ele era muito famoso, mas eu nem tinha ideia disso. Um dia eu soube que o Cirque Gruss estava vindo para a cidade novamente, com Jean Villon. Foi quando tomei uma decisão. Eu vinha praticando arremesso de facas já fazia alguns anos, no quintal de casa e no campo. Eu sabia o básico. Então entrei em contato com Jean Villon, disse que eu queria ser um atirador de facas e perguntei se ele consideraria a hipótese de me ensinar.

— Bastante petulante da sua parte.

— Pode ser, eu era mesmo abusado naquele tempo. Talvez tenha sido por isso que ele me escutou. Então, ele me pediu para arremessar algumas facas em uma tábua de madeira. Estava bastante escuro do lado de fora e difícil para avaliar a distância, mas consegui acertar a tábua com duas das três facas. No ângulo certo. "Volte amanhã às sete", disse ele. Pensei que ele estivesse falando sete da noite e cheguei na hora, mas ele se referira às sete da manhã. Mas mesmo assim ele me deu outra chance, e no dia seguinte eu estava lá às seis da manhã em ponto. Ele já tinha começado. Praticava com as facas durante quatro horas toda manhã e por duas horas à tarde, sempre que não estavam viajando. Eu fiquei lá por duas horas e ele me mostrou todos os erros que eu estava cometendo. Eram muitos. Quando terminou, ele me perguntou se eu queria ir com o circo para Nice. Claro que eu fui.

— Ele contratou você?

— Tornei-me seu aprendiz. Alojamento e alimentação, isso era o bastante. Eu dividia um pequeno trailer azul da caravana do circo com um anão, Raymond Pujol, o neto do grande Joseph Pujol. Você já ouviu falar dele? Le Pétomane, o "flatulista".

— Não. Flatulista?

— Era um artista muito famoso. Ele era capaz de peidar *La Marseillaise* e apagar uma vela com um peido a três metros de distância. Casou-se com uma anã e a filha deles deu à luz Raymond.

— Com quem você compartilhou um trailer de circo.

— Sim.

Abbas aproximou uma faca da luz e inspecionou as lâminas. Stilton o observava. Ele nunca ouvira Abbas dar um relato tão longo e detalhado sobre si mesmo, e percebeu que aquilo não tinha nada a ver com o arremesso de facas ou a vida de Abbas no circo. Aquela conversa era o prelúdio para a viagem incomum que eles estavam fazendo. Ele ainda não fazia ideia do que se tratava, mas sabia que iria descobrir.

Tudo o que precisava fazer era ouvir.

— Acompanhei Jean Villon por quase dois anos — prosseguiu Abbas. — Principalmente pelo sul da França, Nîmes, Avignon, Perpignan. Todos os dias praticávamos por várias horas, e fui melhorando a cada hora que passava. Por fim, eu era capaz de prender um cinco de copas num poste a dez metros de distância e acertar cada copa sem que as facas tocassem uma na outra. Depois veio a parte realmente difícil, quando se aperfeiçoa a técnica e é tudo uma questão da mente, de estar tão totalmente concentrado no arremesso que nada poderá distraí-lo no picadeiro. Nem criança gritando, alguém tossindo ou ofegante, um balão que de repente estoura. Ser capaz de se fechar para tudo que estiver a sua volta.

— Você aprendeu isso também?

– Gradualmente. A prova de fogo veio em Narbonne. Foi a nossa primeira noite lá, e de repente o Mestre ficou doente, com uma febre. Fui chamado para ir até o seu trailer. Ele estava deitado, cheio de cobertores grandes e esfarrapados por cima. "Você vai arremessar hoje à noite", disse ele. E foi tudo o que disse, não falou mais nada. O circo estava cheio, todos os ingressos vendidos, não havia como cancelar o espetáculo. Quando saí do seu trailer, sua esposa estava de pé ao lado de uma das rodas. Ele era casado com uma mulher muito mais jovem, uma marroquina muito bonita chamada Samira. Ela era cega.

– Cega?

– Sim. Ela era o alvo do Mestre, a mulher que ficava presa na roda giratória quando ele atirava as facas.

– E ela era cega?

– Sim.

– Estranho.

– Talvez. Ela me ouviu saindo do trailer e fez um gesto me chamando. Fui falar com ela. "Você vai arremessar em mim esta noite", ela disse. "Eu sei, você está preocupada?", perguntei. "Não, Jean disse que você é tão bom quanto ele." "Não sou não", eu disse. "Hoje à noite você é", ela retrucou.

Abbas virou-se e colocou a última faca na bolsa. Stilton viu a tensão em seus olhos, era difícil para ele falar sobre isso. Por quê? Até agora ele só havia falado de arremesso de facas, ou não?

– Nós estávamos muito atraídos um pelo outro.

Ele disse isso com a cabeça ainda voltada para a bolsa, como se estivesse revelando um segredo.

– Você e a mulher que seria o seu alvo?

– Nós vivíamos tipo namorando platonicamente havia mais de um ano. Era mais fácil para mim, eu podia vê-la. Ela só podia imaginar. O quê, eu realmente não sei, mas uma vez ela disse que era o meu cheiro, outra vez disse que era a minha voz. Nós nunca havíamos nos tocado. Ela era a esposa de Jean Villon. Mas nós dois sabíamos. Eu sonhava com ela à noite, ficava olhando quando lavava a roupa nos fundos do trailer de manhã. Era uma mulher fantástica. Fantasticamente linda, aos meus olhos. Eu estava completamente apaixonado por ela.

– E agora você estava prestes a atirar suas facas na direção dela em uma roda giratória?

– Sim.

– Como isso funciona? Quer dizer, essa concentração total de que você falou, de ser capaz de se fechar para todo o resto, considerando os seus sentimentos por ela?

– Ela funcionou perfeitamente. Como se tudo o que houvesse entre nós estivesse ajudando. Quando as luzes da tenda do circo baixaram e éramos só eu e ela no picadeiro, éramos mesmo somente nós ali. Ninguém mais. Só ela e eu. E as facas. Quando a roda começou a girar e eu sopesei a primeira faca na minha mão e depois atirei-a na direção dela, foi como uma estranha declaração de amor. A cada faca cravada a uns dois centímetros do seu corpo, eu ficava cada vez mais excitado, sem perder a concentração. Quando a última faca caiu no lugar certo e todo o circo começou a rugir, eu desmaiei no chão de serragem. Pujol entrou correndo e me levantou para me tirar do picadeiro. A última coisa que vi foi o rosto dela enquanto era retirada da roda. Ela parecia muito triste.

– E por quê?

– Eu chego lá.

Stilton assentiu. Ele tentava corresponder ao fluxo de Abbas durante todo o tempo, para não interrompê-lo no lugar errado, não dizer algo que o fizesse calar-se. De algum modo, toda a história tinha relação com o que ele sabia que viria a seguir – com o que Abbas estava cada vez mais perto de dizer... com sua voz cada vez mais fraca.

– Eram quase duas horas da madrugada, na mesma noite em que ela fora o meu alvo, e eu não conseguia dormir. Eu estava deitado nu na cama, olhando para uns estranhos sinos pendurados aqui e ali no teto, imaginando onde estaria Pujol. De repente, a porta abriu e vi Pujol ajudando Samira a subir no trailer. Logo depois ele desapareceu. Levantei-me da cama. A luz de uma das lâmpadas da tenda do circo entrava pela janela, o suficiente para eu poder vê-la. Estava enrolada em um cobertor até os ombros.

Quando deixou o cobertor cair no chão, vi que estava nua. Toquei o seu ombro, foi a primeira vez que toquei no seu corpo. Ela estendeu a mão e tocou minha cintura. Eu peguei suas mãos e levei-a até a cama. Então nós fizemos amor.

Abbas ficou em silêncio e Stilton não se atreveu a dizer nada. Tentou imaginar a cena na frente dele – a mulher bela e cega e o jovem atirador de facas em um trailer de circo apertado em algum lugar no sul da França, excitados após meses de sedução mútua, após o arremesso de facas em um picadeiro quase às escuras numa tenda de circo, fazendo amor o mais silenciosamente possível, enquanto o marido jazia febril em outro trailer ali bem perto.

Ele queria saber mais.

– E o que aconteceu depois? – ousou perguntar.

– A última coisa que perguntei a ela foi por que parecia tão triste quando saiu da tenda. "Porque nunca haverá você e eu", ela sussurrou e me beijou. Quando acordei, Samira tinha ido embora. Adormeci novamente e fui acordado pelo Mestre. Ele havia melhorado e entrou no meu trailer com uma garrafa térmica de café e uma garrafa de calvados. Tomamos café e bebemos o calvados. Em seguida, ele explicou calmamente e até com ar de tristeza que eu teria de deixar o circo naquele mesmo dia. Eu entendi. Então, cerca de uma hora ou pouco mais depois, eu me despedi de Pujol e de alguns outros que conhecia e fui embora. Quando estava saindo pelo portão, eu olhei para trás e procurei Samira na janela oval do seu trailer. Não havia ninguém lá. Eu nunca mais a vi.

O silêncio se abateu sobre a cabine em que estávamos. Abbas tinha alcançado uma barreira emocional, uma barreira íntima. A barreira para Samira, para o encontro que tiveram e as cicatrizes que havia deixado, cicatrizes que ainda estavam lá, do outro lado da barreira. Depois de um tempo, ele olhou para Stilton novamente.

– Você nunca conseguiu esquecê-la – disse Stilton.

– Não, nunca. É claro que tive outras mulheres, em outras circunstâncias, mas ninguém jamais chegou ao mesmo lugar.

– Ela ainda está aí dentro de você?

– Sim.

Abbas arrastou uma jarra em sua direção e derramou um pouco de água em um copo. Levou o copo aos lábios enquanto olhava pela janela. Bebeu devagar. Stilton o observava. Abbas colocou o copo vazio na mesa e ficou olhando fixamente para ele, por um longo tempo, como se estivesse olhando para o que queria dizer.

— Há alguns anos, eu li em um jornal francês que Jean Villon havia morrido. Consegui o endereço de Samira e escrevi algumas cartas. Ela nunca respondeu.

— Então você não sabe o que aconteceu com ela?

— Não, não até agora.

Abbas inclinou-se para a sua bolsa, tirou um jornal e outra faca. Colocou o jornal na mesa e desdobrou-o, enquanto segurava a faca na mão. Stilton olhou o jornal e viu que era francês.

— O que é isso?

— *Libé*, um jornal francês, o *Libération*, eu tenho uma assinatura. E descobri isso dias atrás.

Abbas apontou para um longo artigo na primeira página. Havia uma foto grande de policiais franceses em um local cercado por um cordão de isolamento em uma reserva natural.

— É sobre o quê? — disse Stilton. — Eu não leio francês.

Abbas revestiu-se de coragem. A mão que segurava a faca tinha escorregado para a lâmina, e ele começou a traduzir o artigo. A matéria falava da descoberta do corpo esquartejado de uma mulher. O corpo havia sido encontrado por turistas em Callelongue, em um parque nacional no sul de Marselha. Um javali selvagem havia desenterrado uma parte do corpo, e um turista tropeçara nos restos de uma ossada. Ao lado da imagem do corpo mutilado havia a fotografia da vítima, uma mulher muito bonita. Abbas apontou para a foto.

— É Samira?

— Sim.

Na mesma hora, Stilton entendeu o motivo daquela viagem. O motivo de Abbas lhe contar tudo o que havia contado. Na mesma hora, compreendeu o que o aguardava. Ele olhou novamente para a pequena fotografia.

— Ela era bonita.

— Beleza lunar.

Stilton olhou para Abbas.

— É o que o seu nome significa. Samira.

Stilton assentiu e viu um pouco de sangue escorrendo da mão que segurava a lâmina.

— Abbas.

Ele apontou para a faca. Abbas afrouxou a mão e envolveu-a com um guardanapo. Com a outra mão dobrou o jornal e guardou-o na bolsa de novo. Ao virar de frente, Stilton viu que ele tinha lágrimas nos olhos. Eles olharam um para o outro. Sentiram o trem sacudindo sobre os trilhos e viram luzes a distância à medida que avançavam pela escuridão. Stilton pegou sua bolsa azul. Luna tinha posto em segredo uma garrafa de uísque para ele. Uma mulher sábia. Ele pegou a garrafa e colocou-a sobre a mesa. Sabia que Abbas só raramente bebia álcool, mas, à luz do que dissera a ele, Stilton sentiu que aquele era um desses raros momentos. Ele serviu dois copos e ergueu o dele.

Abbas não se mexeu.

Stilton tomou um gole.

— Você conhece Jean-Baptiste Fabre, não é? — perguntou Abbas.

— Sim, e estou supondo que seja por isso que estou aqui.

— Exato.

Jean-Baptiste Fabre era um detetive de Marselha. Stilton tivera um contato muito próximo com ele em algumas investigações conjuntas de homicídios. Mas havia muito tempo que não estavam mais em contato. Desde a época em que ele começou a ser morador de rua.

Mas Abbas sabia que se conheciam.

— Você quer informações sobre a investigação francesa do assassinato? — perguntou Stilton.

— Sim.

— Talvez já tenham prendido o assassino.

— Não prenderam, eles teriam comunicado isso. Verifiquei cada jornal na internet.

— Então o que pretende fazer?

— O que você faria?

— Se eu estivesse no seu lugar?

— Sim.

— O mesmo que você.

Abbas sabia disso. Stilton teria feito o mesmo que ele. Teria feito tudo o que pudesse para pegar quem assassinou e esquartejou Samira.

Simples assim.

— Vou dormir um pouco agora.

Abbas deitou na cama, virou o rosto para a parede e desligou a luz de cabeceira.

Seu uísque permaneceu intocado.

7

STILTON ESTAVA NO TERRAÇO do hotel tomando seu café da manhã e observando uma idosa vestida de preto que carregava um detector de metais. Ela caminhava devagar de um lado a outro da praia estreita. Seu marido fazia o mesmo caminho pelo mar, com água até a cintura. Stilton presumiu que fossem um casal. Poderiam ser irmãos, é claro, velhos solteiros à cata de uma moeda ou uma joia perdidas. Ele tomou um gole do expresso amargo e deixou seu olhar vagar pela baía até deter-se em uma ilha rochosa.

A ilha de If.

O famoso cenário de *O conde de Monte Cristo* para alguns, uma resposta comum de palavras cruzadas para outros.

Stilton via os barcos seguindo o seu caminho até a ilha e estava sentado em uma cadeira de plástico. O que lhe dava uma dor na virilha. O sol erguia-se atrás dele e de Marselha, seus raios espalhando-se pelas montanhas do outro lado da baía, cintilando na grande estátua dourada da Madona localizada no ponto mais alto de Marselha. Ele olhou para o extenso cais de pedra estreito que parecia desaparecer em linha reta pelo Mediterrâneo adentro. Ele já estivera na costa algumas vezes antes, em missões para a polícia, mas não conhecia aquele hotel. Abbas tinha feito a reserva pela internet: Hôtel Richelieu, um edifício antigo construído sobre pedras que se projetavam no mar. O terraço ficava sobre pilares de concreto que davam no fundo do mar. Stilton espiou pela beira do terraço e viu ondas azul-escuras batendo na balaustrada de pedra à sua frente. Virou-se para olhar a recepção espartana, uma mesa de madeira azul e uma cadeira Windsor. Nada muito convidativo. O hotel era apertado e claustrofóbico, com uma espécie de charme dilapidado, e o porteiro sempre ficava um pouco perto demais quando se falava com ele.

Stilton consultou o relógio.

Abbas ainda estava tomando banho, um procedimento que raramente podia ser apressado. Do quente para o morno, do morno para o gelado. Sempre o mesmo processo – da lassidão à disciplina samurai. Às vezes, ele demorava meia hora, mas foi mais rápido hoje. Abbas chegou no terraço com um casaco fino na mão e uma fruta na outra. Stilton não sabia que fruta era. Parecia amarga, como o café.

– Foi aqui que eu comecei.

Abbas tirou a fruta da boca e apontou para a estreita praia ao lado do hotel. A mulher de preto e seu marido tinham ido embora.

– A praia Les Catalans durante o verão fica repleta de moradores locais e turistas. Comecei vendendo relógios falsificados, depois bolsas.

– E chegava a vender alguma coisa?

– De vez em quando, não muito. Você ligou para Jean-Baptiste?

– Sim, vamos nos encontrar às dez.

– Onde?

– Em um bar perto da delegacia de polícia.

– Você sabe onde fica?

– O bar não.

– Vamos.

Abbas tinha reservado o que o site do hotel descrevia como uma "suíte" com dois quartos separados. Um deles tinha uma cama larga que ia de uma parede a outra, quase. Era preciso espremer-me para passar. O outro era uma alcova com janela onde o proprietário conseguira encaixar uma cama em uma extremidade. Estas instalações eram complementadas por um corredor estreito, um banheiro azulejado e um guarda-roupa compartilhado.

Suíte?

Stilton ficara com a alcova.

Ele já passara anos dormindo em todos os tipos de lugar, mas presumia que Abbas fosse um pouco mais exigente. De qualquer modo, ele normalmente era, mas naquele momento poderia dormir até sobre vidro moído se precisasse fazê-lo.

Mas ele pegara o quarto com a cama larga.

– Venha comigo.

Abbas tinha colocado um grande mapa detalhado de Marselha na parede ao lado da cama. Stilton apontou para uma cruz assinalada bem no meio da cidade.

– Como eu chego aqui?

– Andando. Vai demorar meia hora. E não vai ser mais rápido se pegar um ônibus.

– E o que você vai fazer?

– Ver uma amiga.

– Quando vamos nos encontrar?

– Eu ligo para você. Se não nos falarmos, vamos nos encontrar no restaurante ao lado, às oito.

– Está bem.

– Você carregou o seu celular?

– Sim.

Stilton reparou que Abbas assumia o comando de uma forma muito natural.

Isso era bom.

Era sua a vingança.

Não de Stilton.

Stilton pedira ao porteiro um mapa turístico simples, para se garantir. Ele sabia mais ou menos o percurso que faria, mas mesmo assim era uma boa distância até a delegacia. Ele seguiu para o bulevar Kennedy e virou à esquerda, em direção ao antigo porto. Só dez minutos depois perceberia seu primeiro erro – sua roupa. Era novembro, e em Estocolmo a temperatura girava em torno de zero, mas, quando desembarcou em Marselha, estava quase vinte graus mais quente. Seu pesado casaco de couro foi o primeiro a tirar do corpo. Uns poucos quarteirões depois, suas botas Timberland recém-compradas pareciam duas saunas ambulantes.

Só que ele não podia andar descalço.

Então foi um Stilton suando em bicas que chegou meia hora depois no enorme edifício cinzento da polícia, ao lado da Cathédrale de la Major. O bar aparentemente ficava em frente.

E de fato lá estava ele.

Havia algumas cadeiras ao ar livre com mesas de plástico e dois guarda-sóis desbotados. Era bastante improvável que os homens malvestidos que fumavam debaixo dos guarda-sóis trabalhassem no edifício oposto, embora provavelmente fizessem uma visitinha à polícia de vez em quando. Stilton atravessou a rua até o bar. Os homens debaixo dos guarda-sóis acompanharam seus movimentos. Ele era uma cara nova na área, com aqueles sapatos pesados demais. Ainda não eram dez horas. Jean-Baptiste não estaria ali. Invariavelmente, ele era um sujeito pontual. Os dois haviam se conhecido em uma investigação de um homicídio bastante chocante no final dos anos 1990, um francês que esfaqueara dois adolescentes suecos até a morte em um resort à beira-mar na costa oeste e depois fugiu. Jean-Baptiste tinha encontrado algumas pistas do homem em Marselha e Stilton foi até lá. Antes que tivessem chance de prendê-lo, ele havia cometido outro assassinato em Toulon.

Esse foi o começo da amizade dos dois.

Uma amizade que provavelmente começara com o que se poderia chamar de química. Ambos eram profissionais. Tinham a mesma atitude. Os dois eram "homens do campo". Stilton das ilhas de Estocolmo e Jean-Baptiste de uma pequena aldeia nas montanhas de Provence. Ambos eram solitários e tinham uma atitude sentimental em relação ao trabalho. Eles continuariam mantendo contato ao longo de muitos anos, em outras investigações de homicídio interligadas, e a carreira dos dois progredia aproximadamente no mesmo ritmo. Mas eles eram muito diferentes quando se tratava de pontualidade. Embora não costumasse se atrasar, Stilton não era páreo para Jean-Baptiste.

Quando faltavam apenas dois minutos para as dez, Stilton entrou no bar. Um lugar apertado cheirando a bebida rançosa com um chão de pedra visivelmente sujo. Uma escada preta em espiral levava até outro andar e havia bandeirolas de cores diferentes atravessando o teto. Uma das paredes estava totalmente coberta por pacotes de cigarros com as habituais e chamativas advertências à saúde. Havia mesas redondas escuras perto de outra parede, e também espalhadas no meio. O balcão do bar em si era pequeno. Só havia homens ali e muitos não estavam nem bebendo, apenas preenchendo bilhetes.

– Todo mundo jogando na loteria, todo mundo querendo acordar na terra do leite e do mel.

Stilton se virou. Eram dez horas em ponto e Jean-Baptiste estava em pé na porta do bar, sorrindo. Ele era grandalhão, maior do que Stilton se lembrava, parecendo Depardieu tanto no tamanho quanto na pele avermelhada. Alguém que não o conhecesse poderia tomá-lo por um sujeito superalimentado e fleumático.

Mas Stilton o conhecia bem.

O que se confirmou quando os dois apertaram as mãos. O cumprimento de Jean-Baptiste lembrava o de seu avô, o caçador de focas. Quando você entrava com a mão, nunca sabia como ela iria sair.

– Vamos nos sentar.

Jean-Baptiste abriu caminho até uma mesa na frente do bar. Ele se sentou em uma cadeira e acendeu um cigarro.

– Não se fuma no bar – disse ele. – Mas eles abrem exceções.

Stilton olhou para os dedos amarelados do amigo. Ele fumava muito, sempre Gauloises, pelo que Stilton sabia.

– Então, por onde você andava? – disse Jean-Baptiste.

– Eu me perdi por aí.

– Coisas acontecem. Eu me divorciei e casei de novo.

– Sim, coisas acontecem. Você está feliz?

– De vez em quando. Na minha idade, a gente mantém baixas as expectativas.

Jean-Baptiste soprou um anel de fumaça e acenou para uma mulher magra de cabelos pretos que passou por sua mesa.

– Oi, Claudette, como vai você?

– Eu não posso me queixar – respondeu a mulher e desapareceu em direção às mesas do fundo.

Jean-Baptiste acenou para o rapaz do balcão.

– Duas Perriers.

Apesar de seu tom avermelhado, parecia que agora ele estava só na água. Talvez preferisse consumir vinhos finos privadamente, Stilton não sabia. Eles nunca beberam juntos.

– Como anda isso aqui hoje? – ele perguntou.

– Marselha?

– Sim.

– Cheia de contrastes, como sempre. Calma na superfície e uma barafunda da porra por baixo. Você já ouviu falar das histórias de corrupção?

– Não.

– Uma parte do nosso pessoal no bolso de gângsteres. Isso acontece há anos e é um grande escândalo agora. Mas é claro que não há nenhum sinal vazando na superfície, tudo está sendo embelezado, maquiado. Estamos sendo preparados para ser a Capital Europeia da Cultura em 2013.

– O que isso significa?

– Só aborrecimento. Metade da cidade está sendo revitalizada e enfeitada. E é um inferno para os guardas de trânsito. Tudo está um caos, em toda parte. Você deve ter visto no caminho para cá.

– Eu tinha outras coisas em mente.

Jean-Baptiste riu e bebeu metade de sua Perrier. Quando colocou a garrafa de volta na mesa, ele baixou um pouco a voz.

– Então, como estão as coisas com el Fassi?

– Bem. Ele é crupiê num cassino.

– Em Estocolmo?

– Sim.

– Então você colocou-o de volta nos trilhos?

– Acabou que sim. Ele até fez alguns trabalhos secretos para a polícia.

– Olha só, quem poderia imaginar?

Jean-Baptiste não parecia tão surpreso quanto soou.

– Mas no momento ele está aqui.

– Precisando de ajuda?

Era disso que ele gostava em Jean-Baptiste, de sua intuição.

— Uma conhecida dele foi encontrada morta aqui – disse Stilton. – Samira Villon.

— Ele a conhecia, é?

— Eles já trabalharam no mesmo circo.

— Ela foi assassinada.

— Nós lemos sobre isso. Você sabe mais alguma coisa?

— Não, são outros caras que estão encarregados do caso.

— Caras que você conhece?

Jean-Baptiste girou a garrafa de água entre os dedos e olhou fixamente para Stilton.

— Ele trouxe as facas?

— Acho que não.

Jean-Baptiste olhou para Stilton e viu que ele estava mentindo. Stilton percebeu que ele viu. Mas era uma mentira branca necessária para evitar que Jean-Baptiste tivesse de mentir em um estágio posterior. Se as facas fossem usadas de um jeito que chamasse a atenção da polícia francesa. O que era um risco potencial.

— Eu poderia perguntar por aí – disse Jean-Baptiste. – Mas você vai ter que me contar um pouco mais.

— Sobre o quê?

— Os planos de el Fassi.

— Eu não sei de nada.

Jean-Baptiste baixou os olhos para a mesa. O sólido respeito que nutriam um pelo outro emanava da noção de certo e errado que compartilhavam, de uma profunda moral particular que os levara a trabalhar na polícia e os transformara em profissionais competentes. Stilton tinha "se perdido" por alguns anos e Jean-Baptiste não estava inteiramente certo do que isso significava. Ele sabia que Stilton não trabalhava mais na polícia, soubera do fato depois de um breve contato com Mette Olsäter alguns anos atrás. Mas e se ele tivesse mudado? Seria uma pessoa confiável agora?

Stilton observou Jean-Baptiste e adivinhou o que ele devia estar pensando. O que era totalmente compreensível. Então ele sentiu que precisava dar um passo à frente.

– Abbas quer pegar o assassino – disse ele.

– Isso é trabalho da polícia francesa.

– Eu sei, mas às vezes até os melhores policiais precisam de alguma ajuda, não é?

– Às vezes.

De repente, Jean-Baptiste se levantou e tomou uma decisão, inteiramente baseado em sua antiga confiança em Stilton.

– Como posso entrar em contato com você? – ele disse.

Stilton deu a ele o número de seu celular e o endereço do hotel.

– Você não gostaria de aparecer na minha casa para jantar hoje à noite? – perguntou Jean-Baptiste.

– Eu não posso, me desculpe.

– Eu entendo. Mande um abraço para el Fassi.

Jean-Baptiste foi saindo do bar e Stilton afundou um pouco na cadeira. Um problema a menos. Ele fizera o que Abbas pediu-lhe para fazer, e muito bem na verdade. O policial grandalhão entraria em contato, ele tinha certeza. Também sabia que tinha de encontrar uma maneira de dizer a Abbas que precisava ser mais discreto com as facas.

Este era um problema consideravelmente maior.

Stilton deu uma olhada em torno do bar, e a bela mulher de cabelos pretos que Jean-Baptiste havia cumprimentado chamou sua atenção, Claudette. Ela estava sentada em uma mesa mais ao fundo e olhava para Stilton. Ele sustentou o olhar. Não saberia dizer por quanto tempo, mas estava certo de como se sentia. De repente, ele estava louco por uma mulher, para fazer sexo. Não fazia sexo desde que ele e Vera Zarolha tinham trepado no trailer dela apenas umas horas antes de ela ser espancada até a morte. Já fazia mais de um ano. Agora, ele estava sentado em um bar minúsculo em Marselha no meio do dia, olhando para uma mulher que olhava para ele de um jeito que o deixava excitado. De repente, ela se levantou e foi até o balcão. Ele acompanhou o movimento do seu corpo. Ela usava sapatos pretos de salto baixo e um vestido verde justo. Posicionou-se de costas para ele e fez um pedido ao rapaz. Depois de servida, seguiu direto para a mesa de Stilton com dois copos pequenos na mão.

— Você gosta de pastis? — ela perguntou enquanto colocava os copos na mesa e afundava na cadeira onde o policial grandalhão estivera sentado.

— Pode ser — Stilton respondeu.

— Saúde.

Beberam sem tirar os olhos um do outro por um bom tempo. A mulher não era jovem — nem Stilton. Ele estava com 56 anos e achava que ela deveria ser uns dez anos mais jovem, com algumas primeiras rugas em volta dos olhos sem maquiagem.

— Claudette — disse ele quando o pastis estava quase terminando.

— Sim. E seu nome é?

— Tom.

— Você conhece Jean-Baptiste?

— Sim, e você também?

— Todos nesta área conhecem Jean-Baptiste. Ele é um bom policial.

— Sim.

— Você é da polícia também?

— Não.

— O seu inglês é bom. De onde você é?

— Suécia.

— Ibra.

Stilton sorriu. Zlatan Ibrahimović era atualmente a grande estrela do PSG, em Paris, não em Marselha. Ele não deveria ser tão popular ali.

— Mas aqui nós achamos que ele é um monstro — disse Claudette com um leve sorriso.

Seus dentes eram pequenos e parelhos, não completamente brancos, com lábios arqueados suavemente pintados com um pouco de batom vermelho. Stilton sentiu o odor de sua respiração por sobre a mesa, era gostoso, e de repente lembrou-se do próprio bafo e esperava que estivesse mascarado pelo pastis.

— Você está hospedado em um hotel? — perguntou ela.

— Sim, no Richelieu.

— Vamos lá?

— Não dá, eu divido o quarto com um colega.

– Mulher?
– Não. Onde você mora?
– Rue de la Croix.
– É longe?
– De táxi não.

Demorou cerca de uns quinze minutos para o táxi atravessar o centro da cidade e chegar ao bairro de Claudette. Eles estavam sentados no banco de trás com as janelas abertas. Stilton olhou para a rua e viu um organista acenando com uma das mãos enquanto a outra alimentava o realejo com um rolo de papel perfurado. Stilton ouviu uma melodia melancólica saindo da engenhoca de madeira e colocou a mão no joelho nu de Claudette. Queria sentir sua pele.
– "The Crying Soldier" – ela disse.
Stilton virou-se para ela.
– É o nome dessa música que está tocando. É uma antiga canção folclórica sobre um soldado que retorna da guerra mutilado, sem as pernas.
– De qual guerra?
– Uma delas.
Claudette pegou a mão de Stilton e levou-a até sua coxa. Stilton sentiu como estava quente e inclinou-se para ela.
– Já chegamos – disse ela.
Claudette pagou o táxi.

Abbas conhecia aquela área como a palma de sua mão, um lugar barra-pesada, dominado pela pobreza, onde não se deveria circular nas horas erradas do dia. Parte da região havia sido revitalizada, algumas construções novas aqui e ali, mas por baixo tudo ainda estava no mesmo lugar. A mesma desconfiança nos olhos das pessoas, os mesmos grupinhos de homens frustrados reunidos, o mesmo cheiro. Ele se lembrava daquele cheiro. Não sabia bem do que era, só que o havia sentido durante toda a sua infância.

Uma mistura de lixo queimado, fumaça de escapamento, cimento molhado. Ele não sabia direito. Esforçou-se para tentar evitar que aquele cheiro despertasse emoções e lembranças, não fora para isso que tinha vindo até ali. Achava que já havia queimado seu álbum interior de memórias, mas pelo visto ainda sobrara alguma coisa.

Apressou-se na direção dos edifícios mais altos, onde Marie supostamente morava em um prédio de oito andares. Esperava que o elevador estivesse funcionando.

Estava.

Quando chegou à frente da porta maltratada com o nome que ela dera, ele se sentiu inseguro de repente. Não tocou a campainha de imediato. Ficou olhando para a porta. Marie tinha um sobrenome diferente, é claro, estava casada, com filhos, pelo que lhe dissera ao telefone. Ela não era a mesma mulher de antigamente, quando se apresentava no Cirque Gruss como Bai She, a mulher-serpente branca. Era uma atração espetacular – o diretor do circo a apresentava contando uma história sobre uma serpente chinesa que tomava a forma humana e depois se desenrolava para sair de um tambor ao som de sinos evocativos. Ela possuía uma capacidade excepcional de formar um círculo com o próprio corpo, como se não possuísse esqueleto. Abbas nunca entendeu como isso era possível. Agora ela estava casada, tinha uma família e sua vida no circo chegara ao fim. Mas não era por isso que ele hesitava à frente de sua porta.

Era porque ela poderia contar-lhe alguma coisa.

Sobre Samira.

Ele sabia que Marie e Samira tinham sido próximas na época do circo, quem sabe até depois que Marie saíra de lá. Quem sabe até Samira ser assassinada.

Ele tocou a campainha.

Marie colocou um pouco de chá gelado frio na mesa da cozinha. Era uma cozinha pequena, levando em conta que tinha quatro filhos e um marido. Uma das paredes era coberta de armários de vidro cinza-esverdeado e havia um grande cartaz do circo afixado na outra.

Cirque Gruss.

Abbas olhou para Marie.

Fazia mais de quinze anos que ela fora mulher-serpente. Provavelmente o seu corpo não conseguia mais se dobrar para formar um círculo.

– Faz muito tempo – disse ela.

Como se soubesse o que Abbas estava vendo e pensando. Mas, para ele, Marie ainda era uma mulher bonita. Ele a via como ela era antigamente. Exceto os olhos. Havia neles um sinal do que vira em seus próprios olhos antes de entrar no chuveiro de sua casa na Dalagatan e emergir com uma expressão inteiramente diferente.

Um sinal de desespero.

Marie sentou-se ao lado de Abbas. Para ele, foi como se o tempo tivesse parado quando ela abriu a porta e abraçou-o. Eles compartilhavam um passado que estava sempre presente. Agora estavam sentados um perto do outro como as crianças costumam fazer. Marie olhou para Abbas.

– Você ainda está...

– Não, parei há muitos anos.

– Eu sabia que as coisas iriam correr bem para você.

– Como poderia saber?

– Você nunca mentiu. Todos os outros mentiam quando lhes convinha, menos você. Então concluí que, se você não mente, as coisas correm bem.

– Uma meia-verdade.

– Eu sei, mas deu certo no seu caso.

– Até agora.

– Sim.

Então, o desespero dos dois se misturou, o desespero com Samira, e os manteve imóveis por um tempo até que Marie deu um gole no chá e Abbas fez o mesmo.

Ambos sabiam o que aquele momento na cozinha significava.

– Ela sofreu por sua causa por muito tempo – disse Marie. – Era angustiante. O Mestre sabia como ela se sentia, todo mundo sabia e ninguém podia fazer nada. Era o que era. Ela era a esposa dele e seu alvo.

– Sim.

Abbas tentou manter a concentração. Ele queria passar por aquilo tão rápido quanto possível, queria chegar logo à parte que seria muito pior, não podia desmoronar agora.

— O que aconteceu quando o Mestre morreu?

— Samira teve de ir embora. O novo atirador de facas tinha outra mulher que seria seu alvo.

— E para onde ela foi?

— No início, chegamos a manter algum contato, mas eu estava viajando com o circo e ela ficou aqui, em Marselha.

— O que ela estava fazendo?

— Eu não tenho certeza.

Abbas sentiu que Marie estava escondendo alguma coisa, mas não queria pressioná-la. Ela devia sentir-se livre para contar o que quisesse, só assim se abriria com ele.

— Alguma vez vocês se encontraram?

— Uma vez, uns dois anos depois que ela foi embora. Ela estava muito triste.

— E por quê?

— Ela queria saber se eu estava em contato com você.

Abbas sentiu a pressão crescer no peito.

— Eu escrevi algumas cartas – disse ele. – Procurei o diretor do circo e ele me deu um endereço onde achava que Samira estava morando. Mas não obtive resposta. Talvez ela nunca tenha recebido essas cartas.

— Ou talvez o agente dela as tenha rasgado.

— Agente?

Marie se levantou, foi até a janela e olhou para a rua. Abbas esperou. Marie caminhou em direção à pia e tirou uma fina tábua de cortar de uma gaveta. Quando estava prestes a colocá-la na bancada, Abbas viu que suas mãos tremiam. Ele se levantou e aproximou-se dela. Marie encostou a cabeça no peito dele e chorou, em silêncio. Ele acariciou o seu cabelo louro curto e deixou que chorasse.

Como se ele estivesse bem.

Estava longe de sentir-se bem.

Agente?

Marie ergueu a cabeça do peito de Abbas e pegou uma folha de papel-toalha. Ela enxugou o rosto e olhou para Abbas. Depois, disse o mais diretamente que pôde.

– Ela fez uns filmes.

– Que tipo de filmes?

– Filmes pornôs.

Demorou alguns segundos, talvez minutos, até Abbas ser capaz de assimilar mentalmente aquela notícia difícil.

– Ela fez filmes pornográficos?

– Sim.

Abbas sentou-se à mesa novamente e serviu-se de mais chá gelado. Marie ficou ao lado da pia. Ela sabia que Abbas queria a verdade. Um homem que nunca mentiu não queria que outras pessoas mentissem. Ou escondessem os fatos. A única razão pela qual estava ali era para obter informações sobre Samira. Tudo o que podia fazer era contar-lhe o que sabia.

Abbas olhou para ela.

– Por quê? – perguntou.

– Perguntei a mesma coisa a Samira, e realmente ela não soube o que dizer. Depois de deixar o circo, ela conheceu um homem mais velho, que supostamente iria ajudá-la, mas, pelo que entendi, ele a vendeu para o agente. Ela era cega, pobre, precisava ganhar a vida, e foi uma presa fácil para pessoas que queriam se aproveitar dela. E era muito bonita.

– E esse agente usou-a para fazer filmes pornográficos.

– Eu realmente não sei bem como isso funciona, ele era algum tipo de produtor também. Talvez a tenha agenciado para outro produtor?

Abbas se levantou e foi até a janela. Ele passou o dedo pela vidraça da janela, de uma ponta a outra. A distância, viu grandes bandos de gralhas negras sobrevoando as casas em formação ondulante.

Filmes pornôs? Samira?

Ele continuou olhando pela janela e perguntou:

– Por que ela concordou com isso?

— Bem, por que as mulheres concordam com isso? Eu acho que ele a dopava, ou transformou-a numa viciada em drogas.

— O agente?

— Sim. Suponho que a droga faça com que a maioria das pessoas derrubem suas barreiras.

— Sim, claro, é possível.

Abbas desenhou uma pequena cruz na vidraça com seu dedo indicador e virou-se para encarar Marie.

— Você sabe o nome desse agente?

— Sim.

Ele desceu pelas escadas.

O elevador era lento demais.

Fizeram amor por um longo tempo, em um quarto grande e tranquilo, numa ampla cama vitoriana de aço. Não disseram uma palavra, ambos com desejos reprimidos que impulsionavam um corpo para o outro. Stilton sabia dos seus motivos — o que impulsionava Claudette era problema dela.

Por fim, a chama diminuiu e ficaram deitados nus, atravessados na cama macia. Stilton sentia o suor escorrer para os lençóis.

Ele estava vazio, esgotado.

Uma sensação tão grandiosa, pensou, e olhou para Claudette.

Ela estava deitada em seu braço com os olhos fechados. Ele deixou seu olhar vagar pelo corpo reluzente dela e seguir até a parede. Havia várias pinturas a óleo não emolduradas penduradas no papel de parede azul-claro, algumas pareciam inacabadas. Stilton ergueu um pouco a cabeça para dar uma olhada melhor.

Em seguida, seu celular tocou.

Claudette abriu os olhos. Stilton olhou para ela. Ela levantou a cabeça e ele retirou o braço. Stilton pegou o celular, supondo que fosse uma ligação de Abbas.

— Alô, Tom? Você já chegou em Marselha?

Era Mette Olsäter.

— Sim.
— Você prometeu que ia me ligar!
— Eu não tive tempo.
— Por que não?
— Não tive chance. Você já falou com Abbas?
— Ele não está atendendo.
— Bem, provavelmente ele viu que é você que está ligando.
— E o que isso significa?
— Nada. Ele quer que o deixem em paz.
— Tom, por favor... nós somos adultos. Estamos carecas de nos conhecer, tem anos isso. O que você está aprontando?!

Stilton não deu uma resposta direta, em parte porque precisava dizer algo com alguma substância, caso contrário, seria ridículo, e em parte porque Claudette tinha se inclinado sobre sua virilha e começado a acariciar seu pênis.

— É uma longa história – disse ele. – O próprio Abbas terá de lhe contar. Ele me contou no trem. É muito trágico.
— Mas então tem a ver com ele?
— Sim.
— Por que você está aí, então?
— Eu tenho alguns contatos aqui em Marselha.
— Fabre? Jean-Baptiste Fabre?
— Isso.

Mette não conhecia Fabre pessoalmente, mas sabia que Stilton trabalhara com ele algum tempo atrás e os dois desenvolveram uma boa camaradagem. Eles também haviam se encontrado algumas vezes por conta das investigações em que Mette também estava envolvida. Então, ela concluiu que a visita a Marselha tinha algo a ver com a polícia.

O que não adiantou muito para tranquilizá-la.

— Isso não pode ser perigoso? – perguntou ela.
— Para quem? – Stilton disfarçou um gemido enquanto sentia seu pênis endurecer.
— Para você?
— Espero que não. Por que seria?

— Porque eu sei exatamente o que vocês dois...

— Mette, me desculpe. Eu tenho que ir, tem um táxi esperando por mim lá embaixo! Eu entro em contato!

Stilton conseguiu encerrar a ligação apenas alguns segundos antes de estar prestes a gozar novamente. Claudette olhou para ele.

— Era a sua esposa?

— Eu não sou casado.

— Eu também não.

E então ele gozou.

Marie sabia o nome do agente, Philippe Martin. Mas não sabia o endereço do sujeito, ou onde Abbas poderia encontrá-lo. Ele teria de descobrir por si mesmo. Mas de uma coisa ela não tinha dúvida: o homem era perigoso. Ela ouvira seu nome ser mencionado algumas vezes nos últimos anos, sempre relacionado a episódios de violência. A cada vez, ela pensava em Samira. Chegou a tentar procurá-la umas duas vezes, sem sucesso. Seu marido a aconselhara a não insistir naquilo. Ele também ouvira falar do agente. E de sua periculosidade.

Abbas só dispunha de um nome, mas tinha uma boa ideia dos círculos que o homem em questão devia frequentar. Ou nos quais fosse conhecido pelo menos. Então, sentindo-se extremamente frustrado, ele esperara anoitecer para encontrar já aberto o lugar que queria visitar. Le Bar de la Plaine, um lugar que ele conhecia do passado e que presumiu que ainda existisse. Talvez com a mesma clientela, um misto de cafetões, músicos, gângsteres e prostitutas. Além das celebridades de ocasião.

Abbas entrou. O bar só tinha sido aberto havia dez minutos, mas já estava lotado. Ele abriu caminho com os cotovelos até o balcão. Um barman mais velho limpou cinzas inexistentes na frente dele.

— Oi – disse Abbas. – Estou procurando por Philippe Martin, você sabe onde posso encontrá-lo?

— Não.

– Devo três mil a ele, o cara vai ficar puto se não receber a grana.
– Mais do que puto.
– Pois é. Como ficamos então?
– O bar diagonalmente oposto à estação. Ele costuma estar lá na hora do almoço. Vai beber o quê?
– Eu não bebo.

Abbas virou-se e forçou passagem mais uma vez para poder sair. Sabia que as pessoas não tiravam os olhos dele. Só esperava que não fossem os tipos da pior espécie, os mesmos de antes, do bairro árabe, ou do porto, o tipo de gente que poderia reconhecê-lo.

Isso só criaria problemas.

Stilton parou para recuperar o fôlego. Estava correndo. Já passava das oito horas quando chegou ao restaurante. Visto de frente, da rua, o lugar parecia bastante amplo, mas de lado via-se que devia ser um dos restaurantes mais estreitos da cidade, o Eden Roc, localizado em um dos prédios mais estreitos da cidade, quatro metros de largura por vinte e cinco de comprimento, em apenas um andar, construído em um hotel que Abbas tinha encontrado na internet. O restaurante também ficava sobre uma rocha que se projetava no mar, daí o nome.

Stilton entrou.

Um garçom de barba ruiva, magro e estressado, estava atrás de um minúsculo balcão de bar a poucos metros da entrada.

– *Une coupe?*

O garçom olhou para Stilton enquanto servia bebidas diferentes em copos diferentes. Stilton não entendeu o que ele disse, de modo que balançou a cabeça e deu uma olhada no interior do restaurante. Duas das nove mesas de plástico estavam ocupadas por famílias, seis estavam vazias e Abbas estava sentado na nona. Bem no fundo, ao lado de uma janela com vista para a baía. Stilton foi até lá e sentou-se na frente dele.

– Você está cheirando a sexo – disse Abbas.

Stilton tinha acabado de se sentar, mas sabia que provavelmente era verdade. Não tivera tempo para tomar banho, devia estar encharcado de fluidos corporais.

– Eu precisava, ok? – disse ele.

– Alguém que você conhecia?

– Não.

– O que Jean-Baptiste disse?

Stilton resumiu sua conversa com Jean-Baptiste, omitindo a parte sobre as facas.

Por enquanto, pelo menos.

Ele contaria quando não estivesse mais cheirando a sexo.

– Quando acha que ele vai entrar em contato? – Abbas quis saber.

– Quando souber de alguma coisa. O que você vai comer?

O garçom tinha passado apressado deixando pequenos quadros-negros na mesa com o cardápio do dia. Stilton estudava as opções – coelho, peixe, risoto de frutos do mar, alcachofra, *calamari fritti*.

– *Calamari fritti* – disse Abbas.

Stilton não era muito chegado em lulas, então pediu o risoto. Ambos beberam Perrier. Abbas ficou em silêncio. Stilton percebeu que a hierarquia atual exigia que ele desse o seu informe primeiro. A questão do policial grandalhão foi discutida, mas não a da policial grandalhona.

– Mette telefonou – disse ele. – Ela disse que está tentando ligar para você.

– Sim, eu vi. Eu não tive vontade de falar com ela.

– Ela quer saber o que estamos fazendo aqui em Marselha, parece preocupada.

– E você acha que ela estaria menos preocupada se soubesse por que estamos aqui?

Stilton não precisou responder porque o garçom de barba ruiva colocou um prato de lulas crocantes na frente de Abbas e uma tigela de lama preta na frente dele, Stilton. Abbas espremeu um pouco de limão no prato e pegou um dos anéis de lula com os dedos.

— O que você disse a ela? — ele quis saber enquanto colocava a crocante criatura do mar na boca.

— Que era uma longa história, uma história sua, e que você contaria a ela quando se sentisse preparado para tal.

— E ela deu-se por satisfeita?

— Eu precisei desligar. Tinha de correr para pegar um táxi e vir aqui encontrar-me com você.

— Você se perdeu?

— Não, por quê?

— Você estava correndo, eu vi pela janela.

Stilton enfiou uma generosa garfada de risoto na boca.

— Como está a lula?

— Excelente. E o seu?

O prato provou-se exatamente como parecia. Stilton deu outras garfadas e então percebeu que havia pedido uma papa preta insípida. Aquela gororoba sem graça tinha gosto de lula também.

— É bom, um pouco picante, talvez — disse ele. — Você encontrou-se com a sua amiga?

— Sim.

Stilton achou que Abbas fosse elaborar mais o assunto. Mas nada, não naquela hora pelo menos. Terminou de comer primeiro. Quando o prato ficou vazio, ele colocou-o sobre a mesa vazia ao lado deles e bebeu sua água. Colocou a garrafa e o copo na outra mesa também. Stilton o observava. Ele percebeu que aquilo devia ser alguma espécie de ritual, uma rotina que exigia que tudo em volta dele estivesse livre e desembaraçado. Quando o garçom perguntou se eles iriam querer outra coisa, Abbas respondeu: — Seria ótimo se nós não fôssemos interrompidos por um tempo.

A linguagem corporal do garçom respondeu — ele voltou ao seu porto seguro atrás do balcão. Então Abbas olhou pela janela, para a escuridão do lado de fora, o mar, o céu, e tentou falar da mesma forma direta que Marie usara para lhe contar.

— Samira fez filmes pornôs.

Abbas deixou a informação ser digerida, um pouco como Marie tinha feito e ele digerira. De uma forma que chegou a surpreender Stilton. Ele nunca havia conhecido Samira, e não sabia nada sobre ela além do que o que Abbas lhe contara. Mas foi o suficiente. Ele conhecia Abbas. E quando Abbas desviou-se da janela para olhá-lo nos olhos, Stilton viu tudo o que precisava saber. Viu a escuridão nas suas pupilas.

– Samira tinha um agente – Abbas começou. – Philippe Martin. Um canalha. Estou pensando em procurá-lo.

– Compreendo. Para conversar?

– Você vem comigo?

Mette sentou-se no assento do vaso sanitário e ficou observando o marido escovar os dentes. Mårten tinha uma técnica especial, ele escovava os dentes um por um. A parte da frente, a parte de trás, a superfície de mastigação e, depois, passava o fio dental de ambos os lados. Como todos os dentes ainda estavam em bom estado de conservação, aos 68 anos de idade, isso significava trinta e duas escovações individuais antes de Mette poder ter acesso à pia. Este era um dos motivos de ela importuná-lo para que fizessem uma reforma do banheiro, eles precisavam ter duas pias.

– Pelo visto, deve ter a ver com algum homicídio.

Mette tentou distrair Mårten, que trabalhava com afinco no dente número vinte e seis. Ele tirou a escova da boca e olhou para ela.

– A viagem a Marselha?

– Sim. Telefonei para um colega de lá que conheço vagamente. Bem, não... Tom é que o conhece, mas tivemos algum contato. Ele disse que tinha um homicídio na história sim, e que Abbas conhecia a vítima.

– Ah, merda.

Mårten sentou na borda da banheira com a escova de dentes na mão e Mette aproveitou a oportunidade para ocupar a pia.

– Qual a relação disso com o passado, como ele falou? – ela disse.

– A vítima pode ser alguém que ele conhecia quando morou em Marselha.

– É, foi a primeira coisa em que pensei também.

– Mas?

– Já faz séculos que ele morou lá e, pelo tanto que eu sei, ele não mantinha contato com uma única pessoa desde que foi embora – Mette disse, começando a escovar os dentes.

– Sim, mas não poderia ser um parente?

– Ele não tem família, você sabe disso.

– A mãe dele – disse Mårten.

– O que é que tem ela?

– Ela desapareceu quando ele tinha sete anos. Ainda pode estar viva.

– E agora foi assassinada?

– Sim.

– Uma mãe que abandona um filho de sete anos e nunca mais o procura dificilmente faria com que o filho adulto se despencasse para Marselha de uma hora para outra e ainda levando alguém como Tom de contrapeso – disse Mette. – Mesmo que tivesse sido assassinada.

– Não, talvez não. Ainda tenho seis dentes para escovar.

– Estou quase acabando aqui.

Mårten aproveitou a oportunidade para mergulhar em seus pensamentos enquanto esperava. Abbas e Tom em Marselha com um assassino francês, sendo que Abbas conhecia a vítima, uma vítima do passado, um passado que ele odiava. O que eles planejavam fazer? Ele realmente não queria saber, pois não teria nenhuma chance de influenciar a situação.

Então, concentrou-se em seus dentes.

– Você já telefonou para Olivia? – ele perguntou. – Para se desculpar?

Mette virou-se para ele com a escova de dentes ainda na boca e, como não a tirou de lá, ele não entendeu o que ela disse. Mas viu na sua expressão.

Ela não telefonara.

– Eu acho que você está sendo um pouco covarde – disse ele, olhando para a pia.

Mette tirou a escova de dentes da boca.

– Por favor, você pode parar de se envolver em coisas que não têm nada a ver com você!

– Claro. Desculpe.

Mårten tinha recuperado a *pole position* na pia e começou a trabalhar no dente número vinte e sete. Mette de repente atirou a escova de dentes na banheira e saiu. Mårten observou-a se afastar pelo espelho. O que é que deu nela? Que reação foi essa? Foi só por causa de Olivia? Ou de Abbas e Tom?

Aquilo era um sinal de desequilíbrio motivado por outra coisa.

Seu coração?

Mette fizera recentemente outro check-up. Seu coração não estava em bom estado, e o médico lhe dera duas graves advertências: minimizar o estresse e fazer algo em relação ao seu peso.

Ela ignorou as duas.

8

OLIVIA GERALMENTE MANTINHA uma distância saudável de jornalistas. Não chegava a se transformar em desprezo, como acontecia com alguns de seus colegas na Academia de Polícia. Ela respeitava o Quarto Poder. Tinha visto exemplos surpreendentes do valor do jornalismo investigativo, mas também tinha crescido em uma sociedade obcecada pela mídia, onde muitas vezes o jornalismo passava dos limites. A total falta de respeito pela própria profissão por parte de certos jornalistas minava a credibilidade de que a liberdade de imprensa tanto dependia.

Ela esperava que Alex Popovic não pertencesse a essa categoria. Ele havia lhe pedido que viesse até o escritório editorial do *Dagens Nyheter*, pois precisava ficar lá para monitorar uma coisa ou outra e não podia ausentar-se.

Ele não dera nenhuma indicação do que seria.

Mas ele tinha uma voz interessante, pensou Olivia, olhando o próprio reflexo na porta de entrada do jornal na Gjörwellsgatan. Ela ajeitou o macio gorro de tricô cinza na cabeça. Era um gorro bonito, não se parecendo em nada com aquele que Maria a forçara a usar em Rotebro. Ela deveria tirá-lo quando entrasse, mas gostou da aparência que ele lhe proporcionava. Seus longos cabelos pretos caindo sobre os ombros. Ela inclinou-se na direção do reflexo.

Havia algo de discrepante naquela sua mistura de pele bronzeada e saudável com indumentária de inverno.

Alex Popovic recém-completara 42 anos e trabalhava para o grande jornal havia oito anos. Sua mesa ficava bem no fundo do escritório editorial. Ele acabara de enviar um e-mail para a embaixada sueca no Senegal pedindo que confirmassem que não havia cidadãos suecos no ônibus turístico que despencara de um barranco algumas horas antes. Quando ergueu os olhos, viu uma jovem de gorro cinza sendo escoltada por um funcionário da recepção. Ele também reparou que alguns colegas seus do sexo masculino haviam registrado a chegada da mulher. Algumas cabeças se ergueram por trás das telas de computador. A mulher seguia em frente e se inclinou para falar com uma jornalista, que se virou e apontou diretamente para ele. A jovem começou a andar na sua direção. Será que é Olivia Rivera?, pensou ele.

Olivia aproximou-se de Alex. Ele a cumprimentou com a mão estendida e apontou para a cadeira ao lado de sua mesa. Ambos se sentaram.

– Lindo bronzeado – ele disse e sorriu, tirando um chiclete de nicotina da boca.

– Eu tinha acabado de voltar da Costa Rica quando você telefonou.

– Para a casa de Bengt?

– Sim.

– O que você estava fazendo lá?

– Na Costa Rica?

– Na casa de Bengt.

– Eu ia pegar um laptop.

A expressão de Alex revelou que Olivia precisaria esclarecer alguns pontos, então ela lhe contou sobre seu relacionamento com Bengt Sahlmann e sua filha e por que ela fora lá pegar um laptop.

– Eu disse a Sandra que você havia ligado para o pai dela. Ela disse que você conhece Bengt há muito tempo.

– É verdade.

– Há quanto tempo?

– Estudamos juntos no Lundsberg.

– O colégio interno?

– Sim.

Alex fez um gesto como se não tivesse sido a primeira vez que teve de explicar o fato de haver estudado no Lundsberg.

– Bem, nós dois éramos igualmente meio desajustados lá – disse ele com um sorriso. – Mas depois do colégio mantivemos contato ao longo dos anos. Bengt era um bom amigo. Você me deu um duplo choque: primeiro, que ele tinha cometido suicídio, e, em seguida, que tinha sido assassinado.

– As duas coisas eram verdade no momento em que eu lhe contei. Por que você ligou?

Alex era um jornalista experiente acostumado a ele mesmo fazer as perguntas. Agora, via-se sendo interrogado por uma completa estranha, uma estranha muito atraente, mas mesmo assim estranha. Ele havia pesquisado o nome dela no google e não encontrara nada sobre Olivia Rivera.

Talvez não fosse seu nome verdadeiro. E por quê? O que ela queria afinal?

– Por que você quer saber isso? – ele disse.

– Porque sou curiosa.

– Essa resposta não basta.

Olivia encarou Alex. Ela gostava dele. Não sabia se era por causa da voz, da atitude ou do cabelo preto curto, talvez fosse apenas pela energia que irradiava.

Então ela tentou encontrar uma resposta aceitável.

– Bengt Sahlmann foi assassinado. É uma tragédia para Sandra. Ela é uma amiga da família e eu quero fazer tudo o que puder para ajudá-la a descobrir o que aconteceu. E por quê.

– Você é da polícia?

– Sim e não. Minha formação foi pela Academia Nacional de Polícia, mas não trabalho lá. A divisão de homicídios está investigando o assassinato de Bengt.

– Quem é o encarregado do caso?

– Eu não sei. Então, por que você telefonou?

Alex começou a mascar outro chiclete de nicotina e viu que era o seu último. Ele tinha mascado demais. Passou a mão pela barba curta. O que deveria dizer?

– Talvez você não queira dizer? – disse Olivia, como se tivesse visto isso em seus olhos. – Talvez seja assunto confidencial? Ou particular?

– É particular.

– Tudo bem.

Alguns segundos de silêncio. Eles ficaram se encarando. Alex desviou o olhar primeiro e olhou por cima dos ombros de Olivia para verificar se não havia ninguém sentado muito perto. Ele queria responder. Queria manter o diálogo com aquela mulher sagaz. Então ele se inclinou na direção de Olivia.

– Bengt entrou em contato comigo alguns dias antes de morrer dizendo que tinha um material extremamente explosivo no qual sabia que eu estaria interessado, como jornalista. Ele não quis falar sobre o que era por telefone, ia enviá-lo para mim. Eu estava telefonando para perguntar se ele enviara ou não o material, porque eu não tinha recebido nada.

– Então você não sabe do que se tratava?

– Não. Mas sei que ele não iria me ligar daquele jeito a menos que o assunto fosse muito sério. E ele parecia estressado. Perguntei se havia acontecido alguma coisa, ele disse que sim, depois desligou.

– Talvez fosse algo relacionado ao roubo na Alfândega.

– Que roubo?

Olivia sabia que deveria manter sigilo em circunstâncias normais. Mas as coisas não estavam normais. Nada mais era normal desde que Tom Stilton revelara a verdade sobre ela e a mãe assassinada. Agora tudo era anormal, e Olivia realmente não sabia o que estava fazendo. Agora ela estava tendo uma conversa semiprivada com um jornalista que nem conhecia.

E se dera mal da última vez que fizera isso.

Bem, a vida era assim às vezes, pensou, e contou a ele do desaparecimento de um carregamento de drogas apreendido na Alfândega e do inquérito interno comandado por Bengt Sahlmann. Ela sabia pouca coisa, quase nada.

Obviamente Alex ficou cada vez mais interessado.

– Qual o volume de drogas que desapareceu?

– Eu não sei.

– E eu pensando que fosse algo completamente diferente.

– Como assim? Pensei que você não soubesse a que tipo de material ele estava se referindo.

– Não, se eu soubesse, não teria dito isso. Eu só tenho hipóteses.

— E quais são?

Alex entendeu que ela havia revelado algo que, provavelmente, não deveria, sobre a Alfândega, então ele fez o mesmo, porque gostava dela também.

De sua energia, em particular.

E, além disso, sua intuição lhe dizia que esse contato poderia vir a ser útil no futuro.

— Bengt teve recentemente um acesso de raiva violento em uma festa, bem, era mais um jantar íntimo. Havia alguns antigos amigos do colégio e ele ficou bastante bêbado e de repente começou a falar sobre a morte do pai internado em um lar de idosos, e fez um monte de acusações alegando que o velho ainda estaria vivo se tivesse recebido cuidados adequados. Foi realmente inconveniente, tivemos de colocá-lo num táxi.

— E você achou que ele queria dar-lhe informações sobre isso?

— Foi o que me ocorreu na hora, considerando que ele estava muito revoltado. Mas essa história das drogas parece mais sólida.

— Sim, talvez.

De repente, Alex precisava sair — ele estava esperando pela conferência de imprensa com Jimmie Åkesson. Alguns membros do Partido dos Democratas Suecos, de extrema-direita, tinham causado tumulto no centro de Estocolmo agredindo as pessoas nas ruas com barras de ferro. Alex desculpou-se. Olivia levantou-se, tirou o gorro cinza, sacudiu seus longos cabelos, anotou o número de seu celular num bloco sobre a mesa e saiu. Alex observou-a indo embora.

É a terceira vez que me falam da morte do pai de Bengt, Olivia pensou consigo mesma enquanto se dirigia à saída do prédio. Vindo de três pessoas diferentes. Ele devia estar extremamente angustiado com isso. Ela pegou seu celular e ligou para Sandra, que atendeu na mesma hora.

— Oi. Você encontrou o computador?

— Não, sinto muito, mas eu tenho certeza de que a polícia deve estar procurando por ele. Como você está?

— Mais ou menos. Eu não estou dormindo bem.

– Você sabe que pode me ligar a qualquer hora se você não conseguir dormir.

– Sim, eu sei. Você está me ligando para dizer algo em particular?

– Só estou ligando para saber como você está. Eu estou pensando em você, o tempo todo.

– Obrigada.

– Mas há algo que eu queria saber. Qual era o nome do lar de idosos do seu avô?

– Silvergården, em Nacka. Por quê?

– Só por curiosidade. Parece que seu pai ficou bastante chateado depois que seu avô morreu.

– Sim.

Sim. Só isso? Olivia sentiu que estava atrapalhando a garota de alguma forma.

– Então, como é morar aí na casa de Charlotte? – ela disse, mudando de assunto.

– Sem problema, eu suponho... ela disse que poderíamos nos mudar para a casa de Rotebro se eu quisesse, mas eu não quero. Talvez mais tarde...

– Sim, o mais importante é que você faça o que sente que é o melhor para você.

– Charlotte também diz isso. Desculpe, mas podemos nos falar amanhã? Um amigo meu da escola acabou de chegar.

– Claro, claro! Me liga quando for bom para você.

– Obrigada, ligo sim.

Olivia encerrou a chamada e se sentiu péssima pela merda que fez. Ela só havia ligado para obter informações, não para ver como Sandra estava passando, embora quisesse saber isso também. Vamos falar por mais tempo amanhã, pensou, e se dirigiu para as portas de vidro da entrada. Quando olhou para a rua, viu as pessoas encurvadas, tentando se proteger do vento gelado e da chuva.

Que tempo horrível.

Ela vestiu o gorro e entrou na tempestade.

* * *

Seguiu de carro para Nacka.

Até o momento ela estava se valendo do laptop desaparecido e do seu relacionamento com a órfã Sandra como justificativas para suas ações. Poderia fazer isso por mais tempo, sem "atropelar" a investigação de Mette. O encontro com Alex Popovic incendiara o seu ânimo.

Ela fez uma curva para pegar a autoestrada e derrapou numa esquina. As ruas estavam encharcadas de chuva congelada, e ela ainda trafegava com os pneus de verão. Está na hora de trocá-los, pensou, e avançou na direção de Jarlaberg.

O lar de idosos ficava no final da rua, um moderno prédio cinza de dois andares. Ela estacionou perto da entrada e esperava não precisar de nenhuma senha para abrir a porta e entrar.

Não precisou.

Ela empurrou as portas de vidro e deu num saguão deserto. Não havia ninguém ali, só um gatinho branco se roçando na parede. Um gato? Ela passou por outra porta de vidro, que não fechou a tempo de impedir que o gato se espremesse para passar. Merda! Ela devia tirá-lo dali? Não precisou – o gato já tinha sumido. Era normal ter gatos em uma casa de repouso? Ela atravessou um pequeno corredor e deu em mais uma porta de vidro. Ainda não avistara uma viva alma. Empurrou a porta seguinte e entrou em um corredor maior com uma recepção vazia à direita. Uma intensa luz fluorescente refletia nas paredes brancas, quase a cegando. Ela continuou em frente e ficou impressionada com o silêncio do lugar, como se fosse à prova de som. Seus próprios passos eram quase inaudíveis. Ela andou mais alguns metros. De repente, viu-se dominada por uma estranha sensação e virou a cabeça. Havia um homem sentado em uma cadeira de madeira, em um canto, logo atrás dela. Ele usava um pijama de flanela cinza. Não havia um fio de cabelo em sua cabeça e a pele estava coberta de manchas preto-azuladas. Suas mãos esqueléticas agarradas nos braços da cadeira. Estava sentado completamente imóvel, os olhos fixos em Olivia. Ela superou a reação inicial de choque e aproximou-se dele.

– Olá, meu nome é Olivia. O senhor sabe onde estão os funcionários da casa?

O homem continuou ali sentado, sem mover um músculo. Na verdade, seu rosto estava completamente imóvel, o corpo paralisado. Olivia tinha visto estátuas humanas em Barcelona e na Cidade do México, pessoas que ficavam de pé como se feitas de pedra, por horas a fio, movendo apenas os olhos. Mas aquele homem ali não mexia sequer os olhos. Ele ainda respirava?

Olivia afastou-se dele e atravessou o corredor deserto. Quando chegou quase no fim, ela deu meia-volta. O fóssil na cadeira ainda não havia se movido. Olivia virou em outro corredor superiluminado, tão vazio quanto o último. Ela passou por inúmeras portas, muitas delas com uma chave na fechadura. Ficou parada no meio do corredor. Isso é ridículo. Certamente deve ter alguém aqui.

– Olá?!

Ela ouviu a própria voz ecoando nas paredes algumas vezes antes de sumir. E depois aquele silêncio se instalava novamente.

Então, ela ouviu o grito, um grito prolongado e assustador, como uma raposa uivando na noite. Vinha de um dos quartos mais à frente. Olivia foi até lá. A porta estava entreaberta, então ela abriu-a cuidadosamente. O quarto estava escuro, as venezianas abaixadas. Ela viu uma mulher de cócoras no chão. A mulher usava um jaleco branco. Será que foi ela que gritou? Olivia entrou no quarto. A mulher olhou direto para ela.

– A ambulância já chegou?

– Eu não sei. O que aconteceu?

Olivia deu mais um passo à frente e então viu uma segunda mulher, uma mulher muito velha com uma túnica hospitalar branca. Estava deitada no chão. O sangue escorria de um corte na testa. Ela erguia e abaixava as pernas, como se estivesse com cãibra. Suas mãos se debatiam no ar. A mulher de jaleco branco pegou a mão da idosa e tentou manter seu braço parado.

– Já vão vir nos ajudar, Hilda, logo...

A mulher soltou outro grito, desta vez por muito mais tempo e mais agudo.

– Eu estou aqui agora, Claire está aqui... tudo vai ficar bem em um momento.

A velha, Hilda, começou a agitar o outro braço, seu corpo se curvando como um arco no chão. A mulher de jaleco branco olhou para Olivia.

— Por favor, me ajude!

— O que devo fazer?

— Pegue a outra mão.

Olivia se abaixou e pegou a outra mão de Hilda. Ela sentiu como aquela velhinha era forte, Olivia mal podia conter o braço que se agitava. De repente, Hilda virou o corpo de lado e ergueu a cabeça do chão. Seus olhos fixavam alucinadamente o teto, todo o seu corpo gritava, sem emitir um som. Claire tentou afagar sua testa.

— Será que não tem mais ninguém aqui? — disse Olivia.

— Não nesta ala. Eu chamei a ambulância e o médico.

Mas não havia o que considerar. Olivia e Claire sabiam que a vida escaparia de Hilda muito antes disso. Elas seguravam as mãos da mulher no escuro e viram seu corpo frágil lentamente parar de lutar, sua respiração lentamente diminuir e sua cabeça curvar-se para o chão. Segundos depois, Olivia sentiu a mão da velhinha apertar a sua com tanta força que ela teve vontade de gritar. Mas a mão de repente afrouxou.

Hilda estava morta.

Olivia sentou-se no chão, de costas para a cama. Claire sentiu o pulso e anotou a hora e alguns outros detalhes. Então ela gentilmente fechou as pálpebras da mulher, ajeitou seus cabelos, puxou um pano do bolso e limpou o sangue no rosto de Hilda.

— Ela provavelmente cortou a testa quando caiu da cama — ela disse calmamente.

Olivia concordou com um gesto da cabeça. Ela estava abalada. Era a primeira vez que tinha visto uma pessoa morrer. Uma pessoa cuja mão ela segurava no momento da morte, uma completa estranha. Ela olhou em volta do quarto, as paredes estavam nuas. Havia uma fotografia emoldurada em uma prateleira perto da cama.

De um cachorro.

E isso era tudo.

— Você poderia me ajudar?

Claire tinha se levantado e estava atrás da cabeça de Hilda.

— Segure pelas pernas, embaixo — disse ela.

Elas iriam erguer Hilda para colocá-la na cama. Olivia segurou-a pelas pernas e Claire, pelos ombros. Olivia iria levantar um corpo humano, e estava em choque. O corpo não pesava quase nada, era como levantar uma túnica branca, como se a morte tivesse levado consigo todo o seu peso. Cuidadosamente, elas colocaram Hilda na cama.

– Obrigada – disse Claire.

Ela se sentou na beira da cama e olhou para a mulher morta. Olivia pôde ver como Claire estava profunda e inacreditavelmente emocionada. Coberta de tristeza, sua mão ficou úmida de enxugar os olhos. Olivia sentou-se em uma poltrona. O silêncio era diferente ali. Lá fora era assustador, não ali.

– É simplesmente desalentador...

Claire falou olhando para o corpo frágil, sem se virar para Olivia. Sua voz estava controlada, porém resignada, como se ela estivesse confirmando uma tragédia recorrente. Olivia continuou sentada em silêncio. Sentiu que a mulher se abriria mais.

– Lutamos até que sobrevém o ponto de ruptura, e isso ainda acontece. Sempre acontece. Não temos tempo para estar onde precisamos estar, não temos tempo para fazer o que devíamos fazer, é simplesmente desalentador...

Claire virou-se para Olivia.

– Eu vim vê-la algumas horas atrás, ela estava deitada na cama, tudo normal, respirando, e eu falei com ela um pouco e disse que eu tinha de verificar outros quartos ainda, cuidar da comida e fazer alguns pedidos de abastecimento. Disse que ela devia apertar o botão de emergência se precisasse de alguma coisa. Mas ela não o fez.

– Por que não?

– Ela não conseguiu alcançá-lo. Ele tinha escorregado para trás da cama. Se eu tivesse vindo mais cedo, teria visto isso, mas eu tinha muitas outras coisas para fazer e estou sozinha aqui hoje. O que eu poderia fazer?

Olivia não tinha uma resposta. Ela não trabalhava ali. Mas entendia que Claire ficara abalada com o que aconteceu e que ela precisava falar sobre isso.

– O que você quis dizer com "isso sempre acontece"? – disse ela. – Isso já aconteceu com você antes?

— Várias vezes, infelizmente.

Claire olhou para Olivia.

— Obrigada por sua ajuda, por falar nisso. Meu nome é Claire Tingman.

— Olivia Rivera. Eu sou uma amiga da família Sahlmann. Torsten Sahlmann faleceu aqui há algum tempo, não é verdade?

— É, sim.

— O filho dele, Bengt, ficou muito transtornado com a sua morte.

— Eu sei. E com razão.

— Você falou com ele?

— Sim.

— O que aconteceu?

— Torsten teve um acidente vascular cerebral durante a noite, e a plantonista estava ocupada com outras coisas e não foi capaz de ficar de olho em tudo, então ele só foi encontrado pela manhã, e a essa altura já era tarde demais.

— Então ele poderia ter sido salvo se o tivessem encontrado antes?

— Sim.

— Como Hilda?

— Eu não sei. Mas esse tipo de coisa acontece o tempo todo. Umas duas semanas atrás, tivemos uma mulher diabética que não recebeu sua insulina a tempo, não havia nada anotado quando o pessoal de apoio pegou o serviço. Ela quase morreu também.

— Mas isso é terrível.

— Sim.

— Por que é assim, então?

Olivia viu que Claire hesitava.

— Porque nós estamos constantemente com uma equipe pequena – disse ela. – Porque metade de nós é subqualificada para a função. Porque há uma necessidade de fazer economia em toda parte. Porque não há um planejamento adequado, ninguém sabe o que o outro está fazendo, todo mundo precisa estar em toda parte. Vários idosos têm escaras terríveis, e no último verão encontramos larvas de mosca em uma ferida nas costas de um homem. Uma coisa repulsiva.

Claire virou o rosto ligeiramente, como se só a ideia já a inquietasse.

– Eu estou sempre quase às lágrimas quando volto para casa no final do meu turno – disse ela. – É como se eles não entendessem que estamos cuidando de seres humanos aqui, como se achassem que isso aqui é algum tipo de depósito final para as pessoas que vão morrer.

– Eles...?

– As pessoas que administram esta clínica. Só querem saber de cortar os custos e ganhar dinheiro. Querem mais é...

Claire parou abruptamente. Ouviram um som metálico de saltos batendo no corredor.

– Você deveria sair daqui agora.

Olivia se levantou. Na soleira da porta, viu uma mulher de cabelo louro curto. Estava vestida com um grosso casaco bege e se encaminhava para o quarto. A mulher se assustou. Olivia passou por ela ao sair para o corredor. A mulher entrou no quarto e fechou a porta. Olivia ouviu vozes abafadas no interior. Poucos minutos depois, a porta abriu e a mulher saiu novamente. Ela deu alguns passos na direção de Olivia e estendeu a mão.

– Sou Rakel Welin.

– Olivia Rivera. Quem é você?

– Eu sou a diretora do Silvergården. Você tem alguém da família internado aqui?

– Não.

– Então, o que está fazendo aqui?

– Acabei de ajudar uma de suas funcionárias com uma mulher que estava morrendo aí dentro. Pelo visto, não há mais ninguém aqui.

– Bem, eu vou ter que pedir que saia agora.

– Por quê?

Rakel Welin foi pega de surpresa.

– Porque isso aqui é um lar de idosos particular, uma casa de repouso. Nós não podemos ter pessoal não autorizado circulando por nossas dependências.

– Eu sou uma amiga da família Sahlmann.

– Eles não têm mais nenhum parente na casa.

As mulheres se entreolharam. Welin fez um gesto em direção à saída. Olivia não se mexeu um centímetro.

– Como faço para entrar em contato com a empresa que administra o Silvergården? – ela disse.

– Você vai sair ou terei de chamar a polícia?

– E por que você faria isso? Porque eu vi o que aconteceu neste quarto?

– Isso não diz respeito a estranhos.

– Só que você deixa uma mulher velha, que poderia ter sido salva, morrer.

– Você vai sair ou não?

– Está tentando encobrir o que aconteceu?

Rakel Welin olhou para Olivia e pegou um celular. Olivia virou-se e caminhou em direção à saída. No meio do caminho, parou. Claire estava de pé na soleira da porta atrás de Welin. Seus olhos se encontraram. Olivia saiu pela porta de vidro. Antes que a porta se fechasse, o gato branco passou correndo atrás dela.

Ele provavelmente tinha visto Rakel Welin.

Ela agarrava firme o volante. As estradas estavam escorregadias, porém era mais do que isso, ela estava extremamente perturbada. As lâminas do para-brisa foram batendo de um lado para o outro por todo o caminho de volta – ela nem havia reparado que não estava chovendo.

Não estava chovendo nada.

Ainda estava aflita quando entrou em seu apartamento, tanto pela experiência com Hilda, quanto pelo desagradável encontro com Rakel Welin, porém o que mais a incomodava eram as coisas que Claire Tingman dissera sobre como funcionava o Silvergården. Ela suspeitava que aquele lar de idosos devia encobrir muita coisa. Jogou o casaco na antessala e sentiu que precisava de um banho bem quente e relaxante e uma xícara de chá. Infelizmente, a opção banho quente e relaxante era inviável, não havia banheira e uma chuveirada quente não era a mesma coisa. Mas uma xícara de chá não era problema. Ela colocou a água para ferver, vestiu uma roupa confortável, pegou seu laptop e ligou.

Ficou batendo os pés no chão, esperando a tela carregar.

Quando enfim abriu, a água já estava fervendo. Ela puxou a panela em sua direção. Enquanto vertia o líquido quente, notou que sua mão estava ligeiramente trêmula. A mão que Hilda tinha apertado no momento em que morreu. Era quase como se ainda pudesse senti-la. E levaria muito tempo para aquela sensação passar, ela sabia disso.

Assim como o choque com a leveza do corpo.

Ela começou a pesquisar por Silvergården no google.

Em pouco tempo achou algum tipo de estrutura de propriedade. A casa, em última análise, era de propriedade de uma empresa de capital de risco chamada Albion. Ela visitou o site da Albion para o Silvergården. Era uma obra-prima visual, tanto no sentido de design como de legibilidade, com um apelo vibrante:

Você quer dar à sua mãe e ao seu pai o que eles merecem? Um tempo para o amor e carinho? Com gente que gosta de gente? Dê a eles o Lar Silvergården – uma instituição que cuida de todos os detalhes para você!

Só esqueceram de mencionar as larvas de moscas, Olivia pensou consigo mesma. Mas isso provavelmente não iria vender tão bem.

Duas xícaras de chá depois, ela fechou o laptop e pensou em Claire Tingman. A mulher certamente nunca viria a público revelar nada, mas ela estava lá. Se necessário, talvez Olivia pudesse fazer com que ela falasse.

Nessa hora a campainha tocou.

Olivia deu um pulo e olhou para o relógio. Eram apenas oito horas. Ela achava que fosse bem mais tarde. Talvez fosse Mette Olsäter vindo oferecer suas desculpas com o rabo entre as pernas.

Não era.

Era um Olsäter, mas não Mette. Era Mårten.

– Olá?! Entre!

Mårten deu um abraço caloroso em Olivia e entrou no apartamento. Ele nunca tinha estado lá antes.

– Este é o apartamento que você alugou do seu primo?

– Ele mesmo.

Mårten deu uma olhada em volta, que não demorou muito porque só tinha um quarto.

– Um típico apartamento de solteiro.

– Um conceito idiota.

– É verdade.

– Gostaria de um pouco de chá?

– Eu nunca bebo chá.

– Por que não?

– Porque acho que é aguado.

– Eu não tenho nenhuma garrafa de vinho tinto.

Mårten sorriu. Havia sempre vinhos em oferta quando eles jantavam em Kummelnäs.

– Eu vou dar um jeito nisso para você – disse ele.

– Obrigada.

Mårten e Olivia haviam desenvolvido um relacionamento especial só deles. Mårten foi quem cuidou dela quando todo o seu mundo desmoronava a sua volta, quem remendou a sua mente estilhaçada e ajudou-a a manter-se de pé na última fase de sua formação policial. E ele foi o único a apoiar sua decisão de viajar para o México.

Assim, por ela, ele poderia beber ou deixar de beber o que bem quisesse.

– Você está achando difícil essa confusão entre mim e Mette? – perguntou Olivia quando eles se sentaram à mesa da cozinha. Ela queria tirar aquele assunto do caminho para que pudessem falar de coisas mais agradáveis.

– Sim.

– Eu só acho que ela devia telefonar e pedir desculpas.

– Eu também acho.

– Mas ela não vai.

– Não – confirmou Mårten.

– E aí?

– Eu só não quero que você faça besteira.

– Porque estou puta com ela?

– Sim.

– Por que eu faria isso?

– Pois é, por que você faria isso?

Mårten deu-lhe um olhar sorridente. Ele conhecia Olivia muito bem e sabia que ela era tão teimosa quanto sua esposa. Nenhuma das duas iria dar o primeiro passo. Mas também sabia que Mette recebera um severo alerta em seu mais recente check-up médico.

Olivia não sabia disso.

E assim ela não sabia que Mette precisava de todo o alívio de estresse que pudesse obter no momento. Um conflito emocional com Olivia era do que menos ela precisava. Mas Mårten não tinha nenhuma intenção de contar isso a Olivia.

Não agora.

Não era por isso que estava ali.

– Foi por isso que você veio aqui? Para se certificar de que eu não vá fazer nenhuma "besteira"? – perguntou Olivia.

– Não. Eu vim aqui por minha causa. Minha e sua. Mette e eu somos muito simbióticos em várias coisas, você já deve ter notado, mas eu não sou Mette. Seu conflito com Mette não tem nada a ver com o relacionamento que eu tenho com você. É o nosso relacionamento, não importa o que aconteça. Eu só quero que você saiba disso.

Olivia estendeu a mão para colocá-la sobre a de Mårten. Uma mão viva, ela pensou.

– Eu sei – disse ela.

– Que bom.

Eles olharam um para o outro, gentilmente. Então Olivia retirou a mão.

– Então, você já sabe alguma coisa de Abbas? – perguntou ela. – Tenho tentado ligar para ele.

– Ele foi para Marselha. Com Tom.

– O que ele foi fazer lá?

– Não sei. Na pior das hipóteses, vai ser arrastado para algo que não é muito bom.

– Perigoso?

– Pode ser.

— Então foi uma boa ideia ter levado o vagabundo junto.

Olivia imediatamente ouviu quão infantil soou e fez um gesto. Mårten deu-lhe um pequeno sorriso.

— Isso vai se resolver.

Olivia deu de ombros. Ela não estava particularmente interessada em resolver nada com Tom Stilton, então disse:

— Você conhece uma empresa chamada Albion?

— Uma empresa de capital de risco. Sim. Por quê?

— Você tem tempo?

— Sou todo ouvidos.

Olivia fez um breve relato de sua experiência no Silvergården algumas horas antes naquele dia e Mårten percebeu que ela estava abalada.

E revoltada.

Em geral, ele revelava os seus sentimentos. Ele odiava os capitalistas de risco. Mårten tinha um histórico sólido em vários movimentos de esquerda. Com o passar dos anos, havia deixado de lado algumas de suas crenças ideológicas, mas seus sentimentos básicos ainda estavam ali, enraizados.

— Os lucros no setor de bem-estar social são problemáticos — disse ele. — Existem abutres que só ficam esperando poder roubar o dinheiro dos contribuintes, e há pessoas ambiciosas e dedicadas que querem administrar empresas de uma forma mais pessoal e inovadora do que as municipalidades e conselhos locais são capazes de fazer. É um ato de equilíbrio difícil.

— O Silvergården é gerenciado por abutres.

— Você tem certeza?

— Estou supondo que seja o caso com base no que aconteceu hoje e no que aquela mulher de lá me disse.

— Sim, mas ao mesmo tempo seria tremendamente contraproducente se a Albion conscientemente administrasse mal os seus negócios: é contra as ideias fundamentais do capitalismo de risco.

— Que são...

— Ao assumir uma empresa, é preciso torná-la extremamente rentável para depois vendê-la com um grande lucro. Isso não será possível se eles administrarem uma organização com tanta incompetência.

— Mas talvez você possa arrancar dela o máximo até atingir o ponto de ruptura, para ser capaz de extrair mais lucro ainda?

— É possível. Há evidências preocupantes de que isso de fato acontece. Como você foi parar no Silvergården?

— O pai de Bengt Sahlmann morreu lá. Mas não conte isso a Mette.

— Que ele morreu lá?

— Que eu estive lá. Você viu o que aconteceu quando eu fui à Alfândega.

Mårten prometeu manter silêncio sobre Silvergården. Olivia o acompanhou até a porta e recebeu outro abraço caloroso. Antes de fechar a porta, ela disse:

— Espero que Abbas não se meta em problemas em Marselha.

— É o que esperamos também.

Olivia fechou a porta e encostou-se na parede da antessala. Ficou pensando que Mårten tinha sido vago demais no assunto da Albion. Ela queria saber mais sobre o Silvergården, sobre a reação de Bengt Sahlmann à morte do pai. Ela pegou o celular e ligou para Alex. Caiu direto na caixa postal.

— Oi, é Olivia Rivera. Você poderia me ligar? Tem umas coisas que eu quero lhe perguntar.

Ela encerrou a ligação e foi para o quarto. E o que devo fazer agora? Sentiu que a energia em seu corpo precisava relaxar. Ela já havia feito suficientes pesquisas no google. Alex seria o próximo passo para o Silvergården. E ela não queria incomodar Sandra. Talvez eu deva ligar para Ove? Ou Lenni? Ela deitou-se na cama. Mi-nha mãe man-dou eu es-co-lher es-te da-qui... Antes que tivesse a chance de escolher, caiu no sono. Com roupa e tudo.

9

Stilton ficou acordado a maior parte da noite em sua minúscula alcova com janela, em parte porque o néon verde da farmácia ficava piscando erraticamente e refletia na sua cama, e em parte porque ele fora assaltado por um sentimento de "Que diabo eu estou fazendo aqui"?, um sentimento que entra em ação quando tudo o mais é arrancado e só resta a escuridão, e a única coisa que se pode ouvir é a própria respiração e uma barata rastejando na parede.

Mas, acima de tudo, ele estava deitado insone por causa da escuridão que viu nos olhos de Abbas. "Ele trouxe as facas?" Trouxe sim, e Stilton sabia o que o amigo era capaz de fazer com elas.

No estado em que se encontrava.

Era isso que tirava o sono de Stilton.

Ele usara a sua relação pessoal com Jean-Baptiste para conseguir um favor. Ela baseava-se na confiança, no que Stilton tinha visto nos olhos do policial grandalhão, o que significava que Stilton teria de assumir a responsabilidade pelas facas de Abbas.

No meio da noite, Stilton decidiu que procuraria as facas e as esconderia. E assim que pensou nisso, abandonou a ideia, primeiro porque era uma ideia muito da idiota, segundo porque Abbas provavelmente estaria dormindo com as facas debaixo do travesseiro.

Então Stilton ficou ali, se virando na cama de um lado para o outro, vendo a luz verde piscar na parede e ouvindo o mar bater e erodir as pedras debaixo dele, tentando não pensar em nada.

O que era praticamente impossível.

Quando por fim adormeceu, estava na hora de acordar.

* * *

A reserva natural ficava localizada ao sul de Marselha. A enseada de Callelongue era extensa e de grande beleza, tranquila e selvagem ao mesmo tempo. Falésias e mar de um lado, florestas e montanhas do outro. Para os amantes da natureza era uma experiência fantástica caminhar por suas trilhas.

Para Abbas era apenas tortura.

Eles haviam pegado um táxi no hotel. Stilton conseguira engolir um pedaço de pão e tomar um pouco de café amargo, antes de Abbas chamá-lo da rua. Ele não tinha ideia do que Abbas havia comido, provavelmente nada.

Ele estava se alimentando de algo mais.

Os dois ficaram em silêncio durante toda a viagem de carro – Stilton porque precisava de um tempo para acordar de manhã antes de tornar-se moderadamente sociável, e Abbas porque na verdade ele não estava ali. Estava profundamente dentro de si mesmo, reunindo forças para o que iria experimentar mais adiante.

Em Callelongue.

A área onde o corpo esquartejado de Samira havia sido encontrado.

No caminho, eles passaram por uma pista de corrida na margem de um grande parque. Abbas apontou pela janela do carro.

– Era aí que o Cirque Gruss costumava armar a sua tenda.

– Na pista de corrida?

– Sim, mas na época não tinha essa pista.

Foi uma declaração em branco.

Tudo muda.

O táxi deixou-os na entrada da reserva natural e o motorista perguntou como eles fariam para voltar.

– Venha nos pegar daqui a uma hora – disse Abbas.

Por que só uma hora? Stilton não queria perguntar, supondo que Abbas havia determinado um tempo finito que ele poderia manobrar. Ou talvez fosse apenas um palpite.

Mas era a viagem de Abbas.

Era ele que tomava as decisões.

Então, eles dirigiram-se para os belos cenários de Callelongue. Stilton havia aprendido a lição quando se tratava de roupas, e vestia apenas uma camiseta. Abbas estava vestindo um leve paletó bege que havia comprado em Veneza há muitos anos, a cor combinando perfeitamente com seu tom de pele. Ele fora escolhido com cuidado. Naquela época.

Agora não se importava mais.

Poderia muito bem estar vestido com um lençol.

Nenhum deles sabia para onde ir, mas ambos sabiam o que estavam procurando. Stilton sentia-se um pouco abaixo das expectativas depois de uma noite inteira sem dormir, e viu-se contemplando a beleza do lugar. O cenário de sombras agudas, o terreno macio e o reflexo dos rochedos protuberantes davam uma sensação de algo do passado, de uma melancólica época que não existia mais.

– Lá!

Eles estavam perambulando sem rumo por quase meia hora até que Abbas conseguiu avistar, no meio de árvores e arbustos, um pedaço da fita de plástico que havia sido deixada para trás pela polícia depois que isolaram a área. Eles se espremeram pelos arbustos espinhosos e viram a primeira cova. De tamanho considerável. Mais adiante, entre as árvores, acharam outra.

Abbas dirigiu-se à primeira e pegou seu celular. Com as mãos surpreendentemente firmes, começou a tirar fotografias do buraco. Stilton estava mais atrás, em silêncio. Ele não sabia o que estava se passando pela cabeça do homem atormentado. Que imagens surgiam na frente de seus olhos? O javali selvagem? Os restos do esqueleto roído? Ou o rosto de Samira quando ele lançou a última faca no alvo?

Alguns minutos se passaram.

Então Abbas guardou o celular e virou-se para Stilton.

– *Pourquoi?* – ele disse.

Uma pergunta que àquela altura poderia estar se referindo a muitas coisas. Por que Samira foi assassinada? Por que foi enterrada logo ali dentre todos os lugares? Por que foi esquartejada? Por que eu não estava com ela para ajudar? Stilton sentiu que ele estava se referindo a todas essas opções.

Então, ele escolheu uma delas.

– Por que ela foi assassinada?

Abbas estava se agachando. Stilton viu as marcas das tendas dos peritos franceses perto dos buracos. Ele podia imaginar o que andaram procurando. Jean-Baptiste teria de dizer a eles se haviam ou não encontrado alguma coisa.

Era o que esperavam.

– Por que ela foi assassinada? – disse Abbas sem olhar para Stilton. – Ela era cega. Totalmente indefesa. A quem ela poderia representar uma ameaça?

Era uma pergunta retórica e Stilton permaneceu em silêncio. Sentiu uma brisa morna vindo do mar, as folhas dos arbustos acompanhavam-na suavemente e o sol projetava uma sombra sobre a cova, como se a natureza quisesse encobrir a selvageria.

Abbas passou a mão pelo rosto antes de virar-se para Stilton.

– Bem, só há uma pessoa que pode responder a isso – disse ele.

– O agente dela?

Abbas ergueu-se. Ele olhou para o fundo da cova, olhou para a outra mais adiante e afastou-se.

Para ele tudo aquilo já bastava.

Ele iria atrás de Philippe Martin.

O táxi estava esperando por eles quando voltaram e os levou ao antigo porto bem no coração de Marselha, o Vieux Port. Abbas não queria mais seguir de carro, queria pegar o metrô para a última parte do percurso.

– Por quê? – perguntou Stilton.

– Para chegar no estado de espírito correto.

Abbas estava se preparando para o encontro com Martin. O metrô iria proporcionar-lhe a atitude mental correta, o metrô onde ele vivera por muitos anos quando era jovem – roubando, batendo carteiras, sendo perseguido por guardas e homens brancos franceses, sendo humilhado e ridicularizado.

Ele queria entrar nesse estado de espírito de novo.

Philippe Martin era um francês branco.

– Por que você tirou fotos daquele buraco? – perguntou Stilton.

– Eu não sei.

Abbas entrou em um dos vagões brancos. Stilton o seguiu. Eles ficaram perto das portas. Quase todos os assentos estavam vagos. O trem começou a se deslocar e Stilton pensou nas facas. Ele sabia que Abbas as trouxera. Não sabia quantas, mas sabia que estava com elas, e Stilton não tinha ideia de como lidaria com isso. Ele olhou para o vagão ao lado. Estava praticamente vazio, uma mulher lia um livro infantil para uma criança sentada em seu joelho. Ela estava a caminho de um lugar chamado lar, pensou Stilton. Ele, por outro lado, estava a caminho de um encontro com alguém que havia abusado de Samira.

E talvez até esquartejado.

– Então, como vai ser a nossa abordagem? – ele disse.

Eles desceram na Gare Saint-Charles, a principal estação ferroviária de Marselha. O bar que Philippe Martin supostamente frequentava era ali perto. O sol batia nos degraus de pedra da estação central e nos rapazes rastáfari drogados e encurvados, com a cabeça entre os joelhos, perdidos em pensamentos. Nas mulheres pesadamente maquiadas do Leste Europeu encostadas nas estátuas de pedra e com os olhos grudados em seus celulares, engolfadas em um mundo que não era o delas. Nos aleijados sentados com seus trapos e copos de plástico, esperando por uma fatia de um mundo que também não era o deles.

Abbas e Stilton passaram por eles rapidamente.

Stilton, porém, demorou um pouco mais, em sua cabeça. Não fazia muito tempo que ele próprio também se sentava encurvado nas ruas, não mendigando, mas perdido. Ele era um pária, um sem-teto, e em muitos aspectos um destituído. Que dormia em trapos velhos. Talvez fosse por esse motivo que parou na frente de uma mulher esquelética para comprar um exemplar do *Macadam*, um jornal de rua de Marselha. Ele não seria capaz de lê-lo, mas o gesto fez com que se sentisse bem.

– Lá está.

Abbas apontou para um bar um pouco mais à frente na rua. Stilton acompanhou a mão e viu um bar de aparência bastante comum, com um toldo vermelho e um par de cadeiras de plástico vazias do lado de fora.

— Como você sabe que ele está lá? – perguntou.

Abbas não respondeu e continuou determinado na direção do bar, seguido de perto por Stilton. Havia um homem alto e robusto vestindo um blazer verde, sentado numa banqueta do balcão, e uma velha de pele escura de pé atrás dele. O homem estava sentado de costas para eles. Abbas parou e deixou Stilton por perto. Ele se aproximou do homem.

— Philippe Martin?

O homem virou-se para olhar. Antes disso, ele poderia ser qualquer um, um contador em uma curta pausa para o almoço ou um psicólogo sem paciente naquela hora.

Mas não era.

Quando o homem virou-se para olhar, ficou bastante claro quem ele era. Ou pelo menos o que fazia. E não era nada que tivesse a ver com a verificação de livros contábeis ou o alívio da alma das pessoas. O que se lia eram negócios duvidosos. Estava escrito em toda a sua cara, a julgar pelo número de cicatrizes na face e o jeito de olhar. Abbas e Stilton conheciam muito bem aquele olhar. Era uma característica das pessoas que viviam naquele tipo de mundo. Talvez ele tivesse os dedos longos e belos de um pianista, ou os cinco dedos de cada pé tratados perfeitamente na pedicure, mas estava enfiado até o pescoço em negócios duvidosos.

Então, Stilton repetiu a pergunta.

— Philippe Martin?

— Você é o cara que me deve dinheiro?

As notícias correm depressa em círculos fechados, pensou Abbas. Mas foi Stilton que respondeu.

— Sim.

— Você não me deve dinheiro nenhum.

Uma velha máxima: "Para viver fora da lei, é preciso ser honesto." Stilton não devia dinheiro nenhum para aquele homem, então ele não iria tirar dinheiro dele.

— Foi apenas uma desculpa – disse Stilton, com seu melodioso sotaque sueco. – Eu não queria anunciar o que eu realmente queria.

— E o que é então?

O homem deu as costas. Stilton começou novamente.

– Eu sou da Suécia. Faço filmes e ouvi dizer que você trabalha com o mesmo gênero de filmes por aqui.

– Quem te contou isso?

Jean-Baptiste Fabre seria fatalmente a resposta errada. Stilton vasculhou sua memória e disse: – Pierre Valdoux.

– Quem é esse cara?

– Ele importa filmes para a Suécia. Você não conhece?

O homem, que era claramente Philippe Martin, olhou para a mulher atrás do balcão.

– Você sabe quem é Pierre Valdoux? – perguntou ele com um sorriso.

– Não.

– Sua mãe sabe?

– Acho que não.

Martin voltou-se para Stilton.

– Viu só? Ninguém sabe quem é Pierre Valdoux. Você comeu merda no café da manhã?

– Não. Você comeu?

Stilton podia tolerar uma boa dose de provocações, mas até certo ponto. Passando disso, não. Ele se arriscara muito agora, pois não sabia como Martin iria reagir. Talvez ele estivesse estragando tudo, e as coisas só iriam piorar.

Abbas estava bem atrás dele.

– Você poderia repetir o que disse? – disse Martin descendo da banqueta do balcão, uma espécie de aviso físico. Ele era alto, embora não tão alto quanto Stilton, mas parecia em boa forma. Stilton olhou-o fixamente nos olhos.

– O negócio é o seguinte, Philippe. Eu não comi merda no café da manhã e você também não. Nós trabalhamos na mesma indústria. Nós dois temos atitude, ok? Mas se você pudesse desencanar um momentinho só e me escutasse, logo iria descobrir que é de dinheiro que estou falando. Estou interessado em investir num filme francês para o mercado sueco e tenho uma rede de distribuição estabelecida em todo o país. Estou preparado para colocar uma grana nisso e quero um material quente. Está interessado ou não?

Talvez porque Stilton estivesse completamente calmo ao falar, ignorando totalmente o aviso físico de Martin, ou talvez fosse por outro motivo qualquer diferente, mas Martin parou para escutar o que Stilton tinha a dizer. Seus olhos presos no rosto de Stilton. Depois, ele apontou para Abbas.

— E quem é esse aí?

— Um guia. Ele está me levando por Marselha.

Martin voltou-se para a mulher atrás do balcão.

— Nós vamos lá pra cima.

O quarto ficava bem em cima do bar, um quarto amplo, mobiliado como uma pequena sala de estar, com um janelão de frente para a rua. O padrão dos móveis era só um pouco superior ao do que se via no bar. Duas poltronas cinza surradas, um sofá curvo e uma mesa de xadrez no meio. Sobre uma escrivaninha, havia um aquário redondo com um peixinho dourado. A luz que vinha da rua entrava por um par de persianas semiabertas de madeira cinza. Martin foi até a escrivaninha, pegou uma caixa e de dentro dela tirou um revólver bastante robusto. Ele colocou-o ao lado do aquário. Outro aviso. Depois fez um gesto para Stilton sentar-se em uma das poltronas, ignorando Abbas completamente. Stilton sentou-se enquanto Martin pendurava seu blazer verde. Ele vestia uma camiseta azul de mangas curtas por baixo que permitia um vislumbre de seus bíceps protuberantes. Dava para ver também uma tatuagem malfeita de uma faca de cozinha em seu antebraço. Por que os criminosos têm um gosto estético tão horroroso?, pensou Stilton. Ele poderia ter tatuado uma bela adaga em vez de uma faca de cozinha.

Martin afundou na outra poltrona.

— Investir, você disse?

— Sim – respondeu Stilton.

— De quanto dinheiro estamos falando?

— Depende. Você faz os seus próprios filmes ou prefere comprar?

— As duas coisas. Você está atrás de algum tipo de filme específico?

— Sim. Na Suécia nós estamos acostumados principalmente com mulheres brancas, do Leste Europeu. Estou procurando por algo um pouco mais exótico.

— Negras ou algo no gênero?

— É, algo assim.

— Não tem problema. Você quer tipo cinema ou só sexo explícito direto?

— Só sexo explícito.

— Ótimo. Dá menos trabalho.

— Você trabalha com algumas garotas específicas?

— Sim, mas podemos arrumar qualquer uma.

— Eu vi uns pornôs franceses na internet um tempo atrás, com uma garota bonita pra caralho, era morena, e eu acho que ela era cega?

— Ah, sim, aquela puta árabe.

Abbas estava bem atrás de Stilton, perto da parede, por isso Stilton não pôde ver sua reação. Não precisava.

— Você pode conseguir essa mulher? – perguntou Stilton.

— Não dá, ela morreu.

— Que pena.

— Nem tanto. A gente tem que aceitar que há uma alta rotatividade nesse mercado. Mas eu tenho outras meninas que fodem tão bem quanto ela.

Stilton fez que sim com a cabeça e perguntou como eles iriam fazer então. Tudo se resolve. Pelo canto do olho, ele viu Abbas andando até a janela para fechar as persianas. O barulho do trânsito lá fora desapareceu, assim como a luz. Martin reparou também e reagiu.

— O que você pensa que está fazendo? – disse ele em francês.

— Fechando as persianas.

Foram as primeiras palavras proferidas por Abbas na presença de Martin, e ele as pronunciou em um dialeto meio cantado de Marselha, um dialeto das favelas de Castellane. Martin reconheceu na mesma hora.

— E quem mandou você fazer isso, porra?

Stilton viu como Abbas se deslocava agilmente pelo quarto e o sorriso suave que estampava quando se sentou no sofá de frente para Martin.

— Aquela puta árabe – disse ele, quase com ternura.

Stilton sentiu o que estava por vir, ele reconheceu a cena, era como uma aranha tecendo sua teia.

— Mas quem é esse merda afinal? – disse Martin a Stilton. – Esse cara não é um guia porra nenhuma.

— Não. Ele é sueco também. E era amigo de Samira Villon.

A ficha caiu e Martin percebeu que aquela conversa estava indo pelo caminho errado. Levantou-se, deu alguns passos em direção ao peixinho dourado e colocou a mão sobre a arma ao lado do aquário. Ele ainda estava controlado. Já passara por aquele tipo de situação antes. Muitas vezes.

— Dê o fora daqui — ele disse calmamente. — Agora.

— Senão... — disse Abbas.

— Senão eu vou estourar os seus miolos árabe-suecos.

— Isso seria uma pena.

Abbas se levantou e Stilton obedeceu ao mesmo comando. Ele estava planejando ir embora? Abbas seguiu em direção à porta e Stilton foi atrás dele. Martin erguera a arma da escrivaninha um pouco e seguia o movimento dos dois com o cano apontado. Abbas parou na porta e virou-se para Martin.

— Seu peixinho morreu.

Martin olhou para o aquário e então uma faca preta passou por cima da mão que segurava a arma. O revólver caiu no chão e Stilton partiu para cima de Martin. Stilton tinha uma boa noção da força de Martin, mas confiava que ele fosse mais forte. Um ano morando na ilha lhe garantira um pouco de força bruta nos braços.

Mas levou um tempo.

Abbas ficou parado na porta observando a luta. Nenhum deles fazia o menor ruído. Quando Stilton se abaixou para desviar-se de um soco direto e colocou-se atrás de Martin, o corpo a corpo estava praticamente acabado. Ele levantou o francês do chão e atirou-o no sofá. Seus muitos anos de treinamento na polícia lhe prestaram um bom serviço, pois ele puxou um dos braços de Martin tão alto nas costas que o francês gritou pela primeira vez.

O braço estava a ponto de quebrar.

Abbas aproximou-se de um pulo. Ele havia se preparado para aquela situação de muitas formas, uma delas trazendo uma boa quantidade de laços zip azuis. Juntos, eles conseguiram puxar o outro braço também e prender os pulsos do homem com tanta força que chegava a cortar a sua carne. Eles prenderam outro laço em volta de seus tornozelos.

– Ponha ele contra a parede.

Abbas apontou para a parede ao lado da escrivaninha. Stilton ergueu Martin e empurrou-o contra a parede. Martin estava prestes a dar uma cabeçada em Stilton quando de repente viu a faca. A outra faca preta. Abbas a segurava bem na frente do seu rosto. Martin encostou-se na parede.

– Abra a boca – disse Abbas em francês.

Martin cuspiu em seu rosto.

Sujeitinho duro na queda.

Abbas não se desviou. Ele deixou o cuspe escorrer pelo seu rosto e cair no chão. Depois, ergueu a faca um pouco mais perto do rosto de Martin e sentiu o peso da arma em sua mão.

– Abra a boca.

– Quem é você afinal?!

– Abra a boca.

Martin olhou para a faca na frente do seu nariz, depois desviou os olhos para encarar Abbas. Então abriu a boca. Abbas rapidamente pegou uma pequena toalha branca que havia trazido com ele. Usou a mão livre para enfiar a toalha na boca de Martin.

Bem fundo.

Stilton recuou alguns passos. Aquele show era somente de Abbas. Ele preferiria sair daquele quarto agora, não estar lá, não ver nada, para não ter que mentir para Jean-Baptiste. E mais do que tudo, para não ter de testemunhar um lado de Abbas que ele sabia que existia, mas sempre tentava deixar escapar da memória.

– Você pode esperar lá fora se quiser – disse Abbas sem olhar para Stilton.

– Eu vou ficar.

Abbas concordou com a cabeça e olhou para Martin. Aquele implacável produtor de pornôs tinha uma expressão diferente no rosto. Parecia claramente um pobre-diabo agora, e estava tendo dificuldade para respirar pelo nariz. O vício entusiástico, mas insalubre, pela cocaína havia bloqueado suas fossas nasais. Ele fungava.

– Feche os olhos – disse Abbas.

Martin permitiu que seu olhar se desviasse de Abbas para Stilton, como se estivesse procurando por algum tipo de ajuda. Foi em vão. Stilton disse:

– Eu acho melhor você fazer o que ele está mandando.

Martin fechou os olhos. Abbas se inclinou na direção dele.

– Agora talvez você possa imaginar o que é ser cego, não é? Não saber onde a faca está. Não ser capaz de ver se eu vou apontá-la reto para furar a sua barriga ou curvá-la docemente para retalhar toda a sua cara. Como se sente agora? Está gostando?

Um murmúrio pôde ser ouvido por trás da toalha.

Neste estágio, Abbas sabia com quem estava lidando – um homem que não ia abrir o bico, a menos que fosse forçado a isso, para falar de qualquer coisa que pudesse associá-lo ao assassinato e esquartejamento de Samira. Assim, ele colocou a ponta da faca cuidadosamente na pálpebra esquerda de Martin e pressionou-a cerca de um centímetro. O grito pôde ser ouvido através da toalha. Não alto, mas o fato de poder ser ouvido era indicativo de sua intensidade. Stilton viu que a perna direita de Martin tremia incontrolavelmente. Um fio de sangue escorria do seu olho para o rosto.

– Agora você está 50 por cento cego – Abbas disse enquanto movia a ponta da faca para colocá-la sobre a outra pálpebra. – Agora você sabe quem eu sou. Preste atenção. Eu vou tirar a toalha da sua boca. Se você gritar, vou enfiar a faca em seu outro olho e você vai ficar 100 por cento cego, ok? Vou fazer algumas perguntas e quero que você responda.

Abbas retirou a toalha da boca de Martin sem aliviar a pressão da faca contra a pálpebra. Martin respirou profundamente. Ele estava em choque.

– Foi você que matou Samira?

Demorou alguns segundos antes de a voz de Martin conseguir sair da caverna de horror em que se encontrava, mas ela saiu. Fraca, rouca.

– Não – disse ele.

– E quem foi?

– Eu não sei.

Abbas afastou a ponta da faca da pálpebra. A cabeça de Martin tremia. Ele não sabia onde a faca estava. Não fazia ideia do que Abbas pretendia fazer com ela. Ele mordeu os lábios até sangrarem.

— Ela chegou a receber as minhas cartas? – perguntou Abbas.

— Que cartas?

— Eu mandei quatro cartas para ela, da Suécia, em envelopes azuis. Essas cartas chegaram aqui?

— Sim.

— E você rasgou as cartas?

— Não.

— Você as leu para Samira?

— Sim.

— Qual era a primeira palavra de cada carta?

Martin engoliu em seco, sem dizer uma palavra.

— Você rasgou.

Abbas colocou a ponta da faca de volta na pálpebra ainda não cortada de Martin. A mandíbula de Martin subia e descia.

— Como você forçou-a a participar? – perguntou Abbas. – Você dava drogas para ela?

Martin assentiu com a cabeça de forma quase imperceptível.

— Você dava drogas para ela?

Outro aceno de cabeça.

— O que você sabe do crime?

— Eu contei à polícia tudo o que eu sei.

— E o que você contou?

Martin respirava com o fôlego curto, o peito arfando sob a camiseta, as palavras jorrando de sua boca.

— Ela iria participar de uma filmagem, eu não estava envolvido nisso, dessa vez eu apenas a agenciei para o filme. Alguém veio buscá-la aqui e então ela nunca mais voltou.

— Quem veio buscá-la?

— Um táxi.

— Onde disseram que o filme seria rodado?

— Eu não sei.

— Quem mais ia trabalhar no filme?

— Nem desconfio.

– Philippe.

A voz de Abbas ainda estava calma e controlada.

– Acho que você está mentindo – disse ele.

Abbas cuidadosamente limpou o sangue sob o olho de Martin com a toalha.

– Tenho quase certeza de que está mentindo – disse ele. – Você pode sentir a faca no seu olho?

Martin fez que sim, sacudindo a cabeça.

– Então eu vou lhe perguntar mais uma vez. Quem participaria da filmagem?

Martin ficou em silêncio. O que ele estava sendo forçado a dizer significaria a pena de morte, mas ele disse mesmo assim.

No final.

– Le Taureau... eu não sei o nome dele verdadeiro.

– Philippe.

– Eu não sei de mais nada...

– Só Le Taureau?

– Sim.

– Você contou à polícia? Sobre esse Le Taureau?

– Não. Eu não estava envolvido em nada disso... Eu só...

A voz de Martin tornou-se cada vez mais fraca, em pouco tempo ele provavelmente iria desmaiar. Abbas percebeu. Ele inclinou-se um pouco e sussurrou no ouvido de Martin.

– Meu nome é Abbas el Fassi.

Martin foi escorregando contra a parede, sua mandíbula ainda tremia de forma incontrolável. Abbas abaixou a faca e foi na direção da porta. Martin caiu no chão. Stilton saiu pela porta aberta. Martin virou a cabeça, e com o olho bom viu a porta ser fechada.

Depois, virou a cabeça para olhar o aquário.

O peixinho estava imóvel no fundo, morto.

10

Alex ligara para Olivia depois de ouvir sua mensagem de voz mais tarde naquela noite. Mas Olivia já estava dormindo. Quando ela verificou suas mensagens na parte da manhã, ouviu ele dizer que tinha algo para fazer na cidade e sugerir que se encontrassem para almoçar no restaurante Prinsen. Se ela estaria livre.

Ela estaria.

Não porque achasse exatamente aquele o lugar ideal. Ela não gostava de se encontrar com pessoas em restaurantes para falar de assuntos sigilosos. Sempre havia pessoas sentadas em volta e depois vinham os garçons e você era obrigado a pedir alguma coisa. Olivia não estava particularmente interessada em almoçar para ter de conversar. Ela preferia engolir uma salada de camarão, ou macarrão instantâneo. Tudo demorava séculos num restaurante.

Mas foi ela que havia solicitado uma reunião, então tudo bem, que fosse o Prinsen.

Em uma mesa reservada.

Ótimo.

Pelo menos haveria alguma chance de conseguirem um pouco de privacidade.

Alex havia chegado antes dela e pedira uma cerveja. Ele vestia um suéter cinza de malha grossa e falava ao celular quando Olivia apareceu. Ele acenou para que ela se sentasse à sua frente enquanto concluía uma mensagem de voz. A última coisa que ouviu-o dizer foi: – Verifique com a Alfândega novamente.

– A Alfândega?

Olivia estava tirando o casaco quando fez a pergunta.

– Eu preciso me lembrar de ligar para eles depois que terminarmos aqui.

– Por quê?

Lá vinha ela novamente, ele pensou. Ela devia ser jornalista.

– Porque eu estou trabalhando em um artigo sobre esse sumiço das drogas de que você me falou.

– Eu? O que quer dizer com isso? Você não está querendo me arrastar para este caso, não é?!

– Não, você é apenas uma fonte.

– Como assim, *fonte*?

Olivia estava começando a ficar preocupada. Ela sabia que tinha contado a ele do sumiço das drogas e supunha que ele fosse guardar esta informação para si mesmo. E, de repente, ela era agora uma "fonte"?

– Eu sou um jornalista, Olivia, você está bem ciente disso. O que me dizem em off permanece exatamente assim. Mas se eu precisar usar a informação, eu vou usá-la. Sem envolver você. Nós protegemos as fontes neste país.

Olivia certamente estava familiarizada com isso, e se acalmou um pouco.

– O que você descobriu sobre o carregamento de drogas? – perguntou ela.

Alex não tinha nenhuma obrigação de responder. Muito pelo contrário, na verdade. Mas como Olivia era a pessoa que havia lhe revelado a informação, ele sentiu que deveria oferecer-lhe algo em troca.

– Era muito grande e apenas as chamadas drogas de internet, principalmente 5-IT. E poderia chegar até três milhões nas ruas. Então eu entendo por que causou tanta comoção, como você disse, quando desapareceu.

– E era Bengt Sahlmann que deveria estar investigando seu desaparecimento?

– Sim, eles confirmaram isso.

– "Eles" quem?

– Uma mulher, entre outras pessoas. Gabriella Forsman, foi ela quem deu o alarme quando as drogas desapareceram.

– Você a conheceu?

– Sim.

– Gostou dela?

– Cabelos vermelhos demais, peitos grandes demais e boca vermelha demais.

Gostei desse cara, pensou Olivia.

– E eu falei com a mulher encarregada da investigação do homicídio – disse Alex. – Mette Olsäter.

Não gostei desse cara, pensou Olivia.

– Por que você foi falar com ela?!

– Você a conhece?

– Por quê?

– Sua reação.

– Eu a conheço e ficaria imensamente agradecida se você me mantivesse completamente fora de qualquer conversa que você tenha com ela. Tanto como uma fonte ou como qualquer outra merda que você chame.

– Claro. Eu disse isso, não disse? As fontes devem permanecer anônimas. Mencionar o seu nome seria uma ofensa. Gostaria de uma cerveja?

– Não.

Ambos olharam um para o outro. Alex sorriu um pouco. Olivia não. Para o seu próprio bem, ela não queria ser associada ao jornalista Alex Popovic no que se referia à Alfândega ou à investigação do assassinato de Sahlmann. As coisas já estavam bastante confusas com Mette como estavam.

– Eu vou querer água mineral – disse ela.

Alex pediu algum tipo de sopa e uma água mineral para Olivia. Quando a água chegou, Olivia tinha esfriado seu ânimo um pouco e lembrou a si mesma que foi ela quem tinha solicitado aquela reunião.

Mas foi Alex que mudou de assunto e começou a falar do que ela queria discutir.

– Então, você queria perguntar algo? – ele disse.

– Sim.

Olivia sentiu que precisava recuar um pouco e aparar as arestas. Ela queria que a conversa tivesse outro tom. Um tom privado. Um tom de conversa em off, como ele disse.

— Ouça, desculpe se fiquei nervosa. Eu tenho os meus motivos. Posso te contar sobre isso em outro momento, em outro lugar.

— Sim, por favor.

Alex sorriu para ela. Olivia retribuiu o sorriso alguns segundos depois. Pronto, assim estava um pouco melhor. Agora provavelmente ele se mostraria mais disposto a colaborar.

— Bem – ela começou. – Na última vez em que nos encontramos, você me contou sobre um jantar íntimo, durante o qual Sahlmann teve um acesso de raiva por causa da morte do pai, estou certa?

— É verdade.

— Era dirigido a alguém em particular?

— Sim.

— Quem?

Alex sorveu umas colheradas de sopa. Um pouco cuidadosamente demais. Olivia notou que ele estava pensando, deliberando. Por quê? Estaria tentando proteger alguém?

— É assunto confidencial? – perguntou ela.

— Sim e não.

— Foi dirigido a você?

— Não.

Alex riu, como se fosse uma pergunta bastante legítima.

— Foi dirigido a um conhecido nosso – disse ele. – E eu não estou interessado em revelar o nome dele.

— E por quê?

— Porque vai parecer fofoca.

Ah, meu Deus, você é jornalista, pensou Olivia. Você não vive de fofoca? Mas ela não disse isso.

— Compreendo. Mas você tem a proteção da fonte – ela disse e sorriu.

Alex olhou para Olivia. Inversão de papéis. Na verdade, ele não tinha problema em contar-lhe quem era a pessoa, longe disso. Ele só queria mantê-la no suspense. Ela era bonita demais.

— Não vou pressionar mais – disse ela. – Eu prometo.

— Tudo bem. Era Jean Borell.

— E quem é esse Borell?

— Você não conhece?

— Não.

— Ele é um capitalista de risco muito bem-sucedido.

— E por que Bengt partiu pra cima dele com acusações?

— Porque a empresa de Borell é proprietária do lar de idosos onde o pai de Bengt morreu. A Albion.

Olivia estava tomando um gole de água. Ela pressionou o copo nos lábios com força e encostou-se na cadeira. Se não tivesse o apoio da cadeira, provavelmente teria desabado no chão. Ela engoliu a água e esperava que sua reação tivesse passado despercebida.

— A Albion? – disse ela.

— Sim. O *Dagens Nyheter* fez uma série de reportagens investigativas sobre isso um tempo atrás, você chegou a ler?

— Não, eu estava viajando na época.

Por que eu não encontrei isso na internet?

— As reportagens diziam o quê? – perguntou ela.

— Falavam da organização dele aqui na Suécia. Coisas pesadas. Eu posso mandar o material para você, se quiser.

— Sim, por favor – disse Olivia. – Como Borell reagiu diante do ataque de Bengt?

— Bengt estava pra lá de bêbado e Borell é um canalha de primeira ordem. Ele reagiu com uma condescendência escrota e Bengt quase foi às vias de fato. Foi muito chato.

Olivia assentiu e sorriu.

— Então você costuma sair com canalhas de primeira ordem?

— Muito de vez em quando. Borell também estudou no Lundsberg, na mesma época que Bengt e eu. Por isso o jantar. Alguns ex-alunos costumam se reunir nesses jantares de vez em quando.

Alex olhou para o relógio enquanto colocava um chiclete de nicotina na boca.

— Obrigada por ceder seu tempo para encontrar-se comigo – disse Olivia.

— Podemos ir? É só isso?

– Por mim, sim.

– Por que você queria saber com quem Bengt havia se desentendido?

– Eu estava apenas curiosa.

Alex olhou para ela e Olivia percebeu que era a resposta errada. Assim como da última vez.

Mesmo que fosse verdade.

– Tudo está um pouco confuso na minha cabeça agora – disse ela. – Preciso entender melhor. Por que não vamos tomar uma cerveja outra hora?

Isso geralmente funcionava.

– Claro que sim!

Funcionou.

Ela não confiava em Alex. Não depois do imbróglio com a Alfândega e Mette. Ela não queria revelar a ele os seus pensamentos, só queria usá-lo como uma fonte de informação.

Nada mais.

Eles se separaram logo depois da uma da tarde. Alex teria de voltar para o jornal, e pegou um táxi. Olivia começou a andar na direção de Södermalm.

Sentia-se inquieta.

Bengt Sahlmann e Jean Borell, o dono da Albion, eram amigos pessoais?

Bengt tinha acusado Borell de ser o responsável pela morte do pai?

Borell reagira com uma condescendência escrota por Bengt?

O que isso significava?

Foi quando teve uma súbita lembrança: Bengt Sahlmann também havia conversado com Claire Tingman no Silvergården! E se ela tivesse contado a ele as mesmas coisas que contou a Olivia? Talvez ele tenha descoberto muito mais merda sobre a administração do lar de idosos. Então as suspeitas de Alex seriam corretas? Será que o material que Bengt entregaria a Alex tinha a ver com denúncias de negligência no Silvergården? E se ele tivesse ameaçado Jean Borell com a divulgação do material como vingança pela morte do pai?

Era perfeitamente possível.

Olivia rapidamente desenvolveu uma teoria: Borell matou Sahlmann e roubou seu laptop? Porque continha revelações explosivas sobre o Silvergården? Esse poderia realmente ser o motivo do crime?

Quanto estaria em jogo? Certamente mais do que apenas um lar de idosos mal administrado. Tinha de haver mais do que isso.

Como ela poderia descobrir?

Olivia parou no cais e olhou para Estocolmo ao longe. Ela se conhecia muito bem, estava cansada de saber de sua tendência para teorias fantasiosas.

Mas as teorias podem ser comprovadas, pensou. Ou refutadas. Por enquanto, ela ainda queria tentar provar a dela. Poderia estar certa afinal.

Então, Sandra ligou.

– Oi! Como você está?

– Está tudo bem – disse Sandra. – Charlotte e eu estamos aqui com um padre, falando sobre o funeral do meu pai, e nós queríamos saber quando poderíamos fazê-lo.

– Eu não sei, mas posso perguntar a alguém que saiba.

– Obrigada. Talvez você possa perguntar sobre o computador também? Se eles o encontraram?

– Vou perguntar. Pode deixar. Dê um oi para Charlotte.

Olivia encerrou a ligação e ligou para Lisa Hedqvist na divisão de homicídios, não para Mette. Depois de um pouco de blá-blá-blá sobre sua viagem ao exterior, Olivia perguntou sobre o funeral. Lisa prometeu dar uma resposta a Charlotte e Sandra.

– E ela perguntou sobre o computador também. Vocês acharam o laptop afinal? – Olivia perguntou.

Sem pensar nas implicações. Mas Lisa sabia. E estava lá quando Mette deplorou o ocorrido na Alfândega, e Lisa sabia que Olivia não estava muito bem cotada na lista de pessoas favoritas de Mette. Então, ela realmente não sabia o que dizer. E Olivia percebeu isso na hora.

– Você não precisa me responder – disse ela.

– Nós não encontramos.

– Obrigada. Tchau.

O laptop ainda estava desaparecido.

Ainda era possível que Jean Borell o tivesse roubado.

Sua teoria ainda era relevante.

11

Era crepúsculo em Marselha. O sol baixo se espalhava pelo magnífico porto, refletindo nas centenas de mastros na baía e até nos bares em volta do cais. Ainda fazia calor o suficiente para sentar ao ar livre.

Mesmo que fosse novembro.

Eu vivo no clima errado, Stilton pensou consigo mesmo. Ele estava sentado com Abbas a uma mesa de madeira escura bem na beira do cais, absorvendo os raios quentes do sol. Era um restaurante de frutos do mar. Ambos estavam com fome, apesar de ser apenas cinco horas da tarde. Quando Abbas pegou o menu, comentou que eles serviam risoto de frutos do mar.

– Você gostou, não é mesmo?

– Claro que não. Será que não têm algum peixe aqui com carne?

Eles pediram dourado e uma garrafa de vinho branco. Abbas fez os pedidos. Stilton notou que Abbas pedira vinho, mas não comentou nada sobre isso. Como ele disse, era a viagem de Abbas. Quando a garrafa e os copos chegaram e eles se preparavam para tomar o primeiro gole, Stilton quis saber.

– Então, qual era a primeira palavra nas cartas que você escreveu para Samira?

– Oi.

Abbas provou o vinho. Ele parecia com qualquer outra pessoa da cidade, acompanhado por um estrangeiro grandalhão e branquelo. Não parecia mais a pessoa que Stilton tinha visto algumas horas atrás. Ele queria esquecer essa pessoa. Mas Abbas tinha feito o que precisava fazer e tinha feito do seu jeito, o jeito que aprendera desde pequeno. Agora estava sentado bebendo um copo de vinho branco frio, desfrutando a bela paisagem do porto.

– Você provavelmente não será muito popular depois disso – disse Stilton.

— Eu nunca fui, foi por isso que fui embora.

Stilton entendeu. Ele viu os olhos de Abbas desviarem-se para o lado, para outra mesa mais adiante. Havia um homem sentado. Stilton não o reconheceu. Abbas sim.

Era o barman que tinha dito a eles onde encontrar Philippe Martin. E que depois ligara para Martin para entregar que Abbas devia dinheiro a ele. Em seguida, ele viu o barman se levantar e se esconder atrás de um pilar de pedra. Oculto quando visto da direção de Abbas, nem imaginava que seu reflexo podia ser visto na janela. Abbas viu o barman pegar o celular enquanto esticava a cabeça para vigiar a mesa de Abbas.

— Alguém que você conhece? — perguntou Stilton.

— Não.

Abbas voltou os olhos para Stilton novamente.

— Le Taureau — disse ele. — O Touro.

— Sim.

Abbas tinha ligado para Marie no caminho até o restaurante para verificar se ela já ouvira falar de alguém com esse nome. Ela não sabia de ninguém. Ele fez mais duas ligações, para conhecidos do passado. Ninguém sabia quem era O Touro.

— Talvez ele estivesse mentindo — Stilton sugeriu.

— Você acha?

— Não.

Abbas também não achava. Ele ficara perto o suficiente de Martin para sentir o cheiro do medo. Sabia que Martin não estava mentindo.

— Samira nunca retornou daquela filmagem. Ela foi encontrada morta pouco tempo depois. O Touro estava lá na filmagem.

— Um mais um são dois?

— Geralmente, sim.

— Então, como vamos encontrar O Touro?

Stilton não se sentia muito à vontade ao articular estas palavras. O Touro. Soava tão ridículo para ele, mas, por respeito a Abbas, ele levou a sério.

– Eu não sei – disse Abbas. – Talvez Jean-Baptiste tenha alguma ideia, não é?

– Pode ser.

Stilton já estava se sentindo desconfortável com a reunião com Jean-Baptiste. Ele estava convencido de que as ações de Abbas para arrancar informações de Philippe Martin iriam se espalhar rapidamente por determinados círculos de Marselha como rastilho de pólvora.

E chegariam até Jean-Baptiste com a mesma rapidez.

E então Stilton teria de dar algumas respostas.

O peixe interrompeu seus pensamentos. Estava ligeiramente grelhado e desossado, com um leve sabor de nozes. Ambos comeram em silêncio. Stilton notou que Abbas estava mantendo o mesmo ritmo que ele com o vinho. Ele certamente também estava afetado pelo que acontecera antes, Stilton pensou.

Precisava de algum tipo de conforto.

Mesmo a selvageria não é perfeita.

Depois que o sol mergulhou no Mediterrâneo, a temperatura caiu. Stilton vestiu mais um casaco. Eles tinham acabado a refeição, mas Abbas ainda permanecia ali sentado parado. Ele pediu mais dois copos de vinho, não uma garrafa. Stilton viu que sua expressão havia se acalmado. O álcool, talvez, ou uma reação a algo mais? Abbas olhou para o antigo porto, seu olhar acompanhando as fileiras de casas brancas dilapidadas que subiam até a colina do outro lado.

– Eu vivi lá por um curto período de tempo.

Stilton seguiu a mão apontada de Abbas até as casas do outro lado do porto.

– É o bairro árabe?

– Não, eu morei lá quando a minha velha desapareceu.

Stilton reparou na sua escolha de palavras. Abbas se referia ao pai como "meu pai" e à mãe como "minha velha".

– Quando ela desapareceu?

– Quando eu tinha sete anos.

Stilton pensou na mãe de Luna, a caminhante do vento. Nas mães que fugiam.

— Para onde ela foi? – perguntou.

— Bem, se você quer desaparecer, você desaparece mesmo. Eu não faço ideia. Fui criado pelo meu pai.

Abbas tomou mais um gole de vinho.

— Ele não conseguia lidar comigo – disse ele. – Só queria sair. Cada vez que ficava bêbado, ele me contava do prisioneiro do Gulag.

— E quem era?

— Um prisioneiro que acordou no campo de prisioneiros uma noite, levantou-se sem nenhuma roupa, pregou uns botões no peito, pegou um machado e saiu em plena tempestade de inverno. Ele havia chegado no limite, disse o meu pai. Acho que ele queria fazer o que esse cara fez, fugir de algo a que estava irremediavelmente preso.

— E ele fez isso?

— Não, ele estava aprisionado pela própria vida. Como se escapa disso?

— Se matando.

— Ele não teve coragem. Em vez disso, descontava em mim.

Stilton acompanhou novamente o olhar de Abbas pelo cais até o outro lado.

Havia um carro preto lá.

— São eles?

— Sim.

O homem que respondeu estava sentado no banco do passageiro e tinha um curativo grosso em um dos olhos. O olho que tinha sido cortado. Seus lábios estavam apertados de tensão. O homem sentado ao volante olhou para o cais do outro lado da água. Para Stilton e Abbas. Ele segurava o volante com suas mãos enormes e rudes, com um cigarro fumado pela metade e já apagado pendurado no canto da boca.

— E eles estavam procurando o assassino de Samira?

— Sim.

— E são suecos?

— Eles disseram que eram.

– Por que estavam procurando o assassino de Samira?
– Como eu poderia saber, porra?
– O que é que você disse a eles?
– Nada.

O homem atrás do volante olhou para Martin, para o curativo no olho ferido.

– Nada? E como que eles fizeram isso com o seu olho?
– Bom, porque eu não sabia de porra nenhuma.
– Você sabia de mim.
– Eu já tinha me esquecido disso.

O homem atrás do volante olhou para Martin. Eles se conheciam das ruas, haviam feito negócios juntos, mas não confiavam um no outro. Agora um deles se via obrigado a confiar no outro, que ele não tivesse passado a informação errada. Se tivesse, havia duas pessoas que sabiam das coisas erradas – as duas pessoas sentadas no cais. Ele poderia correr esse risco? Martin havia sido torturado.

Mas ele preferiu deixar quieto.

– Nós vamos ter que vigiá-los – disse ele.
– Vai fundo. Eu não quero me envolver.
– Tudo bem.
– Aquele sujeito é letal com as facas.

O homem atrás do volante viu o Martin grandalhão baixar os olhos. Alguém o deixara completamente apavorado. Ele acendeu o cigarro e olhou para a água novamente, para Abbas e Stilton.

Facas?

Seus copos estavam vazios. Abbas baixara os olhos para a água na beira do cais. Seu corpo afundara na cadeira. De repente, ele parecia muito pequeno, pensou Stilton. Desamparado. Viu a cabeça de Abbas balançar um pouco. E não era só o vinho que fluía livremente – Stilton viu lágrimas escorrendo pelo rosto de Abbas. Stilton estendeu a mão e colocou-a no braço de Abbas. Ele a manteve ali por um tempo. Não se esquecera de que Abbas o ajudara em inúmeras ocasiões, pelos inúmeros becos de Estocolmo.

— Nem tudo volta atrás, Abbas, você tem que entender isso.
— Eu sei.

Abbas ergueu os olhos.

— Podemos ir?

Stilton fez que sim com um gesto de cabeça. Quando ele se levantou, viu Abbas pegar um bolo de sachês de açúcar da mesa.

— O que você está fazendo?
— Roubando sachês de açúcar.
— O que pretende fazer com eles?
— Vou pagar a conta.

Abbas se afastou e entrou no restaurante. Stilton ficou olhando para a porta e sentiu seu celular vibrar no bolso. Ele o havia colocado no modo silencioso. Pegou o celular e leu.

Um texto, bem curto. "Coloquei um trinco na sua porta. Luna."

Ele leu duas vezes, era como uma mensagem do espaço sideral.

Stilton colocou o celular de volta no bolso no momento em que Abbas estava voltando.

— Vamos caminhando de volta para o hotel? – ele disse.

Stilton olhou para o céu. O crepúsculo se transformara em escuridão mediterrânea, e tinham um longo percurso pela frente. Por algumas ruas igualmente escuras.

— Tudo bem.

Eles contornaram o antigo porto até o outro lado do cais, ambos perdidos em seus próprios pensamentos. Passaram por um carro preto com dois homens sentados no interior e depois por bares e restaurantes com dezenas de pessoas sentadas ao ar livre.

Nenhum dos dois percebeu os faróis do carro sendo ligados.

Stilton presumiu que Abbas estivesse pegando o caminho mais rápido e não demonstrou reação quando de repente ele entrou em uma ruazinha. Ele apenas o seguia. Abbas, por sua vez, reagiu depois de andarem algumas centenas de metros. Era uma rua pequena, sem lojas, com edifícios altos em ambos os lados, e estava escuro na calçada. Foi por isso que Abbas notou as luzes do carro atrás deles. Quando olhou por cima do ombro, viu que o carro avançava lentamente, no ritmo dos passos deles. Será que a notícia já se espalhara?, ele se perguntou, passando a mão pelo corpo. As facas estavam onde deveriam estar.

Stilton não percebeu nada. O vinho entorpecera seus sentidos. Ele se sentia seguro com Abbas ao seu lado.

Não se sentiria se soubesse o que estava passando pela cabeça de Abbas: parar, esperar pelo carro e partir para o confronto? Ou virar em outra rua?

Ele virou em outra rua. Um beco estreito, apertado demais para um carro. Stilton teve dificuldade em acompanhá-lo.

– Vamos seguir por aqui?

– Sim. Venha logo!

Abbas estava andando rápido e Stilton o seguia. Agora todos os seus sentidos estavam em alerta novamente. Ele virou a cabeça e viu um carro parar no começo da rua. Estariam sendo seguidos? Abbas dobrou em outra esquina. Stilton correu atrás dele. Havia duas latas de lixo encostadas na parede. Ele teve de contorcer-se para passar por elas e quase tropeçou feio em um gato preto que saiu correndo detrás de uma das latas. Ele conseguiu agarrar-se em uma janela para evitar o tombo. Em seguida, ouviu um ruidoso som de passos a distância, mais atrás dele.

Ele não tinha ideia de quanto tempo correram entre o denso conglomerado de casas, mas de repente eles deram em uma passagem arcada e saíram numa pracinha com algumas barracas de verdura vazias. Um jovem atravessava a praça levando uma idosa em uma cadeira de rodas. As rodas rangiam alto. Abbas chamou um táxi que passava e pulou no banco de trás. Stilton pulou no da frente. O motorista olhou para a frente e perguntou:

– Para onde?

Stilton deu o endereço do hotel com seu carregado sotaque sueco, o que inspirou o taxista a tentar fazer um pequeno desvio de rota, até que Abbas deu um tapinha no seu ombro.

– Ei, pegue o caminho mais rápido, amigão – disse ele, com seu expressivo dialeto marselhês.

Então o táxi seguiu direto para o Hôtel Richelieu. Abbas pagou o homem e ambos desceram rápido. Havia uma boate decadente bem em frente ao hotel. O pancadão da música se ouvia da rua. Viram dois russos corpulentos e bêbados na porta da boate, tentando entrar. Provavelmente haveria briga. Abbas e Stilton entraram correndo no hotel. Eles já tinham desaparecido escada acima quando o carro preto passou.

Depois que o carro preto se afastou, o motorista do táxi enfiou o pé no acelerador e desapareceu na escuridão.

A escuridão caíra na janela de Olivia também, outro tipo de escuridão, o escuro pesado dos outonos suecos. Talvez por isso ela tenha resolvido acender as velas sobre a mesa. Sentada no pequeno sofá de sua sala de estar com o laptop no colo, as velas a iluminavam por trás. Uma luz insuficiente, mas tudo o que precisava ver era o teclado.

Estava lendo havia um bom tempo.

Uma leitura interessante e preocupante. A série de artigos do *Dagens Nyheter* sobre a empresa Albion. Vários jornalistas haviam desencavado, analisado e checado.

Completamente.

Viraram a empresa pelo avesso e encontraram algumas informações incriminatórias. Os casos de negligência nos lares de idosos da Albion pipocaram um após o outro. E só fizeram aumentar no último ano. Três lares diferentes em três lugares diferentes na Suécia foram submetidos a investigações externas por negligência no atendimento. Vários órgãos municipais estavam atualmente revendo seus contratos com a Albion. A empresa fora alvo de críticas rigorosas. Vários representantes haviam defendido a organização de diferentes formas.

Jean Borell não estava entre eles.

Ele não era citado em nenhum dos artigos.

Jornalistas de todo o mundo tentaram encontrá-lo para arrancar um comentário, mas não tiveram sucesso. A única pessoa que tinha conseguido aproximar-se dele foi seu colega mais próximo na Suécia, Magnus Thorhed. Em uma ocasião, um jornalista topara com Borell na Austrália, durante o Aberto da Austrália, mais ou menos por acidente. Borell tinha concordado com uma pequena entrevista sobre a Albion depois de uma partida de tênis, mas depois sumiu de vista.

Olivia começou a pesquisar por Jean Borell no google, mas não havia quase nada sobre ele. Nascido em Danderyd, morava em Londres – ela não encontrou muito mais do que isso. Não esperava encontrar grande coisa, na verdade. Era um sinal típico de pessoas desse nível, desse mundo corporativo – elas eram invisíveis nas mídias.

Então, ela voltou a ler os artigos.

O que ficava bem claro era a situação precária da Albion. Era uma empresa lutando pela sobrevivência. Havia gerado enormes lucros ao longo dos anos. Só em 2011, municipalidades e conselhos locais tinham comprado serviços de empresas privadas por 71 bilhões de coroas suecas. Ela não sabia o quanto dessa quantia havia parado nas mãos da Albion, mas deve ter sido uma fatia considerável. Então, não se tratava de mixaria. Os debates em torno dos lucros no setor de bem-estar social atingiram duramente a reputação da Albion. Mas a empresa tinha alianças político-partidárias – vários líderes do Partido Moderado apoiavam a organização. Atualmente havia um contrato multimilionário em negociação com a prefeitura de Estocolmo. Uma negociação fortemente criticada. Os críticos apontavam todos os lares de idosos que tinham sido mal geridos pela Albion. Em contraposição, os políticos não se cansavam de citar o Silvergården, em Nacka, como um exemplo de organização excepcionalmente bem administrada.

E foi aí que Olivia encontrou o motivo.

Foi aí que sua teoria cruzou a linha de chegada.

Outro escândalo, principalmente no Silvergården, seria catastrófico para a Albion. Poderia arruinar toda a nova negociação multimilionária.

Olivia recostou-se no sofá e esfregou os olhos. Ela ficara tempo demais grudada na tela, de olhos arregalados. Agora eles estavam realmente doloridos.

Mas valeu a pena.

Se o material no laptop de Bengt Sahlmann tivesse de fato relação com os escândalos do Silvergården, e estava prestes a parar nas mãos de um jornalista do *DN*, então haveria um motivo claro.

Um motivo claro para silenciar Bengt e roubar seu laptop.

O mundo já havia testemunhado crimes por motivos bem menos graves.

Então, o que fazer agora? Eu ainda não sei do que se trata o material de Sahlmann. Poderia ser algo completamente diferente. Poderia ser sobre o desaparecimento das drogas na Alfândega.

E depois Mette apareceu.

Não literalmente, mas em seus pensamentos. Deveria telefonar para Mette e contar-lhe o que estava pensando? Ela sabia que Mette respeitava muito sua "intuição". Mas do jeito que as coisas estavam agora? "Quem você pensa que é, porra?" Estas palavras ainda queimavam.

Ela não iria telefonar para Mette.

Ainda não.

Não antes de saber o conteúdo do material de Sahlmann.

Ela apagou as velas.

12

Abbas acordou muito antes de Stilton, pelo menos dessa vez. Eram apenas três e meia da manhã e sua boca estava seca, a língua pastosa. Tomou um banho demorado e deixou o hotel. Ficou perambulando por horas, as nuvens estavam pesadas no céu, e pôde ver a cidade acordar para a vida. Viu as padarias se preparando para um novo dia de negócios, as barracas de legumes e verduras abrindo no mercado perto do porto, os barcos de pesca chegando para entregar os pescados da noite, e garçons cansados colocando as primeiras mesas do lado de fora. Mas, na verdade, ele não estava vendo nada disso. Estava concentrado em seus pensamentos. Sabia o que tinha de fazer e detestava só de pensar. Mas não havia outro jeito agora. Precisava seguir em frente com aquilo.

Precisava saber mais.

Então, quando chegou a hora, ele entrou na loja, uma loja pornô. O homem atrás do balcão era muito jovem. Isso incomodou Abbas. Mas ele poderia ir a outras lojas desse tipo – havia uma infinidade delas naquela região aonde foi parar.

– Le Taureau?

– Sim.

– Nunca ouvi falar.

Então Abbas se dirigiu para a próxima loja. Nesta havia um homem mais velho que tinha consideravelmente mais sujeira na consciência. Ele administrava aquela loja havia quinze anos.

– Quem? Você está falando de um ator pornô?

– Eu não sei direito, mas ele trabalha fazendo filmes pornô.

– Desculpe, não é ninguém que eu conheça, mas aqui tem muito pouca gente trabalhando neste ramo.

O homem voltou-se para as prateleiras atrás de Abbas, todas recheadas de pornografia, uma das indústrias mais lucrativas do mundo.

– Por que não dá uma olhada para ver se você consegue encontrar alguma coisa?

Abbas começou a percorrer os DVDs, centenas deles. As capas eram quase iguais, com poucas diferenças umas das outras. Mulheres nuas, genitais nus, olhos inexpressivos. Mas ele não desistiu, continuou procurando. Sabia o que poderia encontrar e esperava que isso não acontecesse.

Mas aconteceu.

Cerca de quinze minutos depois.

Um filme pornô com uma capa como todas as outras, mas com uma clara diferença.

A mulher na capa era Samira.

Abbas olhou a contracapa do DVD. Havia uma foto pequena de um homem todo besuntado de óleo, mas nenhum nome.

– Você já viu esse? – perguntou ao homem atrás da caixa registradora.

– Não, eu não gosto de pornôs. Eu vejo mais coisas como Buñuel, Haneke e Kurosawa.

Abbas comprou o filme.

Stilton estava sentado no terraço do hotel se perguntando onde estaria Abbas. Não deixou bilhete. Nenhuma mensagem em seu celular. Ele havia ligado, mas Abbas não atendeu. Stilton olhou para a baía e tomou um gole de café. Estava chuviscando, muito pouco na verdade. Um chuvisco leve e quente. Stilton nem se importou. Sentia que estava perdendo o gás, e se perguntava por quanto tempo aquela viagem ainda duraria. Ele havia cumprido sua tarefa principal – fazer contato com Jean-Baptiste. E esperava que o policial grandalhão o procurasse em breve.

Mas e depois?

Por quanto tempo teria de ficar ali procurando por esse tal de Touro? Uma pessoa que nem sequer sabia se existia.

Abbas iria ficar por um longo tempo, ele sabia disso. E entendia. Aquela história era o grande trauma de Abbas. Mas Abbas iria querer que ele ficasse por quanto tempo? Ele poderia voltar para casa logo depois que fizesse contato com Jean-Baptiste, não fosse por um detalhe.

Philippe Martin.

E o que Abbas havia feito com ele.

O que fez de Abbas um alvo certo.

Stilton acabou sabendo muito sobre Marselha – Jean-Baptiste lhe contara o suficiente sobre a cidade. E ele sabia que Jean-Baptiste não tiraria os olhos de Abbas e suas facas, principalmente depois do ataque a Martin.

Então era isso?

Um anjo da guarda?

Ele ficaria ali como uma espécie de guarda-costas de Abbas?

– Venha cá!

Stilton virou a cabeça. Abbas estava indo para a sua "suíte" com um DVD player debaixo do braço. O porteiro do hotel tinha conseguido arrumar um aparelho em troca de algum dinheiro. Stilton levantou-se e seguiu Abbas.

Abbas conseguiu fazer uma ligação provisória do DVD player com um aparelho de TV antigo que havia na sala. Tudo em completo silêncio. Stilton sentou-se na beira da cama.

Ele suspeitou do que se tratava.

Quando Abbas retirou o DVD da embalagem, a suspeita foi confirmada.

– É um filme com Samira – disse Abbas.

Ele colocou o DVD no player e sentou em uma cadeira ao lado de Stilton, segurando o controle remoto. Ele não ia ligá-lo de imediato. Primeiro tirou os sapatos e as meias. Seus pés não estavam nem um pouco suados, embora tivesse andado por horas. Stilton ficou sentado, esperando.

Por um bom tempo.

– Você realmente quer ver isso? – Stilton finalmente perguntou a ele.

– Não.

Abbas apertou o botão do controle remoto.

Era um filme pornô como a maioria dos outros do mesmo gênero. Cenário pobre, iluminação de cores berrantes, som de péssima qualidade. Uma mulher excitando um homem, aplicando um boquete enquanto acariciava o próprio corpo, até que o homem finalmente começasse a penetrá-la, neste caso por trás, em cima de uma poltrona.

A rotina de sempre.

Ou teria sido se não fosse pela bela mulher marroquina de quatro na poltrona.

Samira.

De repente, Abbas parou o filme e retrocedeu um pouco. A câmera dava um zoom no rosto de Samira. Foi quando ele viu. A fina corrente de ouro. Uma correntinha que ele lhe dera uma vez no circo, secretamente. Agora ela a estava usando. Ele avançou o filme. O ato continuou.

Stilton achava bastante constrangedor ficar vendo aquilo, considerando as circunstâncias. O mais constrangedor foi perceber que tivera uma ereção, um reflexo biológico que não pôde controlar. Ele colocou as mãos sobre a virilha para que Abbas não pudesse ver.

De repente, Abbas pausou o filme novamente, durante um close do homem nu: corpo robusto, coberto de óleo, músculos bem definidos, cabelos pretos.

— Você acha que esse aí é O Touro?

— Nem desconfio.

Abbas desligou. A tela escureceu. Stilton sentiu sua ereção amolecer. Ele olhou para Abbas e adivinhou o que estava se passando pela cabeça dele.

Então o celular de Stilton tocou. Ele olhou para a tela.

— É Jean-Baptiste.

— Você pode atender a chamada lá fora?

— Claro.

Stilton levantou-se da beira da cama e saiu da suíte. Quando a porta se fechou, Abbas foi até a janela do outro quarto, a "alcova" de Stilton. Ele abriu a cortina e olhou para o Mediterrâneo. Ficou ali completamente imóvel e deixou que seus olhos se fechassem. Alguns minutos depois, ele ergueu a mão e girou-a lentamente a sua frente, para a frente e para trás, como se acariciasse um ombro invisível.

Os três se encontraram no bar Beau Rivage perto do porto. Jean-Baptiste foi quem sugerira o lugar. Ele estava lá na hora marcada, ao contrário de Stilton e Abbas. Stilton havia esperado no corredor do hotel após a conversa com Jean-Baptiste. Percebeu que Abbas queria ficar sozinho na suíte. Mais de uma hora havia se passado antes de ele sair. E naquela altura eles já estavam quase meia hora atrasados, mas Stilton ligara para avisar Jean-Baptiste do atraso. Eles correram na direção do bar, sem perceber o carro preto estacionando na calçada bem atrás deles.

Jean-Baptiste levantou-se quando eles entraram. Ele havia escolhido uma mesa de canto na parte externa, protegida por uma pequena cerca viva. Parara de chuviscar e o sol quase alcançava a mesa. Quando Abbas se aproximou, Jean-Baptiste deu-lhe um grande abraço e um sorriso.

– Você perdeu peso.

– Ele foi todo parar em você.

Os dois sorriram e se sentaram.

– Le Taureau – disse Abbas.

Ele foi direto ao assunto.

– Você conhece esse nome?

– O Touro? É o nome de quem?

– Do provável assassino de Samira Villon.

Jean-Baptiste olhou para Stilton. Ele achava que seria o único ali a fornecer informações. Stilton gesticulou com a mão, discretamente.

– Não – disse Jean-Baptiste. – Eu nunca ouvi esse nome. O Touro, você disse?

– Sim.

Abbas pegou o filme pornô que havia comprado e apontou para a foto do homem coberto de óleo.

– Pode ser esse?

– Esse é Jacques Messon.

— Talvez ele fosse conhecido como O Touro?
— É possível, mas ele foi baleado e morto cerca de seis meses atrás na frente de um bar.

Abbas olhou para a capa do DVD.

— Mas eu posso perguntar por aí – disse Jean-Baptiste.
— Obrigado. Você tem alguma informação?

Como Abbas não conhecia Jean-Baptiste muito bem, ele foi logo se apressando. Mas o policial não esboçou reação, ele por sua vez sabia muito bem do que se tratava.

Assim, Jean-Baptiste passou um bom tempo atualizando os dois sobre os rumos da investigação francesa sobre o caso. Ele não revelou muitas informações internas, apenas o suficiente para terem uma noção do status quo – como ela havia desaparecido durante uma filmagem, cuja localização ainda não sabiam. Pode ter sido em um quarto de hotel, um apartamento ou uma casa de campo – eles não tinham ideia. E também não havia nenhuma informação sobre quem tinha participado da filmagem.

E assim por diante.

As informações não causaram muita impressão.

— Infelizmente uma atriz pornô morta não é a nossa prioridade neste exato momento. Sinto muito – disse ele. – É uma fase difícil, com muitas críticas e rumores internos.

Stilton viu que Abbas estava rangendo os dentes.

— Então vocês não têm nenhum suspeito em potencial? – perguntou Stilton.
— Não no momento.
— Quem lhe contou sobre a filmagem? Que ela ocorreu.
— Eu não posso lhe dizer, infelizmente.
— Ela tinha drogas no organismo? – perguntou Abbas.
— Sim.
— Como ela morreu?
— Você realmente quer saber?
— Sim.

Jean-Baptiste e Stilton trocaram olhares de novo, como se o policial grandalhão quisesse saber se Abbas poderia aguentar o tranco. Stilton concordou com a cabeça quase imperceptivelmente.

– Ela foi seriamente brutalizada e, em seguida, estrangulada. Esta foi a causa da morte. Depois foi cortada em seis pedaços e enterrada em uma reserva natural.

– Estivemos lá – disse Abbas.

Como se os detalhes horripilantes não tivessem sido assimilados.

Mas foram, Stilton sabia que sim.

– E vocês não têm noção do provável motivo do crime? – perguntou Abbas.

– Não.

– Pistas? DNA? Havia sêmen dentro dela?

– No corpo. Mas isso não seria assim tão estranho.

– Por quê?

– Bem, ela foi assassinada durante ou após a realização de um filme pornô, eu já disse isso.

Stilton reparou que o tom de Jean-Baptiste tinha se alterado ligeiramente. Abbas não deveria pressioná-lo tanto. Mas ele continuou.

– E houve análise do DNA?

– Abbas.

– Sim.

Jean-Baptiste inclinou-se na direção do homem frustrado.

– Eu já lhe disse o que pude. E fiz isso porque Tom me pediu. Não force a barra.

Abbas olhou para Jean-Baptiste e entendeu que precisava recuar.

– Mas, dito isto, nós interrogamos o agente dela – disse Jean-Baptiste, recostando-se na cadeira novamente. – Philippe Martin. Vocês chegaram a conhecê-lo?

Lá vamos nós, pensou Stilton.

– Só de passagem – disse ele.

– Correm boatos de que ontem cortaram o olho dele com uma faca.

– Sério?

Jean-Baptiste olhou para Abbas.

– E você não tem nada a ver com isso?

– É o que ele está dizendo?

– Eu não sei. Fiz só uma pergunta.

– Eu não faço essas coisas mais.

– Bom, porque se você fez, deve dar o fora rapidinho de Marselha, se for esperto.

– E por quê?

– Porque o homem que agora só tem um olho conhece mais matadores de aluguel nesta cidade do que há moscas em bosta de vaca.

Abbas deu de ombros, levantou-se e pegou alguns sachês de açúcar na mesa.

– Eu vou dar uma caminhada – disse ele e saiu.

Quando ele estava fora do alcance da voz, Jean-Baptiste olhou para Stilton.

– Você estava lá na casa de Martin?

– Sim. Você vai me prender?

– Não, nenhuma acusação foi feita.

– Apenas boatos.

Jean-Baptiste assentiu gentilmente. Stilton era honesto. Ele provavelmente fizera o possível para controlar a situação. Sem Stilton, haveria um cadáver no quarto em cima do bar próximo à Gare Saint-Charles, algo que tornaria as coisas muito piores. Jean-Baptiste seguia essa linha de raciocínio.

– Martin é um idiota – disse ele.

– Sim, tivemos essa impressão também.

– Mas o que eu disse sobre os matadores de aluguel é verdade. Martin está procurando por vingança. Eu preferiria que você não tivesse de pescar o corpo de Abbas nas águas do porto.

– Eu também, mas você sabe como ele é. Eu não posso forçá-lo a deixar a cidade.

– Não – disse Jean-Baptiste, rolando sua garrafa de água entre as mãos. – Nós vamos ter que esperar pelo melhor.

– Sim.

Jean-Baptiste se levantou. Stilton estendeu a mão e perguntou:

— Até que ponto você conhece Claudette?

— Bem, ela trabalhou conosco por muitos anos, no escritório. Agora está um pouco à deriva.

— Como assim?

— Ela realmente não sabe o que quer fazer. Eu acho que tem vontade de ser pintora. Vocês ficaram juntos?

— Sim.

— Ela é uma boa menina.

Eles apertaram as mãos e Jean-Baptiste começou a se afastar. Stilton percebeu que Jean-Baptiste não havia fumado, nem um único cigarro, apesar de ter dito que escolhera aquele bar porque era permitido fumar.

— Uma velha colega ligou para você. — Jean-Baptiste tinha parado do outro lado da cerca viva e se inclinou em direção a ele.

— Para mim?

— Mette Olsäter.

— O que ela queria?

— Queria saber o que você está fazendo aqui em Marselha.

— E o que foi que você disse?

— Eu não me sinto confortável de mentir, principalmente para pessoas a quem respeito, como Olsäter.

— E então?

— Eu disse que era por causa de um crime ocorrido aqui e que Abbas conhecia a vítima. Algo assim.

— Ela ficou satisfeita com a resposta?

— Não.

— O que mais você disse?

— Não havia muito mais a dizer. Tchau.

O policial grandalhão atravessou a rua sem olhar para os carros. Só uns poucos buzinaram para ele. Stilton permaneceu sentado. Seu olhar vagou para o chão, ao longo da cerca viva – uma ratazana marrom seguia seu caminho através do matagal.

Sentiu que estava na hora de voltar para casa.

* * *

Quando Stilton deixou o bar, ele estava totalmente imerso no encontro que tiveram com Jean-Baptiste. Em matéria de fatos concretos, não fora muito proveitoso, não ficaram sabendo muito mais do que já sabiam. Mas pelo menos agora tinham a informação de que o assassino ainda não fora descoberto, e de que não havia sequer um suspeito.

Por enquanto.

Ele passou por um carro preto e continuou seguindo em direção ao hotel. Dois olhos o acompanharam até ele dobrar a esquina, dois olhos que pertenciam a um homem de mãos muito rudes. Ele permanecera sentado no carro o tempo todo, enquanto transcorria a reunião no bar. E ele descobrira algo bastante inconveniente.

Os dois suecos tinham se encontrado com o conhecido investigador criminal Jean-Baptiste Fabre.

Um dos que não se poderia subornar.

E por que a reunião?

Eram tiras também?

Por que dois tiras suecos estariam interessados no assassinato de Samira?

Ele tinha uma resposta para isso.

E ficou assustado.

Stilton estava deitado na cama de hotel de Abbas. Presumira que Abbas entraria em contato com ele se fosse necessário. Ficou olhando para a tela escura da televisão na sua frente. Aquele filme pornô era degradante. Principalmente para Abbas, é claro, mas até mesmo para Stilton. Não apenas pelo conteúdo degradante, mas pelas associações que desencadeou.

Associações com Rune Forss.

O investigador-chefe da polícia de Estocolmo que andara dormindo com prostitutas cafetinadas pela rainha das garotas de programa de luxo, Jackie Berglund.

Stilton sabia, mas isso ainda teria de ser provado, algo que ele pretendia fazer logo que chegasse em casa. Por razões morais, mas principalmente pessoais. Foi Forss que engendrou manobras para afastar Stilton de uma investigação de homicídio de uma forma profundamente humilhante durante sua crise psicótica. Foi Forss que espalhara boatos e falara muita merda pelas suas costas quando ele voltou. Foi Forss que fez com que ele fosse boicotado por seus colegas até Stilton não suportar mais, entregar o seu revólver de serviço e ir embora.

E Forss tinha feito isso por um único motivo: medo de que Stilton acabasse revelando suas ligações com prostitutas. O policial receava que Stilton encontrasse alguma conexão entre ele e Jackie Berglund.

Era por isso.

Stilton fechou os olhos. Não era difícil lembrar de como Forss o tratara quando ele era sem-teto. Quando ele se oferecera para ajudar a solucionar o caso dos assassinos de celular, como a imprensa os chamava.

Forss o tratara como se ele fosse um merda.

Stilton estava louco para voltar para casa.

– Acorde.

Abbas estava de pé ao lado da porta. Stilton se sentou na cama, sentindo-se um pouco entorpecido. Ele deve ter cochilado.

– Que horas são?

– Quase quatro. Seu avião sai às seis.

– O meu avião?

Abbas entregou-lhe um pedaço de papel. Stilton olhou e reconheceu um cartão de embarque impresso. Abbas sentou-se na cadeira ao lado da parede.

– Você já fez o que veio para fazer – disse ele. – Eu quero ficar mais alguns dias. Vou voltar de trem.

– Mas e quanto a Martin?

– O que é que tem ele?

– Você ouviu o que Jean-Baptiste disse sobre os matadores de aluguel.

– Sim, mas eu não gosto da ideia de ter um guarda-costas. E acho que você também não gostaria muito de representar este papel.

— Não, mas também não me sinto bem de deixá-lo aqui sozinho por sua própria conta.

— Você vai ter que aceitar.

Stilton olhou para a expressão fria de Abbas e sacudiu a cabeça. Isso não parecia nada bom. Mas o que ele podia fazer? Ele levantou da cama.

— O que está planejando fazer? – perguntou Stilton.

— Me despedir.

Stilton não entendeu o que ele queria dizer. Despedir-se de Marselha? De Samira? Mas ele sabia que Abbas já havia decidido. Ele não queria Stilton por perto.

— Você vai ao aeroporto?

— Não.

Então Stilton entrou em um táxi com sua bolsa azul e disse ao motorista o destino. Dez minutos depois, mudou de ideia.

— A delegacia de polícia?

— Sim.

O táxi parou em frente ao prédio da polícia. Stilton pagou e saiu. Ele olhou para cima, para o edifício gigantesco, e esperava que Jean-Baptiste não estivesse em uma janela fumando. Depois ele entrou no pequeno bar em frente. Estava quase vazio. Ele foi até o barman.

— Bilhete de loteria?

— Não, estou procurando por Claudette.

— Ela saiu daqui há dez minutos.

— Oh, está bem.

— Mas ela vai voltar. Quer deixar um recado?

— Não.

Stilton saiu do bar.

Quase ao mesmo tempo em que Stilton decolava na direção de um céu azul límpido, Abbas disse adeus. Ele atravessou uma praça na periferia de Marselha, a pé, com os olhos na nuca. Ele conhecia aquelas ruas, ainda, não mudaram muito. Vistas de fora. As pessoas talvez sim. Ele não poderia dizer, mas os arredores pareciam do mesmo jeito que eram quando ele morou ali.

Ele morou em muitos lugares nessa cidade, sempre se mudando com o seu errático pai, de um buraco para o outro. Depois ele saiu de casa e morou em espeluncas muito piores.

Ele não estava se despedindo da cidade.

Estava se despedindo de si mesmo.

Do jovem aprendiz de Jean Villon.

O jovem atirador de facas que conheceu o amor de sua vida em um circo. Um homem que não existia mais. Que havia existido enquanto Samira existia, e viveu de esperanças vãs. O sonho improvável de um homem e uma mulher que acabariam se reencontrando nos braços um do outro.

Agora Samira estava morta e o jovem aprendiz não existia mais.

Era dele que Abbas estava se despedindo.

Ele agora era outra pessoa.

Com uma missão muito diferente.

Ele cruzou uma praça deserta, a roda-gigante girando bem no meio.

Quando voltou ao hotel era quase meia-noite. O porteiro estava dormindo em uma saleta dentro da minúscula recepção. Abbas subiu as escadas. Não demorou muito para descer de volta à recepção. Ele entrou na saleta onde o porteiro dormia e assobiou. O porteiro bateu a cabeça duas vezes, na parede atrás dele e na luz de cabeceira acima de sua cabeça, antes de levantar-se e ver o que Abbas queria.

— Sim?

— Alguém entrou no meu quarto.

— Seu colega talvez?

— Ele saiu antes de mim. Alguém esteve aqui depois disso.

— Talvez tenha sido a empregada?

— E ela costuma limpar as bolsas dos hóspedes?

O porteiro ficou sem saber o que responder. E ele não tinha visto nenhuma cara desconhecida no hotel. Mas, depois de dizer isso, ele lembrou que esteve dormindo por umas duas horas, e tão profundamente que, por isso...

Abbas voltou para o seu quarto. O que eles estavam procurando? As facas?

Provavelmente.

Ou ele.

O avião de Stilton pousou pouco depois das onze horas da noite e ele tomou o ônibus do aeroporto para a cidade. No caminho para a barca, viu alguém vendendo exemplares da *Situation Sthlm*, um rapaz parecendo confuso e segurando suas revistas na frente de um supermercado Konsum na Hornsgatan. A loja tinha fechado há várias horas, mas o rapaz não notara. Stilton comprou uma revista com ele. Ele não reconheceu o garoto e por isso se absteve de fazer perguntas. Sobre outros vendedores, amigos dele apenas um ano atrás. Ele disse ao garoto que a loja já estava fechada e que ele teria mais sorte nas vendas se fosse para a estação do metrô.

O rapaz achou que Stilton era um gênio.

Ela já deve estar dormindo, Stilton pensou enquanto subia no barco. As luzes estavam todas apagadas. Ele desceu para a sua cabine o mais silenciosamente possível. Abriu a porta e, na hora de fechar, percebeu que havia uma nova tranca corrediça de metal. Ele trancou a porta e foi deitar no seu beliche. Já passava da meia-noite. Ele enviou uma curta mensagem de texto para Abbas. Ligaria amanhã para ver como as coisas estavam.

Depois ligaria para Mette.

Só de pensar em ligar para a divisão de homicídios colocou-o em contato com o magma latente que havia dentro dele. Nada o tiraria do seu caminho agora, nenhuma viagem para Marselha, nem cafetões zarolhos ou belas mulheres francesas.

Ele iria se concentrar agora.

Em Rune Forss.

13

Ele ergueu consideravelmente o tom de voz.

— Por que não hoje?

— Porque eu não tenho tempo. Há todo um mundo lá fora além do seu, sabia, Tom?

Stilton estava sentado em sua cabine vestido só de cueca. Passava um pouco das nove horas e Mette não teria tempo para encontrá-lo hoje, algo que só lhe restava aceitar. Ele baixou o tom de voz.

— Então, a que horas amanhã?

— Às dez. Abbas voltou também?

— Não.

— Por que não?

— Há todo um mundo lá fora além do seu, sabia, Mette? Vejo você amanhã.

Stilton encerrou a ligação e jogou o celular no beliche. Ele não gostava quando seus planos não davam certo. O que iria fazer naquele maldito dia? De repente, ouviu uma batida na porta.

— Sim?

— Bem-vindo ao lar.

A voz de Luna infiltrou-se pela porta de madeira e Stilton pegou uma calça para vestir. Ele colocava a calça com uma das mãos enquanto abria a tranca da porta com a outra.

— Entre.

Luna abriu a porta. Não havia muito espaço, então ela ficou parada onde estava. Vestida com seu macacão verde.

— Como foi em Marselha?

– Meio conturbado. Obrigado pelo uísque.
– Ele foi útil?
– O tempo todo. Obrigado por colocá-la.
Stilton estava apontando para a tranca da porta.
– Você se sente seguro agora? – perguntou Luna.
– O que quer dizer? Com a porta?
Luna sorriu e deu uma olhada em torno da cabine.
– Você a conhecia?
Ela apontava para a prateleira atrás de Stilton. Ele se virou para olhar. A pequena foto de Vera Zarolha era a única coisa que havia ali.
– Sim. Vera Larsson.
– Aquela que foi espancada até a morte em um trailer?
Stilton olhou para Luna.
– Como você sabe disso?
– Eu me lembro do crime. Saiu muita coisa na imprensa. Eu vi sua lápide.
– Você viu?
– Sim. No Norra Begravningsplatsen. Eu trabalho no cemitério, lembre-se.
– Ela foi enterrada no Norra?
– Sim. Não sabia disso?
– Não.
– Você nunca esteve lá?
– Não.
Stilton nunca tinha visitado a sepultura de Vera Zarolha. Ele a enterrara do seu próprio jeito.
– Mas vocês deviam se conhecer muito bem. Se você tem uma foto dela aqui, quero dizer.
Stilton estava sentado no beliche, olhando para a foto de Vera. Eles se conheciam tão bem assim? De certa forma sim, como os sem-teto conhecem uns aos outros, mas de muitas outras formas não. Mas eles fizeram amor, uma vez, e o assassinato dela o arrancara de seu estado vegetativo, abrindo espaço para uma raiva que o levaria longe.

Uma raiva que o tiraria das ruas e o levaria para Rödlöga.
E agora ele estava de volta outra vez.
– Eu quero ir lá, ver o túmulo dela – ele disse de repente.
Afinal de contas, ele não tinha outros planos.

Eles a viram de longe, muito antes de se aproximarem do túmulo, uma criatura emaciada, de joelhos, na frente de uma simples placa de metal no chão. Ao lado dela havia um saco plástico verde.
– Alguém que você conhece? – Luna disse em voz baixa, como é costume nos cemitérios.
– Eu só sei o seu primeiro nome – Stilton disse. – Muriel. Ela é uma dependente de drogas de Bagarmossen.
Eles se aproximaram da sepultura. Muriel estava com as mãos entrelaçadas na frente do corpo, seus braços magros tremendo. Em pleno outono, havia um nevoeiro baixo e a temperatura estava apenas alguns graus acima de zero. Muriel estava vestida apenas com um casaco curto, de mangas curtas demais. Stilton e Luna pararam alguns metros atrás dela.
– Oi, Muriel.
Muriel virou-se repentinamente, assustada. Achou que aqueles dois ali de pé atrás dela fossem policiais. Quando viu Stilton, ela encarou-o por alguns segundos.
– É você?! – ela disse com uma voz fina, fraca.
– Sou eu.
Muriel ergueu-se e jogou os braços em volta do pescoço de Stilton. Ele a abraçou e sentiu-se aflito. Não havia muito corpo para abraçar. Luna abaixou os olhos. Stilton percebeu que Muriel estava chorando, em silêncio, em seu ombro. Ele deixou que chorasse. Olhou para a placa no túmulo. Ele sabia que Vera Zarolha tinha sido uma espécie de mãe para Muriel, uma substituta da sua verdadeira mãe. Vera tentara ficar de olho na garota, mantê-la longe das piores encrencas. O máximo que pudesse. Agora Vera estava morta e a rede de proteção fora retirada. Ele imaginava como Muriel devia estar levando a vida. Ele afastou-a delicadamente de seu ombro e olhou para ela.

– Você está se sentindo bem?

Muriel balançou a cabeça. Seu rosto estava coberto de manchas vermelhas e escuras, as pálpebras estavam inchadas e infeccionadas. Ela parecia ter algum tipo de doença.

– Você se alimentou hoje?

– Não.

Stilton voltou-se para Luna e ela balançou a cabeça. "Está tudo bem." Ele olhou para o túmulo de Vera. Não havia muito para ver. Talvez uma pequena urna enterrada no chão sob a placa de metal, nada mais, com um pouco de areia em volta, e outra placa de metal a meio metro de distância. Ele se arrependeu de ter vindo.

Mas tinha encontrado Muriel.

Olivia fechou a porta da frente com um empurrão e apoiou as mãos na parede. Seu corpo inteiro arfava. Ela dera uma corrida de quase uma hora e suas roupas estavam encharcadas de suor. Fora de forma, pensou consigo mesma, enferrujada pra caralho! Ela tirou os tênis e viu que a bolha que arrumara em caminhadas no México estava doendo novamente. Merda! Durante o tempo que passara na Academia de Polícia ela se exercitava todos os dias e seu corpo estava em excelente forma quando o treinamento acabou. Depois foi para o México, onde tinha outras coisas em mente para se preocupar do que manter a forma. Quando acordou naquela manhã, sentiu-se rígida e lenta, não demorou para ir pegar seu material de corrida. Ela precisava exercitar-se de novo. Pelo menos uma hora por dia, decidira. Aquele era o primeiro dia. Ela tirou o resto da roupa e partiu para o chuveiro.

Meia hora depois, estava sentada na cozinha vestindo um roupão e com o laptop na frente. Bebia um isotônico repugnante enquanto clicava para ver notícias no site da TV sueca. Quando viu as notícias do mundo dos negócios, ela fechou a tampa da garrafa de plástico com um tapa. A primeira reportagem falava de Jean Borell. Ele estava chegando ao prédio da Albion na Skeppsbron e um jornalista em frente à entrada principal esperava arrancar um comentário sobre o novo contrato da Albion com a prefeitura de Estocolmo.

– O senhor acha que vai ser aprovado? Apesar de todas as críticas que recebeu?

– Sem comentários.

Borell desapareceu porta adentro. Olivia ficou bastante surpresa. Era essa a aparência dele agora? Após algumas extensas pesquisas que fizera na internet na noite anterior, ela finalmente conseguira encontrar uma foto dele, mas era uma foto antiga mostrando um homem jovem refinado e arrumadinho de olhos furtivos.

Este de agora era um homem muito diferente.

O farto cabelo louro-acinzentado estava comprido, o rosto, bronzeado, e o suéter parecia encobrir um corpo ainda em boa forma. Ele também tinha uma barba curta escura e bem-aparada. O que era bastante incomum. Homens em cargos de poder raramente usavam barba.

Uma boa aparência, ela pensou. Um canalha de primeira ordem, segundo Alex, mas com um visual interessante.

O que ele sabia do assassinato de Bengt Sahlmann?

Olivia pensou no assunto enquanto se vestia e secava o cabelo. Ficou se perguntando como poderia descobrir se Borell estava envolvido no crime, que era onde toda a sua teoria se apoiava. Borell havia silenciado o amigo e ex-colega de colégio que, revoltado com a morte do pai no lar de idosos, procurava vingança armando um escândalo para a empresa de Borell. Ela ficou repassando mentalmente a sua teoria. Sabia que tinha grandes falhas, mas falhas existem para ser corrigidas.

Deveria entrar em contato com ele?

Ela soltou uma gargalhada, num primeiro momento, como se fosse uma ideia extremamente bizarra. Um homem a quem a mídia vivia perseguindo em todo o mundo sem o menor sucesso. Como ela poderia ser capaz de encontrá-lo?

Mas e se encontrasse? Imagine se fosse possível, de uma forma ou de outra. O que ela faria então? O que perguntaria a ele?

— Escute essa, o seu velho amigo do colégio Bengt foi assassinado. Você tem alguma coisa a ver com isso?

Ela riu de novo, um pouco mais desanimada. O que deveria perguntar então?

Sentou-se à mesa da cozinha. Eu sou policial, pensou. Não oficialmente, mas sou. Então, como posso agir? Como Mette? Ela teria alguma coisa de onde pudesse partir?

Não muito.

Nada, Olivia.

E foi aí que em dez segundos desistiu de sua ideia, até que se lembrou de uma coisa que de fato tinha.

Sua intuição.

E havia um número considerável de pessoas altamente qualificadas que respeitavam sua intuição, inclusive Mette Olsäter. Então, por que não deveria tentar? Quantos casos de homicídio tinham sido solucionados porque um investigador ou outro, no meio de um caos de nadas, seguiu a sua intuição e de repente descobriu a verdade? Muitos.

Ela ligou para os escritórios da Albion em Estocolmo e pediu para falar com Jean Borell. A mulher que atendeu o telefone pareceu muito simpática, embora talvez tenha pensado que aquela ligação fosse um trote. Ela respondeu que Olivia devia falar com Magnus Thorhed.

— E quem é Magnus Thorhed?

— Colega de Jean Borell.

— Ele está aí?

— Não, ele está em Bukowskis. Deve estar de volta daqui a umas duas horas ou mais.

— Posso contatá-lo pelo celular?

— Não.

Nesse momento a ligação foi encerrada. Ela tentara falar com alguém inacessível que estava recebendo cobertura de outra pessoa também inacessível.

Eu vou para Bukowskis agora, pensou consigo mesma.

* * *

Olivia sabia que muitas vezes ela partia para a ação antes de ter tempo de refletir melhor. Desta vez, encontrou tempo para fazê-lo no ônibus para o Kungsträdgården, em grande parte graças a Alex e ao que ele lhe disse antes de saírem do Prinsen. Coisas sobre Jean Borell. Particulares. Que ele só tinha um olho, por exemplo. Ele havia perdido o olho direito quando criança. E tinha uma propriedade espetacular em Värmdö e um pequeno castelo em Antibes.

Também tinha uma coleção de obras de arte quase lendária.

Era um colecionador de primeira classe, com uma propensão particular para a jovem arte contemporânea sueca. De acordo com Alex, ele possuía a maior coleção particular de artistas contemporâneos suecos internacionalmente aclamados.

O que não significava muito para Olivia. Por enquanto. Ela só começaria seu curso de história da arte na primavera.

Mas aquilo já era um pontapé inicial.

Ela organizou seus pensamentos.

Era o dia da exposição final de outono da casa de leilões Bukowskis de arte sueca. O prédio na Arsenalsgatan estava transbordando de gente com as respectivas carteiras transbordando. Olivia entrou e pegou um catálogo, enquanto inspecionava as pessoas na sala. Ela havia pesquisado por Magnus Thorhed no google. Ao contrário de seu chefe, ele tinha uma forte presença no mundo virtual. Escrevera livros sobre os temas mais diversos, como análise derivativa e a Teoria das Cores de Goethe. Era membro honorário de vários clubes de cavalheiros. Por determinado tempo, administrara sua própria galeria na Nybrogatan. Olivia teve oportunidade de ver inúmeras fotos dele. Tinha 36 anos de idade e era de origem asiática.

Era adotado também?

Ela o avistou na multidão. Ele usava um terno de cor mostarda. Quando ela abriu passagem entre as pessoas, viu uma pequena trança descendo pela sua nuca e uma argolinha de ouro na orelha – um homem cuidadoso com o tipo de impressão que desejava causar. Quando estava quase atrás dele, sentiu o inconfundível cheiro de loção pós-barba emanando do corpo do homem. Um toque de noz-moscada, ela pensou. Ele era mais baixo do que ela e bastante encorpado: causava uma forte impressão.

Thorhed estava falando baixinho em seu celular enquanto examinava um quadro pendurado na parede à sua frente. Olivia olhou para a pequena placa ao lado da pintura: Karin Mamma Andersson. Número 63. Ela procurou o quadro no catálogo. O preço de reserva era de dois milhões de coroas suecas. Nunca que poderia ser pendurado na casa dela, embora o achasse um tanto... estranho? Sugestivas cores escuras em primeiro plano, pesadas camadas de ocre atrás, algumas sombras desconcertantes. Olivia fingiu examinar o quadro, enquanto apurava os ouvidos para saber o que Magnus Thorhed falava no celular.

– Até quanto podemos ir? – ele disse calmamente. – Perfeito.

Ele encerrou a ligação e ajeitou os discretos óculos redondos.

Olivia deu um passo adiante.

– Não é fantástico?!

Thorhed virou ligeiramente a cabeça e foi recebido com um sorriso delicado. Olivia apontou para a pintura na frente deles.

– Que contrastes sugestivos!

Thorhed olhou para o quadro novamente. Ele concordou com a jovem de olhos naturalmente bonitos. A pintura era fantástica.

– Sim – disse ele. – É realmente fantástico. Você pretende dar algum lance nele?

– Ah, não, de jeito nenhum, meu interesse por ele se dá em outro nível.

– Que nível?

Ela havia despertado um segundo de curiosidade em Thorhed.

– Estou estudando história da arte e não olho para as pinturas como objetos de compra. Tento situá-las em um contexto maior. Olivia Rivera.

Olivia estendeu a mão e um surpreso Thorhed apertou-a. Ele tinha um aperto de mão firme.

– Magnus Thorhed.

– Você não tem uma galeria na Nybrogatan?

– Isso foi alguns anos atrás.

– Antes de você começar a trabalhar com Jean Borell.

Thorhed encarou Olivia, que rapidamente abriu outro grande sorriso.

– Eu estava tentando falar com Jean Borell hoje e me disseram para falar com você. É por isso que estou aqui. Eu gostaria de ver o sr. Borell.

A expressão de Thorhed endureceu consideravelmente.

– Por quê?

– Estou trabalhando em uma dissertação sobre os artistas contemporâneos suecos e seu impacto no mercado internacional de arte, e andei lendo sobre a fantástica coleção de Jean Borell. Eu gostaria de fazer uma entrevista com ele sobre o assunto. Como organizou todas as obras, que critérios usou, o que ele acha de interessante nesses artistas. É para minha tese de graduação.

Thorhed ainda estava escutando, então ela continuou.

– E eu vi no noticiário esta manhã que ele estava vindo para Estocolmo hoje.

– E agora ele está a caminho de Marrakech.

– Oh, que pena. E quando ele vai voltar?

– Talvez no fim de semana.

– Você acha que ele poderia estar interessado em encontrar-se comigo, então?

– Eu duvido.

– Por quê?

– Porque sou eu o encarregado da agenda dele e sei como é. Mas eu certamente posso perguntar a ele. Qual é mesmo o seu nome?

– Olivia Rivera. Eu vou te dar o meu número.

Olivia escreveu seu número no verso do catálogo e entregou a Thorhed. Não o número do seu celular, este ela não queria participar, mas o do telefone fixo no seu apartamento da Skånegatan.

– Significaria muito para minha tese se ele estivesse disposto a falar comigo – disse ela.

Thorhed assentiu com a cabeça e puxou gentilmente sua trança.

– Quanto tempo seria necessário?

– Uma hora, talvez? A qualquer hora, em qualquer lugar. Bem, perto de Estocolmo, não em Marrakech.

Olivia deu aquele sorriso enorme novamente. Thorhed não correspondeu.

– Eu farei contato.

Ele abriu caminho até a porta e Olivia expirou, aliviada. Esperou alguns minutos e, em seguida, saiu também. Se Borell chegasse neste fim de semana e concordasse em recebê-la, ela teria então poucos dias para empanturrar-se o máximo que pudesse de arte contemporânea sueca.

Para a entrevista.

Luna observava Muriel levar a colher à boca. Ela havia preparado uma sopa de macarrão quente, supondo que o estômago de Muriel não suportaria comida mais pesada. Muriel assoprava a colher e tentava direcioná-la para a boca sem derramar. Stilton estava sentado do outro lado da sala.

– Então, você tem visto algum dos outros caras? Pärt? Benseman?

– Nós não vemos muito Benseman agora, ele entrou naquele programa habitacional "Housing First" e arrumou um apartamento perto de Skanstull, então ele passa a maior parte do tempo na livraria do Ronny Bebum. Eu acho que ele trabalha lá às vezes.

– E Pärt?

– Ele está acabado.

Como você, pensou Stilton e depois virou-se para Luna.

– Foi Pärt que encontrou Vera Zarolha no trailer, quase morta. Ele é um cara legal. Ele ainda vende revistas? – perguntou a Muriel.

– Não. Ele teve de parar de vender, deu uma merda qualquer por causa de dinheiro. A última vez que o vi ele estava deitado debaixo da ponte de Traneberg vomitando.

Stilton olhou para Luna. Ainda bem que ela estava tendo um breve recorte do seu passado, assim ele não precisaria falar de si mesmo.

Muriel terminou sua sopa.

– Quer mais um pouco?

– Ah, não, obrigada.

Os braços de Muriel começaram a tremer novamente. Luna sentou-se ao lado dela e colocou o braço em volta do seu ombro.

– Você é bem-vinda para dormir aqui, se quiser.

– Você é um amor.

Muriel puxou o saco plástico em sua direção, pelo lado errado, e parte do conteúdo caiu no chão. Stilton se abaixou para pegar. Uma escova de cabelo, um bichinho de pelúcia, um pacote de preservativos e alguns saquinhos plásticos quadrados cheios de comprimidos. Stilton pegou um dos saquinhos e ergueu.

– O que você está tomando?

– É 5-IT. Bom pra caralho. Muito mais barato do que heroína e é mais seguro também.

– Você acha?

– Pode me devolver?

Stilton passou o saquinho de comprimidos de volta a Muriel. Luna olhou para ele. Ela teria se livrado dos comprimidos todos, se coubesse a ela decidir.

– Onde você conseguiu isso? – ele disse.

– Com um cara, Classe Hall. Ele é um cara maneiro, às vezes eu nem preciso pagar. Ele me dá cinco saquinhos por uma trepada.

Stilton olhou para Muriel e ela desviou o olhar. Ela sabia que Stilton dera a volta por cima. Sabia que ele tinha se vingado das pessoas que mataram Vera. Sabia que ele tinha deixado a cidade. Agora estava de volta e olhando para ela com aquela cara que Vera às vezes fazia.

– O que é que eu posso fazer, porra? – ela disse de forma quase inaudível, tentando controlar o tremor das mãos.

E então começou a chorar.

Stilton e Luna deixaram que chorasse, aquilo iria cansá-la, e, quando suas lágrimas finalmente secaram, Luna ajudou-a a levantar-se do banco de madeira e levou-a na direção da proa do barco. Stilton ficou observando. Era um contraste muito acentuado ver a Muriel esquelética ao lado de uma Luna alta e musculosa.

– Você é um amor, sabia? – disse Muriel para Luna.

– Obrigada.

Stilton viu-as desaparecer pelo corredor estreito. Presumiu que houvesse alguma outra área de dormir lá na frente, onde Muriel pudesse descansar algumas horas. Depois ela desapareceria novamente, ele sabia, voltaria para um mundo sobre o qual ele não tinha mais o menor controle.

Abbas tinha andado por quase metade de Marselha, alerta e focado. Vasculhara todas as lojas pornô por onde passou. Conversara com prostitutas em todos os lugares que conhecia, com as garotas do Leste Europeu perto da estação central, com os travestis no lado oeste da cidade, com todo o tipo de gente. Circulara por bares, antros de jogatina e pontos de drogas.

E fizera a mesma pergunta a todos: Le Taureau?

Ninguém sabia quem era, ou se atreveu a dizer a ele. Alguns reagiram de uma forma que sugeria que pudessem saber, mas não disseram uma palavra e Abbas não quis ficar exibindo suas facas mais uma vez.

Agora ele estava a caminho do seu hotel. A escuridão caíra no Mediterrâneo e se refletia em seus pensamentos. Será que estava errado? Martin teria mentido para ele afinal de contas? Deveria procurá-lo novamente? Não fazia sentido. Ele não arrancaria mais nada de Martin do que já conseguira arrancar. Ele não iria conseguir mais nada naquela maldita cidade e ponto final.

Que fracasso.

Então, Marie telefonou.

– Acabei de me lembrar de uma coisa, você falou com a irmã de Samira? – ela disse.

– Ela tem uma irmã?

– Você não sabia?

– Não. Onde ela mora?

Já era tarde quando Abbas entrou na estreita rue Sainte. A porta que tentava encontrar ficava entre uma padaria e um pequeno restaurante. A irmã de Samira trabalhava no restaurante, La Poule Noire, "A Galinha Preta". Ela devia largar o serviço às onze. Abbas estava esperando do outro lado da rua. Ele não tinha ideia de que Samira tivesse uma irmã. Samira nunca mencionara o fato. E também não haveria nenhum motivo para tal. Então ele viu uma mulher baixinha de meia-idade sair do restaurante. Usava um suéter cinza e calça escura. Ela parou e olhou para ele.

– Abbas?

Abbas atravessou a rua e estendeu a mão. Eles se cumprimentaram. O nome da irmã era Nidal.

– Vamos subir?

Eles passaram pela porta e subiram dois lances de escada. Nidal morava sozinha. Seu apartamento era pequeno, e Abbas teve de se encolher para passar entre os móveis da minúscula sala de estar. Quando Nidal acendeu uma das luminárias, ele pôde ver como ela era pobre. A mobília era gasta, havia buracos no tapete, o papel de parede se soltara do teto e ficara pendurado. A única coisa que se destacava na sala era um grande espelho com uma moldura dourada reluzente. Ele ficava pendurado acima de um pequeno gabinete onde repousava uma estatueta de Cristo. Nidal acendeu o incenso ao lado da imagem.

Abbas se sentou em uma cadeira.

– Eu vou voltar para a Suécia amanhã – disse ele.

Nidal assentiu e colocou uma garrafa de água na mesa em frente a ele. Abbas colocou um pouco de água no copo antigo enquanto Nidal tirava uma caixa do gabinete sob o espelho. Quando se virou, estava segurando uma corrente de ouro na mão. Abbas reconheceu-a imediatamente.

– A polícia me deu isso – disse Nidal. – Samira me disse uma vez que ganhara de você.

– Sim.

– Ela sempre usava. Eu quero que você fique com ela.

Abbas pegou a joia. Ele não sabia o que dizer. Nidal estava de pé na frente dele, quase completamente estática. Seu rosto fino e enrugado estava quase paralisado, como se houvesse algo que não ousava, ou não queria, revelar. Abbas se perguntou o quanto ela sabia. Sobre Samira. Sobre o que a irmã andava fazendo. Ele olhou para a fina corrente em sua mão. Havia tanta coisa que ele queria saber, sobre todo aquele tempo que ficou sem saber nada, mas sentiu que não era o momento certo para perguntar. Ele levantou a cabeça, o incenso invadia o seu nariz.

— Samira tinha 16 anos quando fugiu do orfanato.

Nidal falou sem olhar para Abbas, seu olhar vidrado na parede atrás dele. Ele se virou e viu uma pequena fotografia, uma imagem em preto e branco de duas meninas de mãos dadas, uma muito mais velha do que a outra.

— Você e Samira?

— Sim. Samira tinha três anos e eu tinha 13 quando fomos para o orfanato.

— Por que foram parar lá?

— Nossos pais morreram em um incêndio. Fui expulsa do orfanato quando eu tinha 18 anos, e Samira ficou. Ela era cega e eles achavam que eu não poderia tomar conta dela. Toda vez que eu ia vê-la, ela chorava e me pedia para levá-la comigo.

Nidal ainda estava de pé, olhando para a fotografia. Mergulhada profundamente no passado.

— Então, um dia ela fugiu. Eu ainda não entendo como. Talvez com a ajuda de alguém. Ela era tão linda, os garotos não lhe davam sossego. Depois de um tempo, ela entrou em contato. Havia conhecido um homem mais velho que trabalhava em um circo e estava vivendo com ele.

— Jean Villon.

— Ele era um atirador de facas e ela era o seu alvo.

— Foi onde nos conhecemos.

— Eu sei, ela me contou sobre você.

Nidal falou, ainda sem olhar para Abbas. Depois virou-se e foi até a imagem do Cristo e acendeu mais um incenso. Abbas entendeu que ela não iria dizer-lhe mais nada.

— Obrigado pela corrente — ele disse, se levantando para ir embora.

Nidal havia se sentado e assim ficou. Abbas deu alguns passos em direção à porta.

— Ela amava você.

A voz veio de trás. Baixa. Imodulada.

Abbas não se virou.

* * *

No caminho para o hotel, ele passou por um restaurante à beira-mar, um lugar muito mais bonito do que o Eden Roc, com carros de luxo estacionados do lado de fora. Viu pessoas bem-vestidas conversando no jardim interno da varanda de pedra. Todas tinham um copo alto nas mãos e o zum-zum de gente podia ser ouvido até na rua. Ele passou pelo grande prédio e seguiu andando ao longo da mureta do quebra-mar. Pedras escuras eram arrastadas pela água mais abaixo. Um pescador solitário estava sentado em uma delas. Segurava uma comprida vara de pescar na mão, uma boia vermelha brilhante flutuava a distância na água. Abbas ficou olhando para o homem por um tempo. Ele está tentando arrumar o que comer, Abbas pensou consigo mesmo e voltou a andar.

Ele não olhou para trás.

Se tivesse olhado, teria visto o pescador solitário pegando um celular e levando-o até a boca.

Abbas continuou caminhando pela orla, desviando-se de um bêbado sentado e encostado na mureta de pedra com um cone de trânsito vermelho e branco enfiado na cabeça. Seu hotel ainda ficava um pouco mais à frente. Ele passou por um abrigo de ponto de ônibus. Estava escuro e havia algumas pessoas de pé esperando por um ônibus noturno. Então, subitamente ele parou, algo o estava incomodando, algo que ele tinha visto.

O que foi?

De repente, lembrou-se.

Ele tinha visto a boia do pescador solitário desaparecer sob a superfície, mas o homem não esboçara reação. Não a puxara de volta.

Por quê?

Abbas virou-se e foi atingido bem na cara.

Talvez por uma barra de ferro, empunhada por alguém que estava no ponto de ônibus. Abbas não teve chance de ver. Ele caiu estatelado no chão do cais. Quando tentou pegar uma de suas facas, foi atingido na cabeça novamente. O sangue começou a jorrar. Ele se contorceu na calçada. Por trás do sangue que escorria, viu um homem grande de mãos grossas e rudes inclinando-se sobre ele. Dois outros homens estavam de pé ao lado dele. Abbas tentou se virar e colocar a mão sobre a mureta para se erguer. Então alguém desferiu-lhe um chute certeiro no diafragma e ele desabou.

Planejavam espancá-lo até a morte, ali mesmo.

Ele estava totalmente indefeso.

Não seriam necessários muitos outros golpes com aquela barra de ferro para fazer com que Abbas el Fassi nunca mais se movimentasse. Foi uma grande viatura da polícia com luzes acesas que interrompeu o ataque, vindo da direção do restaurante chique com a sirene ligada. Os homens viram. Dois deles agarraram Abbas rapidamente e o arremessaram por sobre a mureta do quebra-mar. Segundos antes de cair nas pedras, ele viu o homem de mãos grossas. Sua tatuagem. No pescoço, logo abaixo da orelha.

Um touro preto.

Seu corpo ricocheteou nas pedras e caiu na beira d'água. Os homens na calçada viram o carro da polícia passar e não parar. Quando se afastou, eles olharam para baixo, para as pedras. Depois foram embora.

Abbas ainda estava consciente quando caiu na água.

Por alguns segundos.

Um segundo antes de tudo escurecer, um nome se acendeu na sua cabeça.

Stilton estava sentado no seu beliche, atormentado. Ele tentara ligar para Abbas mais uma vez. Telefonara e mandara mensagens de texto várias vezes nas últimas horas e não conseguia entender por que não houve resposta. Toda vez que verificava sua caixa postal sentia aquele nó na garganta, aliado aos pensamentos mais sombrios. Onde ele está? Será que aconteceu alguma coisa? Aqueles malditos assassinos de aluguel conseguiram pegá-lo? Ele telefonou para Jean-Baptiste, embora já passasse da meia-noite.

– Não, eu não soube nada dele. Pensei que tivesse ido embora com você.

– Ele ficou.

– Oh, merda, isso é má notícia.

– Também acho. Vou ligar para o hotel dele. Obrigado. Tchau.

Stilton ligou para o hotel. O porteiro dorminhoco conseguiu informá-lo que Abbas el Fassi não se encontrava em seu quarto. Mas onde estava, ele não saberia dizer. Stilton concluiu a chamada, levantou e sentou novamente no beliche, não havia muito espaço para circular ali. Ele sentiu as dúvidas o invadirem novamente, as mesmas dúvidas que o assaltaram já no avião de volta para Estocolmo. Foi uma falha dele ter deixado Abbas para trás? Eu abandonei o barco cedo demais? Mas foi o próprio Abbas que comprou a passagem. Ele não queria que eu ficasse em Marselha. Eu deveria tê-lo ignorado e ficado mesmo assim? Mas ele deve ser capaz de cuidar de si mesmo. Afinal, ele tem as suas facas.

E assim ele superou sua crise de consciência e apagou a luz. Estava prestes a afundar na grande escuridão quando ouviu uma batida suave na porta. Muriel? Não é provável. Ele acendeu a luz.

– Sim?

A porta se abriu um pouco, ele havia esquecido de trancá-la.

– Estou te incomodando?

O rosto de Luna estava parcialmente na sombra da porta.

– Estou tentando dormir – disse Stilton.

– Eu também.

– Aí de pé?

Luna sorriu e abriu mais um pouco a porta. Ela vestia uma camiseta verde-clara e uma calça de moletom cinza. Segurava um pássaro empalhado na mão.

– Você sabe o que é isso?

– Um pássaro morto.

– Um gavião. A menor ave de rapina da Suécia. Alimenta-se de pequenos pássaros e pombos.

Stilton assentiu. Ele não tinha grandes conhecimentos em ornitologia.

– Está tudo muito vazio aqui – disse Luna. – Pensei que você pudesse gostar de uma companhia.

– A companhia de um pássaro morto?

Luna avançou um passo e colocou a ave em cima da mesa sob a escotilha.

– Às vezes ele pisca – disse ela, de costas para Stilton. Ele afundou na cama de novo.

– Obrigado por cuidar de Muriel – disse ele.

– Eu senti pena dela. Ela parece ser uma boa menina.

– Sim. Ela está dormindo?

– Sim. Foi ela que me fez pensar nisso. Parecia um passarinho quando eu a coloquei na cama, apenas um saco de ossos.

– Ela está se destruindo.

– Por que você não tirou os comprimidos dela?

– Porque ela só iria fazer mais merda amanhã para arrumar outros. De qualquer forma, ela vai correr em outra direção na próxima vez em que me vir. Eu não posso arrancá-la dessa merda, ela sabe disso e eu também.

Luna olhou para Stilton. Ela voltou para a porta.

– Durma bem – disse ela depois de um tempo. – Espero que não tenha pesadelos.

– Você também.

Luna saiu e fechou a porta.

14

Eram quase 9h30 e Stilton teria de encontrar-se com Mette às dez. Ele tinha acabado de tentar falar com Abbas novamente, sem sucesso. Estava agora em pé no convés e olhava para os véus de luz da névoa sobre a água: o ar frio provocara bastante evaporação. Um grande guindaste sobre uma barcaça flutuava a distância na água. Havia muitas obras com guindaste acontecendo deste lado de Slussen. Talvez ficassem bonitas depois de prontas, pensou. As coisas têm que seguir em frente, afinal de contas. Até mesmo as cidades. Ele virou-se e viu Luna subindo para o convés.

– Muriel está lá embaixo? – perguntou.

– Não, ela já tinha ido embora quando eu acordei.

– Ok.

– E também passou a mão em quinhentas coroas da minha carteira.

Eles olharam um para o outro por alguns segundos. Luna deu de ombros.

– Eu vou reeembolsar você – disse Stilton.

– Por quê?

– Fui eu que a trouxe para cá.

– Está tudo bem. Talvez ela não precise vender seu corpo hoje. Você vai a algum lugar?

– Sim.

Finalmente.

Foi isso o que sentiu quando entrou nos escritórios da divisão de homicídios. Finalmente iria começar. Finalmente teria a chance de apagar o que estava queimando dentro dele.

A última vez que estivera naquele edifício entrara arrastado pelos fundos e levado a uma sala de interrogatório. Ele ainda era um sem-teto na época. Agora marchava com passos decididos e confiantes, totalmente indiferente ao que julgassem de sua aparência.

Já superara isso.

– Venha comigo. Mette não está na sala dela.

Stilton seguiu uma assistente da chefe por inúmeros corredores, a maioria dos quais conhecia muito bem, e por fim chegaram a uma área recém-reformada onde nunca estivera antes, apesar de ter passado mais de vinte anos de sua vida trabalhando naquele prédio.

– Ela está lá.

A mulher apontou para uma porta e Stilton aproximou-se e abriu-a. Havia apenas uma coisa dentro da sala, uma mesa de pingue-pongue. Mette Olsäter estava de pé de um lado da mesa, Lisa Hedqvist, do outro.

– Oi, Tom! Estamos quase terminando! Feche a porta!

Stilton fechou a porta e passou cerca de dez minutos vendo Mette tentar jogar tênis de mesa com movimentos mínimos. Quando a bola escorregou da mesa e Lisa não pôde alcançá-la para rebater, Mette colocou a raquete na mesa e agarrou a toalha, visivelmente satisfeita. Ela suava copiosamente. Será que vai tomar uma chuveirada agora também?, Stilton se perguntou.

– Vou pro chuveiro mais tarde – disse Mette a Lisa e caminhou em direção a Stilton. – Olá! Você parece a todo vapor! Andou comendo muita ostra em Marselha?!

Eles foram para a sala de Mette. No caminho até lá, Mette perguntou sobre Marselha e deu uma bronca em Stilton por ter voltado sem Abbas.

– Está tudo bem, ele pode cuidar de si mesmo – disse ele.

– Nenhum de vocês dois pode.

Às vezes, ele tinha a sensação de que Mette se comportava como alguma espécie de über mãe. Ela devia era cuidar de si mesma em vez disso, ele pensou, mas não disse. Mette pegou uma garrafa grande de água e bebeu a metade.

– Então, você está morando num barco?

– Temporariamente.

— Tudo é temporário com você hoje em dia. Está pensando em voltar para a polícia?

— Não.

— Então você pode juntar forças com Olivia e abrir uma agência de detetives. Dois cérebros ajudando a resgatar gatos presos em árvores.

Stilton esperou que ela terminasse. Fazia um ano que Mette vinha enchendo o saco dele com esse assunto de voltar para a polícia. Toda vez ele explicava que jamais poderia voltar e toda vez a coisa terminava com Mårten tendo de intervir para mudar de assunto. Mårten não estava ali agora, então Stilton tinha de desviar o rumo da conversa sozinho.

— O que é isso?

Ele apontou para uns saquinhos de plástico quadrados presos em um quadro de avisos atrás da mesa de Mette. Já tinha visto aquilo, pensou.

— Droga sintética, 5-IT. No momento, estamos no meio de uma grande operação contra a venda de drogas pela internet.

— Muriel está usando isso.

— E quem é Muriel?

— Uma drogada sem-teto, eu a conheço do tempo em que passei nas ruas. Nós nos encontramos por acaso ontem e ela estava com alguns desses.

— Você sabe onde ela os conseguiu?

O tom de voz de Mette tinha mudado consideravelmente.

— Com um traficante, Classe Hall ou algo parecido. Por quê?

— Um grande carregamento dessas drogas foi roubado da Alfândega. Elas foram apreendidas durante uma operação, e estamos tentando descobrir onde estão. Classe Hall?

— Sim.

Mette pegou seu telefone celular e digitou um número.

— Oi, é Mette! Você pode pesquisar por Classe Hall? Ou Clas. E pergunte ao pessoal das drogas se eles conhecem alguém com esse nome. Obrigada.

Mette encerrou a ligação.

— Onde está essa Muriel? — perguntou ela.

— Não faço ideia, pela cidade.

Mette balançou a cabeça e sentiu que estava na hora.

— Rune Forss — disse ela.

— Sim.

Mette sentou-se atrás de sua mesa e pegou uma fina pasta de plástico com alguns pedaços de papel branco no interior.

— Esta é a lista que apreendemos com Jackie Berglund no ano passado. Sem que ela soubesse. Sua lista de clientes. Tem registros desde o início de sua agência de acompanhantes de luxo, a Red Velvet, em 1999.

— E o nome de Rune Forss está nessa lista.

— Sim, está.

— O que você não me disse da última vez que perguntei.

— Também não neguei.

— Existe alguma informação sobre quantas vezes ele usou os serviços da agência?

— Não — disse Mette. — Mas o nome dele aparece logo no início, por isso deve ter começado por volta do ano 2000.

— Você acha que ele ainda está fazendo isso?

— Não. E, além disso, achamos que ela deu um tempo nos negócios. Ela ficou bastante abalada depois que chegamos um pouco perto demais no ano passado.

Stilton se levantou. Ele tinha ouvido o que precisava ouvir. Forss era um dos clientes da lista. Agora estava na hora do próximo passo.

— O que você está planejando fazer agora? — perguntou Mette.

— O que eu deveria ter feito há seis anos.

— Vingar-se?

— Sim.

— E isso é inteligente?

— É necessário.

Ele disse isso sem acrescentar qualquer floreio, e Mette entendeu que ele estava falando sério. Ela balançou a cabeça um pouco.

— Pode não ser tão fácil — disse ela.

— Por quê?

— Primeiro de tudo, porque os primeiros contatos sexuais dele estão fora do estatuto de limitações. E em segundo lugar, só temos esta lista, que na verdade não prova nada, substancialmente. Além disso, nos apropriamos da lista de forma inadequada segundo os termos da justiça, você sabe disso.

Stilton sabia que Mette estava certa. Formalmente não havia nada de concreto para pegar Forss. Hoje. Mas informalmente seria impossível que ele permanecesse em seu cargo na polícia de Estocolmo se a informação vazasse para a mídia, principalmente depois dos escândalos sexuais de Göran Lindberg, chefe de polícia de Uppsala. As proezas sexuais privadas de um investigador de alto escalão com uma prostituta certamente acabariam espalhadas nos tabloides.

Mas para isso ele precisava de provas.

Provas que não tinha.

Ele precisava encontrar uma testemunha, alguém que estivesse disposto a se apresentar e confirmar que Rune Forss tinha comprado sexo por intermédio de Jackie Berglund.

— Eu estarei em contato — disse Stilton.

Então, ele foi embora. Mette pegou a garrafa de água novamente. Abbas à deriva em Marselha e Stilton perseguindo um investigador-chefe de Estocolmo.

Nada bom para o seu coração.

Ela estava prestes a beber o resto da água quando Lisa Hedqvist ligou.

— Clas Hall está nos nossos registros de drogas, e temos muita coisa sobre ele.

— Comecem a vigiá-lo.

Stilton deixou o prédio e cruzou o parque Kronoberg vazio. O vento gelado havia limpado um pouco os bancos frios e as áreas gramadas semicongeladas: nem mesmo os sem-teto poderiam suportar ficar ali. Stilton sabia que o local era um ponto de encontro típico para alguns deles, embora não para ele, ficava um pouco perto demais do prédio de que acabara de sair. Enquanto atravessava o parque, passou por um homem que levava um cachorro grande vestido com um agasalho de lã preta. O cão parecia animado, enquanto o homem tremia por baixo de um casaco leve.

"Vingar-se?"

Stilton pensava na pergunta de Mette enquanto caminhava na direção de Fridhelmsplan. Ele sabia que estava certo. Tanto ele como Abbas buscavam vingança. Por razões fundamentalmente diferentes, mas mesmo assim. Bom, e daí? Ele não gostou da sugestão no tom de Mette, ou do que a pergunta insinuava. Que era primitivo vingar-se. Ou "retaliar uma injustiça", como dizem nos tribunais. O que havia de errado com ele? O que ela queria que ele fizesse? Oferecesse a outra face? Ele nunca ofereceu a outra face, não saberia fazer isso agora.

E aí?

Ele entrou na Hantverkargatan e seguiu para o Linas Bar.

O ponto de encontro preferido de Minken.

Minken, nome de batismo Leif Minkvist, estava sentado no pequeno balcão com uma cerveja bebida pela metade na sua frente. Ele era baixinho, calvo, e durante seus quarenta anos de vida havia tentado a maioria das coisas que se pode tentar e muito mais. Hoje em dia ele pegava leve. A palidez de sua pele revelava um pouco dos seus hábitos – era um homem que vivia no lado sombrio da vida.

– Olá.

Minken localizou Stilton pelo espelho na frente do balcão. Ele não se virou. Stilton sentou ao seu lado. Minken tinha sido um de seus melhores informantes durante seus anos na polícia. Um sujeito esquisitão, mas uma fonte inestimável de informações em algumas áreas.

Como esta.

– Como estão as coisas? – perguntou Minken.

– Tudo indo. E você?

– Estressado demais.

– Por quê?

– Você não está sabendo? O mundo vai acabar em 21 de dezembro, de acordo com a porra de um calendário maia. Claro que eu estou estressado pra caralho! Você não está?

– Não. Eu penso o seguinte: ainda falta um bom tempo até isso acontecer, então talvez o melhor seja fazer algo que valha a pena se tudo isso for pelos ares.

— Muito inteligente.

Minken deu um gole na cerveja. Que precisava descer. Stilton esperou Minken beber e, em seguida, inclinou-se um pouco mais perto dele.

— Eu preciso entrar em contato com uma prostituta que trabalhava para Jackie Berglund cerca de dez ou doze anos atrás.

— Tudo bem.

— Você é a primeira pessoa que procuro.

— Homem sábio.

Stilton sabia que Minken valorizava o respeito. Ele gostava de se ver como um profissional, igual a Stilton, como um homem que podia cumprir uma missão. Minken desceu da banqueta.

— Eu entro em contato.

A princípio, ela mal pôde acreditar. Largou o receptor do telefone sem fio na mesa e ficou sentada completamente imóvel na cozinha por vários minutos.

Magnus Thorhed havia ligado.

Jean Borell estava disposto a encontrar-se com ela para uma pequena entrevista sobre sua coleção de obras de arte, em sua casa em Värmdö, onde ficava grande parte da coleção de artistas suecos. Depois de amanhã, às seis horas.

Ela pulou da mesa da cozinha.

Uma boa bajulada sempre funciona!

Intuitivamente, sabia que a única maneira de abrir caminho para um megamagnata como Jean Borell era encontrar o seu ponto fraco. Seu ego. Sua paixão pela arte, aquilo que o tornava mais do que apenas um tubarão, um Gordon Gekko frio e calculista, o que fazia dele um homem com emoções e sentimentos profundos.

E então ela sentou-se novamente.

O que vou descobrir lá, com ele? Eu sei o que quero descobrir, eu quero saber se ele assassinou Bengt Sahlmann. Ou se tem alguma relação com o crime.

Mas como?

Intuição, Olivia.

Precisava continuar reafirmando a mesma coisa para si mesma, sempre e mais uma vez. Para fortalecer sua confiança. Você tem antenas, Olivia, você é capaz de persuadir para conseguir informações, você sabe interpretar semitons e sobretons. Ele não tem a menor ideia de por que você realmente o procurou. Você está no controle. Você sabe o que está acontecendo no Silvergården. Sabe como a Albion está fragilizada. Sabe que o motivo existe. Só precisa obter a confirmação. Intuitivamente.

Lá, em Värmdö.

Ela esperava que estivessem sozinhos na casa, e que aquele baixinho cheirando a noz-moscada não desse as caras por lá, tentando meter o bedelho. Isso causaria interferência em suas antenas.

Então, seu celular tocou.

– Oi, é Sandra. Você está em casa?

– Sim.

– Eu estou na frente do seu prédio, posso subir?

– Claro que sim!

Olivia dirigiu-se para a antessala do apartamento. Teve tempo para algumas considerações rápidas. Sandra, aqui? Que horas são? Quase nove. Por que estaria vindo para cá? Quando abriu a porta, ela entendeu por quê. De pé na sua frente, viu uma adolescente de olhos turvos, pálpebras inchadas e expressão nervosa, vestindo um casaco verde aberto. Olivia deu-lhe um abraço apertado.

– Entre. Quer um pouco de chá?

Sandra deu de ombros. Olivia seguiu na frente para a cozinha e colocou água para ferver. Quando se virou, Sandra não estava mais ali. Ela foi para a sala e viu a garota em pé na porta do seu quarto.

– Você não tem nenhuma foto.

Olivia aproximou-se de Sandra e acompanhou seu olhar. Ela não tinha nenhuma fotografia ali no quarto, nem na sala de estar. Na verdade, tinha várias, fotos suas e de Maria e Arne em diferentes lugares e ocasiões. Mas um ano atrás, havia removido todas e guardado. Pensando bem agora, fora muito infantil da sua parte.

— Eu tenho uma — ela disse, indo até a mesa de cabeceira do outro lado da cama. — Esta.

— Um gato.

— Elvis.

— Onde ele está?

— Ele se perdeu.

— Como assim?

Olivia não estava com vontade de contar toda a história novamente. Então disse algo sobre a água que estava fervendo, colocou o braço em volta de Sandra e foram para a cozinha. Sandra sentou-se na cadeira sem tirar o casaco. Olivia viu-a abaixar os olhos e ficar olhando para a mesa. Ela está péssima, pensou, e pegou duas xícaras.

— Como estão as coisas?

Sandra não respondeu. Olivia preparou a infusão do chá e acendeu duas velas na mesa.

— Você não soube mais nada do computador? — Sandra quase sussurrava.

— Não, lamento.

— Imagine se eu nunca mais encontrar.

— Bem, então eu tenho certeza de que poderíamos comprar um novo para você.

— Mas o que vai ser das fotos?

— Você tinha fotos no computador?

— Sim, muitas. Imagine se eu não puder recuperá-las!

Olivia viu que a ideia de perder as fotografias estava torturando Sandra. Ela podia entender. Talvez as fotografias fossem a única coisa que lhe restava do que chegou a ter um dia. Percebeu como era importante recuperar aquele computador. Por vários motivos. Ela serviu o chá. Sandra não tocou na sua xícara, sentava-se largada na cadeira. Elas ficaram em silêncio por um tempo. Olivia estava com dificuldade para encontrar uma forma de se comunicar com aquela menina tão fechada. Ela mal a conhecia, afinal. Não sabia o que dizer.

— Posso falar da minha mãe?

Sandra disse sem tirar os olhos da mesa, quase sem fôlego.

— Se você quiser.

Talvez seja por isso que ela veio aqui, Olivia pensou consigo mesma. Talvez esteja precisando falar sobre isso, sobre sua mãe, como eu falei sobre a minha.

— Nós estávamos indo cavalgar em elefantes, meu pai tinha reservado o hotel e eu estava realmente louca pra fazer isso, mas mamãe não estava a fim. Ela preferia fazer uma longa caminhada pela praia em vez disso, então ela me abraçou e nós fomos embora. Aí aconteceu o tsunami, enquanto estávamos fora. Papai soube do tsunami quando estávamos voltando com os elefantes e íamos para o hotel, mas não conseguimos chegar lá. Havia gente por todos os lados correndo e gritando. Não se podia chegar lá de carro e papai ficou maluco e fomos direto para o hotel, mas não havia mais hotel, tudo estava destruído, em todos os lugares. Eu estava atrás do carro vendo sem entender nada, só que foi terrível. Foi tudo tão terrível, todo mundo estava gritando e chorando e eu só queria que minha mãe aparecesse...

Sandra parou de falar e pegou sua xícara. Ela a segurou por um tempo e depois colocou-a novamente na mesa. Olivia pôs o braço em volta de Sandra.

— Mas ela não apareceu.

— Não.

Olivia viu a menina de oito anos na frente dela, em meio ao tenebroso caos, sem qualquer chance de entendimento do que estava acontecendo, só que era terrível e que sua mãe não aparecia.

— Sua mãe foi encontrada?

— Não. Ela está no mar.

Sandra raspou uma pequena mancha inexistente na mesa e respirou fundo.

— E agora com o meu pai lá no céu, a única que sobrou sou eu, e eu não sei como vou conseguir viver sem eles.

— É assim que você se sente? Que você não vai conseguir?

— Sim.

Os olhos de Sandra ficaram vazios e uma lágrima caiu na sua xícara. Ela enxugou o rosto com a manga do casaco e olhou para Olivia. As lágrimas haviam desmanchado seu rímel e ela parecia pequena e indefesa. Olivia sentia tanto por ela que seu estômago chegava a doer. Mas como consolar alguém que está inconsolável? Será que ela deveria dizer o que se costumava dizer, que ela ainda tinha a vida inteira pela frente e que não seria tão doloroso um dia?

— E todo mundo fica me dizendo que eu tenho a minha vida inteira pela frente – disse Sandra. – Que eu vou acabar superando, mas isso não me ajuda agora, não é?

— Não, acho que não.

— Acho que você é realmente a única pessoa que entende como eu me sinto.

Sandra apoiou a cabeça no ombro de Olivia. Olivia colocou o braço em volta dela e agradeceu a suas estrelas da sorte por não ter falado antes de pensar. A melhor coisa que podia fazer era ouvir, não vomitar um monte de clichês.

— Às vezes eu acho que se eu tivesse enchido o tanque da scooter, eu não teria ficado sem gasolina, teria chegado em casa mais cedo, interromperia o assassino e o meu pai ainda estaria vivo. Mas eu não me preocupei em fazer isso, perdi a chance e cheguei em casa quando era tarde demais.

Olivia reagiu na mesma hora. Ela retirou o braço e virou-se completamente na direção de Sandra para acrescentar força a suas palavras.

— Isso não é verdade, Sandra. Mesmo que você tivesse colocado gasolina na scooter, você nunca teria sido capaz de impedir que seu pai fosse assassinado. A morte dele não tem nada a ver com o fato de você se preocupar ou não em fazer alguma coisa. Você entendeu?

Olivia viu Sandra hesitar.

— Desculpe – disse ela, e colocou a mão sobre a de Sandra. – Não foi minha intenção parecer ríspida. Mas você não deve se sentir culpada por isso. Você já tem o bastante para enfrentar.

— Eu sei, mas esses pensamentos passam pela minha cabeça e eu não sei o que fazer com eles.

— Mas você vai ver alguém, não é?

— Não, eu não quis. Eu já falei um pouco com Tomas, um padre que conhecemos, e isso foi bom, acho eu.

— E você tem Charlotte também.

— Sim, claro, mas eu não posso falar com ela como falo com você. Ela está sempre tentando encontrar coisas divertidas para fazer para me animar, mas eu não quero que me animem.

Olivia reconhecia aquele sentimento muito bem. Tanta gente em torno dela tentara animá-la quando as coisas estavam mais sombrias. Ela odiava. Mårten foi o único que compreendeu, que manteve a distância certa, perto o suficiente para estar lá quando ela precisava dele. Sem tentar animá-la.

Talvez Sandra devesse ver Mårten?

E ele é um ex-psicólogo infantil.

Sandra levantou um pouco a cabeça e olhou nos olhos de Olivia.

— Parece que você é tudo o que eu tenho.

Sua cabeça afundou no ombro de Olivia, que sentiu seu estômago apertar. Tudo o que ela tem sou eu? O que ela quis dizer com isso? O que está projetando em mim? Olivia sabia que tinha sido muito pessoal durante a conversa na casa de Maria, que ela disse coisas a Sandra que não tinha contado a ninguém, coisas íntimas, em uma tentativa de confortá-la e inspirar confiança. Sandra teve outra leitura disso?

— Posso dormir aqui?

Sandra perguntou com a cabeça ainda descansando no ombro de Olivia, e Olivia não teve a chance de tentar pensar em uma boa razão para dizer não.

— Mas nós vamos ter que pedir a Charlotte primeiro – disse ela.

Sandra ligou para Charlotte e Charlotte quis falar com Olivia. Perguntou se estaria tudo bem se Sandra passasse a noite ali.

— Claro que sim.

— Não causa nenhum problema para você?

— De modo algum.

Então, elas beberam chá e, em seguida, Sandra disse que queria ir para a cama. Olivia levantou as cobertas da grande cama de casal e colocou Sandra para dormir. Olivia deitou-se ao lado totalmente vestida.

— Você quer que eu deixe a luz acesa? – perguntou ela.

— Não, a menos que você queira.

Olivia desligou a luz de cabeceira. Deitada no seu lado da cama, a voz de Sandra soou na escuridão.

– O que aconteceu com o gato? Você não falou.

– Eu te conto amanhã.

Sandra virou para o outro lado. Olivia continuou deitada na cama, iria esperar que Sandra adormecesse. Depois iria sentar na cozinha e tentar determinar o que iria fazer com Sandra.

Apurou os ouvidos para tentar saber se a garota já tinha adormecido. Quando sua respiração ficou mais profunda e regular, ela sentou-se na beira da cama.

– Eu estou assustada.

A voz de Sandra estava direcionada para a parede, mas bateu nas costas de Olivia. Ela virou-se e acariciou Sandra por sobre as cobertas.

– Não há nada que temer, Sandra. Eu prometo. Vá dormir agora – disse ela, como se Sandra fosse uma criança.

Eram quase 11h30 da noite. Bosse e Lisa estavam em um carro preto da polícia não muito longe do restaurante Riche. Haviam passado umas duas horas vigiando Clas Hall. Tinham encontrado o seu nome, endereço e muitas informações úteis nos registros da polícia referentes a drogas, como seu local de trabalho, por exemplo. Ele trabalhava como garçom em um grande restaurante em Stureplan. Um bom ambiente para ele passar suas drogas – talvez a 5-IT. Mas não foi lá que o encontraram. Eles estacionaram perto do endereço de sua casa na Roslagsgatan e mal tiveram tempo para desligar o motor quando ele saiu pela porta da frente.

Então ficaram na cola dele. Em uma loja de roupas, na 7-Eleven, e depois em uma livraria. Ele passou um bom tempo dentro da livraria. Os dois detetives chegaram a achar que o homem os tinha visto, saído por outra porta e largado o carro para trás. Mas, finalmente, ele saiu. Pela porta da frente. Eles tiraram mais fotos. A essa altura tinham feito um bom trabalho preenchendo o cartão de memória da câmera.

Na verdade, aquele não era o departamento deles. Eles não eram policiais à paisana, eram investigadores criminais, mas Mette lhes pedira para cuidar do assunto e assim o fizeram.

– O que você acha que está acontecendo? – disse Bosse.

– Com o quê?

– Com Mette. Tem alguma merda acontecendo, não é? Jogando pingue-pongue?

– Ela quer perder peso.

– Numa mesa de pingue-pongue? Eu acho que tem outra coisa aí.

Lisa assentiu. Ambos haviam notado como Mette estava diferente. Pequenas coisas, como precisar de apoio quando se levantava. Não precisava disso algumas semanas atrás. Então havia algo de errado acontecendo, embora nenhum deles se atrevesse a perguntar-lhe. Mette não encorajava esse tipo de conversa. Era atenciosa com os outros, preocupava-se, mas parava por aí.

– Lá está ele!

Lisa apontou para a fachada envidraçada. Clas Hall havia entrado no restaurante pouco antes, sentara-se a uma mesa e levantara-se minutos depois, provavelmente para ir ao banheiro. Agora estava voltando. Mas não retornou para a sua mesa, ele apenas pegou seu casaco e se dirigiu a uma mesa mais distante. Lisa pegou o binóculo e viu Hall sentar-se. A nova mesa não estava vazia. Havia uma mulher sentada lá.

– Ele está sentando na mesa de uma mulher – disse Lisa.

– Será que está dando em cima dela?

– Pode ser.

– Como é que ela é?

– Cabelos vermelhos demais, peitos grandes demais e...

Bosse pegou o binóculo de Lisa. Demorou alguns segundos para ele colocar a mesa em foco. Foi quando viu a mulher.

– É Gabriella Forsman – disse ele.

– Quem?

– É uma funcionária da Alfândega. Trabalhava diretamente com Bengt Sahlmann.

* * *

Mette estava a caminho de casa depois de trabalhar inutilmente além do horário. Ela tivera uma audioconferência com vários policiais de toda a Europa para discutirem uma grande operação de combate às drogas. Acabou que todos ficaram de lamúrias, se queixando do orçamento, da burocracia, falando de tudo que não tinha a ver com o assunto em debate: a repressão ao comércio on-line de drogas. Por fim, Mette conseguira dar um ponto final naquela reunião. Quando ela pegou seu celular, viu a mensagem de Lisa e Bosse. Hora de voltar para o escritório.

– Gabriella Forsman?!
Bosse estava de pé junto à parede da sala de Mette. Lisa estava sentada de frente para Mette em sua mesa. Todos estavam igualmente perplexos, com a cabeça a mil. O traficante de drogas Clas Hall se encontrando com Gabriella Forsman, a funcionária da Alfândega. Em um restaurante. Pode ter sido apenas um encontro comum, talvez estivessem namorando, mas havia aspectos muito interessantes nessa história.

Gabriella Forsman poderia estar envolvida com as drogas apreendidas que haviam desaparecido do prédio da Alfândega.

– Foi ela que comunicou o desaparecimento.
– Uma boa forma de desviar a atenção de si mesma.

Será que foi ela que forneceu as drogas a Clas Hall, que pode ter vendido para aquela viciada, a tal de Muriel? Era a 5-IT. Exatamente o mesmo tipo de droga que desaparecera.

Essa era uma pergunta.

A outra era ainda mais interessante.

E se foi ela, Bengt Sahlmann teve conhecimento disso? Teria descoberto que um de seus colegas de trabalho estava envolvido no roubo? E por conta disso representar um perigo? Para Clas Hall e Gabriella Forsman?

– Vamos ter trabalho pela frente amanhã.

Mette começou a se levantar da cadeira. Bosse estava prestes a ajudá-la quando viu o gesto discreto de Lisa: não!

* * *

Olivia soprou as velas da cozinha. Ela estava sentada ali havia um bom tempo, bebendo chá-verde, tentando assimilar a situação. Sentia-se dividida. Seu entusiasmo com o encontro com Jean Borell fora obscurecido pela chegada de Sandra. A entrevista com Borell condizia com o seu instinto policial. Era algo de concreto: uma teoria e um homicídio.

Sandra era um assunto completamente diferente.

Ela sabia que poderia lidar com o primeiro problema, aguardava-o ansiosamente, mas o outro era como areia movediça para ela.

Mas quando ela por fim deitou-se silenciosamente na cama e sentiu a presença do corpo deitado ali ao seu lado, percebeu o ponto crucial da questão: o pai dessa menina foi assassinado, talvez pelo homem com quem vou me encontrar depois de amanhã.

Há uma conexão.

15

Seus seios ainda eram pesados e rígidos, nunca precisara inflá-los artificialmente. Sentiu as mãos dele levantando-os, acariciando, seus mamilos eretos enviando sinais por todo o corpo até a virilha. Ela colocou as mãos na parede e firmou as pernas. Suas unhas compridas e pintadas de dourado cravaram-se no papel de parede. Ela forçou o corpo para trás. Quando ele penetrou-a, ela sentiu como ele era grande, assim como antes, nada havia mudado ali. Ela pressionava a testa contra a parede e olhava para o chão, gemendo. Sabia que ele poderia continuar assim por um longo tempo, e ele ficou ali. Por muito tempo. Até ela sentir um orgasmo violento que seguiu da pélvis até o cérebro. Ele não parou. O próximo orgasmo foi um pouco mais sereno, abrandando-se quando ele gozou. Ele saiu de dentro dela e ela virou-se para a frente.

– Obrigada.

Ele assentiu.

– Sou eu quem deveria estar agradecendo a você, minha querida.

Ele havia sido criado na periferia de Oxford e falava um inglês quase perfeito. Mas não era do inglês dele que ela precisava, era de suas habilidades no sexo. Ela tivera uma prova desse talento há muitos anos, e agora fora capaz de apreciá-lo ao máximo. Ela vestiu a calcinha e convidou-o para o interior do apartamento. Ele havia tocado a campainha meia hora antes, com uma mala marrom na mão, e ela deixou-o entrar sem qualquer conversinha preliminar. Ficaram se olhando por um tempo e depois ele passou a mão por suas coxas. Agora estava feito.

Agora eles poderiam dar início à conversa fiada.

– O que você está fazendo aqui?

– Estou viajando um pouco. Faz alguns anos que estive em sua bela cidade.

– Muitos anos na verdade.

Jackie sentira falta dele. Do corpo dele. O resto não lhe interessava muito. Mas era um cara legal e a ajudara uma vez, sua porta sempre estaria aberta para ele. Ela dissera isso, e estava falando sério.

E ele sabia disso.

Podia-se confiar em Jackie Berglund. Ela era, de fato, dez anos mais velha do que ele, mas ele não tinha nada contra as mulheres maduras. Elas sabiam o que queriam e corriam atrás.

– Quer alguma coisa para beber?

– Sim, por favor. Um pouco de gim, se você tiver.

Mal passara da hora do café da manhã, mas Mickey Leigh era do jeito que era. Um consumidor constante, mas ainda assim moderado. Ele pegou o gim e se sentou no sofá.

– Por quanto tempo você vai ficar? – perguntou Jackie.

– Até quando você me quiser.

Jackie deduziu que Mickey estivesse planejando ficar hospedado com ela. Sem problema. O seu apartamento na Norr Mälarstrand era grande e tinha vários quartos. A ideia de ter livre acesso a Mickey em qualquer um deles foi o suficiente para convencê-la.

– Como anda a Red Velvet? – Mickey perguntou.

– Estou dando um tempo nisso, agora eu só administro uma loja de design de interiores.

– Por quê?

– É uma longa história.

Bem, não tão longa assim, ela pensou. Havia tomado a decisão pouco mais de um ano atrás, quando foi chamada para um interrogatório sobre um assassinato em Nordkoster. Ela sentiu que os policiais estavam circulando meio perto demais da sua área, assim como fizeram alguns anos antes, quando Tom Stilton meteu na cabeça que ela estava envolvida no assassinato de uma das acompanhantes de sua agência, Jill Englund. Se não fosse por suas relações com o investigador-chefe Rune Forss, aquilo poderia ter terminado muito mal. Bem, relações não era bem a palavra – mas controle. Então Forss arranjara um jeito de tirar Stilton da sua cola, e ela não se esquecera do favor.

Mickey tomou um gole de gim e colocou a mão na sua coxa.

O que a levou a pensar em coisas mais agradáveis.

Olivia acordou tarde. Ela havia adormecido nas primeiras horas da manhã e, agora, quando virou para o lado, Sandra tinha ido embora.

– Sandra!

Ela gritou para ser ouvida no apartamento e pulou da cama. Não houve resposta. Quando entrou na cozinha, viu um Post-it amarelo sobre a mesa da cozinha com algumas palavras rabiscadas: "Eu não sou tão forte quanto você." Olivia voltou correndo para o quarto e pegou seu celular. Telefonou para Sandra e a ligação caiu direto na caixa postal. Ela pediu que Sandra ligasse assim que ouvisse sua mensagem. Em seguida ligou para Charlotte, que não sabia de Sandra desde a noite anterior.

– Por favor, me ligue assim que ela entrar em contato – disse Olivia.

– Eu ligo, pode deixar.

Olivia entrou no chuveiro. Ficou lá por um longo tempo, muito mais do que o normal. Depois sentou-se e deixou que o fluxo de água corresse por seu corpo.

– Eu não sou tão forte quanto você.

Por que Sandra tinha escrito isso? Ela não estava planejando fazer alguma besteira, estava?

Quando finalmente saiu do boxe, ligou para Mårten e contou o que havia acontecido, tanto na noite anterior, quanto sobre o bilhete deixado na mesa da cozinha.

– Ela não parece muito equilibrada – disse ele.

– Não. O que devo fazer?

– Não há muito que você possa fazer agora, esperemos que ela entre logo em contato.

– E se não entrar?

– Ela vai ligar. A garota parece ter um forte vínculo com você.
– Sim. Você poderia falar com ela, se houver uma oportunidade?
– Claro que sim, eu ficaria feliz em ajudar. Se ela quiser.
– Obrigada.

Olivia desligou. Ela não gostou da palavra que Mårten usou: "Esperemos." Mas o que ele poderia dizer? Ele não podia garantir que Sandra fosse entrar em contato.

E se não ligasse?

Algumas pessoas viraram a cabeça, homens e mulheres, quando um corpo escultural passou pelo corredor e foi conduzido até a sala de interrogatório.

Gabriella Forsman exalava carisma.

Quando se sentou na cadeira designada, ela puxou o vestido um pouco para cima, apenas o suficiente para permitir que cruzasse as pernas. Bosse percebeu o detalhe. Ele estava de pé junto à parede, ao lado de Lisa. Mette estava sentada na frente de Forsman. Forsman parecia muito calma: passara um leve batom e prendera o cabelo de forma que parecesse um fardo de feno vermelho no alto da cabeça. Forsman presumia que a conversa fosse sobre os terríveis acontecimentos envolvendo Bengt Sahlmann.

Se pudesse ajudar, ela estava mais do que disposta a fazê-lo.

– Uma grande quantidade de 5-IT desapareceu da Alfândega um tempo atrás – Mette começou. – Era parte de uma apreensão que vocês haviam feito antes, durante o outono, correto?

– Sim. Fui eu que descobri o desaparecimento.

Sua voz profunda de contralto encheu a sala.

– E o que você fez, então?

– Eu relatei a Bengt. Ele é... era o responsável por... por...

Forsman estava com dificuldade para falar. Ela pegou sua bolsa muito elegante e tirou um lenço. Mette olhou para Lisa e Bosse. Forsman conseguiu se recompor.

— ... desculpe, eu não tenho... cada vez que penso nele eu fico... desculpe. Então, sim, Bengt era o responsável, o principal encarregado das mercadorias apreendidas, por isso eu me reportei a ele.

— E o que Bengt fez?

— Ele ficou chocado. Era uma grande quantidade que tinha desaparecido. Ele achou muito preocupante. Não seria nada bom para nós se a notícia vazasse, não é?

— Diante disso ele deu início a uma investigação.

— Sim. Nós não sabíamos se haviam ou não desaparecido durante o processo de movimentação, internamente, e conjeturamos se elas poderiam estar armazenadas em outro lugar. Isso já havia acontecido antes.

— Você não contatou a polícia?

— Não. Bengt queria investigar ele próprio, primeiro. Suponho que tenha pensado que não era necessário envolver a polícia nisso antes de sabermos se elas estariam perdidas em algum lugar do prédio.

— Você sabe o que ele descobriu?

— Não.

— Então você não sabe se ele por acaso descobriu que alguém da própria Alfândega poderia estar envolvido neste desaparecimento?

— Não. Infelizmente não.

Forsman sorriu um pouco e cruzou as pernas para o outro lado, sua perna livre balançando calma e ritmadamente. Ela já tinha feito isso antes.

— Você sabe se ele fez um relatório por escrito sobre a sua investigação?

— Não, eu teria ouvido falar sobre isso.

— Qual é o seu relacionamento com Clas Hall?

Forsman olhou para Mette com os olhos arregalados. Bosse levou alguns segundos se perguntando se eles seriam sempre tão grandes daquele jeito. Certamente eram muito bonitos.

— Quem? – disse, por fim, Forsman.

— Ele é um garçom que já foi condenado por tráfico de drogas. No momento, está vendendo 5-IT pela cidade, a mesma droga que desapareceu da Alfândega. Você conhece Clas Hall?

— Não.

— Vocês não saem juntos?

— Não. Por que eu iria sair com um traficante de drogas? Quem você acha que eu sou?!

Forsman tinha cruzado as pernas novamente. Até sua voz tinha mudado. Um pouco menos contralto e mais soprano. Mette abriu uma pasta de plástico e dispôs uma série de fotografias na frente de Forsman.

— Estas fotos foram tiradas no restaurante Riche ontem à noite.

Forsman permaneceu sentada, a espinha ereta.

— Por favor, você poderia dar uma olhada nessas fotos? – disse Mette.

Forsman inclinou-se um pouco para a frente, seus seios voluptuosos quase pousando em cima da mesa. Ela olhou para as fotografias ampliadas.

— Essa mulher sentada à mesa é você, não é? – disse Mette.

— Sim.

— E o homem sentado ao seu lado, quem é?

— Esse foi um cara que se aproximou de mim e queria... queria dançar.

— Dançar?

— Foi o que ele disse, mas não há nenhuma pista de dança lá, então eu presumi que estivesse tentando me passar uma cantada. Isso acontece demais quando eu saio.

Eu posso imaginar, Lisa pensou consigo mesma.

— Quem é ele? – perguntou Forsman.

— É Clas Hall. O cara que você alega não conhecer.

— Eu não conheço.

— Então a cantada dele não funcionou com você?

— Não, eu não sou esse tipo de garota.

Forsman tentou sorrir novamente. Mette então colocou mais fotografias na mesa. Lisa adorava aquilo. Pegar a presa pelo laço.

— Nessas fotos aqui, tiradas do lado de fora do restaurante um pouco mais tarde, vocês estão se beijando. E parece que apaixonadamente.

Alguns segundos se passaram antes de Forsman forçar-se a olhar para as fotos.

— Só parece.

— Ah, sim, parece mesmo.

Forsman recostou-se, endireitou-se na cadeira, balançou os braços na sua frente e tentou um sorriso de desculpas.

– Perdoe-me, eu menti – disse ela. – Na verdade, eu me rendi ao charme dele. Nós nos beijamos. Mas isso não é ilegal, ou é? Eu não tinha ideia de quem ele era.

Mette e Lisa se entreolharam.

O ônibus que rodava pela Odengatan foi obrigado a frear bruscamente. Uma jovem atravessara a rua de repente na frente do veículo. O motorista gritou com ela do outro lado do para-brisa. Sandra não ouviu nem viu a reação dele, tudo o que podia ver a sua volta eram pessoas, prédios e movimentos fora de foco. Todos os sons tinham desaparecido, ela estava andando em uma nuvem escura, primeiro para um lado e depois virando para o lado oposto. De vez em quando olhava para o céu, cinzento e baixo. Seu casaco verde estava aberto e ela sentia o vento batendo no pescoço. Momentos antes, estava sentada em um banco de ferro de um parque, mas depois levantou-se novamente. Ela não sabia onde estava, havia um silêncio em sua cabeça. Agora caminhava perto de uma fileira de casas. Roçava o braço nas pedras ásperas dos muros e não sentia nada, só o pequeno pacote que segurava em seu punho fechado, no fundo do bolso.

A sensação a acalmava.

A operação de repressão foi coordenada. Bosse ficara encarregado das investigações na Roslagsgatan. Clas Hall não estava lá, mas havia sinais claros de tráfico de drogas no apartamento.

Os técnicos foram chamados.

Mette e Lisa organizaram a incursão ao apartamento de Gabriella Forsman. Ela morava na Sandhamnsgatan e havia sido liberada após o interrogatório. Quando a polícia arrombou a porta, Mette estava na rua. Forsman morava no terceiro andar e Mette não tinha certeza se havia um elevador, preferiu ficar na rua. Ela permaneceu em comunicação constante com Lisa. Assim que soube que eles entraram no apartamento, viu um carro começando a sair da garagem do prédio. Mette reconheceu quem estava no interior: Clas Hall ao volante e Gabriella Forsman ao seu lado. Mette gritou chamando Lisa enquanto seguia na direção do carro. O carro pegou a rua e avançou para Mette. Forsman encarou Mette, que ergueu o braço e saiu do caminho. O carro passou direto por ela. Mette correu atrás dele. Lisa havia descido correndo e viu o que acontecera da portaria, viu Mette correr mais alguns passos, reduzir a marcha, como se em câmera lenta, e então de repente perder o equilíbrio, bater em um carro estacionado e cair no chão com um baque.

O carro de Hall sumiu de vista.

Estava frio e escuro, o que não era nenhum empecilho para Luna. Ela havia instalado provisoriamente um poderoso holofote que iluminava todo o convés. Queria levar um freezer gigantesco para a cozinha de bordo. Ela comprara um de segunda mão pela internet e conseguira que fosse entregue no barco. Agora estava esperando por Stilton. Quando ele enfim apareceu, sentiu que havia problemas assim que pôs o pé no barco.

– Oi! – Luna gritou. – Você está muito atrasado!

– Estou?

Stilton não estava sabendo que havia um toque de recolher. Mas ele seguiu na direção do holofote e viu o freezer. Então entendeu.

– Você comprou isso?

– Sim, precisamos levá-lo para o convés de baixo. Dê uma mãozinha aqui, anda!

Stilton não gostou do tom. Ele era um inquilino. Não tinha qualquer obrigação. Se ela quisesse ajuda com alguma coisa, deveria usar um tom diferente! Mas ela havia cuidado de Muriel, então ele se sentiu no dever de ajudá-la com o freezer.

– Como você pretende conseguir levar isso lá pra baixo?

– Nós dois conseguiremos. Eu tenho cintas. Você vai na frente.

Ir na frente significava descer primeiro os íngremes e estreitos degraus de ferro – de costas.

– Você já tirou as medidas para...

– Sim, obviamente. Vamos fazer isso agora!

Stilton foi até o freezer, pegou as duas cintas do seu lado e colocou por cima do ombro. Luna fez a mesma coisa do outro lado.

– Agora vamos levantar – disse ela.

Eles levantaram.

Não é tão pesado quanto eu imaginava, Stilton pensou, e começou a descer os degraus de ferro. Depois de alguns degraus, ele estava carregando nos ombros o peso quase todo, e aí entendeu por que o pedido de ir na frente. O freezer ficava mais pesado a cada degrau e passava quase arranhando as anteparas.

Mas as medidas de Luna estavam corretas e eles conseguiram levar o freezer para o convés inferior com alguns puxa daqui, puxa dali. Uma vez instalado no lugar determinado, eles removeram as cintas.

– E então? Você vai deduzir esse serviço do meu aluguel? – Stilton perguntou em voz alta.

– Não, mas eu posso fazer o jantar pra você.

– Tudo bem.

Era a primeira vez que ela se oferecia para fazer o jantar para ele, então por que não? Stilton foi para sua cabine e trocou de roupa, o que envolveu tirar o casaco de couro e calçar as meias de lã. Havia uma corrente de ar frio no chão da sala de estar. Ele deixou a cabine, foi para a sala e sentou-se à mesa oval. Luna tinha acendido algumas luminárias e colocado música.

– Posso fazer alguma coisa? – ele gritou, solícito.

– Você poderia colocar a mesa! – Foi a resposta da cozinha.

Stilton foi até o armário onde sabia que a louça ficava guardada. Ele retirou dois pratos finos cor de marfim e dois copos robustos, supondo que os talheres ficassem na cozinha. Colocou os pratos e os copos na mesa e sentou-se novamente. Pronto. A mesa estava posta. Momentos depois, ele começou a sentir os inúmeros odores tentadores vindos da cozinha e percebeu que estava com fome. Muita. Morrendo de fome. Espero que ela sirva uma carne de vitelo bem gorda, pensou.

Ela não serviu.

A primeira coisa que colocou na frente dele foi um prato de aspargos na manteiga. Depois vieram inúmeros pratos grandes e pequenos, todos cheios de legumes e verduras. As últimas coisas que trouxe foram uma jarra de água e uma grande caçarola azul.

– E o que é isso? – Stilton perguntou, na esperança de que houvesse um casal de coelhos escondido ali dentro.

– É sopa de cenoura.

– Que delícia.

Luna começou a servir os pratos.

– Um festival de legumes – disse Stilton.

– Sim.

– Você é vegetariana?

– Não, sou alérgica a carne.

– Você não gosta?

– Não, eu gosto, mas sou alérgica. Eu não posso comer carne de animais de quatro patas.

– Mas de avestruz pode?

– De avestruz posso, só que é muito difícil de conseguir.

– Você está falando sério? Você é alérgica a carne?

– Sim. Aparentemente, a alergia foi causada por uma picada de carrapato, ou pelo menos foi isso que os médicos disseram. É uma alergia bastante incomum. Tem carrapatos em Rödlöga?

– De montão.

Stilton serviu-se de sopa de cenoura. Estava deliciosa, bem temperada, e certamente muito superior ao risoto de frutos do mar. Quando Luna serviu-lhe um pouco mais, ele notou que a mão dela estava trêmula. Presumiu que fosse por ter carregado tanto peso.

– Então, como vão as coisas com você? – perguntou Luna.

– Que coisas?

— Eu não sei... você deve estar fazendo alguma coisa, não?

Ele não dissera uma palavra sobre a viagem que fizera a Marselha. Ela havia perguntado se tudo correu bem e ele respondera com um "Não sei", e mudou de assunto. Portanto, agora ela estava tentando mais uma vez.

— Ou você só fica perambulando pelas ruas durante todo o dia?

— Praticamente. Quanto você pagou pelo freezer?

Luna viu-se tentada a atirar uma beterraba em Stilton, mas se conteve. Este homem não se abre nunca, pensou consigo mesma, e ela não tinha certeza se gostava disso ou não.

Mas o freezer pelo menos está no lugar.

Olivia estava deitada em sua cama lendo. Ela havia visitado o Moderna Museet para conhecer todas as obras dos artistas suecos ainda vivos.

E fazendo anotações.

E ligando para Sandra. Três vezes sem nenhum retorno.

Ela também conseguira ter uma conversa proveitosa com um dos curadores do museu e gravara tudo. Ele lhe fornecera muitas informações úteis. Ela reunira uma boa provisão de livros e revistas diferentes, e pedira emprestado uma impressora velha de Lenni. Estava com um farto material retirado da internet – sua vontade real era de sair rabiscando tudo aquilo.

Depois de se empanturrar com todas aquelas informações, ela acabaria não precisando da merda de um curso de história da arte, pensou.

Isso dá trabalho.

Mas ela estaria bem preparada quando se encontrasse com Jean Borell.

Isso era importante.

Estava lendo um dos grossos volumes de arte que pegara na biblioteca do Medborgarhuset e arrastara para casa.

Era sobre a equação da proporção áurea.

Ela abaixou o livro novamente e pensou em Sandra.

Charlotte tinha ligado uma hora atrás. Sandra já havia voltado para casa. Disse que ficara andando pela cidade e mais não explicou.

— O dia inteiro?

— Sim, pelo jeito sim.

— Posso falar com ela?

— Ela está no banho.

— Você pode pedir para ela me ligar assim que puder?

— Claro.

Sandra ainda não tinha ligado. Olivia olhou para o relógio, eram quase onze horas da noite agora. Ela deveria telefonar de novo ou Sandra não estava querendo falar com ela? Estaria chateada ou com raiva? E por que estaria?

Olivia escovou os dentes e tirou a roupa. Quando estava prestes a se enfiar embaixo das cobertas, Sandra ligou.

— Oi – disse Olivia. – Eu liguei várias vezes para você!

— Eu vi. Eu não estava me sentindo muito bem hoje, não estava a fim de atender.

— Não se preocupe. Você já tinha saído quando eu acordei.

— Eu não queria te acordar.

— Você é um amor. Eu vi o bilhete que você escreveu.

— Sim.

— Então, o que você andou fazendo hoje?

— Andando por aí. O que é que você fez?

Olivia sentiu que Sandra estava distante. Percebeu isso na sua voz, na maneira como se expressava, não havia mais uma conexão. Não como no dia anterior, na cozinha.

— Eu estou estudando arte – disse Olivia.

— Eu pensei que você só ia começar a estudar na primavera.

— Eu vou, só quero começar a me preparar.

— Ah, sei.

E então houve o silêncio. Olivia pensou em Mårten. De que forma ela poderia sugerir que Sandra procurasse Mårten? Deveria sequer mencionar isso? Até que ponto deveria envolver-se com a situação de Sandra? Mas ela já estava envolvida, até o pescoço.

– Durma bem.

Foi Sandra que disse isso e Olivia não teve sequer chance de responder porque ela já havia desligado. Ela ficou sentada na beira da cama por um tempo com o celular na mão, depois mergulhou nas cobertas. Ficou olhando para o teto e minutos depois tomou uma decisão. Uma coisa de cada vez. Foco no próximo item da agenda. Amanhã seria Jean Borell.

Depois ela cuidaria de Sandra.

16

Ele abriu a caixinha especial de plástico. Havia três olhos de vidro dispostos um ao lado do outro em um líquido claro, um com íris azul, outro com íris castanha e o terceiro sem íris. Ele escolheu a castanha, que combinava com o seu olho bom. Então limpou cuidadosamente o olho de vidro sob água corrente tépida, lavou-o com sabonete neutro, em seguida pingou água esterilizada e empurrou-o para dentro da órbita vazia.

Em seguida, fechou a caixa de plástico.

Olivia havia pesquisado o endereço no celular e tinha uma boa noção de como chegar à casa de Jean Borell no município de Värmdö. Ficava do outro lado, na ilha de Ingarö. Por barco ou de carro. Quando ela saiu da estrada principal, começou a chover. Ela seguiu uma placa no sentido de Brunn, principal localidade da ilha. O tempo todo tentava lembrar a si mesma de como deveria parecer e agir, como uma pessoa que certamente não permitia que sentimentos aflorassem. Ela estava indo se encontrar com um homem a quem desprezava profundamente, sem nunca tê-lo conhecido, um homem que intencionalmente arriscava o bem-estar de outras pessoas para aumentar sua própria fortuna pessoal. Um canalha de primeira ordem, como dissera Alex.

Um canalha que poderia realmente ter matado o pai de Sandra.

Ela iria sorrir para ele.

Dar-lhe uma mostra do seu sorriso mais largo e encantador.

Iria escutá-lo atentamente, cumprimentá-lo por seu gosto artístico requintado, elogiá-lo por ser capaz de ver o que a maioria das pessoas não vê: a profundidade de expressão dos grandes artistas.

Ela iria massagear o seu ego.

Olivia entrou em Brunn e seguiu por uma estradinha que cortava a floresta. Não havia placas. Continuou rodando por um bom tempo. A chuva ficou mais pesada e a floresta tornou-se mais estreita e mais escura. Ela não conseguia ver nenhuma casa, nenhuma luz. Ele provavelmente comprara toda esta terra para torná-la o mais privada possível. Gente como ele costumava fazer esse tipo de coisa. Não querem outras pessoas em volta, querem espaço. Privacidade. Querem um pequeno reinado.

Fora de vista.

Depois de avançar ainda mais pela escuridão, ela começou a se perguntar se estaria mesmo no caminho certo. As lâminas do para-brisa funcionavam na velocidade máxima para tentar limpar a chuva, e ela achava cada vez mais difícil ver aonde estava indo. De repente viu, a distância. Um grande portão de ferro, preso a dois grandes pilares de mármore. Ela diminuiu a velocidade. À direita do portão havia uma pequena área de cascalho. Viu um carro escuro estacionado ali. Ela estacionou o Mustang e desligou o motor.

Então é aqui que ele mora?

Ela desceu do carro, trancou-o e aproximou-se do portão de ferro. Havia uma pequena caixa branca com um botão em um dos pilares. Ela apertou o botão. Ouviu um ruído metálico. E esperou. Em seguida, pressionou novamente o botão e torceu para que o portão abrisse logo. Não abriu. Ela inclinou-se para falar perto da caixa.

– Aqui é Olivia Rivera. Tenho uma reunião com o sr. Jean Borell às seis horas. Estou aqui fora, no portão.

Ela recuou alguns passos. De repente, o portão começou a deslizar, sem fazer um som. Sem ranger, sem ruído de atrito, ele só deslizava e se abria. Olivia entrou. E depois viu luzes. Uma longa fileira de belas lanternas de ferro em postes altos orientando o caminho. Ela seguiu pelo amplo caminho de cascalho iluminado pelas lanternas. Está um silêncio tão estranho, pensou. A chuva já havia quase parado e ela ouvia sua própria respiração e um ruído vago e indistinto. Seria de água? A casa devia ficar ao lado de algum córrego, talvez. Mas ela ainda não via água nenhuma e muito menos a casa. Continuou seguindo as lanternas. Aposto que daqui a pouco os cachorros vão começar a latir para mim, os cães de guarda, mas os segundos passaram e ela não ouviu nada. As lanternas a levaram por uma curva, e então ela viu.

A casa.

Ora, Olivia pensou ao ver que realmente parecia mais algo que havia aterrissado ali, vindo direto do céu, do espaço sideral. Várias plataformas de concreto superpostas umas às outras em diferentes direções, pouco iluminadas nas laterais, com grandes fachadas de vidro reluzente separadas por peças angulares de metal preto. Uma extensa sequência de luzes ocultas fazia parecer como se o telhado estivesse flutuando no ar.

Ela ficou imóvel, olhando.

Inacreditável, pensou, isso é inacreditável! Construções como esta realmente existem? As pessoas moram em lugares assim? Eu posso imaginar quantos milhões dos contribuintes para a assistência à saúde foram investidos nessa casa. Ela balançou a cabeça e prosseguiu em direção à nave espacial. Espero poder encontrar uma entrada, não tenho controle remoto. Mas as lanternas a conduziram por todo o caminho até uma porta gigantesca com detalhes em prata. O som de sua batida teria de atravessar os cerca de dez centímetros de madeira. Então, ela procurou por algum tipo de campainha. Havia uma grande urna de cobre à direita. Talvez seja para atirar isso na porta, ela pensou.

Em seguida, a porta abriu.

Mais uma vez deslizando, sem fazer som algum.

Havia um homem parado de pé ali, iluminado por trás, olhando para ela. Jean Borell. O homem que ela vira no noticiário. Estava vestido de forma bem diferente agora, uma bela calça jeans skinny e um leve blazer bege por cima de um suéter preto justo. Seu modelito artístico, Olivia chegou a pensar pouco antes de se lembrar do personagem que deveria representar. A mulher sorridente e seu interesse acadêmico na arte.

– Olá. Olivia Rivera. – Ela sorriu.

– Jean Borell.

Eles se cumprimentaram. Ele tinha um aperto de mão firme e um abraço forte demais também. Mas não tão forte quanto o de Hilda no Silvergården, ela pensou.

— Entre – disse ele.

Borell deu um passo para o lado e Olivia entrou. Ela sentiu um agradável aroma de colônia, sóbrio, sem o toque de noz-moscada. Borell esperou que a porta deslizasse até o fim antes de acompanhar Olivia. Depois ele parou logo atrás dela.

— Rivera – disse ele. – Você é de origem latino-americana?

Olivia se virou.

— Sim. México.

— Eu posso ver isso. Algum parentesco com o Diego?

— Distante. Mas que casa fabulosa!

— Ela foi projetada por Tomas Sandell. Eu dei a ele liberdade de criação total. Gostaria de um martíni?

— Não, obrigada, eu estou dirigindo.

— Um Mustang.

— Sim, como sabe?

Borell já estava andando mais à frente.

— Por favor, dê uma olhada em volta enquanto isso!

Ele fez um gesto em direção à parte interna da nave espacial.

— Talvez eu aceite o martíni, afinal – disse Olivia. – Mas sem muito gim.

— Perfeito.

Borell seguiu em direção a um bar mais adiante. A área do bar era ampla e bem iluminada, com uma fantástica criação fluorescente ao fundo. Provavelmente, uma obra de arte. Olivia ficou quebrando a cabeça para encontrar um possível autor da obra, mas não lhe veio ninguém. Ela começou a andar pela casa, e a primeira coisa que viu foi uma sala de tamanho considerável. As paredes em off-white eram esparsamente decoradas com obras que ela reconhecia, pelo menos a maior parte delas. Marie-Louise Ekman. Ernst Billgren. Cecilia Edefalk. Olle Kåks. Lena Cronqvist. Havia um suave som de música, como se vinda do espaço sideral, sons eletrônicos que percorriam todo o ambiente sem perturbar a concentração de ninguém. Este espaço foi construído para a arte, para um amante da arte, um espaço vasto, generoso.

— O que está achando? – gritou Borell do bar. Olivia voltou-se para ele. Ele estava ocupado cortando pequenos pedaços de casca de limão.

— Fantástico! – ela respondeu.

— Eu também.

Borell sorriu e colocou um pouco de casca de limão em um copo de coquetel. Olivia continuou olhando em volta e sentiu-se capturada por alguma coisa quase sagrada naquela sala, os refletores perfeitamente dispostos iam lapidando as pinturas à sua frente. É assim que eu vou morar um dia, pensou, com todas essas belezas, andando por uma sala como esta, só curtindo. E o mundo não será de horrores e escaras purulentas cheias de larvas de mosca.

A imagem a trouxe de volta.

Lembre-se de por que você está aqui, Olivia! Controle-se! Basta pensar em quantos cortes na assistência à saúde estas pinturas custaram!

— Um martíni.

Borell entregou um copo fino e baixo a ela. Ele ergueu o copo e eles brindaram. Com o seu drinque na mão, Borell iniciou uma visita guiada por sua coleção exposta na sala – ele realmente adorava os seus quadros. Depois que fizeram um círculo completo, ele parou e olhou para Olivia. Desde que chegara, ela vinha evitando fixar-se no olho de vidro de Borell. Ela sabia do olho de vidro. Agora estava se esquivando do olhar dele de novo. Borell percebeu.

— Um acidente de caça – disse ele. – Nós estávamos perto do monte Kilimanjaro e eu tinha um leão na minha mira. Eu estava um pouco ansioso demais, a culatra deu um coice e bateu no meu olho. Mas pegamos o leão.

— Oh, bom.

Um acidente de caça? Segundo Alex, ele não havia perdido o olho quando era criança? E Alex estudara na mesma escola que ele. Mas tudo bem, quem não enfeita o currículo um pouquinho?

— Você mesma tem um ligeiro estrabismo – disse Borell.

— Sim.

— Isso te incomoda?

— Por quê?

— Porque conheço um especialista em Lausanne, ele poderia corrigir o seu problema.

— Não é algo que me incomode.

Olivia tomou um gole de martíni. Ela não estava gostando da natureza pessoal da conversa. Não se sentia no controle.

Siga a sua intuição!

— Vamos fazer a entrevista aqui? — disse ela.

— Façamos no bar.

Eles foram até aquele bar espetacular. Olivia subiu numa banqueta de couro, e Borell sentou-se na banqueta ao lado dela. Havia um objeto preto numa extremidade do bar que imediatamente chamou a atenção de Olivia.

— Que violino lindo — disse ela.

— Blackbird. Construído por Lars Widenfalk. Ele o fez a partir dos próprios desenhos de Stradivarius. Pegue.

Borell entregou o violino para Olivia. Ela estava esperando um instrumento leve, mas na verdade quase o deixou cair no chão. O violino era pesado, feito de pedra.

— De que é feito? — disse ela.

— De diabásio preto — disse Borell. — Retirado de uma antiga lápide. O único violino do mundo feito de pedra.

— Você sabe tocar?

Borell pegou o violino de diabásio maravilhosamente brilhante. Depois pegou um arco atrás do bar e desligou a luz fluorescente do fundo. A suave iluminação da sala de arte irradiava até o bar.

Eles estavam sentados nas sombras.

— Feche os olhos — disse ele.

Olivia hesitou por um momento, mas depois obedeceu. O que estou fazendo? Então ela ouviu as delicadas notas do violino. A ressonância do corpo de pedra era poderosa. As notas iam se juntando pouco a pouco para formar uma melodia. Ele sabia tocar violino? Ela abriu os olhos. Borell baixou o arco.

— Ele pode *mesmo* ser tocado — disse ele.

Ele colocou cuidadosamente o violino de volta no bar.

— A entrevista — disse ele.

Olivia tirou da bolsa um pequeno gravador e perguntou se poderia gravar a conversa.

Ele concordou.

Ela também pegou um bloco de anotações com algumas perguntas que havia preparado e começou a entrevista após explicar a Borell do que tratava a sua tese. De uma forma que fizesse Borell compreender que seu papel nela seria muito significativo.

Ele sentiu-se grato por isso.

Ela havia compilado a maioria das perguntas usando diferentes artigos sobre arte, e as questões que propunham. Alguns deles provenientes de entrevistas com o próprio Borell que ela encontrara na internet, falando de sua paixão pela arte. A maior parte em inglês. Ela também deixou claro que não estava à altura do nível de conhecimento dele da arte moderna sueca, mas que esperava que ele não achasse tudo muito básico.

Ele não achou. Borell gostava de conversar sobre sua coleção. E sobre sua própria relação com as obras. Sobre sua profunda paixão pela arte e como dedicara grande parte de sua vida a ela.

— Alguma vez você já sonhou em ser um artista também? — Olivia perguntou quando chegou ao final de sua lista de perguntas.

— Nunca. Meu talento é um pouco mais pecuniário.

— Você é um capitalista de risco.

— Sim.

— Você considera sua coleção de arte como um investimento?

— Sim, mas não em termos financeiros. É um investimento em mim mesmo. Eu acho que estou evoluindo como pessoa através da arte.

— Você se torna um melhor capitalista de risco?

— De certa forma. — Borell sorriu.

— Então é um tipo de investimento financeiro?

Borell olhou para Olivia. Será que ele está achando que estou sendo impertinente ou será que gosta de um desafio? Afinal o trabalho dele envolve correr riscos.

— Acabou a entrevista? — perguntou.

— Sim.

— Então vou lhe mostrar a minha sala L, como um bônus. Venha.

Borell desceu da banqueta. Olivia o seguiu por vários corredores e salas menores com belas aquarelas expostas nas paredes. Pouco depois eles deram em um extenso átrio com uma gigantesca fachada envidraçada voltada para o mar escuro. Olivia olhou para fora e supôs que toda aquela parte da casa devia ter sido construída sobre um rochedo na água. Ela viu as ondas quebrando lá embaixo. As leis de proteção costeira certamente não se aplicavam a todos, pensou consigo mesma e apressou-se para seguir Borell. De repente, ela parou. Uma das gigantescas paredes envidraçadas tinha sido transformada em um aquário estreito do chão ao teto, cheio de um líquido verde. Os restos fetais de dois gêmeos siameses flutuavam dentro do aquário. Seus corpos fundidos moviam-se lentamente na direção de um lado do vidro.

– É de um artista inglês – disse ele.

Só havia uma pessoa que poderia ter feito isso. Aquele cara que chocou as pessoas com suas peças sobre a morte. Mas isso...?

Ela olhou para o grotesco aquário.

– Você não tem permissão para escrever sobre isso – disse Borell. – Não é uma peça de arte oficial. Ele a criou especialmente para esta casa. *In loco*. Para mim.

Olivia estava se debatendo para encontrar palavras.

– Mas onde é que ele... onde estavam...

– São gêmeos natimortos. De Manchester. Seus pais receberam uma quantia substancial de dinheiro. Agora os fetos podem viver como uma obra de arte.

Borell prosseguiu em sua excursão. Olivia afastou-se da macabra "obra de arte" e sentiu um grande mal-estar. O que ele vai me mostrar mais? Na sala L?

– Aqui.

Borell tinha parado na frente de uma porta de metal no final do corredor. Ele apertou um botão ao lado. Essa porta também abriu silenciosamente.

– Depois de você.

Borell fez um gesto com a mão e Olivia deu um passo para dentro, um tanto hesitante. A sala não era muito grande – quadrada, sem janelas. Todas as paredes decoradas com pinturas, duas em cada parede. Ela reconheceu a maioria e então entendeu o que ele queria dizer com sala L. Havia trabalhos de Lena Cronqvist novamente, Lars Lerin, Linn Fernström e Lars Kleen.

– Lena, Linn e dois Lars. Meus favoritos.

Chamando pelo primeiro nome?, Olivia pensou consigo mesma. Será que ele os conhecia pessoalmente? Decerto não era improvável. Ou ele estaria apenas se exibindo? Ela olhou para os valiosos quadros pendurados na sala. Ele lucra com a negligência aos idosos para investir em obras de arte requintadas, ela pensou. Quanto cinismo. Gostaria de saber quantos artistas têm noção de onde seus compradores tiram o dinheiro. Será que nunca chegaram mesmo a pensar nisso? Ou será que "o dinheiro fala mais alto" era um ditado que se aplicava aqui também? Seriam eles responsáveis só por suas próprias obras de arte? E não pelo que acontece com elas? Nas mãos de quem vão parar? Suas criações sendo compradas com o dinheiro do sangue alheio e penduradas em um bunker lacrado. Eles não se importavam?

Ela esperava que sim.

Borell parou no meio da sala com o copo de martíni na mão. Estava vazio.

– Esta é a minha sala do tesouro – disse ele. – Talvez não no sentido de valor de mercado, mas para mim. Aqui é o meu Shangri-lá.

Olivia olhou para Borell. Ele examinava lentamente as paredes e ela sentiu que ele realmente falava sério. Era um lugar especial. Para ele.

– O que é isso que estou ouvindo? – disse ela.

A música eletrônica tinha parado, e em vez disso ela podia ouvir um suave zumbido, vindo de cima, de um ressalto ao longo do teto.

– O sistema de vácuo.

– O que é isso?

– O mais moderno método do mundo para impedir o roubo de obras de arte. Só está disponível para compradores particulares, até agora.

– Como funciona?

– Você é curiosa.

– É segredo?

Borell sorriu.

– Nem um pouco – disse ele e apontou para o teto. – Quando o sistema é ativado, as portas fecham e todo o ar é sugado para fora da sala. Como você pode ver, não há válvulas de ar. A sala fica hermeticamente fechada e é impossível entrar.

– O que acontece se alguém por acaso estiver dentro?

– Seria muito doloroso.

Olivia olhou para o ressalto no teto. Ele estaria mentindo? Mas por que faria isso? Ele deve ter condições de instalar qualquer sistema de alta tecnologia que queira com todo aquele seu dinheiro.

Ela queria sair dali.

Daquela sala.

Daquela casa.

– Gostaria de outro martíni? – disse Borell.

– Não. Obrigada.

Olivia saiu da sala L. Borell a seguiu. Por todo o caminho, Olivia tentou manter o olhar na parede oposta à da fachada envidraçada. Não queria ver de novo aquele repulsivo aquário de formol. Borell ficou em silêncio o tempo todo. Quando passaram por um pequeno corredor mal iluminado, Olivia de repente sentiu cheiro de fumaça. Fumaça de cigarro. Eles não estavam sozinhos. Havia outra pessoa ali também.

Ela acelerou o passo.

– Você conheceu Magnus Thorhed?

A voz de Borell revelou que ele estava bem atrás dela.

– Sim, na Bukowskis – disse ela. – Ele parecia interessado em um quadro de Karin Mamma Andersson. Era para você?

– Sim.

– Então ele está envolvido em sua coleção de obras de arte?

– Ele está envolvido em tudo o que me diz respeito. Ele é muito leal. Está sempre à frente das coisas.

– Você comprou o quadro?

– Sim. Eu também comprei uma obra de videoarte de Ann-Sofi. Gostaria de ver?

– Ann-Sofi Sidén?

– Sim.

Olivia tinha lido sobre Sidén, uma das mais renomadas videoartistas do mundo. Ela não tinha a menor vontade de ver o vídeo da artista sueca. Queria mais era pegar seu carro e voltar para a civilização.

Já estava farta.

– Está no meu escritório – disse Borell.

O escritório dele?

– Sim, por favor – disse ela. – Mas depois eu tenho que ir.

Olivia seguiu Borell até seu escritório. Ela não conseguia saber onde exatamente estava em relação a todos os outros cômodos e corredores, mas, de repente, lá estava o escritório. Com outra porta que abria deslizando sem fazer ruído. Borell foi até uma grande televisão de tela plana, colocou um disco no CD player e o vídeo de Ann-Sofi Sidén começou.

O que quer que estivesse sendo exibido na tela era, provavelmente, arte, a tentativa de uma mulher talentosa de explorar a psique humana com as ferramentas de que dispunha. Mas o vídeo só passava por ela. Ela não olhava para a tela. Em vez disso, deixava que seu olhar esquadrinhasse o escritório, sem virar a cabeça. Desse modo não podia ver muito em seu campo de visão. Em uma das paredes, havia um espelho grande e bonito com uma moldura dourada. À esquerda, viu uma mesa com um laptop aberto. Em um dos lados da televisão de tela plana, havia uma estante grande cheia de pastas e, do outro lado, outra estante com pilhas de livros aleatórios de arte. E numa das extremidades de uma prateleira, em cima de dois livros grandes, ela viu uma bolsa fina. Fechada.

Uma bolsa muito especial, uma bolsa xadrez feita de cortiça prensada.

A bolsa do laptop.

Olivia sentiu sua pulsação acelerar drasticamente.

– O que você acha?

Borell olhou para ela. Ele ficara olhando para ela o tempo todo, desde que o vídeo tinha começado. Em momento algum olhou para a tela. Olivia percebeu.

– É fascinante – disse ela.

– Muito.

Borell continuou olhando para ela com o olho bom. Olivia tentou fixar os olhos na tela à sua frente. Borell colocou o braço em volta do ombro dela e desligou o vídeo. Depois inclinou-se e quase sussurrou no seu ouvido.

– Você não está escrevendo dissertação nenhuma – disse ele gentilmente. – Estou certo?

Olivia retirou o braço de Borell de seu ombro. Isso lhe deu alguns segundos para pensar. Então ela disse: – Sim, estou.

– Acho que você está mentindo. Por que veio aqui afinal?

– Para entrevistá-lo. Mas agora eu preciso voltar para a cidade. Obrigada por me receber. Pode deixar que eu encontro a saída.

Olivia seguiu rapidamente em direção à porta. Borell permaneceu parado. Olivia saiu em um corredor que ela não sabia bem onde ia dar. Ela virou a cabeça ligeiramente e viu que Borell estava olhando para ela. Então começou a andar mais rápido e ouviu os sons eletrônicos ricocheteando nas paredes. Quando dobrou o corredor, viu um fluxo de luz colorida um pouco mais à frente. O bar? Ela apressou o passo, os saltos batendo no chão de pedra.

Era o bar. Ela deu numa sala que reconheceu de imediato e apressou-se na direção da porta da frente. Pelo canto do olho, viu algo se mover e olhou para trás, para o bar. Um homem estava sentado de costas para ela. Um anel de fumaça azul girava na frente dele. Ela soube quem era na mesma hora, reconheceu a trança na nuca. Ele estava lá o tempo todo? Por que não se virava? Ela seguiu em frente e viu a grande porta de madeira. Como vou conseguir abrir esta merda? Não precisou. Dois metros antes de alcançá-la, a porta abriu sozinha.

Ela saiu correndo.

Correu por toda a avenida de lanternas.

Passou correndo pelo portão aberto, pulou para dentro do carro e afundou no banco do motorista. Por que eu corri?, pensou. Ela balançou a cabeça um pouco, ligou o carro, manobrou e pegou a estrada escura à sua frente. Pelo espelho retrovisor viu a sombra de alguém passando pelo portão. Thorhed? Por que a porra do para-brisa traseiro não quer funcionar? Ela enfiou o pé no acelerador e tentou manter o carro estável naquela pista estreita. De repente, foi obrigada a pisar no freio. Seus faróis tinham parado de funcionar. Não era a primeira vez que isso acontecia, era um fio solto, ela já sabia. Então saiu do carro. Quando estava prestes a levantar o capô, viu dois fachos de luz brilhando na floresta, atrás dela, ainda a uma certa distância. Não estou a fim de encontrar quem quer que seja, ela pensou, não agora, e entrou correndo no carro de novo. Terei de me contentar com as luzes de posição. Ela acelerou novamente, se forçando a enxergar o máximo que podia à frente. A chuva havia parado e as nuvens revelavam uma lua fria. O brilho azul-acinzentado da lua dava-lhe uns poucos metros de visibilidade. Ela verificou o espelho retrovisor e viu dois faróis embaçados chegando mais perto. Dirigia o mais rápido que sua ousadia poderia permitir. Por duas vezes quase jogara o carro numa vala, o cascalho resvalando no seu para-brisa.

De repente, viu luzes. Casas. Luzes da rua. De repente, já não estava mais cercada pela floresta. Estava quase perto de Brunn. Ela estacionou o carro no acostamento da estrada principal e olhou pelo retrovisor. Os faróis atrás dela tinham desaparecido. Será que ele parou? Quem podia ser? Thorhed? Ela saiu a toda do acostamento, continuou de novo pela estrada asfaltada e manteve os olhos fixos à frente até que viu um posto de gasolina.

Ela manobrou e estacionou. Havia várias pessoas se deslocando em torno dela, enchendo os tanques de seus automóveis, entrando e saindo da loja. Ela desligou o motor e pegou o celular enquanto consultava as horas. Eram apenas 20h30. Então digitou o número de Sandra.

— Oi, Sandra! Desculpe incomodá-la, eu só queria te perguntar sobre a bolsa que você usava para o seu computador, como que ela era mesmo?

— Era feita de uma espécie de cortiça prensada, em xadrez marrom e preto. Meu pai comprou em Milão... mas acho que se pode comprá-la pela internet também. Você encontrou o computador?!

— Talvez. Como você está?

— Tudo bem.

— Ótimo. Ouça, eu preciso dirigir agora, mas eu ligo para você amanhã. Tchau!

Olivia encerrou a ligação.

17

A PRIMEIRA COISA QUE PENSOU foi que estava pensando. Penso, logo vivo. Eles não me espancaram até a morte.

Mas seu rosto era o sonho de todo professor de aquarela. Ele tinha todo o espectro estampado na cara. Do azul-cobalto mais fechado ao roxo, vermelho e amarelo-alaranjado, ligados por pontos de sutura pretos.

– Você já viu a sua cara?

A pergunta foi de Jean-Baptiste, em francês. Ele estava sentado em uma cadeira ao lado do leito de Abbas no Hôpital de la Conception, no centro de Marselha.

– Não.

Abbas estava sentado na cama. Ele não tinha se olhado no espelho, não precisava, podia sentir como devia estar sua aparência. Mas estava vivo. Foi graças ao garçom do Eden Roc, que o avistara e chamara a ambulância, que ele estava preto e azul em vez de branco funéreo.

– Eu pensei que você estivesse com as suas facas – disse Jean-Baptiste com um sorriso.

Ele estava tentando tornar o clima um pouco mais leve. Abbas não retribuiu o sorriso. Nem poderia, caso contrário metade do seu rosto se abriria. Mas ele tinha condições de falar. De uma forma não totalmente clara, pois seu nariz fora quase que esmagado, mas a voz fanhosa podia dizer o que ele tinha visto. O rosto do sujeito que o agredira, que tinha um pequeno touro tatuado no pescoço.

– Ele deve ser o cara conhecido como Le Taureau – Abbas conseguiu articular.

– Possivelmente.

Abbas descreveu o rosto do homem a Jean-Baptiste, que balançou a cabeça.

— Ele não me lembra ninguém.

— Mas isso tem algo a ver com Samira?

— Ou Philippe Martin.

— Ou ambos.

— Sim. Quando você vai ser liberado do hospital?

— Logo.

— Você vai para casa?

— Eu vou quando terminar.

Jean-Baptiste olhou para aquele homem demolido na sua frente. O que ele estava planejando fazer? Já atacara violentamente uma pessoa nesta cidade, reconhecidamente um idiota, mas ainda assim. Jean-Baptiste tinha aceitado isso, mas não iria aceitar mais nada. Stilton não estava mais ali. Ele inclinou-se um pouco.

— El Fassi.

— Sim?

— Assim que tiver alta do hospital, você vai sair de Marselha. De trem ou avião. Eu não quero ter de identificá-lo em algum necrotério ou prendê-lo por qualquer merda que venha a fazer. Eu fiz vista grossa uma vez, mas nunca faço isso duas vezes. Estamos entendidos?

Abbas ficou olhando para o policial grandalhão.

Havia outro homem em outro hospital de outro país sentado em uma cama hospitalar parecida. Mette Olsäter estava na cama, meio sentada, com um grosso curativo na bochecha. Ela precisara de nove pontos.

O marido segurava a sua mão.

— Foi um enfarte – disse Mårten.

— Eu sei. Um leve.

— Desta vez. Pode haver outro. Você sabe disso.

Os médicos haviam deixado isso muito claro para ambos. Não necessariamente haveria outro enfarte, mas era uma possibilidade, a menos que a investigadora-chefe mudasse algumas coisas: seu estilo de vida em geral, e sua carga de trabalho em particular. E para enfatizar a gravidade da sua situação, Mette foi colocada em licença médica por um tempo. O que exigia que ela ficasse em casa.

A ideia não agradava Mette em nada. Mårten sabia disso.

– Mas você precisa – disse ele.

– Eu sei.

Lisa e Bosse visitaram-na um pouco mais cedo para dar-lhe uma atualização dos acontecimentos. Clas Hall e Gabriella Forsman tinham conseguido sair da cidade, apesar da presença maciça de agentes da polícia. O carro deles foi encontrado na periferia de Södertälje. Os dois provavelmente trocaram de carro.

Vários sacos de 5-IT também foram encontrados no apartamento de Forsman. Eles agora estavam tentando determinar se as drogas no apartamento de Forsman eram parte das drogas apreendidas que desapareceram na Alfândega. Parecia provável. Eles também tinham apreendido o laptop de Forsman, e a equipe de peritos forenses em informática estava ocupada trabalhando nisso.

Depois que Lisa e Bosse foram embora, Mette percebeu o quanto desejava voltar para a divisão de homicídios. Voltar ao trabalho. Em vez disso, ela iria ficar sentada presa em Kummelnäs, com um homem que iria preocupar-se com cada passo que ela desse. Nas escadas. No porão. No sótão.

– Mas, certamente, vai ser bom voltar para casa e ter um pouco de descanso, não é? – disse Mårten.

– É sim, meu querido – disse Mette.

Vai ser insuportável, ela pensou consigo mesma.

Stilton estava sentado na sala de estar do barco tomando café. Sentia um vazio insuportável. Minken não lhe dera um retorno e Abbas ainda não atendia suas ligações. Havia algo de errado, muito errado – estava cada vez mais convencido disso. Ele olhou para a tela à sua frente. Luna havia lhe emprestado seu computador para ele verificar se havia voos para Marselha.

Não havia nenhum direto, só com conexões, assim como fora na volta, portanto ia levar muito tempo para chegar lá.

Então Minken ligou. E foi direto ao assunto.

– Ovette Andersson – disse ele.

– A mãe de Acke?

– Sim.

– Ela já trabalhou para Jackie Berglund?

– Parece que sim. Mas ela parou uns onze anos atrás, quando Acke nasceu.

– Como você descobriu isso?

– Ouça, nós profissionais não revelamos nossos métodos, ok?

– Claro que não. Obrigado!

– Então, onde você está planejando ficar?

– Quando?

– Quando o mundo acabar!

– Na Lua. Tchau!

Stilton encerrou a ligação.

Ovette Andersson? E Jackie Berglund? Que grande surpresa.

Ele consultou as horas outra vez e fechou o laptop.

Marselha teria que esperar.

Muito poucos pedestres se viraram para olhar quando a jovem passou correndo por eles na calçada, e em alta velocidade. Exercitar-se com aquele tempo era sinônimo de masoquismo. Olivia percebeu isso também. Ela estava voltando para casa depois de uma longa corrida naquele clima horroroso e ainda tinha um bom caminho a percorrer até chegar na sua rua, a Skånegatan. A bolha no pé latejava, mas tentou ignorar a dor da melhor maneira possível. Sua mente cheia de adrenalina tentava avaliar a visita que fizera à casa de Borell. "Você não está escrevendo dissertação nenhuma. Estou certo?" Ele sabia que eu estava fingindo o tempo todo? Andara me vigiando? Como? Então por que deixou que eu fosse lá? E por que Thorhed estava se escondendo daquele jeito? Por que não apareceu para me cumprimentar? Ele nem sequer se virou no bar.

Ela não conseguia entender.

Então lembrou-se do laptop que tinha visto no escritório de Borell. Não o que estava em sua mesa, mas aquele sobre os livros de arte em uma prateleira. Em uma bolsa de cortiça prensada. Incomum, mas não exclusiva. Borell poderia tê-la comprado em uma de suas incontáveis viagens pelo mundo. Ele poderia até mesmo ter encomendado pela internet. Mas poderia tê-la roubado também. De Bengt Sahlmann, para se apossar de todos os arquivos sobre a negligência no Silvergården. Isso significaria que ele estava envolvido no assassinato do pai de Sandra.

Nesse caso, sua teoria estava correta.

O vento frio e úmido soprava de Hammarby e Skanstull e ficava imprensado no meio, entre os edifícios de pedra. Ao chegar na Skånegatan era como uma parede de gelo. Ela teve que correr com a cabeça curvada para poder chegar em casa.

E a sua intuição afinal? Que utilidade teve? O que ela poderia dizer a respeito da sua visita à nave espacial? O que havia sentido?

Ela sentiu muitas coisas, tanto durante a visita quanto no carro a caminho de casa. E durante a noite que se seguiu. Ela repassara toda a visita do começo ao fim, várias vezes, repassara todas as conversas. Todas as impressões, e tudo o que não fora dito. Na manhã seguinte, fez um resumo de tudo o que havia pensado.

Havia uma bolsa de cortiça com um laptop no escritório dele.

Que não tinha nada a ver com a sua intuição.

Por outro lado, ela havia estabelecido que Jean Borell era um homem muito singular com inclinações muito singulares. Um homem que conseguia o que queria e, provavelmente, fazia isso sem o menor escrúpulo. E ele sem dúvida estaria disposto a ir muito longe para proteger o que possuía.

Mas até onde ele estaria disposto a ir para proteger os milhões que lucrara no setor de bem-estar social?

Olivia cogitou também até onde ela iria para descobrir de quem era o laptop naquela bolsa de cortiça. De Sahlmann ou de Borell? Ela não poderia procurar Mette e pedir um mandado de busca para a casa dele, ela não tinha indícios suficientes para isso. Na verdade, ela não tinha nada, nada de substancial. E, além disso, não queria Mette intrometida nesse assunto. A teoria era dela. E se estivesse correta, certamente colocaria Mette no seu devido lugar.

Ela já saboreava a ideia.

Então Mårten ligou, assim que ela chegou ao seu prédio.

Depois que ele terminou de falar, a sensação de alegria logo se dissipou. O enfarte de Mette deixou-a realmente abalada, apesar de ter sido um enfarte leve do qual já estava se recuperando. Mas e se não tivesse sido leve? E se ela não tivesse conseguido superar?

Olivia abriu a porta do edifício.

– Ela vai ficar em casa por um tempo, caso você queira entrar em contato.

Foi o que Mårten disse. Ela esperava que ele tivesse ouvido o choque em sua voz, e que ele iria comunicar a sua reação a Mette. Mas entrar em contato? Ele estava querendo dizer que ela deveria visitar Mette? Ser a pessoa magnânima?

Claro que ela iria, mas não agora.

Amanhã ela precisaria ir ao funeral de Bengt Sahlmann.

Que tinha precedência.

Ela subiu pelas escadas e entrou no apartamento, a porta estava mais pesada do que o habitual. Enquanto estava subindo os últimos lances, percebeu que tinha alguma coisa martelando na cabeça. Não conseguia lembrar direito, mas era algo que tinha a ver com um carro.

Ela começou a tirar suas roupas de corrida.

Mas por que diabo não martela mais alto?

18

Stilton tentara contatar Ovette Andersson duas vezes por celular, mas em ambas caiu direto na caixa postal e ela não retornou a ligação. Por fim, ele pediu a Minken que descobrisse uma forma de entrar em contato com ela. Minken já sabia.

– No Qjouren. Ela trabalha lá.

– Obrigado.

O Qjouren foi criado por uma instituição de caridade chamada RFHL Stockholm quatro anos atrás e era o único abrigo da Suécia para mulheres dependentes de drogas. Havia muitos outros abrigos para mulheres, mas nenhum voltado para mulheres adictas e vítimas de violência, embora este grupo fosse o que mais necessitava de proteção.

Stilton conhecia o Qjouren. Ele fora buscar Muriel lá uma vez. Ela fora agredida por um homem com quem tivera uma relação casual e procurara refúgio no abrigo. Agora, Ovette Andersson estava trabalhando lá. Stilton esperou do lado de fora, ela acabaria saindo mais cedo ou mais tarde. Fazia um ano que não a via – fora quando o filho de 11 anos de Acke o ajudara a pegar os chamados assassinos do celular.

Então, ele a reconheceu quando ela saiu.

Ela o reconheceu também.

– Tenho tentado ligar para você – disse ele.

– Eu sei.

– Você tem tempo para um café?

– O que você quer?

– Podemos discutir isso durante o café?

Ovette considerou a oferta por alguns segundos. Tinha suas razões. Stilton olhou para ela. Um ano atrás, ela era uma mulher destruída, que vendia o corpo para ganhar a vida. Estava no fundo do poço. Nas ruas. O fato de ter trabalhado muitos anos antes para a agência de acompanhantes de luxo de Jackie Berglund realmente surpreendera Stilton. Agora ele via uma mulher bastante diferente ali na sua frente. Ovette ainda mostrava sinais de destruição, não se pode esconder certo tipo de desgaste físico, mas agora tinha uma expressão diferente no rosto, outro olhar.

Parecia viva pelo menos.

– Tudo bem, dez minutos só. Vou ter de me encontrar com Acke – disse ela.

Eles se sentaram em um café convenientemente vazio. Ovette telefonou para Acke e disse onde estava. Stilton esperou que ela encerrasse a ligação e, em seguida, começou a perguntar-lhe sobre o Qjouren, como um estímulo para que ela começasse a falar. Ela lhe contou sobre a organização. Ela havia parado de trabalhar nas ruas depois que Acke fora atacado no ano passado, como havia prometido. Já estava trabalhando no Qjouren havia seis meses. O trabalho lhe dava um propósito e uma perspectiva sobre muitas coisas que ela havia reprimido quando era vulnerável. Sua experiência fizera dela uma boa pessoa de contato para outras mulheres em situação de risco.

– Agora, parece que vão fechar a organização – disse ela.

– E por quê?

– Porque nós não recebemos subsídios do governo e as municipalidades não querem nos apoiar. Mulheres usuárias de drogas e vítimas de violência têm o menor status possível. É ridículo.

Stilton viu como Ovette estava chateada. Ele a compreendia. Essa situação sempre fora assim. Aqueles que mais necessitavam de ajuda recebiam o mínimo: eram poucos, não geravam votos. A solidariedade havia se transformado em uma questão de interesses particulares.

Era repulsivo, ele pensou.

– Então, o que você quer? – perguntou Ovette.

– Falar sobre Rune Forss.

Ovette desviou o olhar para a sua xícara de café. Stilton sabia que não tinha muito tempo, mas mesmo assim deu algumas informações para situá-la. Suas próprias informações. E onde entrava Rune Forss na história. Ele contou tudo com tanta emoção que conseguiu captar a atenção dela novamente.

Em seguida, ele fez a pergunta.

– Forss pagava a você para fazer sexo quando você estava trabalhando para Jackie Berglund?

– Sim.

– E você estaria preparada para falar sobre isso publicamente?

– Não.

– Por que não?

– Porque eu deixei esse mundo para trás. Eu não quero lembrar dele ou ser arrastada para ele. E eu sei como é Jackie. Como você acha que ela vai reagir se eu dedurar um de seus clientes de alto nível?

Stilton entendeu todos os motivos dela e pôde ver que não iria mudar de ideia. Tentou esconder sua decepção.

– Ele procurava o serviço de outras acompanhantes?

– Sim.

– Sabe quem são?

– Não.

Ou ela sabia e não queria abrir o jogo, ou não sabia. Mas agora ele sabia que havia outras mulheres. Teria que seguir em frente sem a ajuda de Ovette.

Então mudou de assunto.

– Como está Acke agora? – ele perguntou.

– Bem. Ele está bem, muito mais equilibrado. Esse é outro motivo.

– Por quê?

– Ele não sabe quem é o pai. Se eu me deixasse arrastar para tudo isso novamente, iria complicar as coisas.

– O que quer dizer com complicar as coisas?

– Eu tenho que ir agora.

– Tudo bem. Se cuida. Diga a Acke que eu mandei um abraço.

– Eu digo.

Ovette viu Acke vindo pela rua. Ela se levantou e saiu. Stilton passou o dedo pela borda de sua xícara de café. Complicar as coisas? Como? O que ela quis dizer com isso? Será que quis dizer que...? Ele não se atreveu a concluir o pensamento. De uma só vez. Obrigou-se a deixá-lo flutuando um pouco mais antes de poder formulá-lo em sua cabeça. Ele olhou para a rua e viu Ovette caminhando com o braço em volta de Acke.

Será que o pai de Acke era Rune Forss? Ele engravidou uma prostituta há onze anos? E tem um filho com ela sem saber de nada?

Stilton olhou para a xícara de café de Ovette. O encontro com ela confirmara o que ele já sabia. Rune Forss fizera uso do serviço de prostitutas. Mas ele não contaria com a ajuda de Ovette para provar isso. Nunca.

No entanto, Stilton agora tinha outra maneira de abordar Forss.

Olivia sentou-se em um banco na parte de trás da igreja de Sollentuna. Sandra e Charlotte estavam sentadas bem na frente. Havia poucas pessoas, que Olivia reconheceu. Uma delas era Alex Popovic. Tinham se cumprimentado com um gesto de cabeça quando ela entrou discretamente. Ela logo se certificou de que Jean Borell não estava lá. Ele poderia estar na verdade, o que complicaria as coisas. Ela não queria que Borell soubesse de sua ligação com Bengt Sahlmann.

Por outro lado, Maria, a sua mãe, estava lá. Ela balançou a cabeça quando Olivia chegou, atrasada, e sentou-se no banco ao lado dela.

O sacerdote que conduzia a cerimônia era um homem magro e aprumado com cabelo escuro cortado curto. Olivia supôs que fosse o mesmo sacerdote que tinha ido ver Sandra e Charlotte poucos dias atrás. Ele fez um panegírico muito profundo e comovente. Olivia percebeu que ele era muito próximo de Bengt e da família, o que foi confirmado quando Maria sussurrou: "Foi ele que sepultou a mãe de Sandra."

Olivia não gostava de funerais. Só tinha ido a dois em sua vida – os de seus pais. Primeiro o de Arne, depois o de Nils Wendt, seu pai biológico.

Mas agora ela estava ali por causa de Sandra.

Após a cerimônia havia chá e café num recinto ao lado. Olivia pôde falar com Sandra por um momento antes de entrarem. Ela viu que Sandra se esforçava para manter a calma. Elas se abraçaram. Olivia entendia muito bem o que Sandra estava passando: não havia muito o que dizer.

– Tem um banheiro aqui em algum lugar? – perguntou Sandra, e Olivia apontou para uma porta mais adiante. Sandra foi até lá e Charlotte aproximou-se de Olivia. Ela trajava um elegante vestido preto e seu cabelo estava preso em um coque apertado. Charlotte parecia um pouco com Therese, pensou Olivia. Lembrou-se de que a mãe de Sandra tinha o mesmo cabelo louro e olhos bastante incomuns, muito próximos um do outro. Sandra tinha dito que Charlotte era a mais velha das irmãs e que havia trabalhado como instrutora de golfe.

Charlotte caminhou em sua direção com os braços abertos e elas se abraçaram. Olivia notou que o rímel de Charlotte tinha manchado um pouco sob o olho.

– É tão terrível, tão triste – Charlotte disse baixinho.

– Sim.

– Ele era uma pessoa tão boa.

– Vocês mantinham bastante contato?

– Muito. Eu era sua cunhada, e quando Therese morreu nos aproximamos ainda mais, foi uma época terrível para ele e Sandra. Ficar sozinho com uma criança nessas condições não foi fácil.

– Eu posso imaginar. E você tinha perdido sua irmã mais nova.

– Sim, mas foi mais difícil para ele, muito mais. Houve noites e noites em que eu tive que ficar ao lado dele para confortá-lo, depois que Sandra ia dormir, porque ele não queria que a filha visse a sua profunda tristeza.

– Sei.

– Então, sim, ficamos muito próximos, foi uma fase difícil... mas aos poucos as coisas melhoraram, com o tempo. Bengt começou a ficar mais ativo, a sentir-se feliz e esperançoso. É por isso que eu não quis acreditar quando Sandra me disse, da primeira vez, que Bengt tinha se suicidado. Isso simplesmente não fazia sentido para mim. Claro, ele andava um pouco deprimido ultimamente, mas daí a cometer suicídio vai um passo bem grande.

— Foi por causa do que aconteceu com o pai dele? No Silvergården?

— Sim, isso também.

— O que mais?

Charlotte virou-se e olhou para a porta do banheiro. Nenhum sinal de Sandra.

— Eu acho que Sandra não sabe disso — ela sussurrou. — E é melhor que não saiba, mas Bengt estava muito triste.

— Por quê?

— Ele me ligou uma noite e me disse que havia se apaixonado novamente, pela primeira vez desde a morte de Therese.

— Por quem?

— Uma mulher do trabalho.

Gabriella Forsman foi o primeiro nome que passou pela cabeça de Olivia.

— Você sabe o nome dela?

— Não. Mas Bengt apaixonou-se por essa mulher e depois aconteceu alguma coisa no trabalho que, de repente, deixou-o muito abatido.

— O que aconteceu?

— Eu não sei, mas parece que o que aconteceu interferiu na relação dele com essa mulher, tornou-a impossível de alguma forma. Ele não disse o motivo. Mas, como eu disse, daí a cometer suicídio vai um passo bem grande.

— E acabou que não foi suicídio.

— Pois é.

Ambas pararam de falar quando Sandra voltou do banheiro. Charlotte caminhou na direção da sobrinha e deu-lhe um abraço. Elas seguiram para a sala do café. Olivia ficou onde estava, não sabia o que fazer. Tudo o que queria era sair dali, ir embora. Mas não podia.

Resolveu ir para a sala do café também.

Charlotte e Sandra haviam se sentado a uma mesa com Maria e umas pessoas que Olivia não conhecia. A mesa estava cheia. Ela pegou uma xícara de café e uns biscoitos e não sabia onde sentar. Viu que Alex estava sentado ao lado do padre e de uma mulher que ela não reconheceu. Vou ficar aqui de pé mesmo. A sala não era muito grande e, considerando a natureza do evento, estava bastante calma. Por isso deu para ouvir perfeitamente quando Alex levantou a voz.

— Porque ele é a porra de um canalha filho da puta.

A quem ele estava chamando de canalha não deu para ouvir, pois ele baixou a voz na mesma hora. Mas aquilo chamou a atenção de Olivia. O único canalha que ela associava a Alex era Jean Borell. Então ela se aproximou discretamente da mesa dele.

E pôde ouvir até as palavras mais abafadas.

— Eu acho que você está exagerando – disse a mulher.

— Pode ser – disse Alex. – Isso no seu mundo. Para mim foi a porra de um tapa na cara. Mandar uma coroa de flores ostentosa como aquela? Para mostrar que tem grana e pode pagar? Ele conhecia o Bengt desde que tinham 17 anos, caralho!

— Você não poderia moderar o seu linguajar um pouco, Alex?

O padre estava tentando fazer com que Alex cortasse os palavrões.

— Desculpe – disse Alex. – Eu só acho que foi uma forma ruim.

— Mas talvez ele não esteja em Estocolmo.

— Ele está aqui. Por que está defendendo ele?

O padre sorriu.

— Alguém precisa fazer isso. As pessoas costumam ser rigorosas com Jean.

— Bom, talvez haja uma razão para isso.

Alex virou a cabeça e viu Olivia.

— Oi! Venha e sente-se aqui.

Alex puxou uma cadeira, o que dificultou a recusa de Olivia. Ela sentou. Alex apresentou a todos.

— Tomas Welander. Agnes von Born. Esta é Olivia, ela conhece a Sandra.

— Ela falou de você – disse Welander, olhando para Olivia com expressão de curiosidade.

— É mesmo?

— Sim. Parece que você e sua mãe cuidaram dela naquela noite terrível.

— Sim, ela ficou na nossa casa. Minha mãe mora perto da casa dos Sahlmann.

— Eu soube.

— Agora eu tenho que ir – Alex disse e se levantou.

— Você pode me dar uma carona?

Foi Agnes von Born que pediu a carona, e ele disse sim. Os dois deixaram a mesa e, em seguida, Alex lembrou a Olivia sobre uma cerveja de que ela havia falado. Olivia prometeu entrar em contato. Ela ficou meio tensa de ver Alex e von Born indo embora.

Deixando-a com um padre.

— Então, como você acha que Sandra está agora?

Welander estava segurando sua xícara de café quando fez a pergunta. Olivia foi pega de guarda baixa. Para ela, o seu relacionamento com Sandra era um assunto privado. Não havia nada nele que quisesse conversar com outras pessoas. Mas ele era um sacerdote.

E, mais do que isso, também era um amigo da família.

— Eu realmente não sei – disse ela. – O que você acha?

— Estou preocupado.

Welander olhou para Sandra por cima da xícara.

— Por quê?

— Porque eu vejo os mesmos sinais de antes.

— Antes? Você quer dizer de quando a mãe dela morreu?

— Sim, ela ficou muito mal na época. E por muito tempo. Quase catatônica. Estou muito preocupado que possa ter uma reação semelhante agora. Tenho mantido contato diário com ela e acho que está tendo muitos altos e baixos.

— Mas isso não é de se estranhar.

— Não, claro que não. Depois de passar por tantas tragédias, e ainda muito nova.

— Exatamente.

— Ela está vindo agora.

Welander se levantou e recebeu Sandra de braços abertos. Eles se abraçaram. Olivia ficou sozinha na mesa. Pensando no que Charlotte lhe dissera pouco antes.

Gabriella Forsman? E Bengt Sahlmann? O que isso tinha a ver com o Silvergården? Nada. Pode ter algo a ver com as drogas desaparecidas na Alfândega.

Será que sua teoria estava caindo por terra?

Mette esperava ansiosamente pelo dia do arquivo Mårten. Um dia por semana, Mårten ia até a prefeitura para fuçar sobre o seu passado. Depois de velho dera para pesquisar a história de sua família.

– Por quê? – ela perguntara quando ele tocou no assunto pela primeira vez.

– Porque eu quero saber de onde eu vim.

– Você veio da Tjärhovsgatan, em Södermalm.

– E antes disso?

O assunto parou por aí. Mette não tinha interesse nenhum pelo seu próprio passado. Mais cedo ou mais tarde, acaba-se descobrindo que temos uma relação de parentesco com um assassino sanguinário ou com um conde maluco da Alemanha. O que tinha de tão divertido nisso? Já bastava saber que tínhamos uma relação com nós próprios.

Então, quando Bosse e Lisa tocaram a campainha, ela sabia que teria só duas horas. Para ficarem sozinhos. Naquela casa enorme.

– Como você está passando? – Bosse perguntou assim que ela abriu a porta.

– Passando bem. Entrem.

E isso foi tudo o que disseram sobre a saúde de Mette.

A conversa girou em torno de Clas Hall e Gabriella Forsman, particularmente Forsman. A perícia tinha praticamente feito um enema no computador dela e encontrara algumas informações surpreendentes. Principalmente nos e-mails. De e para Bengt Sahlmann. As conversas por e-mail revelaram que eles tinham algum tipo de relacionamento íntimo, um relacionamento cheio de fortes emoções, principalmente da parte de Sahlmann.

– Ela o pegou direitinho – disse Lisa.

– Você acha que foi assim?

Bosse não estava inteiramente convencido. Que Sahlmann alimentava um forte sentimento por Forsman estava bastante claro, mas até que ponto ela não correspondeu não ficara muito claro, pelo menos para Bosse. Ela poderia muito bem ter se apaixonado por ele também.

Lisa não pensava assim.

– Eu acho que ela o usou. Acho que o envolveu com aquelas unhas vermelhas dela e o seduziu de caso pensado.

– Para fazer o quê? – perguntou Mette.

– Para desenvolver atividades criminosas sem que ele soubesse.

– Existe alguma evidência disso?

– Sim.

Lisa pegou algumas folhas impressas do material retirado do computador de Forsman detalhando uma conversa por e-mail entre Forsman e Sahlmann. O primeiro e-mail era de Sahlmann:

Talvez você não possa entender como foi incrivelmente doloroso descobrir isso. Mas não posso fechar os olhos. Eu sei o que você fez.

Meu querido Bengt! Não é o que você está pensando. Você tem que acreditar em mim. Eu fui forçada a isso! Eu te ligo hoje à noite! Meu corpo é todo seu.

– Meu corpo é todo seu?

Mette teve que ler o e-mail com seus próprios olhos. Ela havia conhecido Gabriella Forsman, é claro, e estava plenamente consciente dos recursos da mulher, mas "Meu corpo é todo seu"?

– Em que tipo de novelão ela pensa que está vivendo?

A próxima breve troca de e-mails sugeria que Sahlmann e Forsman haviam se encontrado e que algum tipo de acordo fora feito. Sahlmann desta vez usava um tom bastante diferente.

Se tudo não for devolvido no próximo domingo à noite, eu vou comunicar à polícia na segunda-feira de manhã. Você sabe que eu preciso fazer isso. Depois a polícia cuidará de Hall e você terá de arcar com as consequências. B.

Foi Mette que resumiu as informações. Ela era a chefe.

Com enfarte ou sem enfarte.

– Então Sahlmann descobriu que Forsman havia roubado as drogas apreendidas na Alfândega. Ela confessou e jogou a culpa em Hall. Sahlmann lhe deu um ultimato, provavelmente por causa dos sentimentos que nutria por ela: se as drogas roubadas não voltassem para a Alfândega, no mais tardar no domingo, ele iria chamar a polícia na segunda-feira.

– O que ele não fez, porque foi assassinado no domingo à noite – Bosse disse.

– Por Clas Hall?

– Ou Forsman?

– Ou ambos?

– Bom trabalho! – disse Mette.

Lisa e Bosse agradeceram. Eles não tinham feito muito, foram os peritos forenses em informática que conseguiram todas as informações. Mas mesmo assim se deleitavam com um elogio de Mette.

– Portanto, agora só temos dois problemas – disse ela. – O primeiro é que nossos suspeitos continuam foragidos. E não continuarão assim por muito tempo, eles são amadores. O segundo, e um pouco mais complicado, é o laptop de Sahlmann. O que foi roubado. Onde está afinal? Não na casa de Hall nem na de Forsman, correto?

– Não – disse Lisa. – Mas se eles roubaram o laptop porque achavam que Sahlmann poderia ter informações arquivadas sobre o roubo, então não devem ter se livrado dele em algum lugar.

Mette estava prestes a contra-argumentar com algumas objeções quando viu o carro de Mårten pela janela da cozinha. Mas já? Ele saiu não tem nem uma hora. Mette levantou de um salto, sem apoiar-se na mesa, algo que Bosse e Lisa notaram.

– Vocês têm que ir agora. Mårten está chegando.

Bosse e Lisa tinham acabado de arrumar suas coisas e abrir a porta da frente quando Mårten entrou pelo portão.

– Olá?! – disse. – O que vocês estão fazendo aqui?

– Eles vieram me trazer flores! – gritou Mette da antessala. – São uns queridos!

Ela acenou para Bosse e Lisa, que passaram direto por Mårten em direção ao portão. Mårten ficou vendo eles irem embora. "São uns queridos"? Ele subiu os degraus e deu um beijo no rosto de Mette.

– Que flores trouxeram?

Como de costume, a Centralstation estava abarrotada de gente. Olivia estava de pé ao lado da chamada "escarradeira", do designer Stig Lindberg, um belo aro de metal por onde se pode olhar para as pessoas no piso inferior se apressando para entrar ou sair dos trens. Quando pegava esses trens, ela sempre evitava passar por baixo do aro: um costume enraizado quando se é criado nos subúrbios. Claro que foi Lenni quem lhe ensinou. A primeira vez que tinham entrado na estação juntas, Lenni a puxara pelo braço quando ela estava prestes a passar pela linha de tiro.

– Não, não passe debaixo disso! Você está louca?

– Por que não?

– Você não está vendo as pessoas lá em cima preparando a carga?

– Carga pra quê?

– Pra cuspir! Todo mundo sabe disso! Aquelas pessoas lá em cima são profissionais do cuspe. Mascam chicletes como se fossem uma droga de melhoria de desempenho para ativar a produção de saliva e depois escolhem a vítima. É nojento!

Olivia olhara para cima, mas não vira ninguém olhando para baixo nem mascando chiclete, mas desde aquele dia evitava passar embaixo da escarradeira. Agora ela estava lá olhando para quem tinha aprendido sobre esse perigo potencial ou para quem não tinha a menor ideia. Eram muito poucos. Ela olhou para o relógio. Ove havia telefonado de manhã e faria uma escala em Estocolmo antes de seguir para Koster: teria uma palestra à tarde e uma conferência na parte da manhã, mas se desse tempo ele iria encontrar-se com ela por um instante. Agora, na verdade.

– Oi!

Olivia se virou. Lá estava ele. Bronzeado, cabelo louro descolorido e roupas amarrotadas. Seriamente gostoso, como diria Lenni.

– Ah, oi! Eu não vi você!

Para a sua irritação, Olivia sentiu-se corar no rosto bronzeado. Por que isso estava acontecendo? Ela também não sabia se devia abraçá-lo ou não.

Então Ove resolveu o impasse.

– Estou feliz de ver você de novo! Na vida real!

Olivia mal conseguiu dizer "Eu também" durante o abraço, e xingou Lenni. Se Lenni não tivesse falado de Ove como uma espécie de namorado presumível, ela não iria de repente começar a corar ou se sentir constrangida em sua presença.

Isso nunca acontecera antes.

– Para onde estamos indo? – ele quis saber.

Ove tinha cerca de uma hora livre antes de seguir para a sua palestra, então eles decidiram tomar uma cerveja no Royal Viking Hotel ao lado da estação, onde se encontraram pela primeira vez há um ano e meio.

Quando se sentaram a uma das grandes mesas do saguão com uma cerveja cada um, Olivia de repente sentiu-se calma. Que bom. Foi um nervosismo totalmente infundado. Aqueles outros sentimentos estavam só na imaginação de Lenni. Agora tudo voltara ao normal e eles estavam conversando e rindo. Ove lhe contou sobre sua árdua jornada de volta para casa e como estava ansioso para retornar a Nordkoster. Ela falou sobre o que tinha acontecido, desde a última vez que conversaram por Skype, sobre sua experiência no Silvergården e suas suspeitas de que tinha algo a ver com o assassinato de Bengt Sahlmann.

Mas não mencionou sua visita a Jean Borell.

– Tem uma coisa que eu quero te contar – Ove disse de repente.

Olivia olhou para ele. O canto de sua boca tremia um pouco. Ele sempre fazia isso quando estava um pouco nervoso.

– Pode contar, está parecendo sério. Não tem nada a ver com o seu pai, não é?

– Não, não, é algo completamente diferente.

Ele começou a se remexer na poltrona. O que achava tão difícil de contar?

– Eu conheci uma garota – disse ele.

A frase caiu como uma bomba. Olivia tinha acabado de levar o copo de cerveja à boca e não conseguiu evitar de cuspir algumas gotas, para sua vergonha. Ela imediatamente se enxugou.

– Ah, tá, que legal! – disse ela.

Ela percebeu como aquilo soou falso e concentrou-se em colocar o copo na mesa sem derramar mais nada.

– Ela é bióloga marinha também, americana, chama-se Maggie. Você vai gostar dela. Nós trabalhamos juntos na Guatemala.

Ove continuou falando enquanto as imagens começaram a correr na cabeça de Olivia sem que ela tivesse chance de detê-las. Ove e a tal de Maggie numa praia, de mãos dadas, envolvidos em intensas discussões sobre o que fazer com os moribundos recifes de corais espalhados pelos mares do mundo. O casal perfeito. Ela se xingou por não ter ido encontrar-se com Ove quando estava em sua longa viagem. Ele quis que ela desse uma passada na Guatemala antes de ir para o México e Costa Rica. Mas ela disse não, porque queria ficar sozinha em sua viagem catártica. Agora estava arrependida. Se tivesse dito sim, talvez ela é quem estivesse andando de mãos dadas com Ove pela praia. Mas, pensando bem, não era uma coisa que desejasse. Ou era? Tudo isso passava pela sua cabeça. O que ela realmente sentia? Será que Lenni tinha razão?

Não, não tinha!

Olivia retomou o controle de si mesma após essa explosão caótica de emoções. Ela estava apenas surpresa. Não tinha ideia de nada. Ele poderia tê-la preparado para isso! Eles eram amigos afinal, porra, e amigos contam tudo um para o outro! Ove continuava falando.

– Ela vai estar na conferência aqui e eu adoraria que você a conhecesse – disse ele.

– Eu? Por quê?

Ele agora também ia forçar a barra para ela conhecer a tal de Maggie?

– Porque eu contei a ela sobre você, é claro.

– Por quê?

– Qual é o seu problema? Está irritada porque eu não te contei antes?

– Não mesmo.

– Sim, está, posso ver isso escrito na sua cara. Mas eu e ela acabamos de nos conhecer. Eu ia te contar na última vez que nos falamos por Skype, mas a conexão caiu.

– Ah, claro, claro.

– E isso não muda nada entre nós, não é?

Olivia olhou para Ove. Ele olhava para ela com ar de súplica, como se não acreditasse de fato no que estava dizendo a si mesmo. Ela por certo não acreditava.

– Tem certeza?

– Sim. Maggie tem um monte de amigos homens. Ela não tem nenhum problema se a gente passar um tempo juntos.

Ela estava cagando se Maggie tinha "amigos homens", o que sinceramente já parecia ridículo pra caralho. Olivia sentiu que queria ir embora dali. Não estava com a menor vontade de ouvi-lo falando do seu novo amor. Eles não eram tão velhos amigos assim para isso, pensou. Então, ela olhou para o relógio como se ele pudesse salvá-la.

– Você me desculpe, mas eu não tenho tempo para conhecê-la.

– Mas eu não quis dizer agora. Ela só vai chegar amanhã. Nós podemos vir para ela conhecer você então?

Olivia parou de estudar o relógio e ficou olhando as unhas. "Nós." Ele já falava "nós". Em tão pouco tempo.

– Desculpe, eu vou sair. Amanhã. Com a minha mãe.

Ove recostou-se na poltrona.

– Fale a verdade. Você não quer, não é?

Olivia ergueu a cabeça e os olhos deles se encontraram. Por que mentir para ele?

– Não, eu realmente não quero. E agora você precisa ir se não quiser chegar atrasado.

Olivia se levantou. Rápido demais. Uma onda de decepção varreu os olhos de Ove quando ele olhou para ela.

– Por favor, Olivia, sente-se.

– Você está com pressa.

– Nem tanto. Sente-se, por favor?

Olivia afundou de volta na poltrona e olhou pela janela.

– Nós nos tornamos muito bons amigos, não é? – disse Ove.

– Sim.

– E nunca tivemos outro tipo de conversa.

– Não.

– Principalmente da sua parte. Você sempre foi muito clara quanto a isso, o tempo todo.

O que ele estava querendo dizer com isso? Que ele já sentira alguma coisa por ela? E ela nunca havia percebido?

– Sim – disse ela.

– E em algum momento isso ia acontecer. Que um de nós conhecesse alguém, quero dizer.

– Claro. E poderia muito bem ter sido eu. Bem, já aconteceu. Eu conheci um cara no México. Ramón. Eu fiquei de quatro por ele. Ou melhor, nós ficamos um pelo outro.

E então ela começou a rir. Um riso forçado. Por que disse isso? Para dar o troco? Ela não tinha contado a ninguém sobre Ramón, exceto para Lenni. E ela definitivamente não planejara contar a Ove. Mas, novamente, ela viu que Ove afundou um pouco na poltrona e ela percebeu que gostou disso. Dera o troco bem dado.

– Ramón?

– Sim, depois eu fui embora e acabou, mas ainda nos falamos.

O que também era mentira. Assim como a história de ficar de quatro pelo cara. O relacionamento com Ramón fora simplesmente uma troca de fluidos corporais.

Para ambas as partes.

– Ok – Ove disse.

Inversão de papéis. Agora é você que está incomodado, e tudo está bem melhor, pensou Olivia.

– Se um dia você passar por Cuatro Ciénegas, pode ir lá conhecê-lo – disse ela.

Agora sim havia extrapolado, ela percebeu isso. Ove olhou-a com uma expressão esquisita e ela sentiu que estava na hora de pular fora. E rápido. Antes que dissesse outra asneira ainda mais ridícula.

– Sinto muito, mas eu realmente tenho que ir agora. Vou me encontrar com Lenni e já estou atrasada.

Ove se levantou. Quando ela estava passando por ele, ele a segurou e puxou-a para perto. E naquele exato momento ela admitiu para si mesma que desejava que tudo aquilo não passasse de um blefe, mesmo da parte dele.

– Você significa muito para mim – disse ele. – Eu realmente não quero que isso destrua o nosso relacionamento.

– Claro que não – ela mentiu. – Tudo foi apenas um pouco repentino. Mas eu realmente não quero conhecê-la, se você não se importa. Talvez outra hora.

Olivia libertou-se de Ove e tentou sorrir.

– Vamos ficar em contato! Se cuide!

Olivia saiu para a rua encharcada de chuva. Pela janela viu Ove colocar o casaco e dirigir-se à saída. Achou que ele parecia triste. Não era de se estranhar. Olivia estava convencida de que as coisas nunca poderiam ser como antes entre eles. Ela havia perdido um bom amigo e sentiria falta das conversas confidenciais dos dois, e talvez de um pouco mais do que isso. Ela acelerou o passo em direção à estação do metrô para que Ove não tivesse chance de alcançá-la por acaso. Depois que desceu as escadas e passou pela catraca, ela pegou o celular e ligou para Lenni.

– Você tem razão. Ove Gardman é um nome feio pra caralho!

Ela percebeu que sua voz soou excessivamente exaltada. E Lenni percebeu também.

— O que aconteceu?

— Ele conheceu uma garota.

— Oh, querida... E foi quando você percebeu que eu tinha razão!

— Não, não foi bem assim, mas também não me senti nas nuvens. Nós podemos nos encontrar no Kristallen daqui a pouco?

— Claro! Estou no Skrapan agora. Eu só vou comprar umas capas de chuva no shopping e depois vamos afogar suas mágoas!

Stilton estava perambulando pelas ruas de novo, desta vez em Kungsholmen. Ele precisava processar a conversa que tivera com Ovette Andersson. Ela admitira que Rune Forss havia comprado os seus serviços sexuais, mas que nunca iria depor. Stilton sabia que não poderia forçá-la. Ele também não queria fazer isso. Ele virou na Fleminggatan para entrar na Norr Mälarstrand e ligou para Mette. Que não demorou a resumir a situação.

— Bem, então nós sabemos que ele não era apenas um nome em sua lista de clientes. Ele de fato pagava para fazer sexo com prostitutas.

— Sim.

— Mas como Ovette não quer se expor num depoimento, isso não tem utilidade para você.

— Não. Mas ela confirmou que ele pagava por outras garotas também.

— Você conseguiu algum nome?

— Não.

— De volta à estaca zero.

— Obrigado.

Stilton terminou a chamada e pulou uma poça d'água. Estaca zero? De jeito nenhum! Ele varreria aquela cidade, passaria um pente-fino em tudo até encontrar outra testemunha. Uma testemunha que quisesse falar. Que não fosse tão vulnerável quanto Ovette. Isso poderia levar tempo, mas se havia algo que ele tinha, era tempo. Para coisas como esta – vingar-se.

De uma forma ou de outra.

Ele olhou para algumas pichações intrincadas no prédio do outro lado da rua. Por alguma razão lembrou de Abbas. Ligou para ele. Que não atendeu mais uma vez. Seu nível geral de irritação aumentou ainda mais. Quando ligou para Jean-Baptiste, ele parecia mais furioso do que preocupado.

– Eu tentei falar com ele um milhão de vezes e ele não responde! Qual é o jogo dele?! Você esteve em contato com ele afinal?

– Sim, ele não te ligou?

– Não.

– Ele está no hospital.

Stilton ficou paralisado. Não era aquilo que queria ouvir. Definitivamente não era daquilo que estava precisando em seu estado atual.

– O que aconteceu?

– Uns filhos da puta o espancaram pra valer.

– Muito?

– Pra cacete.

– Tanto assim?

– O suficiente para que ele fique aqui por um bom tempo. Mas ele voltará para casa assim que tiver alta do hospital.

– Como você sabe?

– Eu sou policial.

Stilton interpretou corretamente a resposta: Jean-Baptiste dera um ultimato a Abbas. Ótimo. Então ele vai voltar para casa. Stilton desligou e passou pelo Palácio da Prefeitura. No hospital? Ele sentiu novamente um aperto no estômago. Eu deveria ter ficado em Marselha. Deveria ter enfiado aquela passagem pela goela dele abaixo e ficado. Mas não o fiz.

Ele se sentou em um banco úmido e olhou para as águas da Riddarfjärden.

As águas escuras e frias da baía.

Então, Abbas fora espancado e ele não tinha testemunhas para pegar Rune Forss.

Ele bateu os pés nas pedras do calçamento.

E o que dizer de Jackie Berglund? Conseguiria arrancar alguma coisa dela? Levá-la a confessar que tinha envolvido Rune Forss com profissionais do sexo? Como faria isso? Por intimidação? Jackie não era uma mulher que se deixava intimidar.

Ele olhou para a Norr Mälarstrand. Sabia que ela morava nessa rua, sabia o seu endereço. Fora buscá-la para um interrogatório há muitos anos, como parte de uma investigação sobre o homicídio de uma prostituta grávida que trabalhava para a agência de Jackie. Supunha que ela ainda devia morar lá.

Stilton se levantou e caminhou ao longo do cais arborizado. Não conseguia se lembrar do número, só da aparência do prédio. Ficou tentando achar enquanto andava. De repente, um táxi parou na frente de um edifício. Viu duas pessoas descerem do carro. Primeiro Jackie Berglund e, logo atrás, um homem grandalhão. Não o reconheceu. Teria arrumado um guarda-costas? Pouco antes de o casal desaparecer pela portaria, ele viu Jackie virar-se na sua direção.

Ele se escondeu atrás de uma árvore.

– Lá. Está vendo?

Jackie estava de pé olhando por um dos seus janelões panorâmicos. As luzes estavam apagadas. Ela apontou para a rua e Mickey Leigh acompanhou o seu olhar. Havia um homem sozinho perto de uma árvore.

– Quem é o sujeito?

– Tom Stilton. Um ex-detetive da polícia que me importunou ao longo dos anos.

– E agora também?

– Acho que sim. Por que mais ele estaria ali de pé olhando?

Jackie foi pegar um pouco de gim.

Mickey continuou olhando para o homem perto da árvore.

Abbas recebeu alta do hospital às seis horas da tarde. Ele estava com pressa. Levara o aviso de Jean-Baptiste muito a sério. Olhara nos olhos do policial grandalhão e entendeu que seu tempo em Marselha estava se esgotando. Mas ele teria tempo para mais uma visita. A um dos prédios mais altos onde morava Marie.

Ele pegou um táxi.

— O que foi que você fez?!

Marie parecia chocada, e com razão. A aparência de Abbas estava tenebrosa. Ele encostou-se na porta e esperava que nenhum dos filhos dela estivesse por perto. Não queria apavorá-los.

— Você está sozinha? – perguntou.

— No momento, sim. Entre. O que aconteceu?

Abbas fez um relato ainda mais sucinto do que o que fizera a Jean-Baptiste. Quando terminou de contar o que aconteceu, Marie tentou dar-lhe um abraço. Parou quando viu que ele se retraiu assim que ela tocou de leve em seu peito.

— Você tem um computador? – perguntou.

— Paul tem um. Está ali.

Marie apontou para a sala e Abbas entrou. O computador estava ligado. Ele abriu o navegador imediatamente.

— O que você vai fazer?

Marie estava em pé na cozinha fazendo o café. Olhou para Abbas por cima do ombro.

— Pesquisar algumas informações.

— Ah, sim.

Marie não quis perguntar mais nada, não queria se envolver. Tinha marido e filhos e podia ver o estado em que Abbas se encontrava. Estava feliz por ele usar o computador, mas não queria saber para quê. E esperava que ninguém o tivesse seguido até ali. Ela encheu duas xícaras com um café forte e deu uma a Abbas.

— Obrigado.

— Vou me sentar na cozinha. As crianças devem estar chegando em quinze minutos. Você acha que consegue...

— Espero que sim.

Abbas rolava febrilmente as páginas dos diversos sites em que entrava. Estava procurando por listas de atores. De agências que conseguiam atores, os quais também trabalhavam em "filmes adultos". Ele achou duas. Demorou um tempo para percorrer a primeira. A outra foi mais fácil. Depois de algumas páginas, ele viu a foto do homem que o agredira. Uma foto colorida de um homem sorridente com o corpo brilhante de óleo e um extenso currículo ao lado.

– Você tem uma impressora? – gritou ele para Marie.

– Sim, está conectada.

Abbas imprimiu três imagens do site da agência. Impressão em preto e branco, mas isso não importava.

Serviriam ao seu propósito.

Mais uma vez ele desceu pelas escadas.

Quando Olivia entrou no tradicional e elegante restaurante Pelikan em Södermalm, Lenni já conseguira uma mesa e pedira uma cerveja. Ainda era cedo e o bar local, Kristallen, não estava muito cheio. Ótimo, pensou Olivia, ainda era possível ter uma conversa.

– Então me conte. Quem é essa garota que ele conheceu? – disse Lenni.

Olivia falou do seu encontro com Ove e de sua reação totalmente inesperada.

– Mas se você tivesse contado a ele o que sentia, você não acha que ele também perceberia? Que ele também é apaixonado por você?

– O que quer dizer com "também é"?

– Meu Deus, Olivia! Apenas pare! Você não consegue ouvir a si mesma? Já passou da hora de encarar os fatos. Como pode ser tão lesada em algumas coisas e tão sagaz em outras?

Mas Olivia se recusava terminantemente a encarar esses "fatos". Não era amor, era amizade. Uma amizade muito especial que nunca tivera com nenhum homem.

E agora ela estava sofrendo porque tudo estava acabado.

Nada mais do que isso.

E Lenni, como a amiga de confiança que era, parou de apontar o dedo para os erros de Olivia. Mesmo que tivesse de morder a língua quando Olivia ficava falando do significado de Ove na sua vida, de como ele fora importante no ano passado, e ainda não entendia o porquê. Elas só paravam de falar para tomar mais cerveja.

Depois de três cervejas grandes, a cabeça de Olivia começou a rodar. Não comera nada desde o café da manhã. Agora estava tendo um jantar líquido. Não era lá muito bom. O lugar começara a encher mesmo e o nível de ruído aumentara consideravelmente. Lenni tinha ido ao banheiro e Olivia estava sozinha na mesa pensando que era hora de ir para casa.

Agora ou nunca.

– Ora, ora! Olá!

A voz veio de trás e Olivia se virou. Seus movimentos não estavam muito coordenados naquele estágio alcoólico, e ela teve que se segurar na cadeira para não perder o equilíbrio. Alex Popovic estava atrás dela, sorrindo.

– Ora, ora! Olá! – disse ela.

– Você está aqui sozinha?

– Não, com uma amiga. Ela está no banheiro.

– Posso me sentar?

Olivia lançou um olhar em direção aos banheiros. Lenni acabara de sair do banheiro e se dirigia ao balcão do bar para cumprimentar um amigo em comum que estava acenando para ela.

Lenni não ia querer ir embora.

Tão cedo.

– Claro – disse ela.

Então Alex sentou-se.

– Podemos tomar aquela cerveja agora, se quiser – disse ele.

– Que cerveja?

Para Estocolmo, aquele apartamento certamente poderia ser considerado espetacular. Se estivesse no descolado Meatpacking District em Nova York, seria bastante comum, mas não em Estocolmo. Um loft convertido de quase duzentos metros quadrados em um antigo prédio industrial, com um piso rústico de madeira de pinho escura e paredes de tijolos brancas. Vigas de madeira pesadas cruzavam o teto daquele enorme espaço aberto. Uma lareira preta imperava magnífica bem no meio da sala.

Alex tinha um agradável espaço.

Mas nem chegava perto do padrão Borell, Olivia pensou quando largou o casaco no chão.

– Vamos acender a lareira?

– Não.

Olivia não queria lareira nenhuma. Ela queria transar agora, de preferência com as luzes apagadas. Estava bêbada e sabia que poderia desmaiar a qualquer momento.

– Alguma coisa para beber?

– Não, obrigada.

– Uma música, então?

Olivia deu de ombros. Se ele quisesse música, por ela tudo bem.

– Você escolhe – disse ele. – Eu só vou pendurar o meu casaco.

Alex fez um gesto em direção a uma gigantesca estante de CDs em um dos lados da parede e desapareceu por uma porta escura do outro lado. Olivia se aproximou da estante de CDs. CDs? Hoje em dia todo mundo não usava Spotify? Alex, pelo visto, não. Olivia olhou para a pilha de CDs na sua frente e sentiu os títulos girando na cabeça. Foi difícil focalizar algum. Ela pegou um CD qualquer e tentou ver o que era.

– Encontrou algo?

Alex saiu do outro lado. Ela esperava que ele estivesse nu, ou pelo menos usando um roupão, mas ele ainda vestia a mesma calça jeans com camiseta de antes. Ele caminhou na sua direção. Olivia tirou o suéter e desabotoou o sutiã. Alex ficou parado poucos metros à sua frente. O contraste entre os peitos firmes e brancos e o tronco extremamente bronzeado era surpreendente. Ela nunca fizera topless na praia.

– Podemos ir para a cama? – perguntou ela.

Levou um tempo para encontrar o endereço do Touro. A informação no currículo tinha ajudado. O número do telefone e o endereço levaram-no a uma área com que não estava muito familiarizado. No centro, mas fora do antigo radar de Abbas, no lado leste, um bairro bastante luxuoso. O apartamento ficava no alto de um antigo edifício de pedra. Não foi problema entrar no prédio – havia um espaço entre a velha porta de madeira e o dintel. Ele subiu pelas escadas até o alto e chegou em uma pesada porta de ferro. Não havia nenhum nome na caixa de correio, mas sabia que viera ao lugar certo. Ele prendeu a respiração e apalpou a roupa sobre o corpo. Tudo estava onde deveria estar. Pegou uma das facas pretas e abriu a caixa de correio com a ponta da lâmina, em silêncio e com cuidado. Não havia luzes. Depois fechou a caixa de metal e tocou a campainha.

"Eu fiz vista grossa uma vez, mas nunca faço isso duas vezes."

Abbas ouviu a voz calma e fria do policial grandalhão em sua cabeça. Lembrou de outra coisa que ele dissera: "Infelizmente uma atriz pornô morta não é a nossa prioridade neste exato momento."

Para Abbas, era a sua prioridade máxima.

Ele tocou a campainha novamente. Nada. Encostou o ouvido na porta e procurou escutar. Nada.

Então desceu as escadas e voltou para a rua. Lá embaixo, viu degraus de pedra que levavam até uma praça. Ele se sentou. Dali dava para ver a porta do prédio e as janelas do apartamento no último andar. Tudo às escuras.

Seu plano era esperar O Touro voltar para casa.

Mickey Leigh cumprira o seu dever como hóspede de Jackie Berglund. Ele estava de pé no chuveiro enquanto ela colocava um pouco de papel higiênico para proteger a calcinha. Ela já entrara na menopausa uns dois anos antes, então não havia motivo para preocupação com o esperma, mas ela não queria sêmen manchando suas calcinhas. Sentada no vaso sanitário, olhava para aquele homem em seu chuveiro. O vidro do boxe era fosco, então não podia ver os detalhes. E não precisava. Olhou para a silhueta do corpo dele e pensou nos anos que haviam passado. Já fazia muito tempo. Desde quando eles passaram um tempo juntos no continente, ambos no mesmo ramo de trabalho. Ela era uma garota de programa muito requisitada, e ele era bom no que homens como ele costumam ser. Eles tiveram bons momentos. Em muitos aspectos.

Foi tudo muito intenso.

Depois ela se estabeleceu em Estocolmo e se envolveu na parte mais administrativa do negócio de acompanhantes de luxo, acabando por ter uma agência própria.

E Mickey Leigh ficara no continente.

O telefonema ocasional, algumas cartas e depois e-mails, algumas fotos picantes de vez em quando. Não mais do que isso. Mas o suficiente para não perderem o contato.

Agora ele estava ali, e os bons momentos estavam de volta outra vez.

Mickey abriu a porta do boxe e pegou uma toalha.

Jackie sorriu para ele. Ele retribuiu o sorriso e enxugou-se.

Naquela época ele não tinha, pensou Jackie. Essa tatuagem.

Um pequeno touro preto no pescoço.

Quando será que fez?

19

Uma folha de jornal flutuava pela calçada. A leve brisa da manhã circulava pelos blocos de apartamentos. Abbas esticou o corpo rígido. Ficara sentado a noite inteira nos degraus de pedra, os olhos fixos na porta do prédio. Algumas pessoas tinham entrado e saído – nenhuma delas era O Touro. Amanhecia e ainda não havia luz nas janelas do alto do edifício. Ele consultou o relógio. A qualquer momento Jean-Baptiste ligaria para o hospital para verificar se ele fora liberado. Ele desceu os degraus e esperou por um táxi.

Quando o táxi o deixou na frente do Hôtel Richelieu, Abbas já havia tomado uma decisão. Fecharia a conta no hotel e sumiria. Ele ainda conhecia alguns lugares na cidade onde seria improvável que Jean-Baptiste o encontrasse. A única coisa que o preocupava era Tom. Sabia que havia se aproveitado do relacionamento de Tom com Jean-Baptiste, e dar uma volta no policial grandalhão não o deixaria em bons termos com Tom.

Mas este era apenas um problema periférico diante do que mais importava – encontrar O Touro.

Abbas passou pelo porteiro dorminhoco. Ele tinha a chave do quarto no bolso, destrancou a porta e entrou.

– Hora de pegar a estrada?

Jean-Baptiste estava sentado na beira da cama, fumando. Fumar não era permitido no hotel, mas ele não percebeu ou não se importou. Abbas sentiu uma súbita vontade de fugir.

– Você vai ter uma escolta privada até a estação central.

Jean-Baptiste sorria ao dizer isso, não com desdém, mas um pouco desalentado.

* * *

Passava das nove horas e Jean-Baptiste estava em seu terceiro Gauloise. De pé na plataforma 4 da estação, observava os movimentos de um pombo gordo. O bicho tinha acabado de engolir um pedaço considerável de uma baguete no chão e estava tentando voar até a cobertura de ferro no alto da estação central. Não parecia estar se saindo muito bem, pois se viu forçado a fazer uma pausa para descanso no teto de um dos vagões prateados. Jean-Baptiste desviou os olhos para a plataforma barulhenta. O trem deveria partir dali a doze minutos e Abbas ainda não dissera uma palavra sequer sobre onde havia passado a noite. Isso não tinha mais importância. Ele seria colocado em um trem para Paris. Assim que chegasse lá, o problema seria da polícia parisiense.

– Aqui.

Jean-Baptiste se virou. Abbas estava segurando um envelope branco.

– O que é isso? – quis saber Jean-Baptiste, pegando o envelope.

– Uma fotografia do cara que me atacou. O provável assassino de Samira.

Jean-Baptiste abriu o envelope e retirou parcialmente a foto.

– O nome dele é Mickey Leigh – disse Abbas. – Os detalhes de contato estão no verso. Ele é O Touro.

– Como você sabe?

– Ele tem um touro tatuado no pescoço. Você o reconhece?

– Não, mas vou verificar.

– Não posso ficar aqui até você fazer isso?

– Não. Você foi atrás dele ontem à noite?

– Sim.

– E então?

– Ele tem um apartamento na rue Protis, mas não voltou lá.

– Cara de sorte.

Eles olharam um para o outro. Aquilo era torturante para Abbas. Ele acabara de encontrar o homem que poderia ser o assassino de Samira e estava sendo forçado a deixar Marselha, sentar em um trem de volta para a Suécia e entregar a captura de Mickey Leigh para Jean-Baptiste.

– Mas farei tudo ao meu alcance para pegá-lo, você pode ter certeza disso.

Abbas assentiu, pegou sua mala de rodinhas e olhou na direção dos trilhos. Seu trem havia chegado. Ele caminhou pela plataforma com Jean-Baptiste ao seu lado. Os dois pararam diante da porta aberta do vagão. Jean-Baptiste estendeu a mão. Abbas apertou-a e o policial segurou a mão de Abbas por alguns segundos.

– Se ele estiver aqui, nós vamos pegá-lo, você sabe disso.

– Está bem.

Abbas subiu no trem.

Jean-Baptiste esperou até o trem sair da estação. Até que enfim, pensou. Então decidiu fazer uma caminhada restauradora até a delegacia de polícia. Mas não entrou. Em vez disso, entrou no barzinho em frente e sentou-se à sua mesa favorita perto da parede. O rapaz do balcão foi rápido em servir-lhe a sua Perrier. Quando acendeu mais um cigarro, Claudette entrou. Ele sabia que ela iria aparecer por ali mais cedo ou mais tarde. Ela viu Jean-Baptiste e sentou-se à sua mesa. Eles ficaram olhando um para o outro por alguns segundos.

– Tom Stilton foi embora – disse Jean-Baptiste.

– Eles sempre vão.

Jean-Baptiste pousou sua mão grande sobre a de Claudette.

E cobriu-a completamente.

Ao acordar, não sabia onde estava. Parede de tijolos pintados de branco? Ela ficou imóvel, tentando entender por que sua cabeça estava explodindo. Poucos segundos depois, conseguiu.

Alex. Estou na casa de Alex Popovic. Estou deitada na cama dele. E ele deve estar deitado do meu lado. Ela não virou a cabeça. Nós transamos. Eu queria transar. Ficamos fodendo numa cama grande bem no meio deste quarto. É onde estou deitada agora. Eu vim para cá. Foi tudo tão inesperado.

Mas quanto eu realmente bebi? Três cervejas antes de ele chegar, ou foram quatro? E depois eu insisti em tomar uns shots. Shots? Por que eu quis tomar uns shots, merda? Ela ainda estava imóvel. Se eu me mexer agora ele vai acordar. Se estiver deitado na cama. O que vou dizer então? Oi. E depois? Pode me chamar um táxi?

– Oi.

Olivia deu um pulo. Ele estava deitado na cama. Ele virou-se um pouco. Alex estava erguendo a cabeça de um travesseiro listrado, tentando desgrudar as pálpebras. Pelo que parecia, ele também havia tomado uns shots.

– Oi – disse ela. – Você tem um chuveiro aqui?

– Sim. Você já vai se levantar?

– Sim?

O que ele estava pensando? Que fariam sexo de novo? Ela detestava transar de ressaca. Queria se levantar e se lavar toda. Ela retirou o edredom grosso, pôs os pés no chão e se levantou. Não deveria ter feito isso. Não tão rápido. Sua cabeça começou a rodar. Ela perdeu o equilíbrio e sentou na cama de novo. Alex riu e colocou a mão nas costas dela. O que ajudou-a a se levantar.

– Onde fica o chuveiro?

– Lá, à direita. Você quer um café?

– Sim, por favor.

Olivia pescou o seu top do chão. Não conseguia ver onde estava a sua calça. Será que ele escondeu a minha calça debaixo do travesseiro? Ela desapareceu pela porta do banheiro.

Quando voltou, enrolada em uma toalha, ele tinha posto a mesa, ao lado de um janelão que dava para o lago. E havia colocado a calça dela em uma cadeira. Ela tirou a toalha e vestiu a calça. A calcinha devia estar no seu bolso, ela pensou, e olhou pela janela.

– Onde estamos? – ela quis saber.

– Liljeholmen. No lado de Gröndal. Você não se lembra de como nós...

– Não.

Ela não conseguia se lembrar de como chegaram ali e não estava nem um pouco interessada em saber. Pegou o copo que ele lhe passou.

– Está de ressaca? – ele perguntou.

— Sim, uma ressaca terrível.

— Eu também. Mas foi bom.

O que "foi bom"? O que eles fizeram na cama? O que tinha de "bom" nisso? Dois idiotas bêbados que mal controlavam a própria libido? Olivia sentiu que começava a ficar irritada. Acalme-se, pensou, foi você quem quis. Não faça merda, ele a ajudou quando você precisou e é um cara legal. Sorria um pouco.

— Sim, foi bom. – Ela sorriu e tomou um grande gole do café forte.

— O que você vai fazer hoje?

— Ficar sóbria.

Alex sorriu de volta. Ele achava que tinha uma boa percepção dessa mulher e seu temperamento. Gostava da sua mordacidade, e tinha uma noção clara do que a noite havia significado. Não muito para ela, talvez, mas bastante para ele. Tudo bem. Ele não iria sussurrar palavras doces e vazias em seu ouvido. Não era a abordagem correta com Olivia.

Havia outras formas.

— Então, o que você achou do funeral? – perguntou ele.

— Dureza. Eu não gosto de funerais.

— Eu também não.

— Por que você ficou tão puto?

— Com o quê? Com Borell?

— Sim.

— Você ouviu, não é? Ele é um canalha.

Provavelmente, pensou Olivia. Ela esteve a ponto de contar-lhe sobre sua excursão a Värmdö. Mas conseguiu guardar silêncio. Não queria arrastar Alex para aquilo, como não queria antes.

— Quem era aquela mulher? – disse ela. – Qual era o nome mesmo, Agnes von...?

— Born. Ela é médica.

— Ela também foi colega de Bengt no Lundsberg?

— Sim.

— Ela estava no jantar em que ele brigou com Borell?

— Sim, por quê?

— Eu não sei. Estou de ressaca. Tem um telefone tocando.

Era um celular, na cama.

– Não é o meu – disse Alex.

Olivia se levantou. Era o tom de chamada do seu celular. Podia ouvi-lo agora. Ela foi até a cama e tentou localizá-lo. Estava debaixo do lençol. Debaixo do lençol? Como foi parar ali? Ela pegou o aparelho e já ia atender quando viu a tela.

Era Ove.

Não atendeu. Pegou o casaco do chão e olhou para Alex.

– Estou indo.

– Me liga?

– Claro. Tchau!

Olivia pensou que ia fazer uma saída rápida e triunfal até que percebeu que não tinha ideia de onde ficava a porta da frente.

– É por ali e depois à esquerda.

Alex apontou para uma porta e tentou esconder um sorriso.

Olivia saiu para a rua e sentiu que precisava de oceanos de água com um quilo de paracetamol para completar. E, para piorar as coisas, o sol resolvera aparecer e a luz forte e fria torturava os seus olhos. Ela colocara o telefone no modo silencioso, mas ele ainda podia vibrar. Sentiu-o massageando sua coxa por dentro do bolso direito. Uma massagem breve. Não uma ligação, uma mensagem de texto. Supôs que fosse Ove outra vez. Não era. Era uma mensagem de Sandra. Olivia estava seguindo na direção da estação do metrô e deu uma olhada no texto.

Não era longo.

Oi, Olivia. Obrigada por cuidar de mim. Você é o máximo. Por favor, pense em mim só um pouquinho. O que escrevi naquele bilhete era verdade. Abs bjs Sandra

Olivia leu aquelas poucas palavras algumas vezes antes de reagir, antes de o pânico empurrá-la contra a parede. Ela ligou para o celular de Sandra e não sabia o que iria ouvir. Caixa postal.

Então ligou para Charlotte.

– Não, ela não está aqui. Disse que ia até a cidade encontrar-se com um colega.

– Ela mandou alguma mensagem para você?

– Não, por que pergunta isso?

– Não se preocupe. Tchau.

Olivia encerrou a ligação. Ventava e ela estava numa rua deserta em Gröndal sem a menor ideia do que fazer. Leu a mensagem de Sandra novamente. Era tão simples, tão clara, tão definitiva. Um grito de socorro? Ela não sabia. Mas sabia que precisava tentar encontrar Sandra.

E rápido.

Só não sabia como.

A única coisa que podia fazer era enviar uma resposta: "Por favor, me ligue."

Stilton estava de pé no convés da popa deixando o vento soprar em seu rosto. Ele tivera uma boa noite de sono. A súbita luz do sol bateu em seu rosto, mas, como sempre levava seus óculos escuros no bolso do casaco de couro, conseguiu um alívio imediato daquela cascata da luz. Mas não do vento. Ele estava abotoando o casaco quando Mette ligou.

– Oi, Tom!

– Abbas entrou em contato?

– Não. Por quê? Aconteceu alguma coisa?!

Então Mette não sabia. Ainda bem. Eles poderiam conversar sobre isso quando Abbas voltasse. Ele não queria fazer isso sozinho e ouvir Mette arengando que ele tinha errado ao deixar Abbas sozinho em Marselha.

– O que você quer? – disse ele.

– Eu estava pensando no que Ovette Andersson disse, que Forss pagara para fazer sexo com outras garotas também.

– Sim, mas ela alegou não saber quem eram as garotas.

– Você já perguntou a Olivia?

– Olivia?

– Ela contatou muitas dessas garotas que trabalharam para Jackie Berglund quando estava investigando no ano passado.

– É mesmo?

– Sim, ela pode conhecer alguém daquela época.

– Ah, ok...

Houve alguns segundos de silêncio.

– Mas você não quer? – disse Mette.

– Falar com Olivia?

– É.

– Ela é que não quer falar comigo.

– Comigo também não.

– Pois é. Como você está, afinal? – Stilton percebeu que deveria perguntar.

– Bem. Na verdade muito bem hoje. Acabamos de prender duas pessoas que estávamos procurando por conta daquela investigação de que te falei, sobre as drogas desaparecidas. E talvez sejam suspeitas de homicídio também.

– Parabéns.

– Obrigada.

Mette desligou. Stilton apoiou-se na balaustrada. Olivia? Com quem ele não tinha contato havia mais de um ano? Desde que ele contara a verdade sobre sua mãe e ela saiu desabalada da cozinha dos Olsäter, revoltada por ele ter sido covarde. No entanto, ele tentara telefonar para ela, várias vezes. Ela nunca atendeu. Ele já não existia para ela. Mårten já tocara neste assunto algumas vezes. Com seu jeito diplomático, tentara explicar os sentimentos de Olivia e que esta revolta diminuiria com o tempo.

Mårten tinha certeza disso.

Stilton não pensava o mesmo.

O pouco contato que tivera com Olivia levou-o a pensar de outra forma. Ela era um poço de ressentimentos. Ele era mais um deles. E agora Mette achava que ele deveria entrar em contato com ela?

E ouvir um monte de merda pela cara?

* * *

A Albion estava tendo uma reunião no alto do prédio situado na rua Skeppsbron. A vista para a enseada e a ilha de Skeppsholmen era magnífica. O edifício tinha uma longa história que remontava ao início do século XVIII, com um piso ligeiramente inclinado e o teto baixo. Jean Borell tentara seduzir a Câmara Municipal para que permitisse que ele aumentasse o prédio em alguns metros, mas até agora eles se recusavam, alegando considerações de patrimônio cultural.

Mas ele daria um jeito nisso em breve.

Era um homem bem-relacionado.

Ele estava sentado em uma das extremidades da longa mesa de teca oval. Pendurada na parede atrás dele, uma grande fotografia emoldurada dele mesmo apertando a mão de Henry Kravis.

A fotografia fora tirada em um heliporto em Nova York.

As outras quatro pessoas reunidas em torno da mesa, três homens e uma mulher, ocupavam diferentes cargos na empresa. Todos eram membros da diretoria local. Eles haviam sido convocados para uma reunião de estratégia sobre o futuro próximo. Parecia problemático. Como as coisas estavam agora, o debate sobre lucros no setor de bem-estar social estava no topo da agenda política, tendo em vista as eleições legislativas de 2014 que logo aconteceriam. Ainda era muito cedo para prever o resultado, mas o que podiam prever era o que aconteceria se houvesse uma maioria verde-vermelha. Stefan Löfven e o Partido Social-Democrata tinham deixado isso bem claro. Se ganhassem as eleições, as empresas privadas estariam sujeitas a duras regulamentações. E a Confederação Sindical Sueca realmente queria limitar os lucros ao equivalente à taxa de juros mais 1% do capital total, o que tornaria o negócio totalmente desinteressante para a Albion.

— Então, como vamos lidar com esse risco? — perguntou Borell.

— Assinando o máximo de contratos possível antes das eleições — disse um jovem enérgico chamado Olof Block. Ele continuou: — Daí a importância de nosso contrato com Estocolmo, ele é absolutamente essencial.

— Por quê?

— Porque várias municipalidades em todo o país estão esperando para ver o que Estocolmo vai fazer. Se aqui assinarem, então os outros assinarão e tudo parecerá estável.

Borell sabia que Block estava totalmente certo. Se tivessem grandes contratos de longo prazo suficientes, eles ainda seriam capazes de vender a organização.

— Como estamos indo com o contrato de Estocolmo? – perguntou Siri Anrén, uma mulher de cabelos escuros sentada na ponta da mesa.

— Estamos indo muito bem – disse Borell. – Deve ser acertado em breve.

— Existe alguma coisa que possa prejudicar essa negociação?

Todos em volta daquela mesa sabiam aonde ela queria chegar. Todos sabiam que a Albion tinha sido retratada desfavoravelmente pela mídia no ano anterior. Houve duras críticas de todos os lados. No momento, vários políticos da oposição questionavam se a prefeitura de Estocolmo iria realmente assinar outro contrato multimilionário com uma empresa como a Albion. Os políticos que defendiam a negociação apontavam para o fato de que a maioria das operações da Albion em Estocolmo eram bem administradas. O Silvergården era um dos lares de idosos usados como exemplo de boa gestão, como um argumento a favor de um novo contrato.

— Eu não posso ver nada que pudesse prejudicá-la – respondeu Borell.

— Jean.

— Sim?

Um dos homens na mesa se inclinou em direção a Borell.

— Infelizmente houve um incidente que eu acho que nós precisamos discutir – disse ele.

— O que foi?

O homem levantou-se e foi até a porta atrás de Borell. Ele abriu-a e deu passagem a uma mulher.

Rakel Welin entrou na sala.

O homem apresentou-a ao grupo.

— Rakel Welin, diretora do Silvergården.

Ele então deu a palavra a Welin, que fez um relato claro e conciso da morte recente de Hilda Högberg no lar de idosos. Todos compreenderam a natureza delicada do incidente.

– Existem parentes que possam causar problemas?

– Não, ninguém – afirmou Welin. – E a cuidadora que estava presente sabe que não está coberta pela política de proteção aos autores de denúncias. Ela não será problema.

– Então por que estamos falando desse assunto? – perguntou Borell, soando um tanto impaciente, enquanto desenhava figuras abstratas num bloco de anotações.

– Porque uma pessoa não autorizada testemunhou o incidente.

– Quem? – perguntou Olof Block.

– O nome dela era Olivia Rivera.

A caneta de Borell ficou estática. Ele olhou diretamente para Welin.

– E o que ela estava fazendo lá? – disse ele, tentando manter um tom neutro.

– Eu realmente não sei, ela alegou conhecer alguém que havia falecido na casa. Infelizmente ela estava no quarto onde Hilda Högberg morreu. Eu quis relatar isso, porque ela se comportou de forma muito arrogante quando lhe pedi para deixar o local.

– Arrogante em que sentido?

– Ela insinuou que estávamos encobrindo alguma coisa, e perguntou quem era a empresa responsável pelo lar de idosos. Ela foi bastante desagradável.

Welin parou de falar quando viu olhares sendo trocados por todos na mesa, exceto Borell. Ele havia desenhado um grande "O" em seu bloco com um ponto de interrogação dentro.

Às 13h15 ele entrou em um restaurante exclusivo no centro histórico de Estocolmo. Reservara a mesa para dois havia mais de um mês, para ter um longo almoço com Carina Bermann, um dos grandes nomes do Partido Moderado na prefeitura de Estocolmo. Iriam discutir sobre o novo contrato enquanto desfrutavam os sete pratos do almoço especial, ele pensou consigo mesmo. Mas agora não. Logo após sua reunião na Albion, ele ligara para Bermann explicando que tinha havido uma emergência que teria de resolver. Ela entendeu sem fazer perguntas: em se tratando de Borell, os horários podiam mudar num piscar de olhos.

— Nós vamos fazer isso quando você tiver tempo — disse ela.

— Claro. Como estão indo as coisas? Com o contrato?

— Parecem ótimas. Eu acho que já temos a maioria das pessoas fechando conosco. A maior parte das sondagens foi concluída, então tenho certeza de que poderemos seguir adiante sem muitos obstáculos.

— Ótimo. Eu quero que você saiba o quanto estou agradecido pelo seu esforço.

— Obrigada.

— Então, o que você achou do quadro da Karin Mamma?

— Maravilhoso, muito obrigada! Absolutamente surpreendente! Nós já penduramos na nossa sala de jantar, ficou perfeito. Você vai ver da próxima vez em que nos visitar!

— Parece ótimo. Fique bem!

— Você também. Tchau!

Borell olhou para a garçonete. Ela já ia lhe passar o cardápio quando Borell interrompeu-a.

— Não estou com muito apetite hoje. Eu só quero o *vendace roe*.

— Pois não. Está esperando um convidado?

— Sim.

A garçonete afastou-se para dar a Borell alguns minutos antes de seu convidado chegar. Ele ainda estava se sentindo desestabilizado após as revelações de Rakel Welin. Olivia Rivera? No Silvergården? A visita que fizera a sua casa teria alguma relação com isso? Só podia ter, não pode ter sido uma coincidência. Que diabo ela está procurando? Ela é jornalista por acaso? Ele refletiu um pouco mais sem encontrar qualquer resposta plausível. Teria que discutir a situação mais detalhadamente com seu convidado.

Dali a alguns minutos, o convidado apareceu.

— Oi. Senta aí.

Magnus Thorhed concordou, tirou o casaco e sentou-se na cadeira em frente a Borell. Depois tirou os óculos e começou a limpá-los com um pano de seda cinza. Borell o observava. Ele sabia que Thorhed seguia rituais rigorosos. Um deles era sempre limpar os óculos quando sentava à mesa de um restaurante. Borell não sabia por quê, mas não queria interromper o procedimento. Quando Thorhed terminou, ele colocou os óculos e olhou para Borell.

– O que você vai comer?
– Ovas.
– Será que tem lagosta aqui?
– Tenho certeza que sim. Você não quer o prato do dia?
– Não.

Então Borell teve que dar trabalho à pobre garçonete com outro pedido especial. Isso não se alinhava muito com a rotina do restaurante estrelado pelo Guia Michelin, mas, considerando o número de vezes que Borell e seus sócios tinham frequentado o restaurante e gastado quantias astronômicas, eles eram flexíveis. Era do interesse de todos.

Quando estavam sozinhos novamente, Borell foi direto ao assunto.

– Nós temos um problema.
– Hum-hum. E qual é?
– Olivia Rivera.
– O sobrenome dela é Rönning, não Rivera – disse Thorhed. – Ela mora em um apartamento alugado de um parente na Skånegatan. Uma de suas amigas trabalha em uma videolocadora.
– Como você sabe disso?
– Eu a segui outro dia quando saiu do seu apartamento e encontrou-se com a amiga na loja.

Borell olhou para Thorhed e lembrou-se dos motivos de haver escolhido aquele homem como seu parceiro mais próximo. Não fora apenas por suas habilidades financeiras, mas por uma série de outras também, como as demonstradas agora. Eles haviam discutido a visita de Olivia Rivera em Värmdö depois que ela foi embora, e decidiram que precisavam ficar de olho nela. Thorhed ficou, à sua maneira. Borell raramente precisava dizer-lhe o que queria que fosse feito: Thorhed estava sempre um passo à frente nas coisas. Um homem estranho, Borell pensou, recordando-se da ocasião em que Thorhed interveio quando um bêbado estava prestes a atacar o Jaguar de Borell sem motivo algum. O homem era grandalhão e violento, mas virou um trapo no chão poucos segundos depois. No carro, quando voltavam, Thorhed mencionou sua faixa preta em caratê. Agora ele estava olhando para Borell com seus impassíveis olhos asiáticos.

– De que forma Rivera-Rönning é um problema? – perguntou. – Exceto pelo fato de estar mentindo quando diz que está escrevendo uma dissertação.

Borell esperou até que fossem servidos. Uma boa porção de ovas de coregono branco em uma tábua de pedra e uma lagosta fervida. Ele pegou uma colher de chá das ovas salgadas e levou à boca, sem estragá-las com limão ou outros temperos. Depois que engoliu, contou a Thorhed o que Olivia havia testemunhado no Silvergården. Thorhed compreendeu imediatamente a situação. Ele tinha uma noção clara da importância do Silvergården como carro-chefe da Albion nas negociações em andamento do contrato com a prefeitura de Estocolmo. E, portanto, percebia as consequências potencialmente devastadoras se Rivera-Rönning decidisse falar com a imprensa sobre o que tinha visto.

– Então, como podemos evitar isso? – disse ele.

– Ela não é do tipo que pode ser silenciado.

– Não.

Thorhed arrancou uma das garras duras da lagosta.

– Você quer que eu fale com ela? – ele disse.

– Sim.

– Está bem, eu falo.

Thorhed quebrou a garra da lagosta com os dentes.

Olivia estava quase chegando em casa na Skånegatan quando sua mãe Maria ligou. Maria estava em um trem que saía de Rotebro.

– Sandra voltou a morar na casa dela? – perguntou ela.

– Não, pelo que eu sei não. Por quê?

– Porque acho que a vi na estação.

Olivia saiu correndo em direção ao seu carro, que estava estacionado na esquina. Ela conseguiu derrubar um rapaz usando fones de ouvido, pediu desculpas e continuou correndo. Quando chegou no carro, não encontrou as chaves no bolso. Merda! Será que caíram do casaco na casa de Alex? Ela começou a procurar por um táxi quando de repente sentiu as chaves no outro bolso. Abriu a porta do carro.

Normalmente Sandra pegava o ônibus na estação de trem, mas desta vez ela queria caminhar. Não estava vestida adequadamente para aquela época do ano, mas o frio úmido de novembro não a incomodava, ela estava totalmente absorvida em si mesma. E andava a passos rápidos com o olhar grudado no chão. Segurava uma lata pequena e estreita na mão, que estava enfiada no bolso do casaco.

Quando chegou perto de sua antiga escola, Gillboskolan, onde passara nove anos, ela diminuiu o passo e decidiu entrar no pátio. Ela não sabia por quê, não era um atalho, apenas parte de um ritual. Passara tantos anos felizes e infelizes ali. Felizes quando sua mãe estava viva, infelizes depois que ela morreu. Mas eles haviam superado, ela e seu pai.

Juntos.

O pai segurara a barra e a apoiara, embora ele mesmo estivesse fora de si de tanto sofrimento. Eles tinham um ao outro naquele pior dos mundos. Agora ela estava sozinha. Não havia sobrado ninguém a quem amava. Não tinha ninguém que lutasse por ela, ninguém para torcer por ela nos jogos de voleibol, ninguém ficaria feliz se ela tirasse a melhor nota na prova, ninguém que se importasse como o seu pai se importava. Como a vida podia ser tão terrivelmente injusta? Todos os seus amigos ainda tinham pai e mãe, e não se davam conta disso. Levavam a vida concentrados nas banalidades típicas de adolescentes de 17 anos, em coisas que ela deveria estar fazendo também. Mas não estava.

Não mais.

Ela olhou para os prédios escuros da escola, ainda havia luzes em algumas janelas, mas em todos os outros lugares o dia de aula tinha chegado ao fim. Todas as crianças estavam em casa com os seus pais e logo seria a hora do jantar. As lágrimas brotaram em seus olhos, embaçando sua visão. Ela piscou, fechou o casaco e acelerou o passo novamente.

Quando se aproximou da casa, ela parou. Apenas um mês atrás, ela e o pai tinham colhido maçãs no jardim e fizeram molho de maçã juntos pela primeira vez. Foi superdivertido. A cozinha inteira ficou pegajosa depois. Agora as macieiras estavam ali nuas e sem vida, emoldurando a casa amarela de madeira. Uma bela casa antiga com entalhes na madeira no estilo vitoriano. Ela viveu ali toda a sua vida. Ali era a sua casa. Agora tudo o que via era uma enorme concha vazia. Ela acelerou o passo e entrou pelo portão. Fechou-o firmemente, como sempre tinham feito, e seguiu pelo caminho de cascalho em direção à porta da frente. Antes de chegar nos degraus, viu que um lado da lona que cobria a grande churrasqueira ao ar livre havia se soltado. Ela foi até lá e prendeu-a de novo. Seu pai sempre tivera muito cuidado com aquela churrasqueira. Era de uma marca luxuosa e havia custado uma fortuna.

Quando colocou a chave na fechadura, ela de repente sentiu-se mal. Abriu a porta rapidamente, entrou na antessala e sentou-se num banquinho. Ficou sentada ali, no escuro, com a cabeça nas mãos, olhando para o chão. Ela não queria olhar para o teto.

Definitivamente não.

Depois de um tempo, a sensação de náusea diminuiu, ela se levantou, deu alguns passos até a sala e afundou no sofá. Tirou os sapatos e viu que tinha sujado o chão da sala, seus sapatos estavam completamente enlameados. Mas isso não importava mais! E por que se preocupara em cobrir a churrasqueira? Nada mais importava.

Não mais.

Seus olhos percorreram a sala. A luminária de pé ainda estava onde sempre esteve, o tapete macio não parecia diferente. Tudo parecia igual, embora nada estivesse. Ela colocou a mão no bolso do casaco e tirou a latinha – a que veio segurando firmemente por todo o caminho. Abriu-a e tirou um pequeno objeto embrulhado. Retirou cuidadosamente o papel e olhou a lâmina de barbear cinza. Segurou-a na mão enquanto fechava as cortinas. De repente, ficou completamente escuro na sala e ela teve que acender o abajur ao lado do sofá. Então reparou que um dos DVDs do seu pai tinha caído no chão. Ela aproximou-se e pegou-o: *Asas do desejo*. Um dos filmes favoritos do pai. Era sobre anjos. Por que foi o único a cair no chão? Ela abriu a caixa, tirou o DVD e colocou-o no player. Ficou girando a gilete entre os dedos enquanto o filme começava. O início era muito estranho: alguém escrevendo em um pedaço de papel: *"Als das Kind Kind war..." "Quando a criança era criança..."* Enquanto no filme uma voz suave alternadamente lia e cantava o texto, Sandra afundava nos próprios pensamentos. Quando olhou para a televisão novamente, viu um homem com asas, de pé no alto de algum tipo de igreja, olhando para as pessoas lá embaixo. Ele podia ouvir todos os pensamentos delas. Mas só as crianças olhavam para cima e o viam. Ela desligou o aparelho. Não queria imaginar que seu pai pudesse vê-la agora. Só complicaria as coisas. Queria permanecer em seu estado emocional para ser capaz de fazer o que pretendia. O que decidira fazer. Então ela viu um pouco de sangue escorrendo de sua mão. Não tinha sentido o corte da lâmina. Estranho. Quando se sente muita dor por dentro, não podemos mais sentir uma dor física normal? Há algo de reconfortante nisso. Ela levantou-se do sofá e foi até a estante. A fotografia estava onde sempre esteve, a fotografia de sua família. Ela, seu pai, sua mãe. Fora tirada quando ela fez sete anos e todos pareciam felizes. *"Als das Kind Kind war..."* Sandra pegou a foto e seguiu para o banheiro. Ela queria ficar na banheira, para não sangrar o lugar todo. Depois que entrou no banheiro, jogou longe o seu casaco e tirou toda a roupa, menos a camiseta e a calcinha. Então ficou olhando para o branco da banheira por um tempo. Colocou a fotografia na borda e entrou. Chegou a pensar em enchê-la de água.

Achou melhor não.

Olivia ultrapassou todos os limites de velocidade imagináveis. Quando ia se aproximando da casa, quase atropelou um Rottweiler gordo. O dono saiu correndo de uma casa atrás dele, gritando algo que Olivia não pôde ouvir. Mantenha a porra do seu cachorro preso, ela pensou, e virou na direção da casa dos Sahlmann. Ela freou bem na frente do portão e saiu correndo do carro, sem fechar a porta. Quando chegou na porta da frente, hesitou por um segundo. Devia tocar a campainha? Testou a maçaneta. A porta não estava trancada. Ela entrou na antessala.

– Sandra!

Seguiu para a sala de estar. O abajur ao lado do sofá estava aceso.

– Sandra! É Olivia! Você está aqui?

Silêncio.

Olivia correu até o escritório, a cozinha e os quartos. Quando entrou no corredor escuro, viu uma luz vindo do banheiro. Será que está tomando banho? Como fizera da última vez em que desapareceu? Olivia sentiu a garganta apertar enquanto se aproximava da porta do banheiro. Estava entreaberta.

– Sandra?

Olivia abriu a porta. Sandra estava deitada na banheira, praticamente nua. Seus braços estavam cobertos de sangue, havia sangue escorrendo por suas coxas e os azulejos da banheira branca estavam respingados de vermelho. Olivia gritou. Sandra virou a cabeça e olhou para ela. Lentamente, ela ergueu a mão direita que segurava a gilete ensanguentada.

Olivia seguiu junto na ambulância até a emergência do hospital. Ficou vendo os paramédicos cuidarem de Sandra. Quando chegaram à emergência, outra equipe entrou em cena e colocou-a em uma maca. Olivia seguiu atrás. Mais à frente no corredor do hospital, eles desapareceram por uma porta levando a maca. Uma enfermeira disse a Olivia para ficar e esperar. Ela se sentou em uma cadeira, encostou a cabeça na parede verde e fechou os olhos. Viu o banheiro na sua frente, os azulejos brancos, as manchas vermelhas, a jovem ensanguentada na banheira, os olhos dela procurando os de Olivia, foi horrível.

– Olivia.

Era a voz de Charlotte. Olivia abriu os olhos. Ela havia ligado para Charlotte da ambulância e contara o que aconteceu. Charlotte estava em casa conversando com Tomas Welander justamente sobre Sandra. Agora os dois estavam ali em pé na frente dela no corredor. Olivia se levantou ao mesmo tempo que uma enfermeira saía pela porta em que Sandra havia desaparecido. Todos se viraram para encará-la.

– Ela se cortou bastante – disse a enfermeira. – Mas está consciente e deve estar precisando de alguém para conversar. Algum de vocês é parente?

– Sim – disse Charlotte. – Eu sou a tia.

Olivia e Welander deixaram o hospital juntos. Eles não tiveram a oportunidade de ver Sandra: ela estava muito esgotada e Charlotte ficaria para fazer companhia. Uma médica tinha falado com eles sobre o "próximo passo", como ela disse. A paciente tentara ativamente cometer suicídio e quase conseguiu. Ela seria transferida para uma unidade psiquiátrica juvenil onde decidiriam um tratamento adequado. A médica mostrara-se solidária e positiva em relação às circunstâncias clínicas. Acabou ganhando a confiança de Olivia. E a de Welander também.

Os dois estavam abalados e cansados enquanto se dirigiam ao ponto de ônibus. Não havia muito o que dizer. Ambos suspeitavam que isso pudesse acontecer. Ambos sabiam como Sandra estava fragilizada.

Ambos se sentiam impotentes.

– Pelo menos ela estará recebendo a ajuda de pessoas que entendem mais do assunto do que nós – disse Welander.

– Espero que sim.

Olivia sentia-se triste. Sabia que irrompera no mundo de Sandra de uma forma que não era sua intenção. De uma forma que não saberia lidar. Ela havia estendido a mão e uma jovem enfraquecida caíra no seu colo.

– Você fez o que pôde – disse Welander, como se tivesse lido seus pensamentos. – Charlotte e eu também. Às vezes, o problema é que não sabemos os métodos certos. A gente quer ajudar, mas nos falta capacidade.

– Sim, acho que é isso.

Eles ficaram em silêncio esperando o ônibus. Olivia sentiu que queria falar sobre outra coisa, algo que pudesse livrá-la daquela pressão nos olhos.

Ela começou a falar sobre o funeral, sobre a inesperada explosão de Alex Popovic contra Jean Borell.

— Aquilo não me surpreendeu — disse Welander.

— Não?

— Alex na verdade não gosta de Jean há muito tempo.

— Por Jean ser um tanto canalha?

— Bem, há outras coisas também. Ele, Jean e Bengt foram muito... como se diz... próximos por um tempo, pelo que eu entendi. Então alguma coisa aconteceu, eu não sei o quê, eles nunca tocaram no assunto, que fez a atitude de Alex para com Jean mudar completamente. Ele podia ficar muito agressivo à simples menção do nome de Jean, como você ouviu.

— E você nunca perguntou o que aconteceu entre eles?

— Eu perguntei a Bengt uma vez, mas ele evitou o assunto, como se não quisesse, sei lá, parecer que estava fazendo fofoca.

Pena que eu não soubesse disso ontem, pensou Olivia.

Alex poderia ter revelado uma coisa ou outra na cama.

Por outro lado, ela provavelmente não teria sido capaz de lembrar de uma única palavra dele hoje.

Olivia foi direto para sua sala e desabou no sofá. Ela pegara seu carro em Rotebro e viera direto para casa, agora estava completamente exausta. As últimas vinte e quatro horas – com a notícia da nova namorada de Ove, o porre que tomou no Kristallen, a noite com Alex e depois a tentativa de suicídio de Sandra – deixaram-na esgotada. Ela estava deitada pensando em Sandra enquanto via uma teia de aranha balançando suavemente no teto. Pobre Sandra, o que acontecerá com ela agora? Será que finalmente conseguirá a ajuda adequada? Ela, Charlotte e o padre não tinham feito um trabalho muito bom. De repente, seu celular começou a vibrar. Ela pegou e viu que era uma mensagem. "Por favor, me ligue!" Era Ove. Ele havia ligado várias vezes durante o dia, mas ela não quis nem teve tempo para atender. Agora ele estava claramente tentando uma nova tática. Ela não conseguia entender o que ele queria. Ela fora muito explícita ao dizer que não queria conhecer Maggie. Olivia fechou a mensagem.

Então o telefone tocou de novo, mas desta vez era Lenni, então ela atendeu. Ela poderia melhorar o seu ânimo.

– Você parece cansada!

– Eu estou quebrada. O dia foi uma merda das piores. Você não tem ideia do que eu passei.

– Sim, para começar você acordou na cama errada. Qual é a sua jogada?

O coração de Olivia afundou quando ouviu o tom de voz de Lenni. Ela normalmente não costumava falar com tanta desaprovação.

– Uma coisa é afogar suas mágoas, outra bem diferente é agarrar o primeiro cara disponível que aparece!

Não era isso que Olivia queria ouvir. Ela queria suavidade, não ser criticada.

– Não foi bem assim – disse ela.

– Então, como é que foi?

– Nós já nos conhecíamos.

– Isso eu reparei. E agora você está conhecendo ele ainda melhor?

– Por que você parece tão aborrecida? Você não é mulher de passar sermão.

– Por que você não atende o telefone quando Ove liga?

– Porque eu não quero nem tenho energia pra isso. Como você sabe que ele está me ligando?

– Porque ele me ligou.

– Pra você?!

– Sim, e ele parecia muito chateado.

Olivia agora estava sentada reta no sofá. Ove fora se queixar com Lenni. Só porque ela não queria conhecer a sua namorada. Ela sentiu suas garras começando a sair.

– Bem, ele pode ir chorar no ombro da Maggie então.

– Ela não veio. Mudou de ideia e ficou nos Estados Unidos. Acho que tem outro namorado lá.

Sua cabeça cansada estava realmente começando a rodar agora. Maggie tem outro namorado nos Estados Unidos?

— Ah, tá, então ele está contando comigo para confortá-lo agora?

— Eu não tenho ideia de com que ele está contando ou deixando de contar, só sei que ele parecia muito triste por ter chateado você, mais do que com a ausência de Maggie. Parece que ela é que corria atrás dele, não o contrário, e ele, lisonjeado, deixou rolar.

— Ele não poupou nenhum detalhe.

— Sim, e ele teria contado isso também, se você se desse o trabalho de atender as ligações dele. Mas você estava ocupada demais com o Alex!

Agora Olivia ficou de fato irritada. Lenni não tinha o direito de julgá-la e fazer parecer que ela estava traindo Ove, porque não estava.

— Você não para de mentir para si mesma.

— Pare com isso agora, Lenni! Você está falando de coisas que não sabe.

Lenni riu. Não por achar engraçado.

— Ouça — disse Lenni. — Ontem eu fiquei sentada ouvindo você durante horas, então eu sei um pouco. Se é que *você* pode se lembrar, não é?

De repente, Olivia ficou nervosa. Ela não estava acostumada a ver Lenni tão feroz assim. Lenni era a pessoa mais leal, Olivia sabia, mas mesmo as pessoas de que mais gostamos podem nos apunhalar pelas costas. Experiências amargas ensinaram isso a Olivia.

— Você não foi fofocar com Ove sobre ontem, não é?

— Fofocar?

— Sim, sobre o que conversamos. Você não contou a ele sobre Alex ou o que eu disse?

— Eu já fofoquei alguma coisa sobre você?

— Como eu posso saber?

Silêncio. E então Lenni respondeu:

— Você realmente não sabe disso? Que pena.

Olivia percebeu que Lenni ficara magoada, e se arrependeu do que disse. Por que ela estava tão irritada por Ove e Lenni terem conversado? Ela gostava tanto dos dois.

— Desculpe, Lenni. Claro que eu sei. É que o dia foi pesado hoje. Eu acabei de voltar do hospital. Sandra, a garota de que te falei, ela tentou se matar. Está tudo muito difícil de segurar.

Silêncio.

— Lenni? Alô?

Mas Lenni já tinha desligado antes do pedido de desculpas de Olivia. Pronto. Agora ela estragara tudo com Lenni também. Um ótimo final para um grande dia! Olivia jogou o celular no sofá. Tudo o que ela queria fazer era dormir.

Então a campainha tocou.

Olivia se levantou, chegou na antessala e abriu a porta.

— Oi – disse Stilton.

Alguns segundos se passaram antes de Olivia responder.

— Você veio pedir emprestado o chuveiro de novo?

Stilton uma vez batera na porta dela, cerca de um ano atrás. Quando ele ainda morava nas ruas. Olivia o deixara entrar. Dois minutos depois, ele perguntara onde ficava o chuveiro e entrou direto no banheiro, sem o menor constrangimento, embora eles mal se conhecessem. Demorou um bom tempo para Olivia superar isso.

— Eu tenho meu próprio chuveiro agora – disse Stilton. – Rivera?

— Como você sabe?

— Está escrito Rivera Rönning na porta. Posso entrar?

— Por quê?

— Porque eu preciso da sua ajuda.

Olivia olhou para ele. O que via era um homem muito diferente ali na sua frente, mas com a mesma atitude franca. Não estava nos seus planos deixá-lo entrar. Resolveu dar as caras um ano depois só para dizer oi? Quem ele pensava que era?

— Por que acha que eu iria ajudá-lo?

— Porque é sobre Jackie Berglund.

Jackie Berglund? Aquela vagabunda escrota? Ele estava atrás dela? Ela afastou-se e deixou Stilton entrar.

— Você tem cinco minutos.

— Perfeito.

Stilton foi direto para a cozinha e puxou uma cadeira. A última vez que se sentara ali, ele estava meio morto e tinha acabado de salvar a si mesmo de um trailer em chamas. Olivia o encontrara todo chamuscado na portaria do seu prédio. Desta vez, ela parou na porta da cozinha.

— Um minuto quase acabando – disse ela.

— Você não vai se sentar?

— Não.

Stilton havia se preparado para isso. Sabia como ela reagiria. Mas mesmo assim tinha conseguido entrar em sua cozinha. Agora era só uma questão de fisgar a atenção dela.

— Eu quero acabar com um policial que usava o serviço de prostitutas – ele disse. – Jackie Berglund arrumava os encontros.

— Por que você quer acabar com ele?

Pergunta estúpida, Olivia pensou consigo mesma, mas ela queria manter uma distância.

— Por razões pessoais. Foi por causa dele que deixei a divisão de homicídios.

— Então você acha que eu vou ajudá-lo com uma questão pessoal.

— Espero que sim. Você não tem café aqui?

— Não.

Stilton olhou para o rosto dela completamente inexpressivo.

— Não é apenas para me ajudar – continuou ele. – Para você também é a chance de pegar um sujeito que foi terrível com você.

— Como você.

Ela disse isso sem afetação, com calma e naturalidade. Stilton sentiu que haviam chegado em um momento crítico, uma hora da verdade que sinceramente esperava não ter que enfrentar nunca.

Quanta ingenuidade.

Ele avaliou a situação. Ele poderia levantar e ir embora. De mãos vazias. Mas estaria de volta à estaca zero com Rune Forss novamente.

Ou ele poderia simplesmente encarar a música.

— Sim, como eu – ele disse. – O que eu fiz com você é algo de que me arrependi a cada dia durante um ano inteiro, isso quando não ficava me perguntando o que eu poderia ter feito em vez disso. Eu não tenho desculpa. Fui covarde e egoísta, e nunca me coloquei no seu lugar. Não sou especialista quando se trata de empatia, mas isso não serve como desculpa. Se eu conseguisse desfazer tudo, eu o faria. Mas não posso.

Ele estava realmente indo com tudo, pensou ele, mas havia uma grande dose de verdade no que estava dizendo. Foi ele que não quis contar a Olivia que o homicídio pelo qual ela estava obcecada no ano passado era o de sua própria mãe. Que era a sua mãe a vítima encontrada na praia de Nordkoster, embora ele soubesse disso o tempo todo. Quando percebeu que fora enganada por ele, ela reagiu daquela forma. E esse sentimento ainda estava lá.

— Mas o que me dói mais é que eu fiz uma promessa a Arne – Stilton disse.

— Como é? Que promessa você fez ao meu pai?

Olivia sentou-se numa cadeira em frente a Stilton e tentou disfarçar a sua surpresa. E o seu interesse. Ela não sabia daquilo.

— Para sempre cuidar de você, não importando o que acontecesse com ele. Só eu, ele e mais duas pessoas sabíamos a verdade sobre você. Se alguma coisa acontecesse com ele, foi a promessa, eu estaria sempre ao seu lado quando precisasse de mim. Eu não cumpri a promessa.

— Você surtou.

— Como pode acontecer com qualquer um. E não havia lugar para você lá, nem para ninguém.

Stilton abaixou a cabeça e ficou olhando para a mesa. Olivia o observava. Ela estava achando difícil fazer o que tinha se proposto, manter distância, sentiu que essa vontade ia lentamente desaparecendo. Quando estava no México, já havia pensado nisso, pensado em como Stilton suportara todo o peso de sua raiva em relação a Arne, em como ela transferira toda a culpa para Stilton. Arne estava morto, Stilton estava vivo. Agora ele estava sentado na sua frente, sofrendo pelo que tinha feito com ela.

Não era o bastante?

— Como posso ajudá-lo com esse policial? – ela finalmente disse.

Stilton ergueu a cabeça e viu o olhar dela. Viu a mudança. Viu que ele conseguira quebrar sua resistência. Viu que ela olhava para ele como a filha de Arne, e sentiu seu estômago apertar. Quase estendeu a mão para ela, mas não o fez. Era cedo demais. Frágil demais. Faria isso quando ela risse.

Na hora certa.

Então contou a ela o que estava procurando. As prostitutas que trabalharam para Jackie Berglund dez ou doze anos atrás. Contou sobre o seu encontro com Ovette. Não contou que foi Mette que o aconselhara a entrar em contato com Olivia. Não precisava.

Ela provavelmente já suspeitava disso.

– Não me lembro de todos os nomes assim de cabeça – disse ela. – Mas tenho algumas pastas onde guardei tudo o que encontrei. Eu posso dar uma olhada nelas mais tarde. Você quer um café?

– Seria bom.

– O que você fez em Marselha? – Olivia perguntou enquanto se levantava para fazer o café. E Stilton começou a contar. Por algum motivo, ele quis contar a ela. Tudo. Sobre Abbas e Samira. Sobre o crime e o esquartejamento. Sobre tudo o que tinha acontecido lá. A única coisa que não mencionou foi o que Jean-Baptiste lhe contara. E sobre Abbas no hospital. Ele não queria que Olivia se preocupasse, sabia que ela era muito ligada a Abbas.

– Então, quando ele vai voltar para casa?

– Ele está a caminho. Está vindo de trem. Tem um medo fodido de avião.

E veio o primeiro sorriso de Olivia. Não uma risada, eles ainda não haviam chegado lá, mas um sorriso. Ela sabia do medo de avião de Abbas.

– Então, o que você está fazendo agora? – perguntou Stilton.

Ele sentiu que aquele sorriso tinha aberto o caminho para a pergunta. Não teria tido coragem de perguntar momentos atrás. E se soubesse a resposta que teria, poderia até ter esperado um pouco mais.

– Eu estou agindo pelas costas de Mette – disse Olivia.

Ela pôs o café na mesa e serviu. Stilton esperou. Ele bebeu quase três xícaras antes de Olivia acabar de falar. Ela também sentiu que queria contar tudo. Mesmo sobre Sandra.

Quando parou de falar, Stilton olhou para ela. Ela mudara muito. Ele também. Mas ele teve seis anos para mudar, ela só teve um. No entanto, ele reconheceu algo de si mesmo nela: ela queria escolher o seu próprio caminho, e ninguém a impediria disso.

Muito menos Mette Olsäter.

– E como você vai descobrir se é o laptop de Sahlmann que está na casa de Borell?

– Eu não sei.

– Não seria prudente entrar em contato com Mette afinal? Ela tem muitos recursos diferentes à disposição.

– O que ela vai fazer? Ela vai conseguir um mandado de busca com base em minhas suspeitas? Não quando é alguém influente como Borell.

– Não.

Stilton sabia que ela estava certa. Mas não gostou do que viu em seus olhos, eles pressagiavam coisas perigosas. Olivia poderia agir sozinha, de uma forma que definitivamente não era aconselhável.

– Por favor, eu posso ajudar? – ele disse.

– Eu não sei. Preciso pensar em como vou fazer isso. Mas não vou envolver Mette nessa história.

– Por quê?

Stilton entendeu que havia um conflito. Percebeu como era grave pela descrição de Olivia. Como ela ainda estava magoada. Agora era a vez de Mette estar na linha de fogo, pensou, quando ele acabara de escapar. Ele se levantou. Olivia o acompanhou até a porta. Antes de sair, eles se olharam.

– Olivia Rivera – disse ele.

– Tom Stilton.

Ela fechou a porta e encostou-se na parede. Muitas perguntas lhe passavam pela cabeça. Como isso aconteceu? De repente ficar sentada com Tom Stilton conversando sobre coisas que não havia contado a ninguém. Logo ele, entre tantas pessoas? Como isso pôde acontecer? E tão rápido?

Ela ficou parada por um tempo.

20

Gabriella Forsman e Clas Hall foram presos em um acampamento deserto na periferia de Flen, e levados diretamente para a sede da divisão de homicídios. A polícia local apreendera uma quantidade de 5-IT no carro deles. Mette presumiu que provinham da Alfândega.

Bosse Thyrén interrogara Hall. Ele teria preferido interrogar Forsman, mas Lisa Hedqvist fora bastante inflexível quanto a isso.

– Eu fico com ela.

– Por quê?

Lisa sentiu que não devia dizer.

Então Bosse interrogou Hall. O interrogatório transcorreu rapidamente. Hall conhecia a rotina, ele negou tudo e pediu para falar com um advogado.

Forsman não era tão experiente. Era a primeira vez que tinha sido presa, e se comportou de acordo. Passou os primeiros dez minutos na sala de interrogatório chorando. Torrentes de lágrimas. Lisa simplesmente a deixava chorar. Depois que ela se acalmou um pouco, Lisa começou a fazer-lhe perguntas. Primeiro sobre o desaparecimento das drogas. Forsman não sabia de nada. Absolutamente nada! Quando Lisa mostrou-lhe a troca de e-mails entre Forsman e Sahlmann, dois e-mails de cada vez, tirados do próprio computador de Forsman, a exuberante mulher quebrou mais uma vez. Levou outros dez minutos para recuperar o autocontrole. Lisa ficou sentada só observando com um olhar vazio. Graças a Deus ela conseguira evitar que Bosse conduzisse aquele interrogatório. Ela não tinha certeza de como ele teria lidado com a situação.

Gabriella Forsman estava apelando para todos os seus recursos.

– Então foi você que roubou as drogas do seu local de trabalho? – perguntou Lisa.

Forsman confirmou que sim. Seus cabelos longos e ruivos cobrindo o rosto. Ela sacudiu-os para o lado com um pequeno movimento – que pena que não estivesse sendo interrogada pelo jovem que conheceu da última vez. Ele, sem dúvida, a compreenderia muito melhor. Principalmente a parte que ela explicaria agora.

– Eu fui enganada – disse ela.

– Por quem?

– Clas Hall.

Forsman iria jogar a sua melhor cartada – poderia funcionar.

– Ele se aproveitou dos meus sentimentos – disse ela.

– De que maneira?

Forsman explicou como ela se apaixonara por Hall. Como ele a seduzira e manipulara, forçando-a a fazer o que ele queria.

– Ele era como aquele pastor pentecostal envolvido nos assassinatos em Knutby! Era exatamente assim!

– Ele a convenceu a roubar as drogas?

– Sim! Ele disse que ia romper comigo se eu não o ajudasse. Ele precisava de dinheiro. E disse que não tinha risco nenhum. Tudo o que eu precisava fazer era pegar algumas drogas do trabalho e dar a ele e teríamos grana para ir ao Caribe.

– E você caiu nessa?

– O que eu deveria fazer? Eu era uma vítima de minhas próprias emoções!

Vítima, o cacete, pensou Lisa. Mas ela ainda estava satisfeita com a forma como as coisas estavam indo. Forsman confessou que era a responsável pelo roubo das drogas. O motivo era irrelevante.

Para Lisa, pelo menos.

O passo seguinte foi o assassinato de Bengt Sahlmann. Forsman negou qualquer envolvimento no crime. Ela nunca tinha pisado na casa dele.

– Nunca?

– Não.

— Mas vocês dois não tinham um relacionamento?

— Eu e ele?

Forsman reagiu como se tivesse sido acusada de ter uma doença sexualmente transmissível até Lisa mostrar-lhe o e-mail que dizia: "Meu corpo é todo seu."

— Você sempre escreve esse tipo de coisa para os seus colegas de trabalho?

Neste ponto Gabriella Forsman sentiu que já era. As lágrimas não deram muito certo e ela não tinha certeza sobre a história do pastor de Knutby. Então, ela optou pela abordagem de Clas Hall.

— Eu quero um advogado.

— Nós vamos providenciar. E também vamos pegar algumas amostras de DNA.

— O quê? Por quê?

— Para ver se o seu DNA corresponde ao DNA nas células da pele que encontramos sob as unhas de Bengt Sahlmann.

Os grandes olhos de Forsman revelaram claramente seus sentimentos por Lisa Hedqvist.

Foi aquilo que estava martelando na sua cabeça que a levou a tomar uma decisão, aquilo de que ela não conseguia se lembrar. De repente, lembrou, sentada no vaso sanitário: o carro! Havia um carro escuro estacionado no portão da casa de Borell, perto de onde ela estacionou seu Mustang. Uma BMW. Sandra tinha visto uma BMW azul-escura perto de casa quando seu pai foi assassinado. Seria o mesmo carro que viu no portão de Borell? Tinha a sensação de que era.

Isso mesmo.

Ela tomou uma decisão que provavelmente fora formulada em seu subconsciente muito antes disso. Por pura frustração, quando sentiu que não estava progredindo com sua convicção principal: que a bolsa de cortiça na casa de Borell pertencia a Bengt Sahlmann. E mais do que tudo, quando pensou no que havia acontecido com Sandra. Ainda podia ver os seus braços ensanguentados. Ela faria tudo ao seu alcance para pegar a pessoa que levara Sandra a se cortar. O assassino de seu pai. Sentia que devia isso a ela.

O carro era apenas o gatilho.

Sua decisão era fácil: ela entraria na casa de Jean Borell. Iria fotografar o laptop na bolsa de cortiça, lá, no próprio escritório dele. Se tivesse chance, abriria a bolsa e o computador para verificar se era realmente a máquina de Sahlmann. Depois entraria em contato com Mette e lhe daria material suficiente para pedir um mandado de busca.

Telefonou para Sandra esperando que ela atendesse. Charlotte ligara naquela manhã dizendo que Sandra deveria voltar para casa no dia seguinte, então ela ainda estava no hospital.

Sandra não atendeu, mas enviou uma rápida mensagem de texto pouco depois: "Conversando com algumas pessoas no hospital, não posso falar agora." Olivia respondeu. Tudo o que ela precisava era da senha do computador. Alguns segundos depois, ela conseguiu.

Saiu de casa na mesma hora.

Adorava aquele carro, alta qualidade alemã. Era a sua quarta BMW na vida. Ele virou na Folkungagatan e quase atropelou um bêbado vestido com uma camisa de futebol no cruzamento com a Östgötagatan. Pelo retrovisor, viu o homem cambalear e cair na rua. Ele abaixou a música que tocava no CD player, logo estaria chegando na Skånegatan. Na verdade, estava a caminho de uma reunião com a equipe administrativa em Vaxholm, mas pensou em fazer uma visitinha a Olivia Rivera Rönning antes. Colocou suas macias luvas de couro preto e esperava que ela estivesse sozinha. Jean tinha sido muito claro a esse respeito: a jovem tinha entrado em sua residência particular sob um falso pretexto e ainda havia testemunhado um incidente no Silvergården que simplesmente não poderia sair na imprensa. Havia coisas demais em jogo.

É o meu trabalho garantir que isso não aconteça, pensou Thorhed. É a minha tarefa tirar os obstáculos do caminho de Jean. Já faço isso há alguns anos, e com sucesso. Mas vale a pena. O dinheiro era bom. A única coisa que me preocupa é a fraqueza de Jean. Mais cedo ou mais tarde, ele terá problemas por isso.

Thorhed entrou na Skånegatan e notou que não havia um espaço para estacionar perto do edifício de Olivia, então teve que se espremer entre dois carros velhos na Bondegatan. Ele desceu do carro e começou a andar na direção do prédio.

Olivia ainda estava no prédio. Ela já tinha o que precisava e sabia o que devia fazer. Saiu do apartamento e decidiu descer pelas escadas. No meio do caminho, passou pelo elevador que estava subindo. Ela continuou descendo e saiu pela porta principal. Depois de andar alguns metros, percebeu que não havia trazido pilhas extras para a lanterna. De jeito nenhum poderia correr o risco de a lanterna apagar! Ela voltou para a portaria e estava prestes a abri-la quando lembrou que não tinha pilhas de reposição em casa. Vou comprar algumas no caminho, pensou, e começou a seguir na direção da Östgötagatan. Assim que dobrou a esquina, Thorhed saiu do edifício. Tirando as luvas pretas.

Olivia seguiu direto para o prédio municipal de Värmdö e solicitou a planta baixa da propriedade de Borell. Plantas baixas eram documentos públicos. Quando a examinou, viu que ele havia dinamitado a rocha para abrir espaço para uma garagem de barcos bem debaixo de sua casa espacial. Havia uma escada que conduzia da garagem de barcos embaixo ao andar térreo.

Até agora fora fácil.

A primeira questão era saber se ele possuía um alarme na garagem de barcos. Ela pensou ter visto um circuito interno de TV quando entrou na casa. Mas ele teria em volta da casa inteira? Ele lhe dissera que todas as obras de arte eram à prova de roubo. Cada peça tinha um alarme individual e nada poderia ser retirado da casa. E havia também aquela sala de vácuo. Mas um alarme na garagem de barcos?

Talvez sim. Talvez não.

Provavelmente.

A segunda questão era como ela iria saber se ele estava na casa. Essa questão foi resolvida mais facilmente do que ela ousara esperar. Ela ligou para o escritório da Albion e pediu para falar com Magnus Thorhed. Seu plano era tentar descobrir onde Borell estava. Mas não precisou. A funcionária no telefone explicou que Magnus Thorhed estava no Vaxholms Hotel com a equipe administrativa e não era esperado de volta no escritório até amanhã à tarde.

– Então ele vai passar a noite lá?

– Provavelmente.

– E Jean Borell também?

– Sim, posso encaminhar um recado?

Não, ela não podia.

Então Borell está em uma conferência em Vaxholm. Ela não tinha garantias de que ele fosse pernoitar, mas parecia plausível que estaria lá uma boa parte da noite.

A terceira questão era o barco. A maneira mais fácil de entrar na garagem de barcos era por barco. Ela não tinha um barco e não conseguia pensar em uma forma realista de arrumar um agora. Não nesta época do ano. Muito menos de conduzi-lo no escuro para a casa de Borell em Ingarö.

Ela abandonou a ideia.

Havia outras maneiras de entrar na casa.

Olivia saiu da estrada principal em Brunn e pegou a estreita pista que cruzava a floresta. Segurava firme o volante enquanto pisava no acelerador. Ela iria fazer o que planejara e nada a demoveria ou impediria. Nevava um pouco, mas não chegava a atrapalhar a sua visão da estrada. Além disso, ela consertara os faróis.

Ela havia decidido estacionar o carro longe do portão, em uma trilha que descia e dava na mata. Vira algumas trilhas da primeira vez que passara por ali. Escolheu uma que não ficasse muito longe da casa de Borell, conseguiu manobrar no declive e estacionou o carro.

Saiu do carro com a lanterna na mão, vestiu roupas escuras e calçou um par de botas de couro. E luvas finas, não de lã. Trancou o carro e começou a andar. Ela percorreu o primeiro trecho pela mata usando sua bússola interna, sabia mais ou menos em que direção ficava a casa. Passou por uma fileira de pinheiros grandes e galhos caídos no chão o mais silenciosamente possível.

Mesmo que presumisse que não havia ninguém na casa.

Não havia.

Bem, de qualquer modo estava completamente escuro. Dentro da casa. Ela conseguira vê-la de longe antes de descer na mata. Tudo o que dava para ver era o caminho de cascalho iluminado pelas lanternas de ferro.

E ela não entraria por lá.

Lembrou-se do circuito interno de TV na entrada da casa.

Ela continuou seguindo pela densa mata até que viu. O muro que cercava a propriedade. Um paredão alto de pedra. Provavelmente com arame farpado e cacos de vidro por cima, se ela conhecia bem o tipo de Borell. Ela acompanhou o muro até a água: mais cedo ou mais tarde ele teria que acabar.

E acabou, bem na beira, com uma extensão de ferro adicional que avançava pela água. Olivia iluminou com a lanterna a divisória de ferro em forma de treliça. Se quisesse ultrapassá-la, teria de caminhar pela água e, em seguida, contorná-la para dar no outro lado. Ela não sabia a profundidade da água que iria encontrar lá na frente. Então virou a lanterna para baixo para iluminar a água. Será que havia umas pedras onde pudesse se apoiar? Ela avistou algo escuro sob a superfície, onde a extensão de ferro terminava. Esperava que fosse uma pedra. Cuidadosamente, entrou na água gélida e surpreendeu-se com a rapidez com que atingiu os seus joelhos. Mas ela ainda tinha um bom caminho a percorrer. Agarrou-se na treliça de ferro, esticou a perna e tentou sentir o objeto escuro sob a superfície com sua bota. Pôs o pé em cima, se segurando na barra da treliça com a mão, e impulsionou-se. Era uma pedra, mas estava coberta de algas e terrivelmente escorregadia. Seu pé quase escorregou e ela teve que se agarrar nas barras de ferro com as duas mãos. O movimento fez o seu corpo girar e ela acabou caindo do outro lado. Direto na água. Levantou-se, rápida como um raio, e patinhou a duras penas para voltar à terra seca. Deixou-se cair na beira da praia e tentou recuperar o fôlego. Ela conseguiu! Superara o obstáculo. Então lembrou da lanterna. A lanterna?! Deve tê-la deixado cair quando escorregou. Lá na frente, no final da treliça de ferro.

Já era.

Stilton estava sentado em sua cabine olhando para o pássaro empalhado. Pensando em Olivia. Ele não podia se esquecer do olhar dela quando falou de Sandra Sahlmann. E de Borell. E do laptop que ela pensou ter visto na casa dele. Não podia esquecer a tensão em sua voz, a expressão em seu rosto. A perigosa determinação ao explicar que não pretendia envolver Mette nessa história. Ela iria resolver tudo sozinha.

Mas como faria isso?

Ele telefonara duas vezes para ela, mas não houve resposta. Depois ligara para Mette também, um tiro no escuro.

– Olivia tem feito contato com você?

– Não. Você falou com ela?

– Sim. Foi tudo bem. Podemos conversar sobre isso mais tarde. Tchau.

Ele chegara a dar uma passada no apartamento dela. Nenhum sinal de Olivia. Nenhum Mustang estacionado na rua. Isso não queria dizer nada, na verdade. Ela poderia estar em qualquer lugar. No cinema. Mas não estava, ele não achava que estivesse. E não queria correr riscos.

– Luna?

Stilton entrou na sala de estar.

– Sim?

Luna estava sentada à mesa oval com centenas de selos espalhados na sua frente. Ela segurava uma lupa na mão. Stilton olhou para a mesa.

– O que você está fazendo?

– Tentando separar o joio do trigo. Eu tenho a coleção do meu pai, alguns deles valem um dinheirinho, mas o resto é porcaria.

– Eu tenho um álbum de selos lá em Rödlöga. Acho que eram da minha avó.

– Seria ótimo vê-los uma hora dessas.
– É, pode ser. Você poderia me emprestar o seu carro por um tempo?
– Você tem carteira de motorista?
Mas ela estava sorrindo quando entregou as chaves do carro.
– Aonde você vai?
– Por aí.
– Por aí?
– Sim.

E lá foi ele. Luna largou a lupa e passou a mão pelo cabelo espesso. Ela estava começando a se cansar da atitude de Stilton.

Ele não cedia um milímetro.

Olivia olhava para toda a extensão da orla do mar. Poucos minutos depois lembrou-se do app de lanterna do seu celular. Felizmente o celular estava no casaco e não molhou enquanto ela caminhava na água. Ela andou alguns metros para afastar-se do muro da casa, o celular iluminando o caminho. Não se atrevia a erguê-lo para iluminar a parte de cima. Sabia que tinha de caminhar pela água um pouco até chegar à garagem de barcos aberta na rocha, mas não tinha ideia da distância. Subiu uns dois metros e começou a andar, passando por cima de pedaços de madeira e de plástico. A garagem de barcos não devia estar longe. Viu a mansão de Borell mais acima, as luzes apagadas. O espaço escavado na rocha devia ficar em algum lugar no meio do paredão envidraçado. O paredão com os fetos gêmeos flutuantes. Ela olhou para cima e viu reflexos nos janelões. Quase bem acima de onde estava. Devo estar perto agora. Ela iluminou as pedras à sua frente e viu. Um muro baixo de tijolos que dava na água. Um dos lados da entrada da garagem de barcos. Ela subiu no muro, iluminou mais à frente e viu uma caverna grande e funda escavada na rocha. Não viu nenhum barco no seu interior. Avançou lenta e cuidadosamente por um dos lados da rocha. Um pouco mais para dentro, a parede rochosa era coberta de madeira. Madeira enegrecida. Ela continuou entrando na caverna e viu deques de madeira ao longo das paredes internas da garagem de barcos.

Era um momento crítico.

Ela estava dentro da caverna agora.

Será que ele tem um alarme aqui ou não?

Lentamente, ela moveu a lanterna do celular para verificar o teto da caverna, os cantos, as bordas. Nenhuma câmera de vigilância. Não que ela pudesse ver de fato. A câmera poderia estar oculta, mas pelo menos ela não via nenhuma agora. Mas pôde ver a porta que devia levar ao andar térreo.

De acordo com a planta baixa.

Ficava do outro lado.

Ela seguiu pelo deque estreito em direção à porta. Bem no meio do caminho havia um armário de madeira que a obrigou a se espremer pela parede rochosa. Quando estava passando por trás do armário, viu a primeira. A dois centímetros do seu rosto. Uma aranha de caverna gigantesca. Preta. Com suas várias pernas dobradas. Ao virar o telefone para iluminar, ela viu o resto. Todas na parede. A maioria delas se movendo, perturbadas pela luz. Ela acelerou o passo e sacudiu o cabelo para livrar-se daqueles bichos rastejantes.

Sayonara Kerouac, pensou consigo mesma.

Ela estava a poucos passos da porta agora. Direcionou a lanterna para iluminá-la. Uma maçaneta comum, uma porta de madeira comum, não de metal. Seria capaz de abri-la? Ou seria mais uma daquelas que só abrem mediante comando?

Não era.

Mas estava trancada.

Ela esperava por isso. Mas qual seria o tipo de fechadura? Se fosse uma fechadura de sete pinos, ela estaria encrencada. Não seria capaz de abrir uma desse tipo. Se não fosse, poderia lançar mão de seu treinamento na academia. Graças aos seus colegas que defendiam que arrombar fechaduras de portas devia fazer parte do treinamento básico de um policial. Sem precisar botar a porta abaixo, como se vê no cinema.

Eles ensinaram Olivia a fazer isso, com a ajuda de pequenas e simples ferramentas de torque. Então, ela retirou a frente de metal e começou a trabalhar nos pinos da fechadura.

TERCEIRA VOZ

* * *

Borell estava furioso. A reunião chegara a um impasse. A princípio, todos haviam concordado que o período de tempo que faltava até as próximas eleições precisava ser explorado ao máximo. Até esse ponto, as coisas estavam funcionando sem problemas. Depois veio o conflito. Havia dois campos na equipe administrativa. Um que queria a expansão e outro que queria a melhoria da organização que já administravam. Borell fazia parte do primeiro grupo. Depois de meia hora de discussão, ficou claro que tinham chegado a um beco sem saída. Então Borell encerrou a reunião de repente. Todos achavam que iriam passar a noite no hotel.

Mas os planos foram alterados.

Idiotas, Borell pensou consigo mesmo enquanto dirigia pela estrada escura. É claro que precisamos expandir, tanto quanto possível. Afinal, é disso que se trata quando se tem uma empresa. Ele estava tão irritado que quase deixou de vê-las. As marcas de pneu na neve que entravam por uma trilha na mata. Chegou a passar por elas, mas depois freou, deu a ré e parou. Os rastros continuavam em frente pela trilha. Quem andou dirigindo por aqui? A essa hora? Ele continuou descendo pela trilha estreita e acendeu o farol alto. As marcas iam dar numa pequena curva. Ele seguiu um pouco adiante e parou. Seus faróis iluminaram um carro branco parado.

Um Mustang.

Olivia enfim conseguiu abrir a fechadura após alguma demora. Antes de abrir a porta, pensou no alarme novamente. Se houver um alarme, provavelmente estará ligado a um centro de segurança, e então terei cerca de vinte minutos antes de os seguranças chegarem, ela pensou consigo mesma e abriu a porta. Silêncio. Nenhum alarme. Ótimo. Subiu a escada e sabia onde ia dar. Mais ou menos. Ela havia memorizado a planta baixa da melhor maneira possível, e fotografara parte dela com seu celular. Ela sairia no térreo da casa e, em seguida, subiria a escada para a direita, dando no segundo andar onde estivera alguns dias antes.

O andar do escritório.

Ela encontrou a escada. Segurou a lanterna do celular para iluminar somente os seus passos, não queria que a luz se espalhasse no ambiente para não correr o risco de ser vista de fora da casa. Por qualquer um que pudesse estar lá fora. Quando chegou ao segundo andar, viu que estava no lugar certo. A única coisa iluminada em toda a casa era o aquário no paredão envidraçado. A luz verde clareava todo o caminho até a escada onde ela estava. Ela rapidamente seguiu em frente. Sabia onde ficava o escritório. É tão silencioso, pensou, quando aquela música esquisita não está tocando. Ela correu por uma passagem estreita e chegou à porta do escritório. Havia um pequeno botão na parede. Ela apertou. A porta se abriu tão silenciosamente como da última vez. Ela entrou na sala e foi direto até a prateleira onde tinha visto a bolsa de cortiça com o laptop. E ergueu o foco da lanterna.

Não estava lá.

A bolsa sobre os livros de arte.

Onde estava antes.

Droga!

Ele saiu e levou o laptop? Eu vim aqui para nada?! Ela esquadrinhou o escritório com a lanterna.

Ali!

A bolsa de cortiça estava deitada na borda da mesa. Ela ligou a câmera do celular e tirou várias fotos da bolsa. Em seguida, usou a função de vídeo para mostrar sua localização, movendo lentamente o celular em volta do escritório. Ela focou uma grande pintura de Jan Håfström em uma das paredes por alguns segundos.

Ela saboreou o momento.

Ele esfregou cuidadosamente o polegar no olho de vidro. O outro contemplava Olivia. Ela estava se movendo apenas uns poucos metros à sua frente, em seu escritório. Toda vez que ela dava de cara com o grande espelho de moldura dourada, ele podia olhar diretamente em seus olhos. Ele estava de pé numa estreita sala atrás do espelho. Ele a mandara construir no ano passado, secretamente. Não constava da planta da casa. Ele gostava de ficar atrás do espelho observando seus convidados em seu escritório. Alguns apenas sentavam e esperavam, outros inspecionavam as estantes ou lançavam olhares discretos para a mesa. A maioria ia até o espelho para corrigir uma coisa ou outra, o cabelo ou o batom, bem na frente dele. Ele adorava isso.

Agora estava assistindo à jovem e bela Olivia Rivera bem ali na sua frente, a mulher que se tornara uma testemunha incômoda do incidente no Silvergården e depois procurara entrar em contato com ele mediante um falso pretexto. Agora ela havia arrombado a sua casa e estava documentando o seu escritório com um celular, especificamente a bolsa do laptop. A bolsa de cortiça.

Eu deveria ter me livrado disso, ele pensou.

Agora era tarde demais.

Ele passou alguns segundos deliberando sobre o que faria. Este era o campo de ação de Thorhed, mas ele não estava ali. Não dessa vez.

Ele teria que cuidar da situação sozinho.

Olivia baixou o celular, aproximou-se da bolsa de cortiça sobre a mesa e abriu o zíper. Havia um MacBook Pro no seu interior. Ela abriu o laptop. À direita, na parte inferior do teclado, viu um coração cor-de-rosa. O adesivo de Sandra.

É ele!

De repente, ela ouviu um som de clique e virou-se para localizá-lo. A porta estava deslizando e já ia fechar! Ela correu, mas já estava fechada. Examinou as paredes ao lado da porta com o celular. Nenhum botão na porta. Mas que merda é essa que aconteceu?! A porta foi trancada? Tem um sensor de movimento aqui? Tentou empurrar a porta para o lado.

Ela não se moveu.

Stilton viu a mesma coisa que Borell tinha visto pouco tempo antes, marcas de pneus nítidas quando se aproximou da trilha. Ele desconfiou, entrou na trilha e de repente viu seus faróis iluminarem o carro de Olivia. O que o carro dela está fazendo aqui? Por que não está estacionado no portão da casa? Olivia lhe contara sobre o portão, sobre o caminho de cascalho iluminado por lanternas de ferro, sobre a nave espacial construída na beira d'água. Mas ela estacionou o carro aqui. Desceu a trilha e parou.

Stilton podia imaginar por quê, e não foi um pensamento tranquilizador.

Ela está tentando invadir aquela casa.

Ela é louca.

Ele olhou no porta-luvas de Luna e encontrou uma lanterna. Pegou-a e saiu do carro. Qual o caminho que ela pegou?

Olivia estava encostada na parede do escritório. Seu cérebro em intensa atividade. Um minuto atrás ela havia percebido que a bateria do celular estava acabando. Ela iria morrer trancada no escritório de um dos financistas mais ricos da Suécia.

Caíra numa armadilha.

Borell, provavelmente, iria passar a noite em Vaxholm. Ela ficaria ali presa até ele voltar amanhã? Ela esquadrinhou o escritório com a lanterna outra vez e tentou encontrar alguma alavanca para abrir a porta, sua mente acelerada. O que ele vai fazer se me achar aqui amanhã? Chamar a polícia? Mas se a polícia vier, eu poderei explicar o que estou fazendo aqui, poderei mostrar-lhes o laptop, dizer que Borell é suspeito no envolvimento da morte de Bengt Sahlmann e que ele roubou o laptop de sua vítima!

Logo, é improvável que ele chame a polícia, ela pensou.

Talvez ele construa um novo aquário verde com uma mulher nua flutuando no formol.

Então seu celular apagou.

Ela tentou achar o caminho no escuro.

De repente, ouviu outro som de clique. Atrás dela. A porta iria abrir. Ela correu na direção da porta e se espremeu para passar antes mesmo de estar aberta totalmente. Deu no corredor. Estava muito escuro. Lembrou-se de que tinha vindo da direita. Ela tateou o caminho pela parede. Então teria de pegar à esquerda, não é? Tentou lembrar-se da planta baixa da casa. Ou à direita? Então ela viu uma luz fraca na outra extremidade do corredor. Uma luz que se movia ao longo da porta, lentamente. Ele está na casa! Olivia seguiu na direção oposta com a maior rapidez que pôde ousar. Sabia que havia pequenas esculturas e vasos por todo lugar, ela poderia facilmente tropeçar. Ela virou em uma quina de parede e continuou tateando em frente. Silêncio. Silêncio mortal. Não podia mais ver a luz. Ela apurou os ouvidos para tentar escutar som de passos. Não ouviu nada.

Então a música começou.

Aquela música eletrônica nos alto-falantes, discreta.

Ela afastou-se um pouco da parede e continuou em frente. O tempo todo com a mão na parede para tentar sentir para onde estava indo. Então, a luz voltou. Na frente dela. O cone de luz movia-se de um canto de parede e avançava pelo corredor, em direção a ela. Ela se virou. Não podia ver nada. Cruzou para o outro lado do corredor e pensou que fosse achar outra parede, mas não achou. Ela estava dentro de uma sala. Espremeu-se contra uma parede e prendeu a respiração. Não se atreveu a olhar para fora. Pelo canto do olho, pôde ver o facho de luz no chão passando pela frente da sala e seguindo adiante. Ela expirou de alívio. Mas depois ouviu outro som de clique. A porta por onde entrou estava fechando. Segundos depois, ouviu o zumbido vindo do teto.

Ela estava trancada na sala de vácuo.

Stilton fez quase a mesma rota de Olivia. Seguiu pela mata na direção do muro da casa. Atravessando a escuridão e o terreno pantanoso. Supôs que ela tentaria pular o muro para entrar na casa. Completamente insano, mas não foi ideia dele. Tentou ligar para ela duas vezes. Ou ela desligou o celular ou colocou no modo avião. Ou quem sabe o perdeu? Talvez não pudesse falar agora, neste exato momento. A última opção era a mais positiva, significando que ela estaria em algum lugar da casa, no controle da situação.

* * *

Mas ela não estava no controle. Havia caído no chão momentos antes. Agora rastejava lentamente pelo concreto frio, no escuro, em direção à porta. O oxigênio na sala estava quase acabando, ela se esforçava para inalar o ar, sentia os pulmões comprimidos, a garganta como um buraco estreito por onde passava a respiração ofegante. Suas mãos arranhavam o chão enquanto rastejava, a cabeça rodava, oito obras de arte silenciosas olhavam para o seu corpo espasmódico. Por fim, ela virou-se de costas perto da porta, arranhando suavemente o rodapé, os olhos fechados. Um segundo antes de perder os sentidos, abriu os olhos novamente. O zumbido vindo do teto de repente havia parado. A porta começou a abrir. Lentamente, centímetro por centímetro. Aos poucos, a sala encheu-se de ar novamente.

Tarde demais.

Sua cabeça tombou no chão.

Jean Borell estava junto à porta. Muito satisfeito. O sistema de vácuo tinha custado uma fortuna, mas funcionou.

Perfeitamente.

Ele se inclinou sobre o corpo inerte e apoderou-se do celular.

Stilton aproximou-se do muro e iluminou-o com a lanterna. Era alto. Alto demais para Olivia conseguir pular. Ele acompanhou o muro em direção à água. Quando chegou na treliça de ferro, parou. Ele poderia entrar na água e seguir em frente até transpor a treliça de ferro, presumiu, mas não sabia onde Olivia estava. Não sabia o que ela estava fazendo. Aquela maluca! Ele apagou a lanterna e olhou para o mar balançando suavemente. De repente, viu uma luz piscando ao longe, perto da costa.

Então seus reflexos se aprumaram.

Ele entrou na água e, mais adiante, usou a força dos braços para ultrapassar a treliça de ferro e poder fazer o caminho de volta pelo outro lado. Quando chegou em terra firme, começou a seguir em direção à luz. Ele não se arriscou a ligar a lanterna. Caminhava no escuro e não viu a tábua de madeira seca onde pisou, provocando um estalo alto. De repente, a luz apagou. Stilton parou, e escutou. Pensou ter ouvido o som de algo caindo na água.

Ele pegou a lanterna. Não se importou se alguém o estivesse vendo. O mais rápido que pôde, correu na direção do ponto de luz que havia visto. Chegou num muro baixo de tijolos que levava a uma abertura escavada na rocha. Ele não podia ver muito longe, então direcionou a lanterna para a água e viu um corpo flutuando na superfície.

Borell estava na soleira da porta da sala de vácuo, secando os braços com uma pequena toalha. Ele fora interrompido lá fora por um som de estalo perto do muro. Talvez fosse só um cervo, mas mesmo assim. Ele tinha jogado o corpo de Olivia na água e voltado correndo para a garagem de barcos. Ela seria encontrada, afogada – não havia ferimentos externos em seu corpo. Se a descoberta do corpo fosse associada à sua casa, ele poderia alegar que fora uma tentativa de assalto, a porta da garagem de barcos estava aberta quando chegou em casa. Arrombada. Infelizmente o alarme da garagem tinha sido temporariamente desativado por conta de um trabalho de reforma que estavam fazendo. A mulher provavelmente entrou e saiu pela garagem de barcos, caminhou pela beira do cais e, como estava muito escuro, escorregou e se afogou. Não cabia a ele explicar isso.

Isso se o corpo chegasse a ser encontrado.

Ele pegou o celular que tinha tirado de Olivia. Estava curioso. Sabia que ele continha fotos incriminadoras do laptop de Sahlmann, mas talvez houvesse mais coisas do seu interesse. Que material aquela jovem estava reunindo? Talvez fotos tiradas no Silvergården? Da mulher que morreu lá? Infelizmente, ele não conseguiu ligar o aparelho. Ele vira no escritório que o celular apagou, e supôs que a bateria devia estar descarregada.

Mas ele tinha alguns carregadores na casa.

Stilton entrou correndo na água e sentiu o pânico crescer no peito. Viu o corpo e os cabelos longos flutuando na superfície. O corpo virado para cima.

– OLIVIA!

Ao aproximar-se dela, tentou levantá-la da água. Segurou-a por baixo dos braços e arrastou-a de volta para terra firme. Tirou o casaco e cobriu o corpo. Ele iluminou o seu rosto e inclinou-se sobre a boca, tentando verificar se ela estava respirando. Largou a lanterna e começou a fazer respiração boca a boca no escuro. Alguns segundos depois fez as compressões torácicas. Ele sabia que havia vida dentro dela, só precisava fazer com que seu sistema voltasse a funcionar novamente. Ele se inclinou e apertou sua boca contra a dela. Naquele exato momento, veio o primeiro arfar, uma inspiração profunda que quase parecia um grito. Stilton continuou comprimindo o tórax de Olivia para ajudá-la a respirar, mas agora sabia que tinha conseguido. Alguns segundos depois, ela abriu os olhos, viu-o, e depois eles se fecharam novamente. Stilton pegou a lanterna, ergueu Olivia pelos braços e começou a carregá-la pela praia. Ele podia sentir e ouvir a respiração dela. Tropeçando no escuro, ele tentava evitar os pedaços de madeira pelo caminho. Sabia que teria de transpor a treliça de ferro novamente, carregando-a nos braços pela água.

Como conseguiria?

Fazendo a única coisa que era possível. Ele colocou o corpo de Olivia nos ombros e entrou na água, que batia quase até a cintura. Quando chegou no final da treliça, ele agarrou a barra de ferro com a mão direita e impulsionou-se para o outro lado. Por alguns segundos, o ferro cravou tão forte na sua mão devido ao peso que carregava que ele sentiu a dor entrar pelo braço e alojar-se no cérebro.

Mas conseguiu.

Borell desligou as luzes da casa. Minutos antes, ele ouvira algo que parecia um grito. Um grito de homem. Ele não conseguiu discernir de onde vinha ou de quem poderia ser. Ficou passando de uma janela para outra tentando vislumbrar alguma coisa lá fora. Não viu movimento algum. Ele seguiu rapidamente para a cozinha e abriu uma das portas dos fundos. O vento soprava na mata do outro lado do muro. Ele saiu e fechou a porta.

* * *

Stilton carregava Olivia nos braços através da mata em direção aos carros. Ele não sabia exatamente onde estavam, teria de seguir os seus instintos, preocupar-se com aquele lunático na casa atrás deles o tempo todo. E se ele os tivesse visto?

Por fim, ele avistou os carros.

Ao aproximar-se deles, tentou abrir a porta do banco traseiro do carro de Luna com uma só mão. Assim que conseguiu, Olivia saiu de seus braços e caiu no chão. De pé. Ela arfou. Ele arfou. Eles se olharam por alguns segundos.

– Pula pra dentro – Stilton disse, um pouco estranha a escolha de palavras naquela circunstância. "Pula pra dentro" não era realmente algo de que Olivia seria capaz naquele momento. Mas ela conseguiu sentar no banco traseiro com a ajuda de Stilton, e ele fechou a porta. Então ele percebeu sangue escorrendo de sua mão direita. A treliça de ferro fizera um corte na palma da mão. Ele tirou a camiseta e enrolou-a no ferimento, depois vestiu o casaco por cima do tronco nu. Olivia teria calor o suficiente agora com os aquecedores do carro.

Em seguida, ele entrou no carro e saiu da trilha de ré.

Meia hora depois, ele estava ajudando Olivia a subir a prancha de embarque. Ela sentia o seu corpo tremer de frio. Havia melhorado no caminho de volta para a cidade, mas seus pulmões estavam doendo e Stilton queria levá-la para o Hospital Söder. Ela não quis, então ele a levou para o barco.

Ele telefonara a Luna para explicar. Não em detalhes, Luna não exigia detalhes. Ela acendera as luzes da sala e preparara algumas bebidas quentes. Ela não sabia o que Olivia iria querer, elas nem se conheciam.

Stilton ajudou Olivia a entrar na sala. Ela deitou em um dos bancos. Luna estava prestes a colocar um cobertor sobre ela quando percebeu que suas roupas estavam completamente encharcadas.

– Você vai ter que tirá-las – disse ela.

Olivia se levantou e Luna ajudou-a a tirar a roupa. Stilton foi discretamente para a sua cabine, ele não queria que Olivia se sentisse pouco à vontade. E ele precisava cuidar de sua mão, havia usado a esquerda para dirigir. Quando retirou a camiseta ensanguentada, viu que o corte era profundo.

– Já acabamos aqui!

Stilton enrolou a camiseta na mão novamente, vestiu outra camiseta e uma calça seca. Saiu da cabine e foi sentar-se ao lado de Olivia. Luna lhe emprestara algumas roupas e ela estava enrolada em um grande roupão amarelo.

– Obrigada por aparecer – disse Olivia.

Sua garganta ainda doía, sua voz estava fraca.

– Você é doida, sabia disso? – disse Stilton.

– Agora eu sei.

Olivia recostou-se no banco. Borell prendeu-a na sala de vácuo e tentou matá-la. E Stilton apareceu para salvá-la. Ele fez o que prometera a seu pai que faria – cuidar dela. Foi graças a isso que ela sobreviveu. Mas ela fez o que se propôs a fazer. Fotografou a bolsa de cortiça e filmou o escritório. Encontrou provas bastante incriminadoras. Ela virou-se para Luna.

– Você poderia me passar a minha calça?

Luna entregou a calça a Olivia. Ela colocou a mão em um bolso. E depois no outro. Nada do celular. Ela afundou no banco novamente.

– Que filho da puta – sussurrou.

– Qual é o problema? – disse Stilton.

– Ele roubou o meu celular.

– Isso não é o fim do mundo, não é? – disse Luna.

– Sim, é o fim do mundo – disse Olivia. – Eu tinha o material gravado lá para provar tudo. Foi por isso que ele roubou.

Olivia esfregou os olhos.

– Você está em condições de falar sobre o que aconteceu naquela casa? – perguntou Stilton.

Ela não estava muito, mas, considerando os esforços de Stilton, sentiu que deveria. Então, contou toda a história. A partir do momento em que entrou na garagem de barcos, depois no escritório e na sala de vácuo. Quando terminou, piscou por alguns segundos e adormeceu.

Luna cobriu-a com dois cobertores grossos e colocou um aquecedor extra na sala. Stilton não fez nada, mas, no íntimo, estava cheio de raiva. Ele olhou para a jovem dormindo no banco. Olivia. Que tipo de monstro havia tentado matá-la? No caminho de volta de Värmdö, ele tentara fazer Olivia perceber que havia sofrido uma tentativa de homicídio e que ela deveria comunicar o fato à polícia. Olivia não quis. Ela havia arrombado a casa dele, afinal. Stilton não a pressionou mais, ele não sabia o estado em que ela se encontrava. Talvez mude de ideia quando se recuperar um pouco. Mas ele não tinha certeza agora. Ele a viu se virando debaixo dos cobertores e lembrou-se da sensação de pânico em seu peito.

Então se levantou.

– Eu vou sair por um tempo – ele disse a Luna.

– Vai aonde?

– Para Värmdö.

– O que vai fazer lá?

– Pegar o celular.

Luna olhou para ele. Pegar o celular?

– Então eu vou também – disse ela.

– Por quê?

– O carro dela ainda está lá, não está? Você vai dirigir os dois na volta?

Stilton havia esquecido disso.

Ele pegou a calça molhada de Olivia e tirou as chaves do carro dela. Luna foi até uma cortina pequena e puxou-a para o lado, revelando um cofre. Abriu-o e tirou de lá uma arma. Stilton olhou para a pistola.

– Você tem uma licença para isso?

– Sim, quer ver?

– Não.

Stilton olhou para Olivia. Ela estava roncando. Estava bem. Ele iria pegar o celular para ela.

Eles partiram e ficaram em silêncio por um tempo. Luna fizera um curativo com atadura de gaze na mão de Stilton.

– Isso vai precisar de pontos.

– Eu sei.

Eles estavam voltados para os próprios pensamentos. Stilton pensava em Abbas. Tentava ao máximo não pensar no que teria pela frente. Em Borell. Queria permanecer em seu estado de fúria para quando chegasse lá. Não planejar nada. Ele só iria pegar o celular de volta.

Abbas?

Ele deve estar a caminho de casa agora. De trem, é claro, o que levaria um tempo. Eu me pergunto como ele deve estar. Lembrou que Jean-Baptiste não quis entrar em detalhes sobre os ferimentos de Abbas, por isso era difícil saber o que esperar.

Mas ele está vivo.

Está voltando para casa.

Luna, por outro lado, estava pensando no que teria pela frente. Em Borell. Ela estava se preparando para encarar problemas. Com base no pouco que conhecia do homem que morava em seu barco, ela sabia que ele não demonstraria misericórdia. Ela levava a arma só para prevenir.

Esperava que não houvesse necessidade de usá-la.

Pouco antes de chegarem em Brunn, Luna rompeu o silêncio no carro.

– Como foi ser um sem-teto?

– Solitário.

– Você usava drogas?

– Não.

As respostas de Stilton eram truncadas e Luna sentiu que ele não queria se aprofundar mais no assunto, então tentou outra abordagem.

– Você não é muito interessado nas pessoas, não é?

– Não sou?

– Você mora comigo há algum tempo. O que sabe de mim?

– Que seu pai foi capitão.

– Exatamente, só isso.

– Sim, mas o que há de errado nisso?

– É bastante revelador.

Stilton entrou em Brunn e começou a ficar irritado. O que ela estava querendo afinal? Ele só havia alugado uma cabine em seu barco. E foi paga antecipadamente.

– Estou muito cansado das pessoas – disse ele.

– Em geral?

– Sim.

– Obrigada.

Stilton percebeu a insinuação.

– O que você quer que eu diga?

– Nada. Você tem sido muito claro.

Stilton não respondeu. Ele dirigia pela pista estreita e escura da floresta o mais rápido que sua ousadia permitia, pois sentia que aquela conversa estava tomando um rumo desagradável. Ele não tinha nada contra Luna, muito pelo contrário, ela ajudara a ele, Muriel e Olivia. Havia também alguma coisa nela, algo que ele não queria sentir. Será que era disso que estava tentando se proteger?

– Ele está ali.

Stilton entrara na trilha e estava apontando para o Mustang.

– Você pode levá-lo de volta? – ele disse.

– Tudo bem.

Stilton passou-lhe as chaves do carro de Olivia.

– Você não precisa esperar.

– A casa fica muito longe?

– Sim, muito longe.

Luna saiu do carro e Stilton foi embora. Luna entrou no Mustang, manobrou e seguiu Stilton. Mantendo uma certa distância. Sem faróis, só com as luzes de posição.

Stilton diminuiu a velocidade quando se aproximou do grande portão de ferro. Estava aberto. Perguntou-se se deveria estacionar e seguir a pé. Por quê? Ele passou pelo portão e acelerou pelo caminho iluminado. Pisou no freio quando chegou na frente da casa espetacular. Quando ia saindo do carro, viu a arma de Luna. Ela a colocara no banco do passageiro. Ele hesitou por um momento. Em seguida, colocou-a no bolso interno do seu casaco de couro.

Ele subiu rápido os degraus da frente. Quando chegou à grande porta de madeira, viu que estava entreaberta. Primeiro o portão e agora a porta? Ele registrou isso em seu subconsciente e empurrou a pesada porta.

– Olá! – gritou ele para o interior da casa. Nenhuma resposta. Só uma música estranha. Ele seguiu até dar em uma sala iluminada. À direita, viu um bar. Nenhuma alma à vista.

– Olá! Tem alguém em casa?

Silêncio total, exceto pela música. Stilton olhou em volta. Até agora estava apenas administrando a sua raiva, para o momento em que encontrasse o sujeito e tivesse de cuidar dele, se necessário. Mas agora não havia ninguém ali. Embora as luzes estivessem todas acesas. Ele estaria se escondendo? Onde? Talvez na merda daquela sala de vácuo?

Stilton começou a andar pela casa.

Luna havia parado no portão. Não queria entrar de carro. Estava de pé ao lado do carro olhando para a possível localização da casa. Daquela posição, não conseguia ouvir nada. Mas depois ouviu algo que soava como um barco a motor. Sabia que a casa ficava situada perto do mar, embora não pudesse ver nada. Mas ela reconheceu aquele som. E prestou mais atenção.

Era, sim, um barco a motor.

Em novembro, no meio da noite?

Stilton passou por outra sala, menor, cheia de obras de arte. Não deu a mínima para o que estava pendurado nas paredes, ele só seguia em frente. Mais além, viu outro corredor. Encaminhou-se até lá. Estava escuro, mas Stilton ainda tinha a lanterna de Luna no bolso do casaco. Ele acendeu-a e continuou pelo corredor.

– Olá!

Silêncio. Estranho. Não havia ninguém na casa? As luzes estão acesas lá fora. Onde está esse Borell? Ele ficou parado no ponto mais escuro. De repente, ouviu um som estranho de algo rolando no chão, feito bolinha de gude. Ele apontou o foco de luz na direção do som e viu um objeto rolando. Era um olho de vidro. Stilton olhou para aquilo e acompanhou com a lanterna o seu trajeto pelo chão até quicar em uma parede. Ele deu alguns passos em direção a uma porta aberta e iluminou uma sala escura.

Era Borell.

Ele estava sentado em sua cadeira de escritório, de frente para a porta, inclinado ligeiramente para trás. A cavidade ocular vazia revelou um buraco de bala. Ela atravessara a parte de trás da cabeça, respingando massa encefálica em uma pintura na parede atrás dele. Que ainda escorria. Stilton hesitou na porta. Borell havia sido assassinado. O celular de Olivia devia estar lá. Certamente não estaria mais quando a polícia chegasse. Stilton entrou no escritório. Ele esquadrinhou a sala com a lanterna, a luz refletindo no grande espelho na parede e iluminando a mesa. Nenhum celular. Ele apontou a lanterna para Borell, inclinou-se sobre o morto e apalpou seus bolsos. Tinha alguma coisa no bolso direito. Ele colocou a mão no bolso e tirou um celular. Era o de Olivia. Ele o reconheceu. De repente, o estômago de Borell começou a gorgolejar. Stilton saiu correndo do escritório.

Da casa.

Desceu os degraus da frente e entrou no carro. Ligou o motor e acelerou na direção do portão. Ele viu que Luna estava junto ao Mustang a uma curta distância. Então passou por ela a toda a velocidade. Luna pulou no carro e tentou segui-lo. Enquanto eles ainda estavam na estradinha da floresta, ela conseguia acompanhá-lo. De repente, ela viu outro carro se aproximando na direção contrária da pista que quase conseguiu tirá-la da estrada. Era uma BMW azul correndo a toda na direção da casa de Borell. Dirigindo tão rápido em uma estrada como esta?, pensou, e avistou o carro de Stilton mais adiante. Quando viraram para entrar na estrada principal, Stilton desapareceu na distância.

Ele dirigiu até chegar a um posto de gasolina, o mesmo em que Olivia havia parado. Entrou no posto, estacionou a alguma distância das bombas, pegou seu celular e ligou para o 112.

– Jean Borell foi assassinado em sua casa em Ingarö.

Depois desligou. Ele sempre usava celular pré-pago. A ligação não seria rastreada.

Olivia estava se virando debaixo dos cobertores. Não conseguia dormir direito. Quando se virou para a parede, pensou ter ouvido vozes, vozes falando baixo. Ela ficou parada, virada para a parede. Eram as vozes de Stilton e Luna. Ela tranquilizou-se e fechou os olhos. Então ela ouviu Stilton fazer um comentário muito estranho. Ele havia erguido um pouco a voz.

– Mas eu chamei a polícia!

Sua voz silenciou-se outra vez. Olivia virou a cabeça e viu Stilton e Luna de pé na sala, muito próximos um do outro. Chamou a polícia? Será que ele ligou para a polícia e contou o que ela estava fazendo na casa de Borell? Ele não podia ter feito isso. Olivia ergueu-se um pouco para ouvir melhor. O banco de madeira ficava meio escondido na escuridão.

– E você tem certeza de que ele estava morto?

Era a voz de Luna.

– Morto, fulminado.

– Quem?

Olivia estava sentada reta agora. Stilton e Luna viraram-se na direção dela.

– Quem está fulminado?

– Jean Borell.

Stilton aproximou-se de Olivia ao dizer isso. Ele sabia que tinha de contar a ela também. Ele queria contar. Ele mesmo ainda estava abalado. Não com o crime em si, mas pelo fato de ter estado na cena do crime.

No caminho de volta para o barco de Luna, ele só pensava naquela visão macabra do escritório. O buraco da bala onde antes havia um olho de vidro. O cérebro escorrendo pela pintura pendurada na parede. O crime deve ter acontecido pouco antes de ele chegar na casa. O assassino poderia muito bem ainda estar na casa quando ele estava andando lá por dentro.

Ele não sabia.

O que também não sabia era se o assassino tinha chegado depois que ele salvou Olivia ou se estava na casa o tempo todo, quando Olivia entrou no escritório. Ele esperava que Olivia não pensasse nessa possibilidade.

– Imagine se o assassino estava lá ao mesmo tempo que eu? – disse ela, quando ele terminou de falar.

Ela pensou nessa possibilidade.

Mas não havia resposta para isso.

Por enquanto.

Quando Stilton terminou, Luna disse-lhes o que tinha ouvido enquanto estava de pé no portão.

– Eu ouvi o som de um barco a motor. Talvez uma lancha.

– Enquanto eu estava na casa? – perguntou Stilton.

– Sim. Será que era o assassino fugindo?

Não havia resposta para isso tampouco.

Luna foi até seu armário de bebidas e tirou uma garrafa de uísque. Ela supôs que Stilton estivesse precisando de uma dose.

– Você quer um pouco também?

Luna virou-se para Olivia, que puxou um cobertor para se aninhar.

– Sim, por favor – disse ela.

Havia três pequenos copos sobre a mesa e de vez em quando o som de pessoas bebericando em silêncio. Depois de Olivia dar um gole no uísque com uma careta controlada, ela virou-se para Stilton.

– Por que você voltou lá?

Stilton colocou a mão no bolso interno do casaco.

– Para pegar isso.

Ele entregou o celular para Olivia. Ela ficou sem saber o que dizer. Ele voltou lá só para pegar o celular para ela? E acabou vendo um cadáver?

– Você é doido, sabia disso? – disse ela.

– Agora eu sei.

Ambos sorriram um para o outro. Olivia virou-se para Luna.

– Você tem um carregador de bateria?

– Claro.

Luna foi buscar o carregador e, quando ele foi plugado, Olivia ligou o telefone. As fotos do escritório e do laptop ainda estavam lá. Borell não deletara. Alguma coisa deve ter acontecido antes para ele não fazer isso.

– Você chegou a ver o laptop? – perguntou ela a Stilton.

– Eu não pensei nisso. Estava concentrado em outras coisas.

– Eu entendo.

– Eu vou me deitar agora – Luna disse e se levantou. – Você vai passar a noite aqui, Olivia?

– Sim, por favor.

– Há uma pequena cabine ao lado da minha, lá dentro.

– Obrigada. Eu vou para lá daqui a pouco.

Ela não queria dormir ainda. Queria conversar com Stilton um pouco mais. Luna aproximou-se de Stilton e estendeu a mão para ele.

– O que foi?

– A arma.

Stilton tinha se esquecido da arma. Ele pegou-a dentro do casaco e devolveu a Luna. Ela foi até o pequeno cofre atrás da cortina. Pouco antes de colocá-la de volta no lugar, ela deu as costas para Stilton. Mas ele viu o que ela fez – ela verificou o pente. Depois fechou o cofre, acenou para Olivia e foi embora. A garrafa ainda estava sobre a mesa e Stilton serviu-se de outra dose de uísque. Olivia sacudiu a cabeça, já bebera o suficiente, ela não precisava de muito no estado em que estava.

Ela olhou para Stilton. Não fazia muito tempo que ela nutria sentimentos amargos em relação a ele, e ficava com raiva sempre que seu nome era mencionado. Agora ele estava sentado na sua frente e ela se sentia completamente diferente.

– Vai haver uma comoção danada com toda essa história – disse ele calmamente.

– Sim.

– Mette vai ser arrastada para ela.

– Sim.

– Você e eu seremos arrastados também.

– Provavelmente.

– Como é que vamos lidar com isso?

– Nós precisamos falar sobre isso agora?

– Não.

Eles não precisavam, não naquela noite. Tinham feito o suficiente por um dia. Stilton tomou um gole de uísque. Eles ficaram sentados em silêncio. Alguns minutos depois, Stilton olhou para Olivia.

– Você sente falta do Elvis?

Ela sentia. Quase sempre. Por que ele estava pensando nisso agora?

– Sim, muita – disse ela.

Stilton assentiu. Olivia olhou para as mãos vigorosas dele segurando o copo. O curativo que Luna fizera em sua mão direita estava ficando vermelho. De repente, ela sentiu necessidade de perguntar uma coisa a ele. Talvez fosse pela atmosfera especial que havia naquela sala pouco iluminada, ou pelo uísque, ou pelos acontecimentos dramáticos por que passaram naquela noite, ela não sabia, talvez fosse tudo junto. Mas ela sentia que queria perguntar o que já perguntara uma vez e nunca recebera uma resposta adequada: o que fez você surtar?

Mas ela não perguntou.

Ele não sabia quanto tempo tinha dormido, parecia apenas um minuto, mas uma segunda batida na porta de sua cabine obrigou-o a se sentar na cama. Ele acendeu a luz e viu que eram 7h30 da manhã.

– Tom, você pode abrir a porta?

Era a voz de Luna. O que será que aconteceu? Ele vestiu uma calça, levantou-se e abriu a tranca. Luna abriu a porta pelo lado de fora. Ela deu um passo para o lado. Havia dois homens à paisana em pé no corredor.

Um deles segurava um distintivo da polícia.

21

O AMBIENTE ESTAVA TENSO na reunião matinal do *Dagens Nyheter*. O assassinato do capitalista de risco Jean Borell em sua casa em Värmdö na noite anterior era uma grande notícia, e havia uma profusão de diferentes ângulos para a história. A sala estava cheia de jornalistas cheios de adrenalina.

Um deles era Alex Popovic.

Sua situação era única. A vítima era do seu círculo de relações pessoal. Não um amigo próximo, não agora, mas próximo o suficiente para Alex ter informações que nenhum dos seus colegas tinha. Por isso ele manteve a discrição quando as especulações começaram. Sobre o motivo, sobre o autor do crime. Um roubo de obras de arte que deu errado? Conexões internacionais? A polícia liberara poucas informações até agora. A investigação corria em sigilo, eles disseram. Não havia suspeitos até o momento. Os detalhes sobre o que tinha acontecido na casa de Borell seriam divulgados mais tarde, as informações que poderiam vir a público, pelo menos.

Alex se debatia em pensamentos na sua mesa.

Este assassinato teria alguma relação com o de Bengt? Como? Por quê? Ele sentiu que precisava entrar em contato com Olivia. Ele havia ligado para ela duas vezes depois da noite que passaram juntos em seu apartamento. Ela não retornara as ligações. A essa altura, ela já devia saber da morte de Borell. Por que não telefonou para ele? Afinal era do interesse dela, que o pressionara o tempo todo até ele contar que Borell era o homem com quem Bengt se desentendera durante um jantar. Por que ela queria saber isso? Ele nunca tivera uma resposta. Talvez devesse fazer a pergunta novamente.

Agora.

Ele telefonou para Olivia outra vez e a ligação caiu na caixa postal. Ele não deixou uma mensagem. Quando encerrou a chamada, percebeu o zum-zum-zum das acaloradas discussões entre seus colegas.

Quem matou o capitalista de risco Jean Borell?

Quando o importante funcionário da Alfândega Bengt Sahlmann foi assassinado, não houve tantas especulações e disse me disse.

Pelo visto, nem todos os homens são iguais.

Um dos investigadores que trabalhavam no homicídio de Jean Borell era Rune Forss. Ele pedira para conduzir o interrogatório de um homem que tinha sido trazido mais cedo naquela manhã. Tom Stilton. Seu pedido foi aprovado. Era quase uma hora da tarde agora. Stilton estava sentado em uma cela na Kronobergsgatan havia mais de cinco horas.

– Eu preciso coletar mais alguns detalhes para o interrogatório – Forss disse ao resto do grupo.

Ele saiu do prédio. Planejava não começar o interrogatório antes de uma e meia. Ele não ia perder essa oportunidade. A ideia de deixar o homem mofando sozinho numa cela esperando um pouco mais o deixava particularmente de bom humor.

Luna não queria acordar Olivia, queria que ela dormisse. Não havia muito o que pudesse fazer em relação ao que tinha acontecido. Quando Olivia acordou, a notícia veio como um choque.

– A polícia o levou?!

– Sim.

Olivia vestiu suas roupas secas, a mente acelerada. Luna preparou o café da manhã, mas o estômago de Olivia não podia suportar mais do que um copo de suco.

– Você não quer comer uma fruta?

– Não, obrigada. Mas por quê?

– Por que eles o levaram?

– Sim! Como eles sabiam que Stilton esteve na casa? Deve ser alguma coisa que tenha a ver com isso, não é?

– Sim, provavelmente.

– Será que alguém o viu lá?

– Ele disse que a casa estava vazia.

Luna entregou o copo de suco a Olivia.

– Como é que você e Tom se conheceram? – ela quis saber.

– É uma longa história.

– Ok.

Luna percebeu que a resposta de Olivia lembrava o estilo Stilton de encerrar uma conversa. Mas ela estava curiosa. Stilton agira impulsiva e violentamente, revelando um lado dele – uma faceta que Luna não conhecia. Ela suspeitava que existisse, mas havia uma força naquele homem que as pessoas não deviam enfrentar quando ficava intensa demais, e agora ela tivera um vislumbre dessa força. E tudo o que fizera foi por Olivia. Ela devia ser muito especial para ele, Luna pensou consigo mesma.

– Obrigada pelo suco – disse Olivia. – Eu preciso ir.

Olivia subiu para o convés e ligou para Lisa Hedqvist.

– Você está sabendo que a polícia prendeu Tom?

– Sim.

– Por quê?

– Eu não sei muito, tem alguma relação com o homicídio de Jean Borell. Você soube?

– Sim.

– Há rumores de que Tom foi captado por uma das câmeras de vigilância da casa de Borell.

Olivia encerrou a ligação e olhou para o mar. O circuito interno de TV na entrada. Claro! Foi por isso que sua imagem foi captada. Agora ele tinha sido preso por ir pegar o celular dela e acabar dando de cara com um cadáver. Ele estava na casa, saiu correndo depois de ver Borell morto e foi pego pela porra de uma câmera. Suas mãos agarraram a balaustrada com tanta força que quase sentiu cãibra. Quando finalmente soltou, ela sabia o que tinha de fazer.

* * *

Stilton tinha adormecido no banco estreito da cela. Um policial o havia interrogado brevemente quando ele foi detido. Haveria um longo interrogatório mais tarde. Exatamente quando esse "mais tarde", não lhe disseram.

Nem o nome da pessoa que o conduziria.

Quando a porta da cela abriu, eram três horas da tarde. Stilton tinha acabado de acordar. Um jovem policial levou-o para a sala de interrogatório. Não ficava longe. Quando Stilton entrou na sala, havia um homem já sentado à mesa.

Rune Forss.

Stilton chegara a aventar essa possibilidade. Sabia que Forss adoraria interrogá-lo. Mas, ainda assim, ele teve um leve choque.

– Sente-se.

Forss apontou para uma cadeira em frente a ele, sem erguer os olhos. Stilton sentou-se. Forss ligou o gravador e começou com as formalidades de praxe, registrando o seu nome completo, Tom Stilton. Depois abriu uma pasta na frente dele e começou a ler. Stilton observou aquela careca reluzente e os ombros, cobertos de caspa.

– Jean Borell é o principal proprietário da empresa de capital de risco Albion, sediada em Londres – Forss leu. – Ele é proprietário de uma casa na ilha de Ingarö, em Värmdö. A entrada da casa é equipada com uma câmera de vigilância. A gravação mostra um carro freando na entrada da residência à 00h22 de ontem. Um homem é visto saindo do carro, entrando na casa, saindo novamente e entrando no carro para ir embora. Infelizmente, a placa do carro não aparece nítida na gravação, mas o rosto do homem pode ser visto muito claramente.

Forss ergueu os olhos pela primeira vez.

– Era você. Estou correto?

– Sim.

– O que você estava fazendo na casa?

– Eu ia encontrar-me com Borell.

– Vocês se encontraram?

– Não. Ele não estava lá. Eu tenho umas terras no arquipélago que ele estava interessado em comprar.

– É mesmo?

– Sim.

– Então você dirigiu até lá no meio da noite para falar sobre a venda de suas terras.

– Sim. Pode ligar para ele e perguntar se você não acredita em mim.

Forss olhou para Stilton. Que frieza a desse filho da puta.

– Então, você realmente não encontrou Borell?

– Não.

– Na gravação, você é visto entrando rápido na casa e, em seguida, saindo correndo. Por quê?

– Eu estava morrendo de pressa. Você pode, por favor, me explicar por que eu estou sentado aqui?

– Porque Jean Borell foi assassinado em casa ontem à noite. Por volta da mesma hora em que você foi visto saindo morrendo de pressa da casa dele. É só por isso.

– Então ele está morto?

– Você não sabia?

– Não.

Forss desligou o gravador e se inclinou para a frente.

– Veja só como são as coisas, Stilton. Você sabe que eu sei que você está mentindo. Eu contava com isso. Uma escória como você não sabe soletrar a palavra "verdade". Daqui a pouco vou mostrar a gravação da câmera de vigilância a um promotor. Então você pode apostar o seu último centavo que não vai demorar para eu colocá-lo na cadeia.

– Você ainda joga boliche?

Forss fechou a pasta e saiu da sala.

O estômago de Olivia já estava dando um nó quando ela entrou no carro. E não tinha melhorado nada no momento em que ela chegou em

Kummelnäs e se aproximou do antigo casarão verde em ruínas. Mas não havia muito mais que pudesse fazer, ela precisava contar a Mette.

Contar tudo.

Sentaram-se sozinhas em uma sala ao lado da cozinha. Uma sala pequena e escura com cortinas fechadas. Mette estava de penhoar. Ela ainda estava de licença médica. Preparara um pouco de chá e trouxera um bule grande. Mårten tinha saído para estudar as origens de seus antepassados mortos. Mette serviu a ambas um pouco de chá. Ela não dissera muita coisa quando Olivia entrou. Estava escrito na cara dela que aquela não era uma visita de cortesia para ver como Mette estava passando.

– Aconteceu alguma coisa – disse Mette.

– Sim.

– Alguma coisa relacionada com a prisão de Tom.

– Você ficou sabendo?

– Um detetive me ligou às seis e meia perguntando onde poderia encontrar o Tom. Ele deveria ser levado para interrogatório sobre o assassinato de Borell. E como você sabe disso?

A voz de Mette soava intencionalmente distante, não muito pessoal, não muito fria. Havia muito tempo que ela esperava por aquele encontro. Preferiria que fosse em circunstâncias diferentes, mas Olivia estava ali agora e elas teriam de seguir a partir disso.

– Foi por minha causa – disse Olivia.

– Que Tom foi preso?

– Sim.

Olivia hesitou por um momento. Ela na verdade não sabia por onde começar. Tudo tivera início de fato com sua visita à Alfândega, mas já fazia tempo. Além do mais, ela teria de mencionar a bronca que levara de Mette na cozinha e queria evitar isso. Então, ela começou com sua visita ao Silvergården e suas crescentes suspeitas sobre o laptop de Bengt.

E então tudo saiu.

Mette interrompeu com algumas perguntas curtas.

Olivia respondeu a todas.

Quando ela contou sobre sua própria visita à casa de Borell e a pequena aventura de Stilton lá, Mette fez outra pergunta.

– O que ele estava planejando fazer naquela casa?

– Ele estava indo pegar o meu celular. Ele foi lá para mim.

O nó no estômago de Olivia apertou. Ela contou a história toda com grande constrangimento e preocupação. Preocupação com a possível reação de Mette. Até agora não havia qualquer reação pessoal de Mette.

Então aconteceu.

– Então, vocês finalmente se encontraram.

Foi uma reação inesperada. Olivia tinha se preparado para levar um sermão. Um sermão de Mette. Que Tom se arriscara demais só para pegar de volta um celular e agora estava detido, que provavelmente seria acusado de um crime que pelo visto não havia cometido.

E era tudo culpa de Olivia.

Ela digeriu as palavras de Mette: "Então, vocês finalmente se encontraram."

Olivia sentiu um bolo subindo na garganta. Mette colocou o braço em volta dela.

– Nós vamos consertar as coisas – disse ela. – Confie em mim.

E Olivia confiou.

A fim de consertar as coisas como havia prometido, Mette teve que se vestir e escrever um bilhete para Mårten dizendo que saíra para fazer uma longa caminhada restauradora.

Olivia lhe deu uma carona para a cidade. No caminho, Mette ligou para Oskar Molin, um antigo colega da divisão de homicídios.

– Quem está no comando da investigação preliminar no caso Borell?

– Karnerud, eu acho. E Forss.

– Forss?

– Sim.

– O que a perícia descobriu?

– Eu não sei. Você não está de licença médica?
– Sim. Falo com você logo.

Olivia deixou Mette na sede da polícia na Polhemsgatan. Antes de se separarem, Olivia perguntou a Mette se ela ficara sabendo da tentativa de suicídio de Sandra Sahlmann.

– Não, quando isso aconteceu?
– Outro dia. Encontrei-a na casa dela. Na banheira.

Mette soltou um suspiro e olhou para Olivia. Ela viu a tristeza em seus olhos e arrependeu-se de ter gritado com ela naquele dia. Talvez eu devesse pedir desculpas, pensou. Quando for a hora certa.

– Eu entro em contato – disse ela, fechando a porta do carro.

Olivia partiu e Mette entrou no prédio. Não demorou muito para ela descobrir os técnicos que estavam trabalhando no caso de Ingarö. Ela telefonou e explicou que o assassinato de Borell podia ter uma conexão com um assassinato que estava sendo investigado na divisão de homicídios. O de Bengt Sahlmann.

– O que vocês descobriram até agora?
– O laudo preliminar está quase pronto.
– Você pode me dar um rápido resumo dele?

Em seguida, ela foi procurar Rune Forss e pediu para falar com ele em particular. Forss tentou escapar, mas Mette o pegou. Ele foi obrigado a falar com ela. No corredor.

Mette estava quase cara a cara com ele.

– Você prendeu Tom Stilton – disse ela.
– Foi uma detenção.
– Porque ele estava na casa de Jean Borell ontem à noite.
– Sim. A câmera de vigilância mostra isso. Estou prestes a falar com um promotor para manter Stilton sob custódia.
– Você já leu o laudo técnico?
– Ainda não está concluído.
– Foi concluído cerca de quinze minutos atrás. Eu sei o que está nele.

– E?

– A parte interessante é a descoberta da arma do crime. Na garagem de barcos, dois andares abaixo do escritório onde Borell foi baleado. Uma Luger, do mesmo calibre da bala encontrada na parede atrás do corpo. Como a arma foi parar na garagem de barcos?

– Como posso saber?

– O assassino largou a arma lá seria minha sugestão.

– Aonde você quer chegar?

– Com base no tempo registrado na câmera de vigilância, Stilton ficou na casa de Borell uns quatro minutos, certo?

Forss olhou para Mette. Ele entendeu aonde ela queria chegar. E não gostou. Mas o que poderia fazer? Fatos são fatos.

– Sim – disse ele.

– Nesse período de tempo, supõe-se então que ele entrou na casa, encontrou Borell no seu escritório no andar de cima, atirou nele, desceu dois andares até a garagem de barcos, ou sabe-se lá o que planejava fazer lá se o carro dele estava na frente da casa, depois livrou-se da arma do crime na garagem de barcos, subiu dois andares, saiu da casa e entrou no carro para se mandar. Tudo isso em quatro minutos.

O rosto de Forss estava inexpressivo.

– Havia impressões digitais na arma – disse Mette. – Eu ficaria muito surpresa se fossem de Stilton.

Forss deu as costas e voltou para a sua sala.

Olivia encontrou uma vaga para estacionar na Tjärhovsgatan, perto do restaurante Kvarnen, e caminhou até o Coffice na esquina da Östgötagatan, uma cafeteria com uma área separada onde o cliente pode se sentar e trabalhar em paz. Ela afundou em uma das poltronas gastas, conectou-se ao Wi-Fi e pediu um cappuccino grande. Não costumava beber café com frequência, mas havia algo de especial nos grãos que eles usavam ali. Ela acessou o site do *Dagens Nyheter* e procurou por matérias sobre o assassinato de Jean Borell. Queria verificar se Alex tinha escrito alguma coisa. Não tinha. Talvez eu devesse telefonar para ele, pensou consigo mesma. Ou talvez não, ele deve estar atarefado. Ela não se preocupara em atender às chamadas dele, queria distanciar-se daquela noite de bebedeira. Telefonaria para ele depois, para falar de Borell, um crime que podia ter ligação com o assassinato do pai de Sandra. Mette reagira intensamente quando ela lhe mostrou as fotos do escritório de Borell em seu celular. Mette sabia que o laptop desaparecido estava dentro de uma bolsa de cortiça incomum.

Assim como aquela bolsa no escritório de Borell.

– Mas podemos ter certeza absoluta de que o laptop de Sahlmann está lá? – ela perguntara.

– Sim, eu abri a bolsa e depois o computador. Sandra tinha colocado um adesivo perto do teclado, um coração cor-de-rosa. Tirei uma foto dele também.

– Ótimo.

Olivia tomou um gole do cappuccino.

Ela deveria ter ligado para Sandra para dizer que encontrara seu computador, mas sentiu que seria difícil explicar a situação. E os técnicos da polícia ainda deviam estar ocupados com ele.

Então ela parou e pensou.

Talvez devesse ligar para Alex afinal?

As impressões digitais na arma do crime não eram de Stilton. A informação foi confirmada rapidamente. Uma vez confirmada, o promotor teve uma breve conversa com Karnerud e Forss: ele não via nenhuma razão para manter Stilton numa cela por mais tempo.

Stilton estava sentado no banco da cela pensando em Abbas. Ele logo estaria em casa, a menos que tivesse descido no meio do caminho. Eu me pergunto como ele vai reagir quando souber o que aconteceu, quando souber que estou sentado aqui, que Olivia sofreu uma tentativa de assassinato e que o homem que queria matá-la foi assassinado depois. Ele ainda estava pensando em Abbas quando Rune Forss abriu a porta da cela. Stilton se levantou. Forss recuou dois passos com a porta aberta para dar passagem a Stilton.

— Mais perguntas? – ele disse.

— Haverá mais perguntas, mas não agora.

— Então eu posso ir?

Forss não respondeu. Stilton viu a expressão em seu rosto. Não tinha sido decisão de Forss, ele fora forçado a isso. Por quem? Mette? Olivia explicou tudo? Ao passar por Forss, ele baixou a voz ligeiramente.

— Eu andei conversando com uma de suas antigas namoradas da Red Velvet.

Ele viu o choque no rosto de Forss. Um choque discreto, mas foi o suficiente. Stilton desfrutou aquele momento. Pode ter sido precipitado dizer isso, mas acabou dizendo. Era uma satisfação deixar Forss suar por um tempo.

Ele merecia.

Ele não estava apenas suando. Estava furioso e assustado. Assim que Stilton foi embora, ele deixou o edifício e pegou seu celular. Ficou na frente da sede da polícia debaixo de uma chuva fina e ligou para Jackie Berglund. Ele estava tão impaciente que ela mal tinha tempo de responder.

— Existe alguma maneira de Stilton ter descoberto os meus antigos contatos?

— Acho que não.

— O meu nome ainda está na sua lista?

— Não, eu excluí.

— Quando?

— Cerca de um ano atrás, depois que eles me chamaram para interrogatório. Por quê? Por que está achando que...

— Você acha que alguma das mulheres possa ter contado a ele?

— Só uma delas ainda está viva.

— Quem?

— Ovette Andersson. Mas ela não vai abrir a boca.

— Como você pode saber?

— Ela não é do tipo.

– Você tem o endereço dela?

Jackie tinha.

Era tarde quando Stilton voltou para o barco. Ele tinha passado a última hora sentado em um café na Hornsgatan, por causa do tempo. Estava acostumado ao mau tempo e raramente se incomodava com isso, mas daquela vez foi um pouco demais. Não era apenas uma tempestade, era uma chuva torrencial inacreditável que desabou do céu e veio caindo em gotas do tamanho de bolas de golfe. As pessoas se abrigaram debaixo de marquises e quem estava de carro teve de estacionar, pois as lâminas dos para-brisas eram incapazes de lidar com a enorme quantidade de água.

Por fim a chuva abrandou o suficiente para ele poder terminar o seu café em paz e voltar para o barco. Molhado, mas de bom humor. Ele certamente assustara Forss, não o suficiente para ele perder o equilíbrio, mas para acusar o golpe. Ele parou na frente de sua cabine e sacudiu o pior da chuva.

– Você estava na rua debaixo dessa tempestade?

Stilton se virou. Luna estava sentada na sala observando-o.

– Não.

– O que aconteceu na polícia?

– Eles me prenderam e me soltaram.

Stilton caminhou em direção à sala. Ele precisava perguntar algo a Luna e achou uma boa ideia não adiar mais.

– Posso me sentar?

Isso por si só parecia estranho. Ele estava perguntando se poderia se sentar. Não parecia o estilo Stilton. Será que acontecera alguma coisa? Mas ela fez um gesto e Stilton sentou-se.

– Gostaria de uma toalha? – disse ela.

– Por quê?

– Seu cabelo.

Stilton não cortara o cabelo desde que voltara de Rödlöga, e ele tinha crescido um pouco. O suficiente para parecer molhado.

– Não, está tudo bem.

– Ok.

Stilton olhou para Luna. Quando ele estava deitado em sua cela, meio adormecido, tinha pensado nela bastante, mais ou menos com carinho. Ela simplesmente pipocava em seus pensamentos. Agora ele entendia o porquê, pelo menos em parte. Havia alguma coisa naquela mulher ali sentada, olhando daquele jeito que ela sempre olhava, calma e serena, que o atraía. Não da mesma forma que Claudette, que era outra coisa, Luna era Luna. Ele se inclinou para ela.

– Eu vi que você examinou o pente da arma antes de guardá-la – disse ele.

– Sim.

– Para verificar se havia uma bala faltando.

– Sim.

– Se estivesse faltando, teria sido eu quem atirou em Borell, certo?

– Bem, seria uma suposição razoável.

– Então essa possibilidade passou pela sua cabeça? Que eu poderia ter feito isso?

– Sim.

– Tudo bem.

Pronto, ele perguntara o que tinha que perguntar. Luna havia se certificado de que ele não havia atirado em Borell. Então, ela acreditava que ele realmente seria capaz disso. Ele olhou para a mão ferida, a que Luna havia gentilmente cuidado.

– Mas todas as balas estavam lá – disse Luna.

Stilton assentiu. Então estamos entendidos. Sabemos em que pé estamos, pensou ele, e perguntou:

– Por que você tem uma arma?

– Ela só fica por aqui.

– Desde quando?

– Desde que precisei dela.

Ela estava dando a ele o sabor do seu próprio veneno.

* * *

A música não tinha ajudado.

Ele ficara parado bem no meio da gigantesca sala por mais de uma hora, nu, e não tinha ajudado. Estava com tanto medo agora como quando recebeu a ligação.

– Jean Borell foi assassinado.

Agora ele estava sentado encurvado sobre a mesa redonda ao lado da luminária de alabastro. Tinha acabado de ver uma cigarrilha queimar no cinzeiro, ele quase não fumava. Havia um copo sobre a mesa. Ele o encheu de vinho do Porto, até a boca – quando levou-o aos lábios, metade derramou. Colocou o copo na mesa novamente e voltou para a sala, seu olhar descansando na bela parede oposta.

Seria a sua vez agora? Só ele havia sobrado.

Ele olhou para os braços, as cicatrizes de arranhões estavam claramente visíveis. Será que vão ficar aqui para sempre? Ou desaparecer?

Sentou-se no chão, com as pernas cruzadas, e fechou os olhos. Suas mãos agarraram com força as pernas da mesa à sua frente. Ele tentava desaparecer, tentava mergulhar na escuridão, para longe deste mundo de que não queria mais fazer parte.

Não conseguiu.

Ergueu a cabeça e sentiu que as lágrimas escorriam por seu peito sem pelos. Ele se levantou e foi até a estante. Com a mão trêmula, puxou um livro grosso, um dicionário de alemão, capa dura. Havia uma arma atrás do livro.

Ele olhou para a arma.

Ele já a usara uma vez.

Poderia usá-la novamente.

22

Estava fazendo um frio implacável. Não tanto pela queda de temperatura, mas era o tipo de frio cortante e gelado provocado por ventos penetrantes que forçavam as pessoas a fugir de espaços abertos para procurar abrigo. Então, não havia como Olivia ir a pé até o barco. Quando Stilton telefonou, ela chegou a pensar que um passeio agradável e um pouco de ar fresco lhe fariam bem. Ela ainda sentia os efeitos da sala de vácuo.

– Mette está vindo para cá, seria uma boa ideia se você viesse também – ele disse.

Talvez fosse.

As coisas estavam realmente bastante confusas em sua cabeça. Ela poderia escutar Mette e ter uma visão mais analítica da situação para ter uma ideia do que ela mesma deveria estar fazendo. Porque ela estava envolvida naquele assassinato em vários aspectos, alguns bons e outros nem tanto assim.

Mas assim que pôs o pé na rua e quase foi soprada para longe, ela decidiu ir de carro. Não precisava de tanto ar fresco assim.

Ela atravessou correndo a prancha de embarque para não ser varrida pelo vento e desceu até a sala. Stilton e Mette já estavam sentados lá. Luna estava trabalhando no cemitério.

– Oi – disse Stilton. – Sente-se.

Olivia tirou o casaco e se sentou. Mette começou a falar na mesma hora

– Nós assumimos a investigação do homicídio de Borell – disse ela. – Houve muitos resmungos e lamúrias, mas isso não é novidade. Eu dei uma olhada em todo o material hoje de manhã e pedi celeridade à nossa equipe.

O relatório da autópsia confirma o laudo preliminar. Borell foi assassinado. A morte deve ter ocorrido em algum momento depois que ele jogou você, Olivia, na água, e antes que você, Tom, voltasse na casa para pegar o celular. Quanto tempo vocês acham que durou entre uma coisa e outra?

Stilton olhou para Olivia.

– O que você acha? Pouco mais de duas horas? Eu te encontrei, te carreguei até o carro, dirigi até aqui, você trocou de roupa, nós conversamos por um tempo, você adormeceu e eu voltei para lá de carro.

– Duas horas parece razoável.

– Portanto, temos um intervalo de tempo em que o crime deve ter ocorrido – disse Mette. – Você viu alguma coisa na casa além do corpo?

– Não – disse Stilton. – Eu entrei correndo e saí correndo.

– Em cerca de quatro minutos, segundo a câmera de vigilância. Ainda bem que você não ficou vagando pela casa, isso complicaria as coisas para você.

– Quando você já me viu ficar vagando por aí?

Mette deixou passar o comentário. Não queria lembrá-lo dos cinco ou seis anos que ele passara só fazendo isso na vida.

– Mas Luna ouviu o som de um barco a motor – disse Stilton.

– Ela estava lá também?

– Ela foi comigo para trazer o carro de Olivia. Ela ficou no portão enquanto eu estava na casa.

– E foi no portão que ela ouviu esse barco?

– Sim.

– Interessante. Pode ter sido o assassino fugindo. A câmera externa não registrou nada até Tom voltar e entrar no carro. Isso significa que o assassino deve ter entrado por outro lado. Talvez da mesma forma que Olivia, pela garagem de barcos, depois subiu até o escritório, voltou para a garagem de barcos, largou a arma do crime ali mesmo e fugiu de barco.

– Então por isso que eu não o vi – comentou Stilton.

– Provavelmente. Outra informação interessante veio da perícia. Não havia laptop nenhum dentro de uma bolsa de cortiça no escritório de Borell. Na verdade, em nenhum lugar da casa.

Stilton e Olivia se entreolharam.

— Mas eu o vi quando estava na casa – disse Olivia. – Você mesma viu as fotos.

— Eu sei. Mas isso significa que o assassino deve ter levado o computador. A menos que você tenha feito isso, Tom.

Stilton deu um olhar de tédio para Mette.

— Então, o assassino roubou o laptop de Sahlmann? – disse Olivia.

— Pelo visto, sim.

— Por quê?

— Você acha que eu tenho uma resposta para isso? – disse Mette. – Pois eu não tenho. E não sei quem é o assassino. Não sei o seu motivo. O que eu sei é que havia um homem na cena do crime quando a polícia chegou, depois que você fez a sua denúncia anônima, Tom.

— Quem era? – perguntou Stilton.

— Seu nome é Magnus Thorhed e parece que trabalhava para Borell.

— Ele estava lá?!

Olivia se levantou.

— Você o conhece?

— Eu já o encontrei antes.

— Deve ter sido o carro dele que passou por mim quando eu estava voltando da casa de Borell – disse Stilton. – Ele vinha correndo por aquela estrada estreita como um louco.

— O que ele foi fazer na casa de Borell no meio da noite? – Olivia perguntou.

— Ele alega que foi até lá porque Borell não estava atendendo o celular – disse Mette. – Ele sabia que Borell tinha ido para casa. Eles haviam participado de uma reunião de negócios e ele tinha algo de urgente para discutir com ele.

— Naquela hora?

— Foi o que perguntamos, mas ele disse que a Albion é uma empresa que opera no mundo inteiro: quando é noite aqui, em Boston é dia. Essa foi a explicação que deu. Eu vou cuidar dele mais tarde.

— Você não está de licença médica? – Stilton disse com um sorriso.

Mette ignorou o comentário.

— Portanto, agora temos dois homicídios ligados. Pelo desaparecimento do laptop de Sahlmann. Seria o mesmo assassino?

— Improvável – disse Stilton.

— Por quê?

— A morte de Sahlmann foi maquiada para parecer suicídio. Para disfarçar o fato de que foi assassinato. Borell foi apenas um tiro. Abordagens bastante diferentes.

— É verdade.

— O que significa que Borell pode ter matado Sahlmann e, em seguida, foi assassinado – disse Olivia. – Deve ter sido Borell que roubou o laptop da primeira vez, na casa de Sahlmann, considerando que foi parar no seu escritório.

— Pode ser que não tenha sido ele quem roubou – retrucou Mette.

Magnus Thorhed?, Olivia pensou na mesma hora. O homem que estava sempre à frente de tudo? Mas subitamente ela teve outras coisas em que pensar.

Abbas tinha entrado na sala.

— Oi.

Ele não disse mais do que isso. No entanto, levou alguns segundos até que alguém na sala reagisse. Por várias razões. Sua repentina aparição era uma delas. Sua aparência física real era outra.

— O que aconteceu com você!?!

Uma pergunta que Mette e Olivia tinham bons motivos para fazer. Mette fez primeiro. Mas Olivia foi a primeira a levantar-se e dar-lhe um grande abraço. Ele não se importou se doeria ou não. Abraçou-a também. Ansiava por aquele abraço. Talvez não de Olivia em particular, mas de alguém como ela, que significava tanto para ele.

Que estava viva.

Stilton e Mette também se levantaram para cumprimentar Abbas.

— O que aconteceu com *você*?

Abbas apontou para o rosto de Mette. Os nove pontos ainda eram visíveis.

– A gente fala disso mais tarde.

Stilton foi buscar outra cadeira e Abbas se sentou.

– Eu vim direto da estação de trem – disse ele. – Não se preocupem com a minha cara, ela vai ficar boa. Eu fui assaltado e detonaram o meu nariz.

– Quem fez isso?

Abbas abriu sua mala de rodinhas e tirou uma pasta de plástico contendo uma foto em preto e branco.

– Esse cara.

Olivia viu primeiro. Tudo o que ela viu foi um homem meio repugnante com o corpo coberto de óleo.

– Quem é esse?

– Mickey Leigh. Um ator pornô.

Quando Stilton olhou para a foto, o que ele viu foi algo muito diferente, algo que lhe deu um choque imediato. Aquele era o homem que entrou no prédio de Jackie Berglund junto com ela. Há dois dias. Ali em Estocolmo.

– Este é o cara que é conhecido como O Touro – disse Abbas, olhando para Stilton.

– Foi você que descobriu isso?

– Sim.

– Como?

Stilton estava tentando ganhar tempo. Quando Abbas começou a explicar como tinha encontrado Mickey Leigh, inúmeros cenários passaram pela cabeça de Stilton. Ele sabia o que Abbas fizera com Philippe Martin para obrigá-lo a falar, e só podia imaginar o que ele faria com Jackie Berglund para pegar Mickey Leigh. Jean-Baptiste tinha deixado passar. Mette não deixaria.

Ele precisava manter Abbas calmo.

Então não disse nada.

– É tão frustrante – disse Abbas. – Justamente quando eu encontrei o cara certo, eles me expulsaram de Marselha.

– Quem? – perguntou Mette.

– A polícia!

– Jean-Baptiste?

– Sim.

– Talvez ele tivesse seus motivos? – Stilton disse cuidadosamente.

Abbas não respondeu. Não queria entrar em conflito com Tom por causa de Jean-Baptiste. Ele colocou a foto de volta na pasta de plástico. Mette olhou para Stilton. Ela havia notado a reação dele ao ver a foto de Mickey Leigh. Só não entendia o porquê. Ela iria perguntar-lhe quando estivessem a sós. Por ora ela queria saber o que Abbas andara aprontando em Marselha, que não fosse o que ela já sabia por intermédio de Jean-Baptiste. Abbas deu-lhe um breve resumo, excluindo a parte sobre Martin. Quando terminou, ele quis ir embora.

– Eu posso te levar para casa – disse Olivia.

– Obrigado.

Olivia e Abbas deixaram a sala.

Stilton acompanhou-os até o convés e viu-os partir.

Ele queria ter certeza de que tinham ido embora.

Quando ele foi contar a Mette o que estava escondendo de Abbas, ela disse:

– Você reconheceu o homem na fotografia. Mickey Leigh.

– Sim. Ele está aqui em Estocolmo. Está saindo com Jackie Berglund. Eu os vi na frente do prédio dela outro dia.

– E por que você não quis contar a Abbas?

– Bem, você sabe como ele é...

Mette compreendeu. Ela conhecia Abbas também.

– Você acha que esse Mickey é procurado pela polícia? – perguntou ela.

– Posso verificar.

Stilton ligou para Jean-Baptiste. Mickey Leigh era realmente procurado por lesão corporal grave e possível envolvimento em um homicídio com esquartejamento. A polícia francesa tinha acabado de liberar informações via Interpol, pois havia registros de que Mickey Leigh deixara o país.

– Ele está em Estocolmo – disse Stilton. – Eu já informei Mette Olsäter.

– Ótimo – disse Jean-Baptiste. – Por favor, peça a ela para manter contato com a gente.

Stilton desligou. Mette tinha entendido as implicações desta conversa e pegou seu celular. Ela ligou para Bosse Thyrén e mandou que o prédio de Jackie Berglund ficasse sob vigilância.

– Você pode encontrar a foto dele em uma lista de procurados da Interpol – disse ela.

– Tudo bem – disse Bosse. – Ah, e por falar nisso...

– Sim?

– O DNA sob as unhas de Sahlmann não é compatível com os de Gabriella Forsman e Clas Hall.

– Agora nós sabemos.

Mette encerrou a ligação e olhou para Stilton. Ele parecia perturbado. Ele sentia que toda a aventura de Marselha tinha acabado de aterrissar em Estocolmo.

E isso não parecia nada bom.

Ovette Andersson não tinha muitos amigos. Amigos em que pudesse confiar. Colegas eram colegas, e seus amigos do passado estavam mortos, a maioria deles, pelo menos.

Mas ela ainda tinha Minken.

Uma amizade de muito tempo – foram criados no mesmo subúrbio, Kärrtorp. Minken foi quem ela procurou quando seu filho Acke começou a ter problemas no ano passado, e era a Minken que ela procurava agora.

– Ele ameaçou você?

Minken parecia genuinamente estarrecido. Não porque acreditasse na integridade da polícia – o ceticismo permeava toda a sua visão de mundo –, mas o fato de um investigador-chefe estar pessoalmente ameaçando uma mulher sozinha deixou-o chocado.

– Sim – disse Ovette. – Ele foi desprezível.

Eles se encontraram em uma rua lateral estreita perto da Hornsgatan. Foi Ovette quem escolheu este ponto de encontro, fora de vista dos automóveis e de olhares curiosos. Ela estava com medo, seus olhos cansados deixavam claro que passara uma noite sem dormir.

— Ele estava na frente da minha porta ontem – disse ela.

— O que ele queria?

— Ele queria saber se eu tinha estado em contato com Tom Stilton. Eu disse que não, mas ele continuou batendo na mesma tecla. No final, ele me puxou para um canto escuro e me disse o que faria comigo e com Acke se eu soltasse uma palavra com Stilton sobre o fato de ele pagar para fazer sexo com prostitutas.

Ovette engoliu em seco várias vezes e Minken viu lágrimas nos seus olhos.

— O que ele disse que faria com vocês? – perguntou.

— Que iria cuidar da gente.

— Ok, e isso obviamente não significava mandá-los de férias para Maiorca ou um novo apartamento.

— Não. O olhar dele era demoníaco.

— Que filho da puta.

Ovette engoliu em seco novamente e Minken viu como ela estava fragilizada.

Ele colocou o braço em volta dos ombros dela. Se o mundo ia acabar em dezembro, não importava muito o tipo de ameaça que aquele tira fizera, mas ele também se lembrou do que Stilton lhe dissera. Que poderia ser bom fazer alguma coisa que valesse a pena até tudo ir pelos ares.

— Eu acho que você deveria falar com Stilton novamente – disse ele.

— Por quê?

— Porque ele é um cara muito inteligente. Que também conhece o filho da puta do Forss. Ele pode arrumar algum jeito de proteger você. E ele conhece Acke também.

Ovette não respondeu. Ela começou a andar, com o braço de Minken em volta de seus ombros.

Mette tinha acabado de entrar em sua sala na divisão de homicídios quando recebeu o telefonema. Era de um dos homens que vigiavam o prédio de Jackie Berglund. Eles tinham acabado de ver Berglund entrar no prédio acompanhada de Mickey Leigh.

Mette reagiu prontamente.

Rápido demais para alguém que tivera um leve enfarte recentemente.

Mas ela ignorou o fato.

Ela enviou na mesma hora Bosse Thyrén e Lisa Hedqvist para a casa de Berglund na Norr Mälarstrand. Com reforços.

– Ele é procurado por lesões corporais graves em Marselha. E é suspeito do assassinato de uma mulher também.

Bosse e Lisa levaram o aviso de Mette sobre Mickey Leigh muito a sério. Eles chegaram em uma viatura da polícia. Se não tivessem optado pela viatura, mas preferido seguir em um veículo não oficial da polícia, eles poderiam ter passado despercebidos. Mas uma radiopatrulha é bastante difícil de não ser vista em uma rua ampla como a Norr Mälarstrand. Jackie avistou-a através da janela imediatamente. Após detectar Stilton na sua rua poucos dias atrás, ela ficava olhando pelas janelas do seu apartamento várias vezes por dia, quase inconscientemente. Deixara-se dominar por uma sensação de paranoia.

Jackie avistou a viatura assim que ela parou na frente do seu prédio.

– A polícia está aqui embaixo.

Ela falou mais como se fosse a declaração de um fato. Eles não necessariamente estariam ali para vê-la, mas era uma possibilidade. Não tinha a menor ideia do que queriam, e não se sentia particularmente preocupada.

Ao contrário de Mickey Leigh.

Ele deu um pulo e se aproximou da janela, viu policiais uniformizados andando na direção do prédio.

– Você tem alguma porta nos fundos? – perguntou.

– O quê? Qual é o seu problema? Por que você acha que...

– Porta nos fundos?!

Sim, havia uma porta nos fundos. Sem compreender direito do que se tratava, só que era uma questão de urgência, ela correu pelo apartamento até a porta da cozinha que dava em uma escada levando a um jardim no térreo.

Mickey desapareceu assim que a campainha tocou. Jackie se perguntou se deveria abrir a porta. Operações especiais da polícia? Eles provavelmente arrombariam a porta se ela não abrisse. Ela ficou parada na sala por um minuto ou mais para dar a Mickey uma chance de escapar.

Depois abriu a porta.

– Jackie Berglund? – perguntou Lisa, mostrando seu distintivo da polícia. Bosse e mais alguns policiais estavam atrás dela.

– Sim?

– Divisão de homicídios da Polícia Nacional. Estamos procurando por Mickey Leigh.

– Quem?

Lisa ergueu uma foto de Mickey Leigh.

– Ele é procurado pela Interpol. Há pouco tempo ele entrou neste prédio com você. Ele está aqui no apartamento?

– Não.

– Nós gostaríamos de dar uma olhada, por favor.

Jackie se afastou da porta para dar passagem. Sua expressão não demonstrava o que estava pensando. Procurado pela Interpol? Ele estava se escondendo, então? Por isso apareceu aqui sem avisar nem nada. Que babaca filho da puta!

Lisa e Bosse ficaram na sala para deixar que os policiais revistassem o apartamento. Não desgrudaram de Jackie.

– Ele está hospedado aqui? – perguntou Bosse.

– Esse homem da foto que você me mostrou... eu não sei... Qual o nome dele?

– Mickey Leigh.

– Ele está apenas visitando Estocolmo, somos apenas conhecidos, eu não sabia que ele era procurado.

– Mas ele está morando aqui?

– Não.

Um policial voltou do corredor e avisou que havia uma porta nos fundos pela qual o homem que eles estavam procurando provavelmente tinha escapado. Dois policiais já tinham ido atrás dele.

– De quem é isso?

Lisa apontou para uma mala de viagem marrom no corredor. Presa à mala, uma pequena etiqueta de identificação em couro.

– É dele – disse Jackie.

– Nós vamos ficar com ela. Você nos acompanhe, por favor.

– Por quê?

Lisa não respondeu.

Stilton estava sentado em sua cabine, tentando organizar os pensamentos. O seu cérebro não se esforçava havia muito tempo, e agora estava sendo bombardeado sem parar desde que Abbas aparecera no barco para pedir que Stilton fosse com ele para Marselha. Ele tentava dar um sentido a tudo que havia acontecido desde então. Houve desdobramentos positivos, como o reatamento de sua relação com Olivia. Ele ficou extremamente feliz com isso. E houve Claudette, outro acontecimento positivo. O barco e Luna? Ele olhou para o pássaro empalhado. Sim, isso foi muito bom também.

Depois aconteceram coisas muito longe de serem boas.

Borell tentando matar Olivia e o encontro com Forss na sala de interrogatório, por exemplo. Embora ver o medo nos olhos de Forss quando ele mencionou seus antigos contatos para serviços sexuais tenha sido muito positivo.

O ataque sofrido por Abbas não foi.

E, certamente, Mickey Leigh cair de paraquedas em Estocolmo não era nada bom.

Por outro lado, isso poderia ajudar a pegar Jackie Berglund. Nesse caso, seria um acontecimento positivo.

O mais negativo, para ele, foi a notícia que tinha acabado de receber de Olivia. Ela procurara em todo o material antigo que tinha sobre Berglund e não conseguiu encontrar o nome de nenhuma prostituta com quem Forss pudesse ter mantido contato.

Sua única esperança de pegar Rune Forss.

Mas ele não se esquecera de Minken.

O pequeno dedo-duro.

Minken ligou para Stilton bem no meio de seu resumo mental.

– Eu acho que você deveria falar com Ovette novamente – disse ele.

– Por quê?

Quando Minken contou-lhe sobre as ameaças de Forss a Ovette na noite anterior, Stilton sentiu seu coração acelerar. Isso tinha um lado negativo e outro positivo. Negativo porque sentiu pena de Ovette por Forss estar fazendo aquilo com ela. E, indiretamente, lamentou também por Acke. Positivo porque poderia lhe dar outra chance.

Com Ovette.

Talvez.

Quando ele já ia encerrar a chamada, Minken disse:

– Nos velhos tempos, as pessoas pagavam uma boa grana por este tipo de trabalho. Você se lembra?

– Sim. O que você quer?

– Uma mula.

Minken desligou. Stilton olhou para o celular. Uma mula? Ele sabia que Minken não era um estranho ao mundo das drogas, muito pelo contrário. Será que voltara a pegar pesado? Ou quem sabe fosse um novo código que ele não conhecia? Como fazia tempo que não era mais sem-teto, estava desatualizado com a gíria das ruas.

Jackie foi interrogada por Lisa e Bosse sobre seu relacionamento com Mickey Leigh. Ele obviamente estivera em seu apartamento, sua mala estava lá. Mas como ela realmente não sabia que ele estava sendo procurado pela polícia, não teve problemas para esquivar-se da maioria das perguntas. Ela o conhecera de boa-fé. Não tinha ouvido nenhuma das suas conversas telefônicas. Ela nem sabia se ele tinha celular.

Ela mentiu.

Embora realmente não soubesse para onde ele tinha ido, ou se ele conhecia outras pessoas em Estocolmo.

– Não faço a menor ideia.

Mas ela ligou para ele assim que foi liberada da sede da polícia. Furiosa. E deixou bem claro que nunca mais queria vê-lo novamente.

– Você tem noção da confusão em que me meteu, seu idiota?

Mickey Leigh sabia.

– Só uma perguntinha – disse ele. – Depois eu te deixo em paz. Aquele cara que ficava na tua rua te vigiando, como faço para encontrar o sujeito?

– Vá pro inferno!

Jackie encerrou a ligação.

E esse foi o fim de um sexo maravilhoso.

Olivia deixou Abbas em sua casa na Dalagatan. Ela esperava que ele fosse convidá-la para tomar um chá, mas ele apenas deu-lhe um beijo no rosto e foi embora.

Ele parecia bastante cansado.

No caminho de volta, ela começou a pensar em Magnus Thorhed.

O homem que se escondia pela casa quando ela visitou Borell pela primeira vez, e depois ficou sentado no bar fumando sem se virar quando ela passou para ir embora.

O homem que, sem mais nem menos, apareceu na cena do crime no meio da noite.

Sentiu uma repulsa instintiva só de pensar nele. Havia algo de evasivo e calculado que ela não conseguia identificar. Então ligou para Stilton.

– Você se lembra do carro que passou acelerado por você quando voltava da casa de Borell, você lembra de que marca era?

– Uma BMW.

– Azul-escura?

– Talvez, eu não sei. O cara passou rápido pra caralho. Por quê?

Olivia desligou. Uma BMW? O carro estacionado ao lado do portão de Borell no dia em foi entrevistá-lo era de Thorhed e não de Borell? Era ele que estava na casa dos Sahlmann na noite do crime?

Ela ligou para Alex assim que o sinal fechou. Queria fazer-lhe algumas perguntas, mas ele estava no meio de uma reunião acalorada no jornal e sussurrou:

– Vai lá em casa hoje à noite.

– Não podemos nos encontrar no Kristallen?

– Nós vamos ficar bêbados se formos lá.

Bom argumento.

Então, Olivia ouviu-se marcando uma hora para ver Alex. No apartamento dele. Um lugar ao qual, apenas dez segundos antes, ela achava que jamais voltaria.

A mala de viagem marrom tinha sido colocada no escritório de Mette, segundo suas ordens. Agora sentia-se pessoalmente responsável por tudo que se relacionasse com Mickey Leigh. Ela ouvira a história de Abbas.

Bosse e Lisa cuidariam de Jackie Berglund. Mette cuidaria da mala.

Ela colocou um par de luvas de borracha e abriu a mala.

O que viu ali estava a anos-luz de distância do que esperava encontrar. Roupas no fundo e dois computadores por cima. Um deles era cinza-prata, o outro estava dentro de uma bolsa feita de cortiça prensada.

Ela se sentou à sua mesa. Uma bolsa de cortiça? A descoberta fez sua cabeça dar mil voltas. Ela esperou, incapaz de dar sentido aos seus pensamentos.

Por fim, abriu a bolsa de cortiça e retirou de lá um MacBook Pro. Quando abriu o laptop, viu o pequeno coração cor-de-rosa. O adesivo de Sandra.

Era o laptop roubado de Bengt Sahlmann e que depois fora roubado de Borell. Agora estava ali, na mala de um ator pornô inglês procurado pela Interpol.

Mickey Leigh.

A capacidade analítica de Mette era lendária na Polícia Nacional. Fez com que ela se tornasse uma das melhores investigadoras de homicídios da Suécia. Agora o seu talento estava fora da rota – tudo o que ela conseguia reunir em sua mente eram perguntas elementares.

Mickey Leigh teria assassinado Jean Borell? E matou Bengt Sahlmann também? Mas ele não estava em Marselha quando Bengt foi morto? Ou não estava? Que motivo ele teria afinal de contas?

E então sua capacidade analítica entrou em cena para sobrepujar sua perplexidade.

Se Mickey Leigh tivesse assassinado Sahlmann e roubado o laptop, o computador não estaria no escritório de Borell tanto tempo depois. O que Olivia pôde confirmar quando esteve na casa de Borell. O computador ainda estaria na mala de Mickey Leigh.

Então Bosse e Lisa entraram na sala de Mette.

– Isso estava na mala? – Bosse perguntou, apontando para o laptop na frente de Mette.

– Sim.

Em seguida, Lisa viu a bolsa do laptop ao lado dele.

– É o computador de Sahlmann?!

– Sim.

Mette logo percebeu as conclusões que viriam.

– Então foi Mickey Leigh que roubou de Sahlmann?!

– Foi ele que matou Sahlmann?! – perguntou Lisa.

– Creio que não – Mette respondeu. – Quando Sahlmann foi morto, Leigh devia estar em Marselha.

– Então, onde ele pegou o laptop? – disse Bosse.

Mette olhou para os dois jovens e talentosos investigadores de homicídios. Tinha total confiança neles. E sabia que era cem por cento recíproco.

Eles acabariam sabendo de tudo dali a alguns minutos.

– Eu acho que Mickey Leigh roubou a bolsa de Jean Borell – ela disse.

– Por que você acha isso?

– Ela estava no escritório de Borell pouco antes de ele ser assassinado.

– E como sabe disso? – disse Bosse.

E chegara o momento de Mette contar a eles.

– Porque Olivia viu a bolsa lá.

O quanto da confiança dos dois em Mette se dissipou naquele momento era difícil prever, mas Mette sabia que devia ser uma quantidade bastante considerável.

Quando ela terminou de contar-lhes que Olivia invadiu a casa de Borell, que Borell tentou matá-la e como Mette intencionalmente não revelou essas informações aos seus colegas na divisão, houve um longo silêncio.

— Pobre Olivia.

Foi Bosse quem disse isso, o que provavelmente refletia o que Lisa sentia também. Ambos conheciam Olivia. Ambos também sabiam o quanto Olivia e Mette eram próximas.

Eles entenderam.

E voltaram a atenção ao trabalho.

— Então você acha que este Mickey Leigh estava na casa quando Borell foi assassinado, é o que está dizendo? — perguntou Lisa.

— O roubo dos computadores, certamente, aponta para isso.

— E você acha que ele o matou também?

— Bem, não é improvável.

Lisa sentou-se na beira da mesa e balançou a cabeça um pouco.

— Por que um ator pornô inglês que mora em Marselha viria aqui para matar Jean Borell?

— Ele poderia ser um assassino de aluguel? — sugeriu Bosse.

— Talvez.

— Quem seria o mandante do crime então?

— Não faço ideia. Nossos peritos em informática têm de examinar esses computadores, talvez encontrem algumas pistas.

Mette pegou seu celular.

Olivia tinha decidido pegar leve, ir com calma. Ela fora bastante irascível com Alex na primeira vez que fora ao apartamento dele, e não vinha atendendo suas ligações desde então. Desta vez, ela precisava dele para algo muito diferente. E ela na verdade gostava dele também. Não fora culpa dele que tivessem acabado na cama. A culpa era dela. Bem, não se trata de "culpa", o sexo tinha sido bom, embora ela estivesse bêbada demais.

Agora não estava.

Ela até recusou quando ele ofereceu um martíni. Martínis a essa altura não lhe traziam boas lembranças.

— Mas uma Coca-Cola seria ótimo.

— Claro.

Alex pegou uma Coca-Cola da geladeira e preparou um martíni para ele. Ele alegou estar precisando de um drinque. O ambiente no jornal estava muito agitado por conta da cúpula de Doha sobre mudanças climáticas que revelou algumas informações bastante alarmantes sobre os efeitos do aquecimento global.

O que ele dizia entrava por um ouvido e saía pelo outro, mas Olivia o escutou, sorrindo ocasionalmente. Quando terminou, ele acendeu duas velas. Sentaram-se à mesa da cozinha naquele espaço quase do tamanho de um hangar. Ela podia sentir um aroma suave de loção pós-barba. Olivia notou um pacote de cigarrilhas na outra extremidade da mesa.

— Você não usa mais chicletes de nicotina?

— Sim, ainda uso, mas de vez em quando eu não resisto. Você tem algumas perguntas para mim?

— Sim, e obrigada pela outra noite, por falar nisso.

Alex não soube interpretar isso. Pelo que ela estava agradecendo? Por toda a visita? Ou estava tentando colocar panos quentes no humor terrível que demonstrou na manhã seguinte?

— Bem, obrigado a *você*.

Então ele esperou. Sabia que ela queria alguma coisa, e que não era a mesma que a fizera vir ao seu apartamento da última vez. Ela estava tão alerta quanto na primeira vez em que apareceu no jornal para falar com ele. Podia ver isso em seus olhos. O que estaria procurando?

— Magnus Thorhed — disse Olivia.

— O que tem ele?

— Você o conhece?

— Não.

— Mas você *sabe* dele?

— Ele é o lambe-botas pessoal de Jean.

— Você já o viu?

— Sim.

— Ele estava no jantar em que Bengt teve um ataque com Borell?

– Sim.

Aonde ela queria chegar?

– Você sabe se ele era um conhecido pessoal de Bengt? – perguntou Olivia.

– Acho que sim. Através de Jean. Agora é a minha vez.

– De quê?

– De fazer perguntas. Uma. Por que você está interessada em Thorhed?

– Ele cheira a noz-moscada.

– Olivia.

– Ele tem uma BMW azul. Sandra viu uma BMW azul perto de casa na noite em que Bengt foi assassinado.

– Interessante.

– Eu também acho. Mais alguma pergunta?

– Sim.

Alex pegou o pequeno pacote sobre a mesa e acendeu uma cigarrilha. Ele tentou não soprar a fumaça em Olivia. Então perguntou:

– Você sabe em que pé estão as investigações?

– Dos assassinatos?

– Sim.

– Por que eu saberia?

– Tenho a sensação de que você tem uma porrada de fontes convenientemente colocadas, estou certo?

– Sim e não.

– Há alguma conexão entre os dois crimes?

– Por quê?

– Porque você está interessada em Thorhed, que tem uma ligação com Jean e Bengt. E os dois foram assassinados.

Olivia não respondeu.

– A polícia não tem nenhum suspeito ainda? – disse Alex.

– Eu não sei.

– Não sabe ou não quer dizer?

De repente, a voz de Alex soou mais dura, Olivia não deixou de notar. Uma das velas apagou. Ela viu o rosto de Alex no escuro atrás da outra vela.

Ele segurava a cigarrilha entre os dedos. Agora ela é que se perguntava aonde ele queria chegar. Era o jornalista que estava perguntando?

– Você acha que eu estou mentindo? – ela quis saber.

– Todo mundo mente quando precisa.

– Inclusive você?

– Inclusive eu. Gostaria de outra Coca-Cola?

– Não, obrigada.

Olivia se levantou. Ela queria dar o fora daquele apartamento, já ouvira o que precisava ouvir e não queria continuar com aquela conversa. Vestiu o casaco que colocara no encosto da cadeira.

– Já vai?

– Sim.

– Vamos manter contato?

– Sim, claro. Me liga.

– Eu ligo sim.

Olivia acenou para ele.

– Pode deixar, eu sei o caminho.

Na penumbra, viu Alex se levantar e apagar a cigarrilha. Olivia começou a andar em direção à porta, sabia que levava à rua. Alex estava atrás dela. Ela não se virou. Quando chegou à porta da frente, ela ouviu o imenso loft estrepitar com uma música clássica a todo volume.

Ela saiu do prédio aos trambolhões e encostou-se em uma parede. Sentia-se estressada e cansada. Um cachorro molhado corria do outro lado da rua. O dono não estava à vista. Quando o cão desapareceu ao virar a esquina, ela pegou o celular e ligou para Ove Gardman. Impulsivamente. Ele não atendeu. Quando ouviu o sinal sonoro, ela não sabia o que dizer e encerrou a chamada.

– Eu sinto falta de você – ela poderia ter dito.

Abbas estava sentado em seu apartamento e se sentia vazio. A longa viagem de trem ainda se fazia sentir, mas não estava cansado. Foi bom ter visto a todos no barco. Agora estava sozinho novamente.

A viagem a Marselha tinha acabado.

Ele não tinha mais energia para pensar nos seus possíveis resultados. Tentava seguir em frente e parar de pensar em Samira. Ele precisava. Tinha de forçar-se para voltar ao presente, ao seu dia a dia.

Seja lá como fosse.

No trem de volta a Estocolmo, ele ficara sentado segurando a correntinha de Samira, passando os dedos por ela como se fosse um rosário, contemplando. A sua própria situação. A sua reação quando soube do assassinato de Samira pelo jornal. Por que reagiu tão intensamente? Eles estavam muito apaixonados, sim, mas foi um encontro breve e aconteceu há tantos anos. Depois Jean Villon morreu e ele enviara algumas cartas a ela, que não respondeu nenhuma.

Mas e depois?

Ele não tinha ido à França para tentar encontrá-la. Por que não foi? Se ela significava tanto para ele? Ele não tinha resposta a isso. Tinha lido sobre o seu assassinato e algo dentro dele explodiu, além do seu controle. Houve uma reação e depois uma ação. Agora ele realmente não sabia por quê. Agora estava tudo acabado.

Isso aumentava a sensação de vazio.

Ele colocou a mala de rodinhas no quarto, tirou o grande cartaz do circo da parede, enrolou-o e colocou no guarda-roupa. O espaço onde ficara preso estava muito mais branco do que o resto da parede. Precisaria de outra pintura. Ele saiu para comprar um pouco de tinta.

Quando estava na rua, não sabia que direção tomar. Uma loja de tintas? Ele seguiu para a Odenplan na escuridão da noite. Não chovia, apenas o vento soprava frio no espaço entre um prédio e outro.

Pintar a parede? Por que ele teria de fazer isso hoje à noite? Ele deu meia-volta e começou a caminhar na direção da Valhallavägen. Ele pintaria amanhã. Para onde iria agora? Pela primeira vez, sentiu que não queria voltar ao seu apartamento, o lugar para o qual sempre adorava voltar. O lugar do silêncio. Dos livros. Da paz. Agora não queria ir para lá. Ainda não. Também não queria ligar para Stilton. Ou para os Olsäter. Não tinha energia. Para falar. Quando chegou na Valhallavägen, viu um cartaz. Um cartaz de circo. Diferente do cartaz que tinha acabado de retirar da parede. Era um cartaz mais simples, mais moderno. Mais feio.

CIRCO BRILLOS.

O espetáculo daquela noite estava previsto para começar às oito horas, ficava perto do tênis clube na Lidingövägen. Abbas consultou o relógio. Passava das oito.

Circo?

Ele não ia a um circo desde que saíra pelos portões do Cirque Gruss em Marselha muitos anos atrás.

Vinte minutos depois, ele chegou ao circo. A jovem da bilheteria disse que o espetáculo tinha começado havia meia hora. Abbas comprou um ingresso e entrou na tenda. Sentou-se num banco de madeira mais no alto. Acrobatas se apresentavam no picadeiro. Ele lembrou de Marie.

A mulher-serpente.

Estes não chegavam nem perto.

Ele olhou para o público. Todos estavam cativados pelo desenrolar dos acontecimentos no picadeiro. Ele olhou para a construção da tenda. Feita de aço, um pouco como o Cirque Gruss. Quando um palhaço entrou, ele sentiu seu estômago apertar. Pujol. O que tinha acontecido com ele? Será que ele sabia o que tinha acontecido com Samira? Pujol fora apaixonado por Samira também, secretamente, ele confessou a Abbas em uma noite, quando estava bêbado.

Será que Pujol ainda está vivo?

Abbas sentiu as lembranças difíceis disparando em sua cabeça. As vozes. Os cheiros. As gargalhadas, as lágrimas. A vida no circo. Ele já ia levantar-se para ir embora quando ouviu o anúncio da próxima atração.

O arremesso de facas.

Com a roda da morte.

Ele desistiu de ir embora. Um menino na sua frente agitava um algodão-doce gigantesco, o que cobria a sua visão ligeiramente. Abbas se inclinou para um lado quando as luzes diminuíram. O atirador de facas era uma atiradora. Abbas não ouviu o nome dela. Seu alvo era um rapaz amarrado à roda. Ele parecia muito jovem. O tambor começou a rufar assim que a roda começou a girar. Abbas sentiu a tensão dominá-lo.

Seu corpo inteiro estava paralisado.

Quando a primeira faca atingiu a roda, Abbas se levantou e saiu.

No caminho da saída, ouvia o público gritar toda vez que uma faca cravava na roda ao lado do corpo do garoto.

Ele se arrependeu de ter ido.

Sentaram-se na cozinha de Ovette. Ela e Acke moravam em um apartamento de um quarto em Flemingsberg. Acke tinha acabado de ir dormir. Stilton ficara esperando. Ele não queria conversar sobre aquele assunto na frente de Acke. E esperou Ovette retornar do quarto.

– Você quer alguma coisa? – perguntou ela.

– O que você tem?

– Água e vinho branco.

– Eu quero um pouco de água, por favor.

Ovette serviu dois copos de água. Stilton baixou a voz.

– Como foi a ameaça dele? – ele perguntou.

– Ele disse que ia cuidar da gente.

– E você percebeu que ele falava sério?

– Sim. Cuidar no sentido de que haveria consequências. A expressão nos olhos dele era assustadora.

– E suponho que ninguém tenha ouvido isso, além de vocês dois.

– Não.

Stilton girou o copo na mão. Ele havia pensado muito neste novo problema. Mesmo que conseguisse fazer com que Ovette revelasse a um jornalista o lado obscuro de Forss no mundo da prostituição, ele não tinha certeza de que seria o suficiente. Forss alegaria que esta denúncia eram delírios de uma prostituta velha. Isso se chegasse a dar uma resposta à acusação. O risco era de que ele ficasse jogando boliche até a poeira baixar.

Stilton não iria correr esse risco.

Então, ele tentou outra abordagem.

— Quando tomamos café outro dia, você disse algo sobre complicar as coisas para Acke que eu não consegui esquecer – comentou ele.

Ovette olhou para a porta do quarto. Depois tomou um gole de água. Stilton esperou. Ovette pôs o copo na mesa.

— Rune Forss é o pai de Acke.

Ela disse isso quase indiferentemente, enquanto tomava outro gole de água. Calma e controlada. Stilton ia quase perguntar: "Você tem certeza disso?" Mas é claro que Ovette tinha certeza. Por que outra razão diria aquilo?

— Forss sabe? – ele perguntou.

— Não.

— Então ele ameaçou o próprio filho.

— De certa forma.

Então foi a vez de Stilton dar um gole na água. Não estava tão calmo e controlado. Ovette confirmara o que ele vinha suspeitando. Ótimo. Isso seria parte do quebra-cabeça do futuro caso Rune Forss.

Se tudo corresse como o planejado.

Quando voltou para o barco, estava escuro, dentro e do lado de fora. As luzes estavam apagadas na sala e nevava sobre Estocolmo. A primeira neve, pensou ele, descendo para a sua cabine. Ele acendeu a pequena luz de cabeceira e sentou-se no beliche. O pássaro empalhado olhava para ele com seus olhos mortos peculiares. Ele recostou-se na parede de madeira. Sentiu a dor na virilha novamente. Uma dose de uísque? Ele havia comprado uma garrafa para Luna. Ele quase acabara com um uísque dela na outra noite. Mas uísque significava ir para a sala, o que significava que havia um risco de Luna aparecer saída do escuro. Ela fez isso algumas vezes. Não que ele se importasse, só não queria esta noite. Então, desistiu do uísque e começou a tirar a calça. Mette tinha ligado quando ele estava voltando para o barco e contou-lhe da caçada por Mickey Leigh. Como ele fugira a pé do apartamento de Jackie, deixando para trás uma mala com o laptop que Olivia tinha visto na casa de Borell. O laptop de Bengt Sahlmann.

Stilton não conseguira juntar as peças direito.

Mette voltaria a falar com ele sobre isso, ele tinha certeza.

Mas ele continuou tentando entender.

Então, é possível que aquele Touro filho da puta estivesse na casa de Borell quase ao mesmo tempo que ele. Depois de ter matado Borell. E agora o sujeito estava à solta em Estocolmo.

Ficou se perguntando se Mette havia contado a Abbas.

Ele tinha esquecido de perguntar isso a ela.

Mais cedo ou mais tarde, ele teria que contar a Abbas sobre Mickey Leigh e Jackie Berglund. Não era algo que quisesse fazer. Ter de explicar por que ele guardara segredo depois de tudo o que passaram juntos em Marselha. Mas será que Abbas entenderia? Ele geralmente entendia e algumas palavras depois tudo estava esquecido. Mas ele não poderia esquecer tão facilmente neste caso.

Porque tinha a ver com Samira.

Stilton apagou a luz e estava prestes a se deitar quando ouviu. Um som de atrito. Ele acendeu a luz novamente. Era Luna? Mas o som não vinha da direção oposta do barco, vinha de cima, do convés. Ele apurou os ouvidos. Havia silêncio agora. Ele apagou a luz e ficou deitado no escuro por alguns segundos. Depois acendeu a luz e vestiu a calça. Ele não gostava de ficar deitado permitindo que sua imaginação voasse demais para perturbá-lo. Antes de sair da cabine, apagou a luz de novo.

Seguiu pelo corredor na direção da escadinha que levava ao convés. Parou e escutou. Não conseguia ouvir nada. Instintivamente, pegou uma cesta de madeira que viu em uma prateleira. Ficou segurando o objeto na mão enquanto subia os degraus. Ele parou na abertura antes de sair para o convés. Estava escuro lá fora. As luzes da cidade irradiavam um pouco no barco, mas a maior parte do convés estava no escuro. Tinha parado de nevar.

Ele subiu para o convés.

Mesmo no escuro, Stilton podia adivinhar os contornos da balaustrada. Conhecia aquela parte do barco muito bem. Com as costas curvadas, deu alguns passos adiante e olhou de um lado para o outro. Não viu nada. Nem ninguém. Ergueu as costas e procurou ouvir. Tudo o que ouvia era o som do tráfego a distância. Voltou para a escada. Já ia descer os degraus quando avistou algo à esquerda da escada.

Pegadas.

Na neve branca.

Pegadas grandes levando em direção à escada e depois na direção do convés. Rapidamente as seguiu e olhou para o cais. Estava vazio. Havia alguns carros um pouco mais longe. Todos de luzes apagadas. Ele seguiu os passos de volta à escada. Quem entrou no barco andou pelo convés, ia descer os degraus e depois desistiu. Porque me ouviu? Mas como ele saiu do barco? Stilton só podia presumir que fosse um homem, a julgar pelo tamanho das pegadas.

Mas quem?

Mickey Leigh foi o primeiro nome que lhe veio à mente. Mas como ele conseguiu encontrá-lo? Será que Jackie Berglund sabia alguma coisa sobre ele? Por que deveria? E por que ele iria me procurar? Será que me viu na casa de Borell? Ou pensa que eu o vi?

Stilton formulava várias outras perguntas em sua cabeça enquanto voltava para a sala. Ele iria precisar do uísque agora. No escuro, em silêncio – não tinha condições de ir dormir.

Não por muito tempo.

Ele tinha acabado de se servir quando ouviu passos vindo de trás. Ele pulou e se virou. Era Luna. Iluminada pela luz da lua que entrava por uma escotilha. Com uma camisola de alças amarela.

– Pesadelos de novo? – ela disse baixinho, como se a situação e o escuro emudecessem sua voz.

– Sim, estou precisando de uma bebida forte. Depois eu compro mais.

– Está bem.

Luna pegou um cobertor e sentou-se no banco ao lado de Stilton. Quando ela ia colocar o cobertor sobre os ombros, Stilton viu. A tatuagem que descia do pescoço até o ombro. Ele tivera um pequeno vislumbre dela antes, um desenho subindo até quase a orelha. Mas agora ele viu a tatuagem inteira. E a reconheceu. Tinha visto uma igual, ou parecida, antes, mas não conseguia lembrar onde. Era muito singular.

– Você quer um pouco?

Stilton ergueu a garrafa de uísque.

– Não, obrigada. Vou acordar cedo.

– Vai trabalhar no cemitério?

– Não.

Ela não disse mais do que isso.

23

Lisa Hedqvist esfregou os olhos, ela estava cansada, já passava da meia-noite. E também ficara muitas horas com os olhos pregados na tela do computador. Admirava os dois rapazes sentados ao seu lado.

Os peritos forenses em informática.

Como eles conseguem?

Mette não queria perder tempo. Tinha dois homicídios para solucionar e pelo menos um assassino à solta. Ela pedira que o laptop de Bengt Sahlmann fosse completamente vasculhado. Supunha que ele fosse revelar informações cruciais sobre os assassinatos, considerando que tinha sido roubado de duas cenas de crime.

Mas ela também pedira a Lisa para ajudar os peritos na determinação do que poderia ser considerado informação relevante para as suas investigações. Além disso, afirmara com todas as letras que eles deveriam telefonar para ela a qualquer hora da noite se descobrissem alguma coisa importante.

Lisa bebeu mais um copo de café.

Até agora, não tinham encontrado nada que valesse a pena acordar Mette.

Eles não a teriam acordado de qualquer modo. Mette estava mais desperta do que nunca. Tentara dormir, não conseguiu. Deitada, olhando para a escuridão à sua volta, ela se perguntava se deveria tomar um comprimido para dormir. Mas isso poderia impedi-la de acordar se Lisa telefonasse. Por fim, resolveu levantar, tão silenciosamente quanto possível.

– Não consegue dormir?

Ela foi surpreendida pela voz de Mårten.

– Não. Nem você, pelo visto.

– Não. Vamos para a cozinha?

Era um antigo método testado e aprovado por sua família. Ir até a cozinha e beliscar alguma coisa. Para satisfazer qualquer pontada de fome e acalmar o que precisasse ser acalmado.

Sentaram-se na cozinha e acenderam um candelabro. Luz suave para olhos cansados. Mårten esquentou um pouco de leite e colocou uma colher de mel. Não era nenhum remédio milagroso, mas às vezes funcionava.

– Não é o seu coração, não é? – ele se atreveu a perguntar.

Ele sabia que Mette já estava cansada da constante ansiedade dele. Mas, se perguntava, era porque se importava com ela.

– Obrigada por sua preocupação. Mas não é o meu coração. Quando for, eu te falo. Você será o primeiro a saber.

– Então o que é?

– E você? É o seu coração?

Mårten riu um pouco. Seu coração era forte como um touro. Não iria parar de bater até que outra coisa pifasse. Ele sabia disso.

– Não, é a minha família – disse ele.

– O que há de errado com a sua família?

– Eles são loucos.

– Você se refere aos mortos ou aos vivos?

– Aos mortos.

E assim Mårten começou a contar a ela da pesquisa que estava fazendo sobre seus ancestrais e, finalmente, Mette sentiu que poderia dormir. Ali mesmo. Sentada. Suas pálpebras começaram a fechar e quando estava quase embarcando no sono, o telefone tocou.

Era Lisa.

O primeiro telefonema.

Haveria mais dois naquela noite.

Após o terceiro, Mette fez três ligações do seu celular. Para Stilton, Abbas e Olivia.

Olivia estava dormindo.

Stilton estava bebendo uísque.

Abbas não disse o que estava fazendo.

Mas todos os três receberam as mesmas instruções de Mette.

– Espero vocês às oito horas da manhã na minha casa.

24

Olivia foi em seu carro para pegar Stilton e Abbas. Stilton parecia muito abatido, mas Olivia já o tinha visto muito pior. No entanto, a sua respiração lembrava a do sem-teto que fora um dia.

Abbas cheirava a banho recém-tomado.

Não falaram no carro a caminho da casa de Mette. Todos entenderam que algo decisivo tinha acontecido. Stilton sabia de Mickey Leigh e presumia que fosse algo sobre ele, de uma forma ou de outra.

Olivia pensava a mesma coisa.

Ela havia recebido um telefonema de Mette após a ida da polícia ao apartamento de Jackie Berglund e a descoberta do laptop de Sahlmann. Levou um tempo para ela aceitar o fato de que Mette havia contado a Lisa e Bosse de sua invasão à casa de Borell. Mas ela acabou entendendo.

Abbas era o único que sabia o mínimo. Assim, no caminho para a casa de Mette, Stilton fez o que ele mais temia. Mas não estava totalmente sóbrio.

– Mickey Leigh está em Estocolmo – disse ele.

Eles estavam perto de Orminge e não muito longe da casa de Mette. Stilton sabia, por isso contou naquele momento, para encurtar a conversa.

E ela foi muito curta.

– Eu sei – disse Abbas.

– Como você soube?

– Eu liguei para Jean-Baptiste ontem e perguntei como estavam as coisas. Ele então me contou o que você está me contando.

– Sim, eu não quis te contar antes.

– Bem, você deve ter tido os seus motivos.

– Sim.

Então tudo foi esquecido. Como Stilton esperava. Mas nunca se podia ter certeza de nada com Abbas, ele era capaz de armazenar as coisas em um canto do seu cérebro fechado para usar mais tarde, quando precisasse.

Mas agora tudo estava dito.

Olivia estacionou a alguma distância da casa de Mette. Já havia outros carros lá.

– Quem será que está aqui? – disse ela.

Ela logo descobriu quando se aproximou do portão e um grupo de pessoas veio saindo pela porta da frente de Mette. Lisa Hedqvist, Bosse Thyrén e outras quatro pessoas. O núcleo da equipe de investigação de Mette. Eles haviam se reunido duas horas antes. Quando Lisa a abraçou, Olivia viu como ela estava cansada.

– Você parece cansada.

– Eu estou indo para casa dormir agora – disse Lisa.

O grupo maior seguia para seus carros, enquanto o menor entrava pela porta da frente aberta. Ninguém estava na porta para recebê-los, então eles seguiram direto para a cozinha. A atmosfera já tinha sido mais alegre em todas as outras vezes que apareceram naquela casa.

Mårten estava de pé na cozinha vestindo um roupão azul-marinho. Sozinho. Quando eles entraram, ele apontou para outra sala sem dizer uma palavra. Ele parecia cansado também. Quando entraram na sala, viram Mette de pé na frente de uma grande mesa de jantar. Ela estava usando uma camiseta leve e uma calça de seda preta. Havia pilhas de papel sobre a mesa. E-mails. Fax. Relatórios. Tudo parecia em ordem, assim como Mette gostava quando trabalhava.

– Oi – disse ela. – Sentem-se.

O trio sentou-se espalhado. Stilton acabou em uma poltrona escura que tinha perdido o forro já nos tempos da Guerra da Coreia. Mette pegou no meio da mesa uma jarra de água praticamente vazia.

— Mårten! – gritou ela para a cozinha, e Mårten apareceu na porta. Mette estendeu a jarra para ele sem dizer uma palavra. Ele pegou-a e desapareceu novamente.

— Entramos no laptop de Bengt Sahlmann na noite passada – começou Mette. – Vou resumir o que encontramos. Perguntas serão bem-vindas, mas somente as de relevância.

O trio se entreolhou. Quem se atreveria a perguntar qualquer coisa depois disso?

— Em primeiro lugar, algumas informações técnicas. Eu não sei até que ponto todos vocês estão atualizados. Olivia pode estar bastante familiarizada com isso por ter feito há pouco tempo seu treinamento para tornar-se policial, mas não tenho certeza do quanto Tom se lembra, isso não era comum naquela época. E não tenho certeza se Abbas entende muito dessas coisas.

Mette manteve um tom muito rigoroso. Ficou claro que ela queria a plena atenção deles. Olivia também notou a ênfase em "para tornar-se policial".

Mas deixou passar.

— Então, eis os detalhes – Mette continuou. – Por intermédio de uma ferramenta de bate-papo, como o Yahoo Messenger, alguém na Suécia faz contato com pessoas em outro país que prestam vários serviços sexuais. Digamos que a pessoa se chame Bengt. Ele pede o que gostaria de ver e depois faz uso do serviço por meio de uma webcam. Em tempo real. Esta é uma prática que vem crescendo nos últimos anos. Uns meses atrás, um homem de Malmö foi condenado por abuso sexual de crianças nas Filipinas que ele acessava pela internet.

— Repugnante.

Olivia fez o comentário. Não era uma pergunta, mas ela não se conteve. Mette prosseguiu.

— Este Bengt também pode comunicar-se via webcam com o que está acontecendo na outra extremidade. Para este serviço, ele paga uma certa quantia para um serviço de transferência de dinheiro americano chamado XOOM, que envia o dinheiro para as pessoas que executam os serviços sexuais.

— Quer dizer que você pode ficar sentado em seu próprio país vendo pornô ao vivo sendo transmitido de outro país?

Stilton não tinha certeza se era uma pergunta de relevância – era mais retórica. Mas Mette teve a amabilidade de dizer sim. Ela sabia que Stilton estava fora do jogo havia alguns anos.

— Se a polícia for informada sobre tais atividades, e elas se revelarem criminosas, eles podem rastrear as transferências da conta de Bengt para o XOOM e depois para o destinatário final. Até agora, a parte teórica. Agora voltemos nossa atenção para a vida real de Bengt Sahlmann e seu laptop.

Mette ainda estava de pé. Ela não perdera o ritmo por um segundo. Todos começaram a suspeitar que aquilo fosse longe e se sentiram agradecidos pela jarra de água recém-reabastecida por Mårten.

— Nós descobrimos transferências para os Estados Unidos usando o XOOM no laptop de Sahlmann. Também descobrimos conversas por e-mail entre ele e Jean Borell confirmando pagamentos feitos por serviços sexuais no exterior.

Mette pegou um pedaço de papel da mesa.

— Este é um e-mail resposta de Sahlmann para Borell: "Oi, Jean. Pedi uma sessão de BDSM conforme solicitado."

— BDSM?

— É um acrônimo de bondage, disciplina, sadismo e masoquismo, um tipo muito particular de prática sexual. Uma parte é dominante, enquanto a outra é submissa. O destinatário final da última transferência foi para uma conta em Marselha.

Todos olharam para Abbas, tão discretamente quanto possível. Ele só continuou olhando diretamente nos olhos de Mette.

— Assim, podemos supor que estes dois senhores encomendavam e assistiam à pornografia transmitida ao vivo diretamente de Marselha, ou seja, as chamadas sessões de BDSM.

Mette se debatera a noite toda. Como ela apresentaria isso para Abbas? Sabia que tinha de fazê-lo. Ela chegara a acordar Jean-Baptiste para pedir algumas informações, sem entrar em detalhes sobre o motivo de estar pedindo. Por fim decidiu ser tão factual quanto possível. Fatos. A verdade. Ela sabia que Abbas respeitaria isso.

E aceitaria.

O que ele fez.

Até agora.

– Então vamos deixar o laptop de Sahlmann por um momento e olhar para o que sabemos sobre o assassinato de Samira Villon – Mette continuou.

Ela pegou algumas folhas de papel da mesa.

E-mails da polícia francesa.

– Mickey Leigh é um ator pornô inglês que mora em Marselha. Supostamente conhecido como O Touro. De acordo com Jean-Baptiste, você é o único que encontrou esta informação, Abbas?

Abbas concordou com a cabeça quase imperceptivelmente. Stilton esperava que Mette não soubesse como Abbas obtivera esta informação.

– Mickey Leigh envolveu-se em algum tipo de prática pornográfica com Samira Villon, que aconteceu um dia depois de o pagamento de Sahlmann chegar em Marselha. Logo em seguida, Samira desapareceu. Algum tempo depois, Mickey Leigh aparece aqui em Estocolmo. Ele foi preso *in absentia*, pois está foragido.

Mette pegou a jarra de água pela primeira vez. Algumas gotas de suor tinham começado a se formar em seu rosto. Olivia esperava que ela se sentasse logo. Não queria que Mette tivesse outro ataque cardíaco.

– Resumindo então – Mette disse e se sentou. – Podem-se levantar inúmeras teorias. Vou apresentar o que eu acredito que seja mais plausível.

De repente, seu tom havia mudado. A severidade professoral relaxou: ela apresentara os fatos e agora seria mais pessoal, menos especulativa. Agora discutiria a situação com um grupo de pessoas por quem tinha grande respeito.

Por diferentes motivos.

– Eu acho que Bengt Sahlmann e Jean Borell testemunharam a morte de Samira Villon, em tempo real, durante o ato sexual que encomendaram em Marselha.

A sala ficou em silêncio.

Mette alisou a toalha de mesa. Ela entendia o silêncio. Sabia que era necessário. Ela mesma ficara em silêncio por alguns minutos com sua equipe de investigadores de madrugada – perplexa, aturdida, enojada. Sabia que aquilo poderia levar algum tempo.

Stilton finalmente quebrou o silêncio.

– Você acha que eles ficaram sentados vendo um crime ser cometido? Bem na cara deles?

– Sim.

– E mantiveram segredo?

– Sim.

– Talvez tenham até encomendado o assassinato? – ele perguntou.

– Nós discutimos isso. Há rumores na internet de algo chamado "sexo e morte on-line", permitindo que as pessoas paguem para assistir a assassinatos em tempo real, mas não houve nenhum relato de tais casos até agora.

– Este pode ser o primeiro?

– Não. O pagamento feito por Sahlmann está dentro da faixa normal para pornografia virtual. Certamente o preço por assassinato sexual on-line deve ser diferente.

Olivia serviu-se de um pouco de água. Ela pensou naquela situação doentia que eles estavam discutindo – como se tudo fosse uma questão de dinheiro. Mette continuou.

– Eu acho que o mais provável é que algo tenha dado muito errado durante o ato sexual e que eles acabaram testemunhando um assassinato. Involuntariamente.

– E isso significa que eles também viram o assassino – disse Stilton. – Mickey Leigh.

– Algo que Leigh sabe, é claro – disse Olivia.

– Ele também enviou um e-mail com ameaças para Bengt Sahlmann, em inglês. Ele foi encontrado na pasta lixeira. Leigh foi muito claro sobre o que faria com Sahlmann e Borell se eles comunicassem o ocorrido à polícia sueca.

– Então eles não o fizeram? – quis saber Olivia.

– Não, e provavelmente havia mais razões para isso do que as ameaças de Leigh. Pelo menos, para Jean Borell. Sua empresa estaria destruída se fosse revelado que ele testemunhara um assassinato durante um ato sexual que ele mesmo tinha encomendado.

– Mas como é que Mickey Leigh soube de Sahlmann e Borell? Como pôde enviar um e-mail para eles?

Uma pergunta relevante, Stilton pensou consigo mesmo. E Mette concordou.

– Nós nos perguntamos isso também, mas não tenho nenhuma resposta ainda. Ele conseguiu de alguma forma acessar os nomes com os detalhes da conta. Devo continuar com a minha teoria?

– Sim – disse Abbas.

Essa foi a primeira palavra que ele pronunciou desde sua entrada na casa.

Ele queria saber.

– Eu acho que aconteceu o seguinte, e, por favor, interpretem isso pelo que é, apenas o que eu penso. Eu tenho a prova de algumas coisas, não de todas. Depois que Samira é assassinada, Leigh desmembra o corpo e esconde as diferentes partes na periferia de Marselha. Ela foi encontrada. Mas não há indícios apontando para Leigh. Em seguida, Abbas e Stilton chegam em Marselha e começam a fazer perguntas sobre o crime. Para quem, eu não sei.

– Philippe Martin – disse Abbas, como se falasse qualquer outro nome. Depois continuou: – Ele me falou desse ato que você mencionou e de quem estava com Samira.

– Mickey Leigh – disse Mette.

– Sim.

– Então você disse que era da Suécia?

– Sim.

– Ok. Então, se presumirmos que Leigh ficou sabendo do seu encontro com Martin e depois descobriu que você estava se encontrando com a polícia francesa... você se encontrou com Jean-Baptiste, não é?

– Sim.

– Na cidade.

– Sim.

– Então podemos presumir que Mickey Leigh suspeitou que você também fosse da polícia e começou a pensar que aqueles senhores na Suécia que testemunharam o assassinato de Samira procuraram a polícia. Apesar do seu e-mail ameaçador. Então, ele age.

– E viaja para Estocolmo? – disse Olivia.

– Sim, para se livrar das duas testemunhas. Quando ele chega, descobre que uma das testemunhas já tinha sido assassinada. Sahlmann. Assim, ele mata a outra testemunha, Jean Borell. E, além disso, ele rouba dois computadores do escritório de Borell para se livrar de qualquer informação sobre o que Borell havia testemunhado.

De repente, Mette parecia muito cansada. Olivia supôs que ela não tivesse dormido muito mais do que Lisa.

– Você está cansada, Mette – disse ela.

– Sim, mas estamos quase terminando. Só falta uma coisa.

Mette pegou um pequeno pacote de papel.

– O que é isso?

– E-mails de Sahlmann para Borell contendo duas ameaças. Uma, de que acabaria com a Albion denunciando as irregularidades ocorridas no Silvergården, o lar de idosos.

– Eu sabia!

Olivia quase pulou da cadeira. A teoria dela estava certa! Pelo menos, em parte!

– Sim – disse Mette. – Você estava no caminho certo. Sahlmann ficou revoltado com a morte do pai e ameaçou destruir Borell.

– Mas você disse que eram duas ameaças – disse Stilton.

– A outra era de que revelaria o que haviam testemunhado por internet.

– O assassinato de Samira?

– Provavelmente. O que só mostra o quanto desesperado estava.

– E ao fazê-lo deu a Borell um motivo real para matá-lo – disse Stilton.

– Sim – confirmou Mette. – Claro. Há apenas um problema. Borell estava na Índia quando Sahlmann foi assassinado. Checamos sua agenda de viagens. Voos, hotel, reuniões. Ele estava em Nova Délhi naquela noite.

– Ele não precisava ter cometido o crime – disse Stilton. – Pode ter contratado alguém para fazer isso por ele.

Ou foi protegido por alguém muito alerta. Muito à frente das coisas. Muito preocupado com o amor de seu mestre, Olivia pensou consigo mesma.

Eles discutiram a teoria de Mette por mais algum tempo, vendo que ela poderia muito bem estar correta.

– Agora eu estou exausta – Mette disse de repente.

Ela levantou-se da mesa com algum esforço. Olivia estava perto para ajudá-la. Todos seguiram para o corredor. Mårten se juntou a eles e colocou um braço ao redor da esposa. Olivia e Abbas saíram pela porta da frente. Como Stilton ficara um pouco para trás, Mette puxou-o de lado. Ela esperou até que Olivia e Abbas chegassem no jardim.

– Agora ele sabe que Mickey Leigh está na cidade – disse ela calmamente.

– Abbas?

– Sim. O que ele vai fazer?

– Não sei.

– Você pode ficar de olho nele?

Ela soou como Jean-Baptiste.

Stilton detestava essa situação.

Olivia pegou a autoestrada para sair de Kummelnäs. Stilton estava sentado ao seu lado. Abbas, no banco traseiro. Todos estavam em silêncio, concentrados em seus próprios pensamentos.

Olivia se debatia interiormente para resolver o que faria com Sandra.

Seu pai assistia à pornografia ao vivo. E provavelmente tinha visto uma mulher ser assassinada durante uma dessas sessões. Sem informar a polícia. Como poderia contar isso a Sandra? Contar-lhe essas coisas sobre o pai que ela tanto amava, uma garota fragilizada que tinha acabado de tentar se matar? Será que precisava contar? Será que Sahlmann e Borell precisavam ser desmascarados?

Talvez não.

Mas ela não tinha certeza.

Em qualquer caso, precisava contar que o computador dela tinha sido encontrado, o que só levaria a uma torrente de perguntas. Onde? Quando? Como? Quando poderei pegá-lo?

Não seria uma conversa agradável.

Stilton pensava em Abbas.

Em como Mette apresentara impiedosa, mas necessariamente, o que sabia e acreditava que tinha acontecido. Em como dois suecos pagaram por uma sessão de sexo virtual durante a qual Samira Villon foi assassinada na frente de seus olhos por Mickey Leigh.

Se Mette estivesse correta.

Abbas estava convencido de que ela estava certa.

Ele se preparara para o golpe a partir do momento em que percebeu o que Mette iria lhes contar. Todos os detalhes ficaram gravados em sua mente. As consequências eram insuportáveis. Samira tinha morrido só porque dois suecos queriam tocar uma punheta.

Ele se inclinou na direção de Stilton.

– Onde você o viu?

– Quem?

– Mickey Leigh?

– Foi na frente da casa de Jackie Berglund, não foi? – disse Olivia para Stilton antes que ele tivesse a chance de responder. Agora era tarde demais.

– Sim.

– Ele a conhece? – perguntou Abbas.

– Pelo visto.

Abbas recostou-se no banco. Stilton tentou olhar para ele pelo retrovisor para ter um vislumbre do seu rosto.

"Você pode ficar de olho nele?", Mette tinha dito.

Stilton virou a cabeça para ver os carros passando.

* * *

Olivia deixou Abbas na Dalagatan. Ele desceu do carro sem dizer uma palavra. Ela observou-o afastar-se pelo meio-fio.

– Acho que foi burrice minha dizer aquilo – comentou ela.
– Dizer o quê? Sobre Jackie Berglund? – perguntou Stilton.
– Sim.
– Eu não sei. Era a verdade, afinal de contas.
– Eu só espero que ele não vá agora fazer uma bobagem.
– Ele é um homem adulto. Tem que assumir a responsabilidade por seus próprios atos.

Como aconteceu em Marselha?, pensou ele, mas ficou quieto. Olivia concordou, hesitante.

– Como está indo com Rune Forss e Jackie? – quis ela saber.
– Forss tem um filho com Ovette Andersson, uma prostituta que fazia programa com ele. Um filho que ele nem sequer conhece.
– É algo que você pode usar?
– Eu acho que sim.
– Ótimo.

Olivia olhou para ele e viu Stilton olhando para o corte vermelho na palma de sua mão direita.

– Como está a sua mão? – perguntou ela.
– Está ficando boa. Luna colocou um pouco de pomada.
– Eu gosto dela.
– Ela é alérgica a carne.
– Ainda assim gosto dela. Ela está saindo com alguém?
– Não sei. Eu acho que não.
– Você não perguntou a ela?
– Não.
– Você não se importa?

Stilton não respondeu e Olivia não quis pressioná-lo. Ela ainda não sabia qual o limite de tolerância da relação deles recém-restabelecida. Ela entrou na Söder Mälarstrand.

– Você quer voltar para o barco?
– Sim.

Stilton queria voltar para o barco. Era quase hora do almoço, mas ele queria ir para a cama: não tinha dormido muitas horas na noite anterior. Queria estar mais descansado, caso Ovette telefonasse.

Ovette estava na calçada em frente à sede da polícia. Já fazia algum tempo. Havia ligado antes perguntando por Rune Forss e disseram que ele só voltaria depois do almoço.

A hora do almoço passara.

Vestida com o único casaco que possuía, sentia o suor molhar suas axilas. Não porque estivesse calor, mas porque estava com medo. As mãos tensas enfiadas nos bolsos do casaco, ela queria esconder o fato de que estava tremendo. Sabia que precisava fazer aquilo, que precisava passar por aquilo, que precisava deixar o passado para trás.

Com Rune Forss.

Ele veio a pé da Pipersgatan. Carregava uma bola de boliche em uma bolsa de couro gasto na mão. Pouco antes de chegar à entrada do prédio, ele a avistou. Na calçada oposta. Ovette Andersson? Ela acenou para ele. Forss deu uma rápida olhada em volta antes de atravessar a rua e aproximou-se de Ovette.

– Que diabo você está fazendo aqui? – ele sibilou.

– Quero falar com você.

Forss pegou-a pelo braço e puxou-a pela rua até uma esquina, entrando na Celsiusgatan, uma rua muito menor. Fora de vista da sede da polícia. Ovette sentiu como se seu coração fosse explodir dentro do peito. Forss soltou seu braço e ficou cara a cara com ela.

– Eu não fui claro no outro dia? – ele disse. – Não fui?!

– Sim.

– Então o que deu em você para aparecer aqui?! Dê o fora daqui e nunca mais chegue perto de mim, sua vagabunda filha da puta!

Forss deu meia-volta para ir embora, mas Ovette foi mais rápida.

– Eu me encontrei com Tom Stilton.

Forss ficou paralisado. Demorou alguns segundos antes de ele se virar. A bolsa com a bola de boliche balançando em sua mão.

– Stilton?

– Sim.

Forss aproximou-se dela.

– O que foi que você disse a ele?

– O que aconteceu. Que você pagava para fazer sexo comigo e que era um cliente habitual da Red Velvet.

Forss olhou para Ovette. Foi difícil interpretar o que se passava na cabeça dele. Ovette não sabia, mas viu que ele estava balançando a bola de boliche na altura da coxa.

– Sabia que você é a única mulher das que eu paguei para fazer sexo e que ainda está viva? – disse ele.

– Sim. Jill foi assassinada e Laura morreu de overdose.

– Sim, exatamente.

Ovette olhou para a rua. Não havia ninguém à vista.

– É por isso que eu quero falar sobre isso – disse Ovette.

– Falar sobre isso? Com quem? Com Stilton?

– Não. Para os jornais.

Forss encarou Ovette por alguns segundos e sorriu.

– Uma prostituta com prazo de validade vencido? Você ficou maluca? Você sabe quem sou eu? Eu sou investigador-chefe da Polícia Nacional. Por que diabo você ainda acha que alguém vai acreditar em você?

– Eu não sei.

– Não. Porque você é uma completa e rematada idiota. Eu deveria te dar umas porradas, mas você tem um filho. Talvez seja melhor que algo aconteça com ele. O que você acha?

– Você vai prejudicar o seu próprio filho?

– Como é que é?

– Acke é seu filho. Eu engravidei da última vez que ficamos juntos e não quis fazer um aborto. Foi por isso que Jackie me mandou embora da Red Velvet.

– Mentira.

– Quer fazer um teste de paternidade?

Forss ficou desnorteado. Ele não era um policial dos mais perspicazes e demorou para entender o que aquela prostituta estava dizendo. Pai do filho dela?

– E Jackie sabe disso? – ele por fim disse. – Que eu sou supostamente o pai do seu filho, porra?

– Sabe.

– Você contou para Stilton?

– Sim. Eu falo com você outra hora.

Ovette afastou-se rapidamente de Forss quando um táxi passou na rua. Talvez tenha sido sorte.

Forss não sabia controlar os impulsos, e aquela situação o empurrava para o limite. Mas ele não impediu que ela fosse embora. Então, pegou seu celular e ligou para Jackie Berglund. Ela atendeu na loja. Alegou que tinha clientes, mas Forss não deu a mínima. Ele estava tão irritado que ela cedeu depois de um tempo.

– Pode falar – disse ela.

– Eu tenho um filho com Ovette?!

– Sim.

– E você sabia disso o tempo todo?!

– Sim. Mas fica frio. Ela não vai processá-lo nem obrigar você a assumir o garoto.

Forss ficou tudo menos calmo quando encerrou a ligação. Ele atirou a bolsa com a bola de boliche no meio da rua.

Mickey Leigh tinha feito o que viera para fazer. Não havia mais testemunhas do assassinato da garota árabe. Agora ele sumiria de vista por um tempo, talvez fosse para a Ucrânia. Achava que não seria um problema ganhar a vida lá: a indústria pornográfica estava em franca ascensão no Leste Europeu. O único problema era a mala. Com os laptops dentro. Podia haver informações perigosas armazenadas neles.

Sobre ele e o assassinato.

Talvez fotos também, ele não sabia.

O que sabia era que tinha deixado a mala no apartamento de Jackie, quando saiu correndo pela porta da cozinha. Tentou ligar algumas vezes, mas ela não atendeu.

Então, ele teria que ir pegá-la pessoalmente.

Sabia que Jackie fechava a loja às oito horas da noite. Ela se preocupava com seus clientes, por isso ele sabia que ela não estaria em casa agora, pouco antes das sete. E também não sabia se havia policiais vigiando a entrada do prédio. Como prevenir é melhor do que remediar, ele entrou pelos fundos.

No escuro.

Não foi difícil arrombar a fechadura da porta da cozinha.

Quando entrou no apartamento às escuras, ele pegou a direção errada e foi dar em um quarto. Ele acendeu sua lanterna. O quarto cheirava a um perfume doce e penetrante. Ele detestava esse tipo de perfume. Ele saiu do quarto, pegou o corredor e olhou em volta. Nada de mala. E se ela tivesse escondido em algum lugar? Ele começou a procurar. Em todo o apartamento. Levou um bocado de tempo. Mas a mala não apareceu. Será que a polícia levou? Ele foi até a janela da frente e olhou para os automóveis passando. O que faço agora? Espero aqui e pergunto a Jackie? Ela não vai gostar de saber que eu arrombei a porta dos fundos.

Ele decidiu esperar lá embaixo, no jardim nos fundos do prédio, até que visse as luzes se acenderem no apartamento. Depois subiria para falar com ela. Fechou a porta da cozinha e desceu a escada. Quando abriu o portão para o jardim, foi atingido. Por trás. Um golpe duro e preciso na parte de trás do crânio. Ele caiu no concreto.

Provavelmente já estava inconsciente quando Abbas cobriu sua boca com fita adesiva e prendeu suas mãos atrás das costas com laços zip azuis.

Foi Mårten que insistira, de uma forma que fez Mette pensar que havia outro motivos além de saírem para um jantar agradável.

Ela conhecia o marido.

Quando se sentaram à mesa redonda do Stazione em Saltsjö-Duvnäs, o restaurante preferido de Mette, ela disse sem rodeios:

– Se você tem algo a dizer, por favor, fale agora, antes de fazermos os pedidos. Eu quero poder curtir a minha comida em paz.

Mårten pediu à garçonete dois copos de vinho tinto da casa e disse que eles fariam os pedidos depois. Então ele olhou para Mette.

– Eu te amo – disse ele.

– Espero que sim, porque eu também.

– Mas você está forçando a barra.

– Que barra?

– Do que eu estou disposto a suportar.

A garçonete pôs os copos na mesa e escapuliu. Mette pegou seu copo e bebeu a metade. O tom de voz e a expressão de Mårten desmancharam as suas defesas: ele estava planejando dizer alguma coisa que ela não queria ouvir, e iria dizê-lo de qualquer jeito.

Ele esperou até ela baixar o copo na mesa.

– As coisas são assim, Mette – disse ele. – Você é quem você é, e faz o que sente que precisa fazer. Eu respeito isso, e sempre respeitei. Até agora. Mas não me sinto bem com o que você está fazendo agora. É uma extrema falta de consideração para com todos aqueles que amam você. Eu, seus filhos, seus netos. Você tem motivos racionais para fazê-lo, eu sei disso, mas você faz sem pensar em nós. Você se sujeita a fazer certas coisas que sabe que não deveria de forma alguma fazer, se quiser evitar ter outro enfarte. A minha conclusão é de que você só está pensando em si mesma, ou no que acha que precisa fazer. Você não pensa em nós. Parece que por nós não vale a pena viver.

Mårten desviou os olhos e pegou seu copo de vinho. Agora ele tinha dito o que queria. Agora cabia a ela processar o que ele havia dito. Poderia levar um tempo ou ser assimilado rapidamente.

Mette ficou sentada em silêncio, olhando para o copo. Poucos minutos depois, ela acenou para a garçonete e pediu um filé com risoto de lagosta.

– O que você vai querer? – perguntou a Mårten.

– O mesmo. E mais um pouco de vinho, por favor – disse ele à garçonete.

Quando ficaram sozinhos novamente, Mette pegou um pedaço de pão quente e espalhou por cima um pouco de manteiga aromatizada. Quando terminou, descansou na mesa a mão que segurava o pão.

– Você se lembra de quando nos conhecemos? – disse ela.

– Sim. Como se fosse ontem.

Mette sorriu ao pensar nisso. Ela estava fazendo o turno da noite e teve de dar conta de um grupo grande de manifestantes de esquerda no Kungsträdgården, um dos quais era Mårten. Umas duas semanas mais tarde, eles acabaram se encontrando casualmente em um restaurante em Södermalm. Mårten passou-lhe uma cantada, sem se lembrar de quem era, e mais tarde naquela noite eles acabaram na cama. Na manhã seguinte, ela contou que era a policial da manifestação e, em seguida, Mårten a reconheceu.

Alguns anos mais tarde, eles tiveram quatro filhos.

E agora estavam sentados ali.

Mette colocou a mão sobre a de Mårten. Ele notou as grossas veias azuis de sua mão – Mårten estava se aproximando dos setenta.

– Você é a única coisa pela qual vale a pena viver – disse ela. – Você e a nossa família. Você sabe disso. O resto é apenas uma doença ocupacional. Às vezes, ela obstrui minha visão, como agora. Eu sei que não deveria estar fazendo o que estou fazendo. É egoísta. Há muita coisa em risco aqui, como o meu coração e outras coisas. Me desculpe, eu deveria ter pensado nisso.

– Sim.

Mette retirou a mão e pegou seu copo. Mårten fez o mesmo.

– Mas, por enquanto, você ainda está aqui – disse ele.

Mette assentiu, sem erguer o copo.

Olivia estava deitada na cama tentando dormir. Algumas vezes quase conseguiu, mas quando estava prestes a cair no sono, as palavras voltavam a surgir em sua mente: "Ele não precisava ter cometido o crime. Pode ter contratado alguém para fazer isso por ele."

E então ela despertava de novo.

Por fim se levantou e foi até a cozinha. Não estava com paciência para fazer chá. Ela acendeu uma vela sobre a mesa e ficou olhando para a escuridão. Será que devo sair para dar uma corrida? Para esgotar-me fisicamente? Foi até a pia para dar uma olhada pela janela e viu gotas de chuva pingando no peitoril do lado de fora. Não vou, decidiu, e se virou novamente. Seu olhar pousou no Post-it amarelo de Sandra. O bilhete ainda estava sobre a mesa, ela leu o texto novamente:

– Eu não sou tão forte quanto você.

Ela ainda não ligara para Sandra. Estava adiando o momento. Deveria contar toda a verdade a uma Sandra tão fragilizada? Ou omitiria partes? Como ela reagiria ao ver o pai caindo do pedestal em que o colocara? Assim como aconteceu com Arne. Será que Sandra reagiria como ela? Odiaria o pai? Fugiria? Desapareceria? Ou tentaria o suicídio de novo?

Qualquer que fosse a reação, a verdade iria torturá-la.

Por muito tempo.

Olivia soprou a vela e voltou para a cama.

"Pode ter contratado alguém para fazer isso por ele."

Olivia puxou as cobertas até o queixo.

Thorhed?

Por fim, ela adormeceu.

Abbas não estava com pressa. Ele esperou até o meio da noite. Queria ter certeza de que todos haviam deixado a área. As pessoas que dormiam nos trailers não o preocupavam, ele iria entrar pela parte de trás da tenda. Onde estava escuro como breu.

Quando puxou o corpo por baixo da lona da tenda, ele ainda não tinha acendido a sua lanterna. Lembrou-se de detalhes do espaço, ele tinha estado lá na noite anterior. E a abertura no alto do mastro deixava entrar alguma luz.

O luar.

Ele continuou o mais silenciosamente que pôde. A distância, ouvia o tráfego na Lidingövägen e sabia que ele iria abafar um pouco o barulho. Ele largou o corpo no picadeiro e arrastou a roda giratória.

A roda para o arremesso de facas.

Colocou-a na beira do picadeiro e puxou os cabos de energia e controle de velocidade.

Em seguida, tirou toda a roupa de Mickey Leigh e ergueu-o. Levou um bom tempo para prender aquele corpo grandalhão na roda de madeira com as tiras de couro. Pelas mãos e pelos pés.

Mas ele conseguiu.

Ele olhou para a roda. Uma faixa de luar derramava-se sobre o corpo nu preso à roda. O homem ainda estava fora de si, mas não totalmente inconsciente.

Logo estaria bem acordado.

Abbas recuou alguns metros, acendeu a lanterna e colocou-a em um banco de plástico com o foco voltado para o corpo.

Ficou olhando para a roda à sua frente.

O homem bronzeado.

Le Taureau.

O Touro.

Então ele ligou a roda e ela começou a girar.

Lentamente.

Depois de apenas uma primeira volta, Mickey levantou a cabeça e tentou focalizar os olhos. Sem muito sucesso. Tudo o que via era uma luz apontada direto para o seu rosto.

Mas ele ouviu a voz.

Ela saiu das sombras por trás da luz, calma e serena.

– Meu nome é Abbas el Fassi. Foi a mim que você atacou em Marselha. Eu amava Samira Villon, a mulher que você matou e esquartejou.

Mickey grunhiu sob a fita adesiva. Enquanto girava, ele tentava divisar a figura oculta no escuro.

Era quase impossível.

– Muitos anos atrás eu fui atirador de facas – disse Abbas no escuro. – Eu era muito bom. O arremesso de facas é uma arte. Uma arte difícil. Principalmente quando os alvos são rotativos. Principalmente no escuro. Eu não tenho praticado na roda da morte há muito tempo. Hoje à noite eu vou tentar novamente. Eu tenho cinco facas comigo. Duas para a sua cabeça. Duas para o seu tronco e outra de arremesso mais difícil. A faca que eu vou apontar para a sua virilha. Um arremesso perfeitamente executado significa que a faca vai ser cravada logo abaixo das suas bolas. Mas, como eu disse, não é fácil.

Mickey olhou para a escuridão. Toda vez que sua cabeça ficava na posição vertical, ele tentava pegar um vislumbre da sombra. O suor escorria profusamente pelo seu rosto.

– Eu vou aumentar a velocidade da roda agora – disse Abbas. – Ela não deve girar muito rápido, mas também não muito lentamente. Isso seria trapacear.

Abbas aumentou a velocidade da roda. Ele sabia que havia um determinado ponto em que a pessoa que girava numa roda acabava desmaiando, quando o cérebro já não podia dar conta da rotação. Ele não queria correr esse risco. Quando ele chegou à velocidade ideal, pegou a primeira faca, longa e preta. Sopesou-a na mão. Ele não havia mentido – nem sobre o fato de que há muito tempo não praticava, nem sobre como era difícil.

Muito difícil.

Quando ergueu a mão, estava extremamente concentrado.

Não havia mais barulho de tráfego.

Não havia mais o cheiro dos animais e de seus excrementos.

Não havia mais nada.

Nada, só o corpo girando na roda.

A primeira faca cravou-se exatamente onde devia. Tão perto do rosto de Mickey Leigh que ele pôde senti-la. Houve um rugido profundo por trás da fita adesiva, mas não alcançou mais do que alguns metros.

Ninguém iria ouvir.

A outra faca caiu perfeitamente também. Bem ao lado da outra face.

A terceira não.

Ela perfurou a roda de madeira a uns cinco centímetros para a direita. O que surpreendeu Abbas. Se tivesse sido do outro lado, teria perfurado o abdômen do Touro. Isso teria estragado tudo.

Então, ele sopesou a quarta faca um pouco mais antes de atirá-la.

Ela cravou-se exatamente à direita, ao lado da cintura nua, tão perto da pele que o homem na roda sentiu.

Mais uma vez.

Abbas viu um líquido marrom escorrendo por baixo do Touro – ouviu sons abafados vindo por trás da fita adesiva e viu os olhos arregalados cheios de terror.

– Agora é só mais uma faca à esquerda – ele disse calmamente. – Vou chamá-la de Samira. Sabia que o nome dela significa "beleza lunar"?

Abbas olhou para a abertura da tenda no alto do mastro, na direção do luar. Em seguida, aumentou a velocidade da roda. O corpo estava girando mais rápido. Ele mal conseguia focalizar os membros.

Aquela era a faca principal. A única que poderia cravar-se naquelas bolas e no pênis que tinha penetrado Samira.

Por dinheiro.

Era uma tarefa difícil.

Ele ergueu a faca no escuro, equilibrou-a, sentiu o peso e recuou o braço.

Quando estava prestes a arremessar, o relincho agudo de um cavalo encheu a tenda.

25

A MENSAGEM DE TEXTO chegou às 4h10 da manhã. Mårten foi o único que acordou ao ouvir a vibração. Ele gentilmente tirou a máscara preta dos olhos de Mette.

– Querida.

Então Mette ouviu o celular em sua mesa de cabeceira. A mensagem era curta: "Você pode vir pegar O Touro na tenda do Circo Brillos."

– Quem é? – perguntou Mårten.

– Abbas.

– O que ele quer?

Mette puxou a máscara para a testa e se sentou na beira da cama. Seus dedos digitaram um número para despachar uma viatura da polícia para o Circo Brillos.

– Ele vingou a morte de Samira Villon.

Mette estava de costas para Mårten ao dizer isso. Ele viu quando ela curvou o corpo, desanimada. E entendeu por quê. Fez um carinho no seu ombro.

Ambos temiam o que não tinham coragem de falar.

Ela ainda estava sentada na mesma posição quando a polícia ligou de volta, vinte minutos depois. Seu celular ainda estava na sua mão. Do outro lado da cama, Mårten tentou ouvir o que estava sendo dito, mas só conseguiu captar palavras isoladas. Não deixou de reparar que Mette aprumara o corpo durante a breve conversa.

Ela não estava mais curvada.

– Foi muito ruim? – ele se atreveu a perguntar quando ela encerrou a ligação.

– O homem não tinha nenhuma lesão corporal, só um galo enorme na parte de trás da cabeça e marcas das tiras – disse Mette. – Fora isso, ele era "uma ruína gaguejante", como me disseram.

– Tiras?

Mette contou a ele como a polícia tinha encontrado Mickey Leigh. Amarrado a uma roda giratória de arremesso de facas. Nu. Depois ela enviou uma mensagem de texto curta para Jean-Baptiste Fabre em Marselha: "Mickey Leigh foi preso. Manterei contato." Ela não tencionava liberar mais detalhes e duvidava que Mickey Leigh conseguisse fazê-lo.

Então ela colocou a máscara nos olhos novamente e se deitou.

Stilton e Olivia poderiam esperar.

26

Olivia estava tomando um banho demorado. Finalmente conseguira adormecer tarde da noite e agora estava tentando alavancar o seu sistema. Não estava dando muito certo, pois não dormira o suficiente. Quando percebeu que estava lavando o cabelo mais uma vez, ela abriu a porta do boxe e vestiu o roupão. Colocou a água do chá para ferver na cozinha e pegou seu celular. Uma chamada perdida. De Alex, quinze minutos atrás. Ela se perguntou se deveria concentrar sua energia em seu secador de cabelo ou no jornalista. Em seguida, ele ligou novamente. E foi direto ao assunto.

– Oi! Você ainda está interessada em Magnus Thorhed?

– Sim. Por que está perguntando isso?

– Falei com Tomas ontem, o padre que você conheceu. Eu queria me desculpar com ele pelo meu descontrole no funeral, não havia necessidade daquilo. Bem, só sei que depois começamos a falar sobre o assassinato de Bengt e ele comentou que Thorhed ligara para ele na mesma noite em que Bengt foi assassinado.

– Sério! O que ele queria?

– Eu não sei. Tomas não quis entrar em detalhes.

– Por que não?

– Não faço ideia, mas ele sabe que sou jornalista, então devia ser um assunto delicado.

– De que tipo?

– Você quer que eu adivinhe?

– Quero.

– Pare com isso, eu não sei mesmo. Apenas me lembrei de você e do seu interesse em Thorhed. Você vai ter que fazer as suas próprias conjecturas.

– Tudo bem. Só um minuto!

Olivia se levantou e puxou impetuosamente a água fervente do fogão, o que fez com que algumas gotas derramassem na sua mão. Alex pôde ouvir o seu grito alto e bom som.

– Alô? O que está acontecendo? Olivia!

– Sim, desculpe! Eu me queimei com a porra da água fervente. Só um segundo!

Olivia colocou a mão debaixo da água fria corrente. Alguns segundos depois, ela voltou ao celular.

– Está tudo bem agora. Ouça, obrigada por ligar.

– Bem, eu sei cuidar das minhas fontes.

– O que quer dizer com fontes?

– Nada, nada. Fica fria.

Alex riu um pouco.

– Posso perguntar como estão as coisas? – disse ele.

– Bem. Mas que coisas?

– Eu não sei, você não diz muito. Você só sabe fazer perguntas.

– Talvez eu devesse ser jornalista?

– Talvez devesse mesmo. Tchau!

Alex riu novamente e desligou. Olivia tirou a mão da água e examinou-a. A pele estava coberta de pequenas manchas vermelhas. Depois, ela preparou o chá e sentou-se à mesa da cozinha. Por que Thorhed telefonou para Welander na noite do crime? Ou foi apenas uma coincidência? Não é provável. O que ele queria? Confessar-se a alguém impedido de violar segredos? Por que eu estou sentada aqui tentando adivinhar?, ela pensou. Eu posso ir lá e perguntar a Welander. Não sou jornalista, afinal de contas.

Quando levou a xícara aos lábios, ruminações da noite anterior surgiram de novo em sua cabeça. Ela sentiu que precisava conversar sobre aquilo com alguém.

Esse alguém acabou sendo Stilton.

– Oi, Tom, você está acordado?

– Agora estou.

– Desculpe, você pode falar?

– E eu tenho escolha?

– Pode desligar, se quiser.

– O que você quer?

– Eu não paro de pensar numa coisa. Então senti que precisava falar com alguém, e como foi você que colocou isso na minha cabeça, pensei em ligar para você.

– Coloquei o quê na sua cabeça?

– "Ele não precisava ter cometido o crime. Pode ter contratado alguém para fazer isso por ele." Você disse isso ontem.

– Sim, e daí?

Olivia contou a ele sobre Magnus Thorhed. Sobre a BMW azul-escura, a mesma marca do carro que tinha sido visto perto da casa dos Sahlmann na noite do crime e do que estava estacionado na frente do portão de Borell na primeira vez em que ela esteve lá. Um homem a quem o próprio Borell descrevia como estando sempre "à frente das coisas", insinuando que Thorhed cuidava de quase tudo para ele.

– Era ele que estava na casa de Borell quando a polícia chegou? – perguntou Stilton.

– Sim.

– E você acha que ele está envolvido nisso?

– Eu não sei, é apenas uma teoria, mas não é inconcebível que Thorhed tenha roubado o laptop de Sahlmann a mando de Borell, enquanto ele estava na Índia.

– Na verdade, é bem concebível.

– E isso significa que também é possível que ele tenha matado Sahlmann.

– A mando de Borell?

– A mando de Borell ou por iniciativa própria. Para proteger Borell. Segundo um cara que eu conheço e conheceu os dois, Thorhed era um lambe-botas de Borell.

– Mas daí a matar?

– Eu sei, é apenas uma suposição.

– Uma suposição que você vai querer confirmar, se eu conheço você bem.

– Sim.

– E como?

– Na mesma noite em que Sahlmann foi morto, Thorhed ligou para um padre que Sahlmann conhecia. Eu desconfio de que a conversa foi sobre o assassinato.

– Mas você não tem certeza?

– Não.

– Então, como é que vai descobrir?

– Perguntando ao padre. Eu o conheço mais ou menos.

– Ok.

Houve um silêncio.

– Bem, é isso, então – disse Olivia. – Obrigada por me ouvir.

– Obrigado por ligar.

Olivia desligou e começou a se vestir. Ela ligara para Stilton sem problemas, só para ter uma conversa.

Isso foi bom.

Ela acabara de entrar no carro quando Mette telefonou e contou sobre Mickey Leigh. Mais uma vez Mette não entrou em detalhes. Abbas poderia fazer isso se quisesse.

– Então, um dos assassinos foi capturado – disse Olivia, seguindo para a Skånegatan.

– Presumo que sim.

– Então só falta o homicídio de Sahlmann.

– Eu não sei se é uma questão de "só".

– Não.

– O que você está fazendo?

Olivia pensou por alguns segundos. Não muito tempo atrás, ela provavelmente não teria dito o que estava fazendo, ou para onde estava indo. Mas muita coisa acontecera desde então.

– Eu estou indo ver um sujeito que vai me contar algo sobre Magnus Thorhed, assim espero.

– Thorhed, o colega de Borell?

– Sim, você já o interrogou?

– Sim.

– Sobre a morte de Sahlmann também?

– Não. Você acha que ele pode ter algo a ver com esse crime?

– Não tenho certeza. Eu não consegui dormir na noite passada cogitando isso e aquilo, e o nome dele surgiu na minha cabeça.

– Tudo bem. Escuta, como vai o seu curso de história da arte?

Olivia não sabia se Mette estava sendo irônica ou se estava cavando uma informação. Ela estava nitidamente dedicando a maior parte do seu tempo a tudo, menos à história da arte. Sem falar que estava se metendo na investigação de Mette.

– Eu só vou começar o curso depois do Natal. Por favor, diga logo se você não quer que eu me envolva nisso.

E se tivesse sido um tempo atrás, Mette teria lhe passado um sermão e dito que ela deveria gastar seu tempo fazendo coisas que achava serem muito mais importantes do que fazer a diferença, mas muita coisa tinha acontecido desde então, mesmo para Mette.

– Faça o que quiser – disse ela. – Só não faça mais essas aventuras tipo Borell.

Uma advertência de duplo sentido, pensou Mette. Ela estava consciente da importância da "aventura Borell" de Olivia. Foi graças a sua descoberta do laptop de Sahlmann no escritório de Borell que Mickey Leigh pôde ser colocado na cena do crime. Sem essa informação, não teriam a menor pista de onde ele pegara o computador roubado.

– Eu prometo – disse Olivia.

Mette encerrou a ligação. Mårten, é claro, estava certo o tempo todo. Quando se trata de pessoas como Olivia e Tom, basta seguir o fluxo. Mais cedo ou mais tarde, elas voltam ao lugar que lhes pertence. Olivia acabaria voltando para ela, Mette sentia isso.

Ela estava sentada na cozinha vestindo um penhoar. Tornara-se um hábito agradável, não vestir mais nada. Tomar banho, refrescar-se e, em seguida, ficar só de penhoar. O seu desejo urgente de estar no trabalho tinha diminuído um pouco. Isso a preocupava, mas ao mesmo tempo consolava. Ela logo estaria se aposentando. A aposentadoria podia não ser tão traumática como tinha imaginado. Ela poderia de fato dedicar-se mais à cerâmica... Tinha o seu próprio forno e um marido que adorava qualquer tipo de porta-ovo deformado que ela produzia.

Então Lisa Hedqvist ligou, muito agitada.

– Podemos ir aí?

Meia hora depois, Lisa e Bosse entraram pela porta. Mette ainda estava de penhoar.

Lisa abriu seu laptop.

– Isso chegou meia hora atrás. É um arquivo da polícia francesa.

– Fabre?

– Sim.

– O que é isso?

– É um anexo de e-mail. Aqui.

Mette inclinou-se e leu o e-mail de Fabre. Ele e seus colegas tinham feito uma busca no apartamento de Mickey Leigh. Entre as coisas apreendidas havia um filme especial. Fabre subira o filme em um servidor e enviara a eles um e-mail com a senha. Ele achava que o filme seria de interesse para a investigação de Mette.

Lisa clicou no filme baixado e apertou o play.

Era um filme pornô. Ineptamente filmado em um quarto apertado. Havia apenas dois atores. Fazendo sexo BDSM.

Era um filme extremamente abjeto.

Todo ele.

O final era ainda pior, quando algo dá errado durante a "asfixia", uma parte fundamental de uma sessão de BDSM. A mulher que está sendo estrangulada de repente tenta libertar-se, pois está prestes a sufocar com uma cinta em seu pescoço que está sendo puxada com muita força. Ela grita. O homem tenta silenciá-la. Ela pega um cinzeiro de vidro e atinge o homem no rosto. O homem perde o controle, arranca o cinzeiro da mão dela e bate na mulher com ele várias vezes, o sangue esguichando de seu rosto. Ele continua batendo até que ela cai prostrada, completamente imóvel. Então ele se vira para a câmera e fica tudo escuro.

Lisa e Bosse tinham visto o filme na sede da polícia. Eles sabiam o que continha, mas foi um choque para Mette. Ela quase desmontou na cadeira ao seu lado.

Então foi assim que aconteceu.

Foi assim que Mickey Leigh matou Samira Villon.

Ela faria de tudo para que Abbas nunca visse o filme.

– Você ouviu as vozes? – perguntou Bosse.

– Vozes?

Mette estivera totalmente focada no que estava acontecendo no filme. Não tinha ouvido vozes.

– Não.

Bosse passou o filme novamente.

Agora ela conseguiu ouvir as vozes. Ao fundo, uma mistura de vozes em sueco e em inglês, instigando o ato sexual que acontecia na cama, incitando o homem a fazer mais perversões com a mulher.

Mette sentiu-se mal.

– Sahlmann e Borell? – disse ela.

– Uma suposição razoável – disse Lisa. – Suas vozes devem ser audíveis pela webcam.

– Sim.

– Mas há outro.

Foi Bosse quem disse isso. Mette olhou para ele.

– Outro?

– Há três vozes.

Mette não tinha pensado no número de vozes. Ela acabara de ouvi-las. As vozes açulando o homem.

— Três? — disse ela.

— Sim, você pode detectá-las se ouvir atentamente. Havia três homens vendo esse filme.

Então Mette viu-se obrigada a suportar o filme mais uma vez. Desta vez, fechou os olhos, para poder ouvir melhor. Minutos depois percebeu que Bosse estava certo.

Havia três vozes instigando o ato.

Duas delas provavelmente eram de Bengt Sahlmann e Jean Borell.

Magnus Thorhed estava seguindo para o aeroporto de Arlanda em um táxi. Precisava ir à sede da empresa em Londres. O assassinato de Borell provocara ondas de choque no mundo financeiro; agora era uma questão de manter o império unido.

Negócios, como sempre.

Levava consigo todas as informações necessárias sobre os planos da Albion na Suécia. Nada os arruinaria. O grande contrato com a prefeitura de Estocolmo estava praticamente fechado, não seria afetado pela morte de Borell. Embora Jean fosse a figura de proa da organização, havia outros que poderiam assumir sua função.

Como Thorhed, por exemplo.

Pelo menos na divisão escandinava. Assim como Borell, ele estava familiarizado com as operações da empresa nos países nórdicos. Ele as conhecia como a palma de sua mão. Agora era uma questão de convencer a diretoria-geral. E isso teria de ser feito sem tirar os méritos do imperador recém-falecido.

Mas ele em parte fora o culpado, pensou Thorhed. Sem saber exatamente qual foi o motivo, ele tinha certeza de que devia ser algo relacionado ao ponto fraco de Borell, uma fraqueza que ele conhecia sem nunca entender. Borell tinha uma vida social impecável, era respeitado e estimado, contava com uma enorme rede em todo o mundo das finanças, mas ainda assim tinha essa fraqueza. Essa necessidade de mergulhar na pornografia mais abjeta sempre que podia, como se fosse a única coisa que pudesse excitá-lo em um nível profundamente privado. Thorhed jamais conseguiu entender isso.

Enfim, agora Borell estava morto e era hora de seguir em frente. Thorhed ajustou a faixa de luto no braço. Gostava de observar certas tradições.

Quando desceu do táxi no terminal internacional, havia um jornalista parado lá. Alguém que ele conhecia.

Alex Popovic.

– Oi! Liguei para o escritório e fiquei sabendo que você estava indo para Londres.

– Sim.

Thorhed seguiu na direção da entrada com sua mala de rodinhas. Alex foi atrás dele.

– Lamentável a morte de Jean – disse ele.

– Sim, muito.

– O que vai acontecer agora?

– É uma pergunta pessoal ou você está me entrevistando?

– Esta pergunta específica não foi pessoal.

– Estou indo para uma reunião da diretoria-geral em Londres. Nós vamos avaliar a situação.

– E o que você acha?

– Acho de quê?

– Do motivo do crime. Esta é uma pergunta pessoal.

– Não tenho a menor ideia.

– Poderia ter algo a ver com o assassinato de Bengt Sahlmann?

Thorhed controlou-se e olhou para Alex.

– E por que teria?

– Eu não sei. A polícia não lhe perguntou sobre isso?

– Não.

– Por que você telefonou para Tomas Welander?

– Quando?

– Na noite em que Bengt foi assassinado.

– Eu tenho de fazer o check-in agora. Com licença.

Thorhed foi até o balcão e depois desapareceu na sala de embarque. Alex colocou um chiclete de nicotina na boca.

Olivia estacionou na Banérgatan e seguiu até o prédio de Welander. Ele lhe dera a senha da portaria pouco antes. O apartamento ficava no segundo andar, e Welander abriu a porta assim que ela tocou a campainha. Estava vestido com um robe preto elegante, porém muito usado.

— Por favor, desculpe pelos meus trajes, acabei de fazer um batismo e vou para um funeral, mas temos meia hora. Entre!

Welander seguiu para uma sala grande e bonita e fez um gesto na direção de um sofá verde-escuro curvo. Olivia se sentou.

— Então você queria falar sobre Sandra? — disse Welander, se sentando em uma poltrona ao lado de uma mesinha redonda. — Espero que não tenha acontecido nada.

— Não, na verdade não é sobre ela que eu vim falar com você.

— Não?

— Não. Eu recebi um telefonema de Alex Popovic esta manhã. Ele me disse que Magnus Thorhed telefonou para você na mesma noite em que Bengt Sahlmann foi assassinado. Isso é verdade?

— Sim. Mas por que Alex ligou para contar isso a você?

— Porque eu havia perguntado a ele sobre Thorhed.

— E por que você fez isso?

Olivia estava esperando por essa pergunta, sabia que eles acabariam chegando lá. Sabia que teria que explicar certas coisas, caso contrário não conseguiria fazer com que Welander falasse. Então, ela optou pela mesma abordagem que tivera com Alex da primeira vez.

— Porque eu estou tentando descobrir quem matou o pai de Sandra.

— Mas você não é policial, é?

— Não, não oficialmente, embora eu tenha formação policial. Mas este é um assunto puramente pessoal. Por Sandra.

— Eu entendo. E por que você está interessada em Magnus Thorhed?

– Por várias razões. Ele tem um carro da mesma marca do que foi visto perto da casa de Bengt na noite em que foi assassinado, por exemplo.

– Você acha que Thorhed pode ter algo a ver com o crime?

– Eu não sei. Estava esperando que você pudesse saber mais.

– Por causa do telefonema que recebi.

– Isso.

Welander olhou para Olivia. Ele viu que ela estava falando sério, não tinha nenhum motivo para duvidar de suas intenções. Ela queria ajudar Sandra.

– Foi uma conversa muito rápida – disse ele. – Tudo que Thorhed disse foi que Bengt Sahlmann havia se enforcado.

– Como ele sabia disso?

– Eu me perguntei isso também, mas ele desligou o telefone antes que eu tivesse a chance de perguntar.

– Por que ele ligou para dizer-lhe isso?

– Ele sabia que eu conhecia Bengt e que sou padre. Talvez ele só quisesse que eu soubesse.

– Ou quisesse se confessar.

– Ele não disse que matou Bengt.

– Hum.

– Você gostaria de um pouco de chá?

– Sim, por favor.

Welander levantou-se e saiu da sala. Olivia ficou batendo os pés no chão, sentindo-se ligada. Se Thorhed telefonara para contar que Sahlmann havia se enforcado na mesma noite em que o crime aconteceu, o suicídio simulado, então é possível que ele tenha estado na casa. A polícia não tinha divulgado qualquer informação sobre isso.

Ela precisava ligar para Mette.

Mette estava entrando na sede da polícia com Lisa e Bosse. Ela havia trocado o penhoar por um vestido preto e deixara um bilhete para Mårten na cozinha: "Divisão de homicídios. Emergência."

Ele tinha de aceitar isso.

Eles seguiram direto para a sala onde as duas investigações estavam em andamento. Havia alguns investigadores mais velhos sentados lá. Mette informou a eles sobre o filme que tinham recebido da França e como eles poderiam acessá-lo. Ela pediu que fossem extremamente discretos sobre o conteúdo. A parte importante, para os investigadores suecos, eram as três vozes.

– Elas precisam ser identificadas. Estamos supondo que duas são de Bengt Sahlmann e Jean Borell, mas não temos ideia de quem seja a terceira pessoa. Como devemos proceder?

– Vamos começar removendo o arquivo de áudio do filme, o que nos permitirá ouvir apenas as vozes – disse Bosse. – Eu faço isso.

Ele desapareceu pela porta com o laptop de Lisa.

Para identificar a voz de Sahlmann, Mette certamente não queria envolver as pessoas mais próximas a ele, a filha e a cunhada. Eles resolveriam isso com alguém da Alfândega. Gabriella Forsman poderia ser obrigada a colaborar? Ela estava sob custódia, afinal de contas.

– E quanto a Borell? – Lisa perguntou. – Vamos entrar em contato com o colega dele?

– Magnus Thorhed?

– Sim.

Mette não respondeu de imediato, mil pensamentos haviam passado por sua cabeça enquanto estava no carro indo para a divisão de homicídios. Sobre as coisas que Olivia estava investigando. Seu interesse por Magnus Thorhed. E se a terceira voz fosse dele? Havia esse risco. Então não seria muito inteligente pedir a ele para ouvir o áudio. Ela fez um gesto com a cabeça na direção da porta e saiu. Lisa a seguiu. Mette fechou a porta e as duas ficaram no corredor. Por alguma razão, ela não queria que toda a equipe de investigação soubesse o que Olivia estava fazendo. Uma pessoa de fora que não tinha absolutamente nenhuma relação com o trabalho de investigação da equipe.

Mas com Lisa era diferente.

Mette rapidamente explicou por que ela não queria entrar em contato com Thorhed. Lisa compreendeu.

— Mas então ela pode fazer isso? – perguntou ela.
— Quem?
— Olivia conheceu esse Thorhed, não foi?
— Acho que sim.
— Então, podemos começar com ela. Ela pode ser capaz de identificar se é dele a voz na gravação. Se não for, aí poderemos entrar em contato com ele.

Mette não tinha pensado nisso. Mas ela ficara um tempo de licença médica, fora do jogo. E Olivia poderia identificar a voz de Borell também!

— Boa ideia, Lisa. Vou ligar para ela assim que tivermos o arquivo de áudio.

Welander serviu uma xícara de chá para Olivia de um bule azul extremamente bonito. Ela segurou a xícara entre as mãos e tomou um gole. Welander sentou-se ao seu lado no sofá e se serviu também.

— Eu tenho pensado em Sandra – disse ele. – Ela me ligou ontem e parecia um pouco mais animada. Você não acha?

— Eu não sei. Eu acho que ainda há muitos altos e baixos.

— Bem, suponho que sim, alterações de humor são comuns nessa idade. Alterações de humor, pensou Olivia. A garota tentou se matar!

— Mas você é um grande apoio para ela – disse Welander. – Isso eu posso dizer.

— Espero que sim.

Olivia baixou os olhos. Ela certamente era um grande apoio para Sandra, por enquanto. Mas só isso poderia não bastar. Se fosse obrigada a contar a Sandra o que precisava contar. Olivia sentiu uma angústia crescendo no peito.

— Você está bem?

Welander abaixou-se um pouco e capturou o olhar de Olivia.

— Você parece um pouco triste.

— Eu estou com um problema.

Olivia não havia se preparado para aquela situação, não era por isso que estava ali. Sua angústia por Sandra se agitava dentro dela. Não havia ninguém com quem pudesse compartilhar aquilo, ninguém com quem pudesse falar.

Ou havia?

Ela olhou para Welander, o olhar dele era gentil e sereno. Talvez ela pudesse contar a ele? Obter alguma orientação? Ele conhecia Sandra também.

– Aconteceu uma coisa que pode afetar Sandra – disse ela.

– Algo ruim?

– Algo que eu não sei se ela poderá suportar quando souber.

– Por estar tão fragilizada?

– Sim.

– Será que ela precisa saber, então?

– Eu não sei. Pode ser inevitável, e então eu gostaria que ela soubesse por mim antes.

– Parece sério. O que aconteceu?

Olivia torceu as mãos. Era realmente sério. Era tenebroso. E seria revelado mais cedo ou mais tarde, de uma forma ou de outra, tinha certeza disso. Talvez pela imprensa, o que seria mil vezes pior.

Para todos.

De repente, ocorreu-lhe que Tomas Welander conhecia Bengt Sahlmann havia séculos. Ele era um amigo. Ela não tinha pensado nisso. Ela só estava pensando em Sandra. O que tinha acontecido certamente chocaria Welander tanto quanto todos os outros. Quando ele soubesse.

Agora ou mais tarde.

– Você é obrigado por juramento a manter segredo, estou certa? – disse ela por fim.

– Sim, você pode me contar o que quiser.

– O pai de Sandra assistia à pornografia on-line.

Welander olhou para Olivia, bastante intrigado.

– Por que está me contando isso?

– Porque algo aconteceu enquanto ele estava fazendo isso.

– Vendo pornografia?

– Ele estava assistindo a uma sessão ao vivo por uma webcam particular.

– Eu compreendo. Isso certamente é censurável, mas dificilmente constitui crime. Não é nada que envolva a polícia. É por isso que você acha que precisa contar a Sandra?

– Não.

– Então por quê?

Olivia apertou as mãos, fortemente, olhando para o chão. Quando finalmente falou, sua voz saiu baixa.

– Um assassinato muito brutal foi cometido durante a sessão. Eu não sei se isso virá a público, mas há um grande risco de ser revelado assim que a investigação preliminar estiver concluída.

– E então Sandra vai descobrir?

– Bem, trata-se do pai dela.

– Eu entendo. Isso é preocupante.

Welander se levantou e começou a andar pela sala. Olivia o observava. E se ela tivesse falado demais? Mas ele saberia de tudo de qualquer maneira. A notícia seria inevitável.

Welander virou-se para ela.

– Eu entendo o seu dilema, e concordo com você. Nas condições em que Sandra se encontra agora, seria devastador se ela descobrisse isso.

– Sim. Então, o que eu devo fazer?

Welander ficou dando voltas na frente dela, refletindo. Então parou.

– Eu não sei – disse ele. – Mas se você decidir que precisa contar a ela, então podemos fazer isso juntos. Se você acha que poderei ser de alguma ajuda quando for o momento.

– Eu não sei. Mas obrigada mesmo assim.

Então seu celular tocou.

Era Mette.

– Com licença – disse Olivia.

Ela se levantou e foi até a janela. Sabia como Mette costumava falar alto e não queria que Welander escutasse a conversa. Poderia ser algo sobre Sahlmann.

E era.

Entre outras coisas.

Mette explicou rapidamente que precisava de ajuda para identificar duas vozes masculinas em um filme que mostrava o assassinato de Samira

Villon. Os homens haviam testemunhado o crime. Mas ela não quis discutir mais detalhes pelo telefone. Então ela colocou a primeira voz.

– Você reconhece? – disse Mette.

– Sim, é a voz de Jean Borell.

– Ótimo! Obrigada!

Welander havia se sentado no sofá e olhava para Olivia. Ela estava de pé, de costas para ele, mas sua voz soou clara, embora estivesse baixa. Quando ela disse "Jean Borell", ele se levantou.

– Agora a próxima voz!

Olivia pressionou o celular na orelha para ser capaz de ouvir corretamente, pois a qualidade do som não era boa. Ela apoiou-se no peitoril da janela. Welander seguiu até a porta.

– Alô! Você ainda está aí? – disse Mette.

– Sim.

– É Magnus Thorhed?

– Não. Mas eu reconheci a voz.

– E de quem é?

– Eu ligo depois.

Olivia encerrou a ligação. Ela viu que suas mãos estavam tremendo. Ficou parada por alguns segundos para recuperar o controle.

Tomas Welander.

Era a voz dele.

Ela sentiu o rosto ficar vermelho. A imagem do rosto dele voltou à sua mente, aquele olhar gentil e sereno, aquela voz macia, ele sentado ao seu lado no sofá olhando para ela, tentando enganá-la. Completamente. Jogando com seus sentimentos por Sandra para fazer com que ela revelasse informações profundamente pessoais.

Ele usou você, Olivia, e você prometeu a si mesma que nunca mais se deixaria ser usada.

Ela ficou de frente para ele.

As veias saltavam em sua testa, sua mandíbula estava trincada, sua expressão, dura. Welander estava vindo em sua direção.

— Foi uma conversa difícil? – perguntou.

— Sim.

— Eu posso ver isso. Você está tremendo. Era sobre Sandra?

— Não, era sobre você.

— Sobre mim?

Olivia avançou dois passos e deu-lhe uma bofetada que acertou em cheio a cara de Welander. Ele tropeçou na mesa, caiu sobre uma luminária de alabastro e depois de encontro à parede. A luminária caiu no chão sem apagar. Welander deslizou pela parede e acabou de quatro. Havia sangue escorrendo de seu nariz, espalhando-se pela boca e pelo chão, ele ofegava ruidosamente.

Olivia não se mexeu.

Alguns segundos se passaram, talvez um minuto. Por fim Welander ergueu o rosto para encará-la.

— Eu entendo você – ele disse, fungando.

— O que é exatamente que você entende?

— Eu deveria ter contado a você.

— Sim, deveria. Agora levanta daí.

— O que você vai fazer?

— Levanta, anda.

Welander ainda estava de quatro.

Ele sabia que havia trancado a porta.

Sabia o que tinha escondido atrás de um dos livros antigos de sua estante.

Mette ainda estava segurando o celular na mão. Ela estava de pé junto à mesa de sua sala na divisão de homicídios. Lisa estava sentada em uma cadeira e Bosse estava encostado na parede.

— Ela reconheceu a voz? – disse ele.

— Sim.

— Era de Magnus Thorhed?

— Não.

— Então, de quem era?! – Lisa disse e se levantou.

– Ela não disse. Falou apenas, "Eu ligo depois", e daí desligou. Ela parecia...

Mette ficou em silêncio. Bosse e Lisa olharam para ela.

– Como ela parecia?

– Eu não sei, estranha? Tensa?

Eles se entreolharam. Olivia deve ter entendido como era importante que eles descobrissem de quem era a voz. Devia saber que aquilo era urgente. Tudo o que ela precisava fazer era dizer um nome. Ainda assim, ela desligou. Por que fez isso?

Todos pensaram a mesma coisa.

Talvez ela estivesse com a pessoa em questão?

– Onde ela está? – disse Bosse.

– Eu não sei.

– Ligue pra ela de novo!

Mette já estava ligando para Olivia. Ela esperou. Caixa postal.

– Ela não está atendendo. Eu falei com ela cerca de uma hora atrás, e ela estava indo conversar com alguém que poderia ter informações sobre Magnus Thorhed. Ela não disse quem.

– Será que alguém sabe?

– Não tenho ideia – disse Mette.

Mas ela pegou o celular e tentou a única pessoa em que podia pensar.

– Oi, Tom, é Mette. Você sabe onde Olivia está?

– Não. Ela estava indo conversar com alguém, talvez ainda esteja lá...

– Com quem ela foi conversar?

– Um padre. Alguém que Bengt Sahlmann conhecia.

– Obrigada.

– O que aconteceu?

Mette já tinha desligado e ligava para a tia de Sandra, Charlotte Pram.

Welander por fim se levantou. Agora ele estava de pé encostado na estante, limpando o sangue de seu rosto com a manga do robe. A luminária de alabastro caída no chão iluminava a sua figura lamentável. Olivia ainda estava de pé no meio da sala. Sua raiva não arrefecera.

– Aonde estamos indo?

A voz de Welander estava rouca e falha.

– Para a polícia.

– Só porque você reconheceu a minha voz?

– Porque você testemunhou um crime.

– Não foi intencional.

– Você vai ter que explicar isso para a polícia.

– Mas será que você não entende o que isso significa?

Olivia viu lágrimas escorrendo pelo rosto de Welander.

Ela sentiu repulsa.

– Você não entende o que vai acontecer se todo mundo souber?

– Eu estou cagando pra isso.

– Mas a minha congregação não! Eu sou o seu pastor! Sou eu que os conforta e apoia! Muitos deles têm uma vida miserável, e a única coisa que os segura são as minhas palavras! Sou eu que levo esperança e amor à vida deles.

– Você devia ter pensado nisso antes de deleitar-se com pornografia e violência.

Welander olhou fixamente para Olivia. Ele respirava com dificuldade. Seus olhos se estreitaram. Sua voz soou baixa, dura.

– E quem é você para fazer juízo de valor para cima de mim? – ele sibilou. – Você veio aqui me pedir ajuda porque não tem capacidade de contar a verdade para Sandra. Você é uma covarde.

– Podemos ir agora?

– A porta está trancada.

Olivia olhou para Welander. Ela deu alguns passos em direção à porta e girou a maçaneta. Estava trancada.

– Abra – disse ela.

– Você gosta de música? Música clássica?

– Abra essa porta!

Welander foi até o seu aparelho de som na estante e apertou o play. A música soou no volume máximo, toda a sala começou a reverberar. Olivia curvou-se e pegou seu celular. Welander estava ao lado da estante olhando para ela.

– É *Scheherazade*!! – ele gritou por trás da música estridente. – Minha peça favorita!

Olivia ligou para Mette.

Enquanto esperava Mette atender, ela viu Welander tirando um livro grosso da estante.

Charlotte lhes dera o endereço de Tomas Welander.

Mette e Bosse se seguravam firmemente no banco enquanto Lisa passava voando entre carros e ônibus. Mette tentara ligar para Olivia outra vez. Ela não atendeu. No meio de um cruzamento, ela recebeu um telefonema. O nome na tela do celular não deixava dúvida: OLIVIA RÖNNING. Quando Mette atendeu, tudo o que pôde ouvir era uma música alta e a voz de Olivia gritando: "PRECISO DE AJUDA!" Depois a voz desapareceu, mas a música continuou.

A ligação não foi interrompida.

Mette tentou gritar ao telefone.

Nenhuma resposta.

Era um revólver pequeno. Não tomava muito espaço atrás do livro. Quando o segurou em sua mão, parecia quase leve, mas ele sabia o que uma arma daquela poderia fazer. Ele a herdara de seu pai e a usara poucas vezes no Lundsberg. Para assustar aqueles que precisavam de um bom susto, para dar-lhes uma lição. Uma vez ele disparou o revólver em algum lugar não muito longe da escola, durante um ritual de castigo logo depois da meia-noite. Um dos garotos não vinha seguindo as regras, e chegara até a ameaçar de contar tudo ao diretor. Isso não podia ser tolerado. Ele foi levado até um antigo túmulo coberto de pedras e despido. O garoto gostava de animais. Jean tinha levado um coelhinho branco. Ele ergueu o bicho pelas orelhas na frente do garoto. O coelho se debatia. Nem viu quando levou uma bala na cabeça bem na frente do menino rebelde e apavorado.

Depois disso, ele seguiu as regras.

Aquela mulher ali na sua frente agora também não estava seguindo as regras. Ela fazia as suas próprias regras. Ela estava desrespeitando um mensageiro divino. Era uma fariseia, consumida pela arrogância.

Uma menina rebelde.

– Sente-se!! – ele gritou, apontando para a poltrona com a pequena arma.

Welander gritou tão alto que sua voz pôde ser ouvida acima da música. Olivia tentou avaliar a situação. A música berrava em seus ouvidos e ela percebeu que aquele homem desequilibrado ali na sua frente não estava nada bem. Da cabeça.

Ela sentou-se na poltrona.

Welander ficou bem no meio da sala, a uns dois metros dela, no meio da interseção acústica. Ele tirou o robe com a arma apontando para a poltrona.

Estava nu por baixo.

– Se você se mexer, eu meto uma bala na sua cabeça! – ele gritou. – Como se fosse um coelho!

Olivia olhou para o seu corpo branco e enrugado. Pornografia on-line? São homens como ele que pagam para ver mulheres sendo degradadas e exploradas sexualmente. Homens com corpos assim. Ela sabia que estava generalizando. Homens com corpos muito mais belos faziam a mesma coisa.

Como Borell.

Por quê?

Ela acompanhou os movimentos de Welander pelo chão. Viu que a música permeava o corpo dele, consumindo-o, aquele corpo nu e esquelético se contorcendo à medida que a música se expandia. Ela reparou que ele tinha marcas de arranhões no braço, a arma na sua mão estava apontando para o peito dela. Sua cabeça começou a se mover para trás e para a frente, farejando, como se procurasse por mais música.

De repente ele parou, no meio de um crescendo, e seus olhos se fecharam.

TERCEIRA VOZ

* * *

Quando Lisa pisou no freio na frente do prédio na Banérgatan, Bosse foi o primeiro a saltar do carro. Eles haviam conseguido a senha da portaria e em segundos ele já estava subindo as escadas. Lisa corria atrás dele. Mette andava o mais rápido que podia. Lembrou-se do dia em que ficou na frente do prédio de Gabriella Forsman e do que acontecera em seguida.

Agora ela queria entrar!

E subir!

Bosse estava parado na frente da porta do apartamento de Welander. A música dava para se ouvir desde o início das escadas. Mesmo assim, ele tocou a campainha.

Inútil.

– O que fazemos agora?!

Lisa tinha chegado no patamar.

– Chamar o porteiro?

– Um chaveiro!

– Isso vai levar uma eternidade – disse Mette.

Ela estava ofegante quando subiu o último degrau e parou na frente da porta. Todos os três perceberam que nenhum deles seria capaz de arrombá-la. A polícia só faz isso no cinema. E nenhum deles estava disposto a atirar na fechadura também.

De repente, a música parou. O som de um tiro rompeu o silêncio.

Seguido de um grito abafado.

Bosse tirou sua arma do coldre. Mette e Lisa recuaram. Assim que ele ergueu a arma e apontou-a para a fechadura, a porta se abriu. Um homem nu estava de pé na soleira da porta. O robe preto estava por cima de seus ombros e suas mãos seguravam a virilha. Ele, obviamente, sentia muita dor, como se tivesse levado um chute no saco. Seu cabelo caía sobre os olhos. Bosse apontou a arma para a cabeça do homem.

– Onde está Olivia?!

– Aqui.

A voz veio de trás de Tomas Welander. Era Olivia.

Ela empurrou o homem que estava na soleira da porta. Ele saiu trôpego na direção das escadas. Lisa pegou as algemas. Olivia continuou em frente, segurando um pequeno revólver na mão.

– Nós já estávamos de saída – disse ela.

27

Tomas Welander vestia camisa branca e calça preta. O colarinho desabotoado expunha uma corrente fina com crucifixo de ouro em volta do pescoço. Mette e Lisa estavam sentadas em frente a ele na sala de interrogatório da divisão de homicídios. Havia um laptop sobre a mesa. Bosse acompanhava o interrogatório em uma sala adjacente.

As formalidades iniciais do interrogatório já haviam sido cumpridas.

Mette repassava a sequência de eventos no apartamento de Welander. Ela ouvira a versão de Olivia, e agora queria que o homem sentado à sua frente a confirmasse. Ele não objetou a descrição como tal, mas reagiu à interpretação de Mette da situação.

– Eu nunca ameacei Olivia – disse ele.

– Você apontou uma arma para ela e disse que iria matá-la caso ela se mexesse. "Como se fosse um coelho." – Mette teve de conter um sorriso, parecia tão ridículo. – Isso é incorreto? – disse ela.

– É verdade que eu apontei uma arma, mas o resto é invenção dela.

– Por que você apontou a arma para ela?

– Porque eu estava com medo. Ela me agrediu. Eu estava me defendendo.

– De que forma ela o agrediu?

– Ela me derrubou no chão.

Mette sabia que era verdade, Olivia admitira. Ela também sabia por que havia acontecido, e de certa forma compreendia o motivo que levou Olivia a reagir assim.

Mas de fato foi uma agressão.

E, sem testemunhas, não havia nada que pudesse contradizer a versão de Welander.

Então, ela deixou passar.

Por enquanto.

– Eu vou mostrar-lhe um filme – disse ela.

Lisa abriu o laptop e pôs para rodar o filme que Jean-Baptiste enviara. Welander reagiu intensamente após alguns segundos. Ele percebeu que seria forçado a assistir àquele assassinato que havia testemunhado por webcam. Então ergueu a mão para cobrir o rosto. Mette pausou o filme.

– Tire a mão do rosto – disse ela. – Você vai ver este filme do começo ao fim.

A voz de Mette sinalizava que não haveria espaço para objeções. Welander baixou a mão. Mette iniciou o filme novamente. Welander semicerrou os olhos, ele sabia o que estava por vir e, quando veio, foi obrigado a desviar os olhos. Mas não conseguiu deixar de ouvir o grito agudo da mulher, um som terrível que reverberou nas paredes da pequena sala de interrogatório. Welander apertou as mãos no colo, seus braços começaram a tremer até os ombros. Mette e Lisa o observavam. Welander ergueu os olhos novamente.

– Há três vozes que podem ser ouvidas neste filme – disse Mette.

– Duas delas são de Bengt Sahlmann e Jean Borell, a terceira é sua, isso está correto?

Welander confirmou.

– Eu quero que você responda a pergunta alto e bom som.

– Está correto – disse Welander.

Sua voz era quase inaudível, muito fina e seca, como se ele tivesse engolido um sacrário inteiro de hóstias. Lisa encheu um copo com água e passou para ele. Ele bebeu metade.

– Você pode me fazer um histórico disso? – disse Mette.

– Disso o quê?

– Do que acabamos de ver.

O corpo de Welander afundou na cadeira. Ele sabia que teria de contar, sabia que não iria sair daquela sala até que contasse.

– Começou no Lundsberg. Jean, eu e Bengt tínhamos uma ligação muito forte no colégio. Vivíamos juntos. Nós nos divertimos muito. Depois cada um seguiu o seu caminho, mas mantivemos contato.

— Vocês se encontravam?

— Sim, mas somente uma vez por ano ou algo assim.

— O que vocês faziam nesses encontros?

— Nós revivíamos os momentos felizes dos tempos de colégio. Bebíamos e conversávamos sobre esse passado em comum.

— E viam pornografia na internet?

— Era uma espécie de tradição, desde o colégio, ver pornografia, muito inocente ainda, a pornografia na internet só viria mais tarde. Era como... eu não sei descrever... um tipo de excitação proibida dos homens, como se fôssemos jovens outra vez.

Mette e Lisa se entreolharam.

Welander bebeu o resto da água.

— Nos últimos anos, vínhamos usando um serviço chamado porn-online – disse ele.

— Pornografia transmitida ao vivo – disse Lisa.

— Sim.

— Como a que acabamos de ver.

— Sim. Foi Jean que pediu a Bengt para encomendar.

— Uma sessão de BDSM.

— Sim.

— Vocês encomendaram uma gravação da sessão também?

— Sim. Jean queria. Ele é... era interessado nesse tipo de coisa.

— Sadomasoquismo?

— Sim. Como nesse filme aí, não é? – Welander apontou para o laptop.

— Sim – disse Mette. – O que aconteceu naquela noite?

Welander estava respirando pesadamente. Tentou se lembrar da noite em que tudo aconteceu. Como os três tinham se reunido na casa de Jean em Värmdö, beberam, se conectaram na hora em que o filme ia começar e assistiram. Cada vez mais excitados, e mais bêbados. Como eles haviam estimulado sem parar o casal para que o sexo ficasse mais pervertido. Por fim, a mulher nua e amarrada no quarto reagiu e começou a gritar, mas a sessão continuou.

— Mesmo que ela não quisesse mais? – disse Mette.

— Sim.
— Então, na prática, aquilo virou um estupro?
— Pode ser descrito dessa maneira.

Mette e Lisa se entreolharam. O que pensavam estava claramente visível em suas expressões.

— Depois aconteceu aquela coisa terrível que vocês viram no filme – disse Welander.
— O homem matou a mulher naquele quarto.
— Sim.
— Qual foi a reação de vocês? – perguntou Mette. – Afinal, vocês pagaram para ver sexo e acabaram vendo um assassinato.
— Nós ficamos terrivelmente chocados. Ficamos sentados e paralisados. Quando nos acalmamos, começamos a discutir o que fazer, se devíamos ligar para a polícia.
— Mas não ligaram.
— Não.
— Por que não?
— Não sabíamos o que dizer. Não podíamos fazer nada em relação ao que tínhamos visto, não conhecíamos as pessoas que estavam naquele quarto, não sabíamos onde havia acontecido, era apenas um quarto em algum lugar do mundo.
— Hipócritas – Mette disse calmamente.
— Como é?
— Vocês estavam preocupados é que ninguém descobrisse o que *vocês* estavam fazendo.

Welander não respondeu.

— Então vocês decidiram pelo silêncio? – perguntou Lisa.
— Sim, mas foi muito tortuoso, eu me senti péssimo depois.
— É mesmo?
— Sim, claro que sim.

Mette olhou para Welander enojada. Ela já havia falado com muita gente com diferentes crimes na consciência, mas aquele homem era um dos mais desprezíveis que tinha visto. Ela abriu uma pasta marrom.

— Eu agora quero falar um pouco sobre o assassinato de Bengt Sahlmann — disse ela. — Como você ficou sabendo?

— Primeiro eu ouvi dizer que era suicídio.

— Quem te contou?

— Jean. Ele me telefonou na hora do almoço e disse que Bengt estava totalmente desequilibrado e ameaçando ir à polícia para revelar não só as irregularidades na empresa de Jean, como o que tinha acontecido naquela noite. Jean estava apavorado. Depois ele ligou mais tarde, à noite, dizendo que tinha ido na casa de Bengt para chamá-lo à razão e que ele havia se enforcado. Depois eu fiquei sabendo que Bengt tinha sido assassinado.

— O que você pensou, então?

— Fiquei chocado. A princípio, não quis acreditar. Depois fiquei com medo e comecei a pensar em Jean.

— Que ele tinha matado Bengt?

— Sim, foi um pensamento insuportável. Que um dos meus amigos pudesse ter matado outro amigo meu? Foi terrível.

— Sei. Então você recebeu dois telefonemas de Borell nesse mesmo dia, no primeiro ele contou das ameaças de Bengt e no segundo contou que ele tinha ido à casa de Bengt. Isso está correto?

— Sim.

Mette olhou sua pasta.

— Temos o registro das ligações telefônicas de Borell naquele dia — disse ela. — De fato ele ligou para você duas vezes naquele dia.

— Como eu disse.

— O único problema é que ele estava na Índia.

— Na Índia?

— É, na Índia.

— Eu não estou entendendo.

— Nem eu. A não ser, é claro, que você esteja mentindo.

— Eu não estou mentindo. Eu sou um padre. Jean me ligou duas vezes.

— Nós sabemos disso. Mas sabemos também que ele não foi à casa de Bengt naquela noite.

— Então, como é que ele sabia que Bengt havia se enforcado?

– O que você acha?

– Não tenho a menor ideia. Isso é muito estranho. Como ele poderia saber disso? – Ele fez uma pausa.

– Sim?

– Ele soube disso por outra pessoa?

– Que esteve na casa de Bengt?

– Sim. E depois essa pessoa ligou para Jean na Índia?

– Quem pode ter sido?

– Eu não sei, não faço ideia. Mas espere. Sim! Magnus Thorhed talvez?

– Por que ele?

– Eu vi a BMW azul dele lá!

– Na casa de Bengt?

– Sim! Deve ter sido ele que viu Bengt pendurado lá, depois ligou para Jean e Jean me ligou! Da Índia.

– Isso é possível.

– Sim.

– A única coisa que estou querendo saber agora é como você foi parar lá.

– Onde?

– Na casa de Sahlmann. Onde você acabou de dizer que viu o carro de Thorhed.

Lisa não pôde deixar de admirar a técnica de interrogatório de Mette. Ela intencionalmente aumentou o ritmo do diálogo para que Welander não tivesse tempo para pensar antes de falar. E então ele tropeçou, mesmo sem perceber o que estava dizendo.

Agora estava tudo gravado.

Ele estava na casa de Sahlmann na noite do crime.

– O que você foi fazer lá? – Mette perguntou novamente.

– Fiquei preocupado depois do telefonema de Jean e quis ir pessoalmente ver como Bengt estava.

– E como ele estava?

– Ninguém abriu a porta, então fui embora.

– E foi quando você viu o carro de Thorhed.

– Sim.

Mette fechou sua pasta. Lisa olhou para Mette. Welander estava brincando com o crucifixo de ouro pendurado no pescoço. Ele presumiu que haveria algum tipo de pena por haver testemunhado um crime sem comunicá-lo à polícia. Uma punição que estava disposto a aceitar. Só esperava que tudo pudesse ser tratado discretamente, sem prejuízo da sua congregação.

– O interrogatório acabou?

– Sim – disse Mette. – Você me disse o que precisávamos ouvir. Agora vamos coletar material da sua boca e aí sim acabamos.

– Material? Da minha boca?

– Sim.

– Por que você vai fazer isso?

– Você tem alguma coisa contra?

– Não, eu só estou perguntando por quê.

– Para comparar o seu DNA com o DNA dos fragmentos de pele encontrados sob as unhas de Bengt Sahlmann. Ele lutou pela vida e arranhou a pele do seu assassino. É um procedimento de rotina. Você é um sacerdote e sacerdotes não mentem, por isso o seu DNA não vai ser compatível com o do assassino, é claro.

Mette e Lisa se levantaram. Welander permaneceu sentado. Mette pegou sua pasta na mesa e olhou para ele. A camisa branca tinha manchas de suor até a cintura.

– Por falar nisso, Olivia me disse que viu umas marcas de arranhões bem feias nos seus braços – disse Mette.

Estava escuro no momento em que Mette deixou a sede da polícia, satisfeita, mas não totalmente. Ela poderia ter escutado os sinais do seu corpo e ido para casa, mas queria concluir o que precisava ser concluído. Ligou para Olivia e Abbas e pediu que fossem até o barco onde Stilton morava. Ela não queria reunir-se com eles na divisão de homicídios.

Todos se reuniram na sala.

Os três estavam muito impacientes. Curiosos e agitados. O interrogatório de Welander afetava a todos, de uma forma ou de outra. Eles conheciam Mette e sabiam que ela não gostaria de contar a história mais de uma vez.

Quando ela terminou, Olivia fez a primeira pergunta.

– Ele confessou?

– Sim.

– Com essa facilidade?

– Não. Só quando falamos dos fragmentos de pele encontrados sob as unhas de Sahlmann. Ele percebeu que era o seu fim e se jogou no chão debulhado em lágrimas. Foi patético.

– Que sujeitinho asqueroso.

– Mas ele viu o carro de Magnus Thorhed na casa de Sahlmann? – perguntou Stilton.

– Sim, ele alega que viu. Quando estava saindo. Thorhed supostamente fora enviado para lá para fazer a mesma coisa que Welander tinha a intenção de fazer.

– Chamar Sahlmann à razão.

– Exato. E então Thorhed encontrou Sahlmann pendurado no teto e levou o laptop para garantir que informações prejudiciais contidas nele não fossem descobertas.

– Mas por que Welander mentiu sobre essa conversa no telefone? – disse Olivia. – De que Thorhed tinha ligado para contar que Sahlmann havia se enforcado, quando foi Borell que ligou.

– Eu não sei, talvez quisesse jogar a culpa em Thorhed. Ele tinha acabado de ver seu carro lá, afinal.

– Não é muito inteligente.

– Assassinos não são tão inteligentes quanto imaginam.

– Qual foi o motivo? – perguntou Stilton.

– Em parte para evitar o escândalo que seria se todos soubessem o que estes senhores faziam na casa de Borell, e em parte porque ele estava com medo do assassino de Marselha, como ele chamou. Ele sabia que Mickey Leigh tinha enviado um e-mail ameaçador detalhando o que pretendia fazer se fosse dedurado para a polícia. E Sahlmann também tinha ameaçado Borell com a mesma coisa.

– De contar à polícia?

– Sim. Welander estava apavorado que Mickey Leigh pudesse descobrir isso.

– Então ele matou Sahlmann para impedir que isso acontecesse.

– Segundo Welander, não foi premeditado. Foi uma altercação que saiu de controle.

– E que acabou com ele enforcando o pai de Sandra e ela encontrando o pai pendurado morto quando chegou em casa – disse Olivia. – E depois ele ainda fingiu se preocupar com o estado lamentável em que Sandra se encontrava e que quase levou-a tirar a própria vida. É muito hediondo!

Olivia se levantou, ela não conseguia ficar parada. A ideia daquele padre solidário passando noites em claro de preocupação com a pobre Sandra a deixava doente. A lembrança do padre profundamente compungido ao lado do caixão, que dissera palavras tão carinhosas sobre uma pessoa que ele havia matado, a fez tremer de raiva.

Ela se arrependeu de não ter arrebentado com ele no apartamento.

Todos olharam para ela, todos entendiam o que sentia.

Welander realmente era um ser humano da pior espécie.

– Fizemos algumas investigações sobre ele – disse Mette. – Ele foi expulso do Lundsberg por conta de um incidente grave, depois tentou se matar e acabou em uma ala psiquiátrica. Quando saiu, começou a estudar para ser padre. Ele parece ser uma pessoa totalmente desestruturada. Mas agora está preso. Tem mais alguma coisa que vocês queiram saber?

– Como você chegou nele? Em Welander? – Abbas perguntou.

Era uma pergunta que todos os três, mas Mette em particular, queriam evitar. Ela esperava que Abbas não ficasse cavando mais para saber. Ela evitara de propósito mencionar o filme de Jean-Baptiste, o filme com as três vozes. Não queria que Abbas soubesse da existência do filme.

Stilton e Olivia também não queriam.

Por outro lado, ela sabia que Abbas poderia decidir ligar para Jean-Baptiste a qualquer momento, como ele fez quando descobriu sobre Mickey Leigh.

Ela não queria segredos ou dizer meias-verdades. Não para Abbas. Então contou a ele sobre o filme terrível e o assassinato.

Quando terminou, Abbas se levantou e olhou para ela.

– Você poderia me levar para casa?

– Claro.

Mette se levantou.

– Mette?

Olivia deu alguns passos em direção a Mette e baixou a voz.

– Eu gostaria que você me arrumasse um pendrive com o conteúdo do laptop de Sahlmann, dentro dele tem o material sobre o escândalo no Silvergården. Pode ser?

– Eu vou arrumar isso. Olivia?

– Sim?

– Você ainda fez a diferença.

– Sem ser policial.

– Você é policial, você só está sem licença oficial por um tempo.

Mette sorriu e deixou a sala com Abbas. Ao saírem do barco, Mette perguntou a Abbas sobre o que realmente aconteceu no circo. Com Mickey Leigh. Então, Abbas contou. Ele terminou exatamente quando chegaram no carro.

– Imagine se uma das facas erra – disse Mette.

– Quando as atirei nele, você quer dizer?

– Sim.

– Elas não erraram.

Abbas entrou no carro. Mette sentou-se ao volante e manobrou para entrar na rua.

– Nós o pegamos pelo assassinato de Borell também. As impressões digitais dele estavam na arma do crime na garagem de barcos.

– Ótimo.

Eles seguiram em silêncio até Abbas descer do carro perto da Dalagatan. Pouco antes de fechar a porta, ele se inclinou para Mette.

– Obrigado por me contar sobre o filme.

– Suponho que você não vá querer assistir.

– Não. Você pode entregar isto a Jolene?

Abbas tirou do bolso vários sachês de açúcar franceses. Jolene colecionava sachês de açúcar, tinha dois frascos de vidro grandes cheios de diferentes sachês do mundo todo.

– Ela vai ficar muito feliz!

– Eu sei.

– Mas não quer ir vê-la e entregar você mesmo?

– Não, antes disso eu quero dar ao meu belo rosto um pouco mais de tempo para se recuperar.

Abbas fechou a porta do carro e caminhou na direção do prédio.

Mette ficou olhando ele se afastar.

Stilton e Olivia ainda estavam sentados na sala. Ele preparou uma xícara de chá para ela. Ele próprio estava sentado comendo uma cenoura, seu estômago roncava um pouco. Ambos sentiram-se aliviados após a reunião com Mette. Tudo se encaixou e cada um deles havia contribuído à sua maneira. Abbas descobriu fotos de Mickey Leigh, Tom reconheceu-o, Mette enviou sua equipe para o apartamento de Jackie e eles encontraram o laptop de Sahlmann. Olivia fotografou a bolsa do computador na casa de Borell e forneceu a Mette uma conexão entre Mickey e Borell, que levou a Tomas Welander. A terceira voz.

Até aqui, tudo bem.

Agora só faltavam duas coisas. Uma tarefa mais simples e mais satisfatória para Stilton. E outra mais difícil para Olivia, ou seja, Sandra. Tomas Welander matara o pai dela, o padre e amigo da família era um assassino. O pai fora morto porque ameaçara revelar que havia testemunhado um crime brutal em uma sessão de sexo sadomasoquista que ele próprio havia encomendado.

E Olivia teria de contar tudo isso a uma jovem que tinha acabado de tentar suicídio?

Ela sentiu uma vontade danada de voltar para o México.

Para a solidão e o isolamento.

Ou talvez para Nordkoster?

Então ele ligou, como se ela tivesse pedido que ligasse. O celular de Olivia vibrou na mesa e o nome de Ove Gardman apareceu no visor. Ela olhou para Stilton. Ele estava deitado no banco, em seu próprio mundo, um mundo de vingança. Ela pegou o celular, se levantou e foi até o corredor. Respirou fundo antes de atender, pois realmente não sabia o que dizer. Deveria pedir desculpas? Dizer que estava sentindo falta dele? Ou simplesmente agir como se nada tivesse acontecido?

– Oi, Ove, como está indo?

Ela tentou soar relaxada.

– Mais ou menos.

A voz dele parecia triste. Olivia sentiu uma certa irritação. Será que ele vai se fazer de mártir? Para me fazer sentir mal? Só porque eu não telefonei, não há necessidade de ele parecer como se o mundo tivesse acabado. Não foi ele que tinha sido insensível na última vez em que nos encontramos? Mas tudo bem, eu vou ceder e pedir desculpas, não tenho nada a perder.

Ela respirou fundo. Pedir desculpas não era o seu ponto forte.

Ela precisava de um tempo, nisso parecia-se com Mette.

– Alô? – disse Ove.

– Ainda estou aqui. É que a recepção não está boa.

Uma mentira branda sempre convém quando se precisa de tempo.

– Escute, me desculpe por não ter ligado. Mas eu andei muito ocupada com aquele caso de que falei, e não tive tempo, bem, uma vez eu cheguei a ligar, mas acho que o seu celular estava desligado. Eu soube do que aconteceu com Maggie. Lenni me contou. Isso foi...

– O meu pai morreu.

A voz de Ove quase quebrou quando ele interrompeu o rosário de desculpas de Olivia. Abruptamente. Uma pontada de culpa passou pela sua cabeça. Aflita, Olivia percebeu que nem tudo girava em torno dela. Ela se agachou, as costas deslizando pela porta da cabine de Stilton, até que ela abriu de repente e Olivia caiu para trás direto na cabine. Sua cabeça bateu no beliche, mas ela conseguiu manter o celular pressionado contra a orelha.

– Oh, eu sinto muito. Quando isso aconteceu?

— Na noite passada.

— Oh, Ove, eu não sabia que ele estava tão mal.

Ela ouviu Ove suspirando antes de começar a lhe contar. Seu pai tinha pego algum tipo de vírus que resultou numa pneumonia, e então ele piorou. O corpo não conseguiu combater.

— O pior de tudo é que eu não estava lá. Fiquei sentado lá dia e noite desde que cheguei em casa, e só saí para trocar de roupa. Foi quando ele morreu. Sozinho. Não tinha um infeliz lá para ficar com ele!

— Ele estava no hospital?

— Não, mas deveria estar. Parece que eles não entendiam que ele estava muito doente, mesmo quando tentei dizer isso a eles. E não havia médico disponível. Eles me prometeram que ficariam de olho nele enquanto eu saía por algumas horas, mas então alguém caiu e fraturou o quadril e deixaram o meu pai sozinho. Uma merda. Ninguém deveria ter que morrer sozinho, eu fico puto só de pensar. É tão indigno! E tudo por causa de dinheiro.

Olivia sabia disso, e muito bem.

— Eu posso ir aí ver você – disse ela. – Só preciso cuidar de umas coisas aqui amanhã.

— Eu não sei se serei uma boa companhia agora. Há muita coisa para tratar. O funeral e outras coisas.

— Eu vou de qualquer maneira.

— Ok, obrigado... E escuta!

— Sim?

— Estou com saudade de você.

— Eu também de você.

Era verdade. Ela realmente sentira falta de Ove.

Olivia desligou e continuou sentada no chão por um tempo. Pensou no pai de Ove morto em um lar de idosos, em Hilda morta no Silvergården, e em Claire Tingman. Se Claire não tivesse contado a Olivia tudo o que acontecia no Silvergården, as coisas teriam sido muito diferentes. Se todas as pessoas tivessem coragem de revelar a verdade, ela pensou. Quando voltou para a sala, viu que Stilton ainda estava deitado no banco, com os olhos semicerrados. Ela sentou-se à mesa.

– Olá!

Era Luna descendo os degraus de ferro com duas sacolas de supermercado.

– Vocês ainda não comeram, não é?

Eles não tinham comido, então ambos aceitaram de bom grado quando Luna sugeriu que jantassem juntos. Stilton com mais entusiasmo do que Olivia, Luna pôde perceber.

– Eu comprei filé de costela – ela disse e desapareceu na cozinha.

Foi um longo e animado jantar, com várias especialidades vegetarianas que Olivia adorou. Stilton ficou muito feliz com a sua peça de carne. A comida foi acompanhada por duas garrafas de vinho Ripasso bem aerado. Era uma bebida cara, mas Luna tinha vendido alguns selos raros e sentiu que poderia se permitir este prazer.

Olivia e Luna conversavam a maior parte do tempo. Elas logo entraram em sintonia e ficaram falando do passado e do presente. Stilton contribuía quando era solicitado, mas sentia-se bem na companhia delas. A lembrança da tatuagem de Luna passou pela sua cabeça algumas vezes, mas ele não quis se prender a isso.

Quando Olivia serviu-se de mais um copo de vinho, o jantar já estava acabando. Os três estavam relaxados, sem arestas para aparar, e de repente ela sentiu que queria fazer aquela pergunta agora, para Tom, a pergunta que fizera uma vez sem obter uma resposta adequada.

– O que foi que fez com que você surtasse?

Luna olhou para Olivia. Ela não sabia? Nem ela? Ele não contara nem para ela? Ela voltou-se para Stilton. Ele iria ignorar a pergunta de Olivia também? Depois de tudo que havia acontecido?

Stilton segurou o copo de vinho nas mãos. Ele viu a forma como Olivia o olhava e presumiu que Luna estivesse fazendo o mesmo. Alguns segundos se passaram, um minuto talvez, antes de ele decidir.

– Foi quando eu estava trabalhando no caso de Jill – ele disse a Olivia. – Eu já mencionei isso, não é?

Olivia afirmou que sim com um gesto da cabeça. Ele havia lhe contado sobre o assassinato de Jill Engberg, uma das garotas da agência de acompanhantes de Jackie Berglund.

— Eu ralei naquele caso dia e noite, sendo constantemente boicotado por Rune Forss. Ele não me queria perto de Jackie Berglund, investigando. Eu dormia mal, fazia Marianne infeliz e, para piorar, Astrid, minha mãe, estava morrendo. Então, eu trabalhava como uma mula durante o dia e depois ficava a noite inteira ao lado de minha mãe.

Stilton respirava profundamente e olhava para as suas mãos. Elas estavam tremendo um pouco, o seu corpo ainda se lembrando do que ele sentia.

— Acho que posso dizer que eu não estava em grande forma — disse ele.

— Você ficou com esgotamento nervoso.

— Provavelmente. Todos os sinais estavam lá, mas eu simplesmente ignorei. Detetives durões não podem ter esgotamento nervoso.

Stilton olhou para Olivia com expressão irônica. Ele estava contando a história para ela, embora estivesse consciente da presença de Luna do outro lado da mesa.

— Uma vez, tarde da noite, quando estava indo ver a minha mãe, eu parei em um sinal vermelho. Estava exausto, e aquela luz vermelha, de repente, tornou-se insuportável. Era como se estivesse disparando algum tipo de erupção vulcânica no meu corpo, minha cabeça começou a rodar, o meu coração batia acelerado e minha garganta apertava. Eu mal podia respirar. Fui forçado a encostar e parar o carro.

— Um ataque de pânico?

— Sim, mas pensei que estivesse enfartando. Depois o meu corpo se acalmou e eu pensei que deveria marcar uma consulta com algum médico do hospital, depois que eu tivesse visto a minha mãe. Então continuei dirigindo.

— E você estava bem?

— Mais ou menos.

Stilton tomou um gole de vinho. Sobrara um pouco no seu copo.

— Quando eu vi a minha mãe, ela estava dormindo, então sentei ao lado da cama e segurei a mão dela. Havia uma mancha escura horrível na mão se formando a partir de uma cânula. Fiquei olhando fixamente para a mancha e de repente percebi que ela começava a crescer, lentamente, como uma cobra deslizando até o braço dela e depois para o pescoço, como se fosse estrangulá-la.

As mulheres sentadas à mesa olharam para ele assustadas.

– É claro que foi tudo na minha cabeça – disse ele.

E ele mergulhou na lembrança...

...do passado.

– Tom?

Stilton piscou. Astrid tinha acordado. A cobra sumira. A merda dessas visões, ele precisava dormir mais, cuidar de si mesmo, caso contrário teria mesmo um enfarte da próxima vez.

– Você lembra que tinha pesadelos quando criança?

A voz dela era fraca. Stilton olhou para aquele monte de pele e ossos que era a sua mãe. Envelhecer é injusto, pensou, terrivelmente injusto. De repente, sentiu-se cansado demais.

– Sim – ele disse. – Você costumava dizer que sonhos são sonhos, eles estão apenas na cabeça da gente, não têm nada a ver com a realidade.

O que é uma mentira da grossa, ele pensou.

– Mas não era verdade – disse ela. – Eles têm a ver com a realidade.

Astrid olhou para ele com um olhar firme enquanto sussurrava essas palavras. Ele preparou-se. A expressão dela prenunciava algo que ele não tinha certeza se queria saber. Pelo menos não agora, ele realmente não estava em condições.

– Você não precisa, mãe.

– Eu devo.

Ela deve o quê? O quê? Se houvesse um segredo guardado por toda a sua vida, então que o levasse para a sepultura. Ela nunca fora religiosa. Não poderia estar pensando que algum Deus iria julgá-la quando morresse. Ele acariciou delicadamente a mancha preta na mão da mãe, ela não estava crescendo.

– Você se lembra dos pesadelos?

Astrid manteve o olhar fixo nele.

– Lembro.

– Eles eram sempre sobre a mesma coisa, um incêndio. Você lembra? Estávamos correndo de uma casa em chamas?

– Sim, algo assim.

Por que ela precisava contar isso?

Em sua profissão, ele só se concentrava em descobrir a verdade, e ficava extremamente frustrado se fosse incapaz de solucionar um caso. Ele queria saber a verdade a qualquer custo.

Mas não agora.

Não aquela verdade.

Ele conseguira fugir dela, escondera-se tão bem que não tinha a menor ideia do que se tratava. Tudo o que restou eram fragmentos que às vezes apareciam em seus sonhos. Seus pesadelos.

Não podiam permanecer no esquecimento?

– Éramos nós – disse ele. – Fugindo de uma casa em chamas, você e eu.

Astrid respirou fundo.

– E fui eu que provoquei o incêndio.

– Você?

– Eu incendiei a nossa casa, sua e minha.

Stilton deu um suspiro de alívio. Um incêndio. O segredo não era pior do que isso. Ele poderia suportar.

– Mas há mais do que isso – disse Astrid.

– Mãe, você não precisa...

– Eu devo. Você não entende? Você tinha apenas seis anos. Lembra?

De repente, uma comporta abre na cabeça de Stilton. As lembranças transbordam, misturadas à voz de sua mãe:

Um guarda-roupa escuro. Sua mãe o empurra para dentro. Ele não quer ir. Ele tem medo do escuro. Ela diz: "Fique aí, Tom, e não saia, não importa o que você ouvir, entendeu?" Ele balança a cabeça. Ele sabe que tem de fazer o que sua mãe manda. Ela fecha a porta do guarda-roupa. A escuridão o envolve e ele fecha os olhos. Bem apertados. O cheiro de naftalina invade o seu nariz. Ele não gosta daquele cheiro. Faz com que fique enjoado. Depois ele ouve vozes. A voz da mãe e a do homem. O homem que a mãe não quer ver na sua casa. A voz do homem é gutural, ele não consegue ouvir o que o homem está dizendo. Mas parece que estão discutindo. Aí a mãe grita. Ele tapa os ouvidos, as mãos apertando com força, com tanta força, mas não ajuda, os gritos atravessam seu corpo. Depois, o silêncio. Ele retira lentamente as mãos dos ouvidos. Acabou agora? Em seguida, ouve o rugido. Um rugido gutural. Ele se esconde no fundo do guarda-roupa. A urina quente escorre por suas pernas e ele começa a chorar. Incontrolavelmente. E não sabe se está chorando por causa daquele grito terrível ou porque sua mãe vai ficar brava com ele por molhar-se. Agora o silêncio de novo. Não há mais vozes. De repente, a porta se abre e a luz entra. Ele sente a mão que o agarra. "Vamos, Tom, depressa!" Ele sai do guarda-roupa e cai no chão. Sente uma dor. Depois um cheiro pungente de querosene. E fumaça. Então ele vê as chamas. Elas engolem as cortinas da cozinha. As cortinas que sua mãe adora estão pegando fogo! Sua mãe segura a sua mão com força, e o puxa. Aquilo dói. Por que ela sempre precisa ser tão bruta?

— Ai! Você está apertando a minha mão, Tom, está doendo!
— Desculpe!
Stilton afrouxou o aperto na mão de Astrid. Ele sentia-se mal agora. Com as imagens e cheiros. Tudo. Seu coração batia acelerado e havia manchas brancas dançando na frente de seus olhos. Eu vou enfartar, ele pensou.
Então Astrid sussurrou:
— Eu o matei.
Stilton olhou para a mãe e tentou entender o que ela disse.
— Quem você matou?
Ele não sabia se queria saber a resposta, mas não havia como escapar, os olhos de Astrid estavam olhando para os seus. Sua voz era quase inaudível, ela estava quase sibilando.
— O seu pai.
— Meu pai?
Novas imagens espocam na cabeça de Stilton.

A mãe fala para ele fechar os olhos quando eles estão saindo da casa, mas ele não fecha completamente porque não quer tropeçar. E ele vê o homem no chão, o sangue esguichando de uma ferida enorme no peito. Ele ainda se mexe. Perto do homem ele vê o grande arpão do seu avô. É difícil respirar com aquela fumaça.

– Sim, o homem que queimava lá era o seu pai. – A voz de Astrid de repente tornou-se muito mais clara. – Um animal.

Stilton começou a ter dificuldade para respirar. Ele aprumou-se para conseguir um pouco de ar.

– Você matou o meu pai?

– Sim, e não me arrependo – disse Astrid. – Nem mesmo agora.

– Por que você o matou?

– Porque ele me estuprou. Várias vezes. E aí você nasceu.

O quarto começou a rodar, as manchas brancas piscando na frente de seus olhos. Foi um esforço para ele fazer a pergunta:

– Por que está me contando isso? Por que agora?

– Para que você possa entender.

– Entender o quê?

Astrid olhou para o filho. Ele sentiu a mãe segurando a mão dele mais apertado, ela respirava acelerado agora.

– Entender por que eu não fui como uma mãe deve ser. Por que eu sempre tive tantos problemas... tanta dificuldade para amar você.

Ele soltou a mão dela. Viu a mão cair sobre as cobertas em câmera lenta. A mancha escura estava se transformando em uma cobra novamente que rastejava na direção do pescoço de sua mãe. Ele se sentiu fraco. O pânico dominou-o. Ele precisava fugir! Para longe! Precisava de ar! E rápido!

– Tom!

Era a voz de Olivia. Ela pousou a mão em seu braço. O suor escorria da testa sobre os olhos, o coração pulsava dentro do peito. Ele esvaziou o copo de vinho e olhou para ela.

— Então eu saí do quarto correndo, gritando. A última coisa que me lembro é de vomitar no corredor. O resto é apenas névoa. Eu recebi um pronto atendimento. Pode-se dizer que escolhi o lugar certo para ter um surto psicótico. – Os lábios de Stilton se curvaram em um sorriso torto. – O investigador Tom Stilton, fruto de um estuprador e uma assassina. Um psicótico.

Os olhos de Stilton mergulharam em suas mãos novamente.

— E depois você saiu da polícia.

— Não, não a princípio. Fiquei de licença médica. Foi quando cortei com todas as pessoas que me cercavam. Eu não queria que ninguém me visse naquele estado, muito menos as pessoas que se importavam comigo. Eu me afastei de todos. Marianne, Mette, Mårten, Abbas... fui horrível com eles. Marianne, em particular, teve de suportar muita coisa. Depois, quando a minha licença médica acabasse, eu estava planejando continuar a trabalhar na divisão de homicídios.

— Mas não deu certo?

— Eu tentei, mas foi um fracasso.

— Por causa de Rune Forss?

— Sim. Ele começou a espalhar boatos, a falar mal de mim pelas minhas costas, inventando um monte de mentiras, até que passei a ser excluído. Os amigos mudavam de mesa quando eu me sentava no refeitório, essas merdas. Por fim eu fiquei de saco cheio, pedi minhas contas e larguei tudo. Totalmente. Cortei todos os vínculos que ainda tinha e decidi cair na vida. E consegui, literalmente.

Luna olhou para Stilton.

— E sua mãe?

— Ela morreu na mesma noite em que me revelou tudo. Eu tinha acabado de ser admitido na emergência da ala psiquiátrica.

Stilton ficou em silêncio. Luna serviu mais um pouco de vinho no copo dele e lembrou dos pesadelos de Stilton. Ele ainda se torturava, pensou ela. Stilton bebeu o vinho e se levantou.

— Obrigado pela carne. E pelo vinho. Eu vou para a cama agora.

Olivia se levantou e deu um abraço caloroso em Stilton. Ele olhou para Luna durante o abraço. Ela olhou para ele com olhos tranquilos e passou a mão pelo pescoço, perto de sua tatuagem.

Stilton balançou a cabeça e foi para a sua cabine. Deitou-se no beliche e fechou os olhos. Começou a adormecer lentamente, mas, de repente, em meio às brumas do sono, ele viu. Bem na frente dos seus olhos. A tatuagem no ombro de Luna. E lembrou onde a tinha visto antes.

28

ALEX POPOVIC ESTAVA DE pé ao lado de sua mesa no *Dagens Nyheter* assistindo a um noticiário da BBC. Era uma entrevista com uma representante da Albion International. Com uma elegância impecável, ela estava de pé na frente das escadas da sede da empresa em Londres. Ao seu lado, Magnus Thorhed. Ele ainda usava uma faixa de luto no braço sobre o casaco de tweed e sua trança na nuca balançava ao vento. Eles haviam acabado de ter uma reunião com a diretoria-geral, e a mulher assegurava ao repórter que fora uma reunião comum de negócios, apesar da trágica perda do ex-chefe da empresa, Jean Borell. A expansão internacional prosseguiria como o planejado. Além disso, um novo CEO fora nomeado para assumir o comando da divisão nórdica.

A mulher apresentou Magnus Thorhed.

Ele explicou, em um inglês perfeito, que a Albion continuaria com seus bem-sucedidos empreendimentos na área de bem-estar na Escandinávia. Um contrato de vários milhões estava previsto para ser assinado em Estocolmo durante os próximos dias.

– Alex.

Alex se virou. Um rapaz de cabelos compridos trazia um envelope na mão.

– Isto chegou pelo correio.

Alex abriu o envelope. Um pendrive, nada mais. Ele se sentou e plugou o pendrive no computador. Continha apenas um documento. O título dizia tudo: "MATERIAL SOBRE OS ESCÂNDALOS NOS SERVIÇOS DO SILVERGÅRDEN."

Alex olhou para o telão da televisão. Uma última pergunta estava sendo feita a Magnus Thorhed.

– Você não acredita que as duras críticas da imprensa sueca vêm prejudicando a Albion?

– De forma alguma. É fumaça sem fogo. Não há problema algum em nossa organização. Ela está sendo impecavelmente administrada.

Alex clicou para abrir o documento.

Stilton caminhava pela grande passagem de vidro até a sede da polícia de Estocolmo. Ele subiu um lance de escada e mais outro para uma porta específica. Estivera ali já fazia um ano, e presumiu que Rune Forss ainda tivesse o mesmo escritório. Ele abriu a porta sem bater.

Forss estava sentado atrás de sua mesa.

– As pessoas normais batem na porta – disse ele.

Stilton fechou a porta atrás de si. Forss não se moveu: ele supunha qual seria o motivo daquela visita. Não era nada que o preocupasse. Ele se acalmara depois de ver aquela prostituta e decidiu que ela não representava uma ameaça para ele. Ele disse antes a ela e agora ainda valia: seria a sua palavra contra a dela. Foi como tirar o doce de uma criança.

Stilton puxou uma cadeira do outro lado da mesa e sentou-se.

– O que foi agora? – disse Forss.

Ele se permitiu um leve sorriso. O homem sentado à sua frente tinha sido um policial respeitado. Até Forss ficava impressionado com a sua capacidade de investigação. Depois o homem deu um passo em falso e acabou na sarjeta. Agora ele estava rastejando para tentar chegar ao topo novamente.

Patético.

– É sobre suas relações com prostitutas – disse Stilton.

– É mesmo?

– Uma delas era Ovette Andersson.

– Quem?

– A única mulher que ainda está viva daquelas todas que você pagava para trepar.

— É isso que você passa os dias fazendo? Fofocando com piranhas velhas?
— Ela está disposta a conversar.
— Você acabou?
— Não – disse Stilton.
— A porta da rua é logo ali.

Forss apontou para a porta. Ele ainda estava muito calmo. Stilton não se mexeu. Ele olhou para a foto de família ao lado do telefone, Forss com a esposa e dois filhos adultos. Ele sabia que um de seus filhos estava se preparando para ser policial.

— Pense numa coisa – disse ele. – Um investigador do alto escalão da polícia pagando para fazer sexo com uma prostituta vai vender jornais. Você sabe disso. Você também sabe o que é agressão verbal. Ou ameaças, para falar de forma mais simples. É uma ofensa que pode levar às barras do tribunal.

— Pode sim. – Forss sorriu. – E quem ameaçou quem?

— Você ameaçou Ovette Andersson, para impedi-la de revelar suas relações sexuais com ela.

Forss inclinou-se um pouco para a frente. Sua paciência estava começando a se esgotar. Ele queria pôr um fim à conversa.

— Você pode dizer para aquela vagabunda que ela pode dizer a merda que quiser para quem bem entender, porque é tudo mentira. Se você quer acreditar no que ela diz, o problema é seu. Ninguém mais vai acreditar.

Agora, a paciência de Stilton estava se esgotando também. Ele tirou o celular do bolso e colocou-o em cima da mesa. Quando ele soltou o áudio, a sala ficou totalmente em silêncio.

Que diabo você está fazendo aqui?

A voz sibilante pertencia a Rune Forss. Stilton o observava do outro lado da mesa. Forss não movia um único músculo. Seu cérebro estava amortecido pelo impacto, ele levou segundos para entender o que estava acontecendo. Por fim, a compreensão aguilhoou o seu cérebro como um espinho: aquela piranha tinha gravado a conversa na rua!

Stilton botou toda a conversa para ele ouvir. Não era longa, mas havia declarações perigosas.

Sabia que você é a única mulher das que eu paguei para fazer sexo e que ainda está viva?, disse Forss na gravação.

Ele também disse: *Eu deveria te dar umas porradas, mas você tem um filho. Talvez seja melhor que algo aconteça com ele. O que você acha?*

Você vai prejudicar o seu próprio filho?

Stilton desligou a gravação e colocou o celular de volta no bolso. Forss não dissera uma palavra. Não precisava. As gotas de suor que escorriam para as suas sobrancelhas descreviam bem o que estava acontecendo dentro dele. Stilton se levantou. Forss o seguiu com os olhos.

– O que você vai fazer com isso?

Sua voz oscilava. Ele não conseguia encontrar o tom certo. Estava em estado de choque.

– Guardar – disse Stilton.

– Guardar?

– Sim, até você pedir demissão. Você tem dois dias. Se você não sair em dois dias, então eu vou enviar essa gravação para um jornalista do *Dagens Nyheter*, e uma cópia ao comissário de polícia do condado. Isso também se aplica se você se aproximar de Ovette Andersson algum dia na sua vida.

Stilton dirigiu-se para a porta.

Ele tinha dado o seu ultimato. Retribuíra o que Forss fizera com ele. Expulsara-o da polícia.

Ao chegar à porta, ele se virou.

– Aqui não é o lugar para uma escória como você.

Olivia tinha deixado o barco e ido para casa no meio da noite. Luna tentara impedir: não era uma boa ideia uma mulher sozinha atravessar metade de Södermalm naquela hora da noite. Olivia sabia disso, então seguiu pelas ruas que conhecia. Na Mariatorget, um homem de meia-idade abordou-a tentando convertê-la. Era um mórmon e estava visivelmente bêbado perambulando pela praça. Uma das poucas coisas que Olivia sabia a respeito dos mórmons era que eles eram abstêmios, então os esforços dele caíram no vazio. Ela mandou-o para o inferno em algum lugar perto da Götgatan.

Já em casa, ela sentiu claramente os efeitos da noite anterior enquanto estava no chuveiro. Estava com dor de cabeça e seu estômago queimava, uma dor que não foi aliviada quando pensou no que teria de fazer assim que tomasse café da manhã.

Sandra.

Ela sabia que teria de encontrar-se pessoalmente com Sandra: não era o tipo de conversa para telefone, e estava temerosa. Ao mesmo tempo, tinha noção de que o tempo estava se esgotando. A qualquer momento, a imprensa soltaria a notícia de que um padre chamado Tomas Welander havia confessado ter assassinado Bengt Sahlmann, funcionário da Alfândega.

E talvez até mesmo revelassem toda a história.

Ela queria dar a notícia primeiro.

Olivia levou um copo de suco com ela para o quarto e começou a se vestir. Depois olhou para a cama, o lugar onde Sandra dormira há não muito tempo. Tão pequena e sozinha. Ela encostou-se na parede e olhou para o quarto. "Você não tem nenhuma foto." Ela ouviu a voz fraca de Sandra em sua cabeça. Mas eu tenho, pensou, e colocou o copo de suco na mesa. Ela se abaixou e pegou uma caixa de papelão debaixo da cama. Estava cheia de fotografias. Ela pegou algumas e foi até a parede acima da cama. As tachinhas brancas ainda estavam lá. Ela colocou as fotografias na posição onde estavam antes. Depois pegou mais fotos e fixou-as mais acima. Finalmente, todas estavam de volta no lugar, como antes de serem guardadas na caixa. Antes do grande choque. Fotos dela com Maria, com Arne e Maria, fotos de toda a família na casa de verão em Tynningö. Ela olhou para a parede com as fotos e pensou em Sandra novamente.

Então seu celular começou a vibrar.

Era uma curta mensagem de texto de Alex agradecendo pelo material sobre o Silvergården. Ele supunha que fora ela que enviara. Ela não respondeu. No momento certo entraria em contato com ele pessoalmente: Alex era um bom contato, ela é que não soubera lidar com ele e até o interpretara mal

— como pôde perceber quando toda a história de Welander foi desvendada. Alex sempre fora simples e direto, e ela desconfiara dele às vezes. Mas ele era um jornalista, nem sempre era fácil navegar em suas águas.

Olivia foi até a cozinha e sentou-se com o celular na mão. Não dava para adiar por mais tempo. Estava prestes a ligar para o número de Charlotte quando a própria ligou. Charlotte. Muito abalada, ela disse que Sandra estava fora de si, havia se trancado no quarto e chorava compulsivamente.

– Eu não consigo falar com ela! Ela só fica gritando! Você poderia vir aqui e me ajudar a falar com ela?!

Olivia acelerou o mais rápido que pôde. No carro, a caminho de Huvudsta, ela repassou em sua mente o que tinha que fazer. O que Tom não ousara fazer um ano antes. Contar a verdade. Ela não queria ser como ele.

Mas agora podia entendê-lo.

Ela entendeu que ele não tinha sido capaz de contar. Contar uma coisa que iria machucar gravemente uma jovem. Agora era ela a pessoa que iria machucar Sandra. Não por culpa sua, mas ainda assim. Era ela que sentaria na frente de Sandra e olharia nos seus olhos quando ela soubesse a verdade. Veria o seu rosto e saberia o longo caminho que Sandra teria pela frente.

Como havia acontecido com ela.

Ela entrou na Johan Enbergs Väg e estacionou o carro. O prédio de Charlotte ficava no final do quarteirão.

Ela havia repassado aquilo milhares de vezes, como começaria a contar, como suavizaria o golpe, que palavras usaria para abrandá-lo o máximo possível.

A única coisa que decidira era que falaria logo, sem rodeios. "Seu pai e o padre Tomas testemunharam um assassinato durante uma sessão pornô ao vivo. Tomas matou seu pai para encobrir o crime."

Ela aproximou-se do prédio e olhou para o apartamento de Charlotte.

– SANDRA!!!

Foi Olivia quem gritou. Seu grito fez Sandra olhar para baixo. Ela estava na beira da sacada, nove andares acima, descalça, seu corpo balançando lentamente. Em seguida, ela levantou a cabeça e olhou para o céu, por alguns segundos, antes de inclinar-se e cair, com os braços abertos, como se quisesse voar.

Ela gritou por todo o caminho.

29

OLIVIA ESTAVA AO LADO da Capela da Serenidade e observava demoradamente um esquilo que subia por um dos imensos pinheiros. Ele parou no meio da árvore e virou a cabeça para a igreja quando os sinos soaram sobre o cemitério. Olivia acompanhou o olhar do esquilo e viu pessoas vestidas de preto caminhando na direção do portal da igreja, entre elas Maria. Quando olhou para trás, o esquilo tinha ido embora.

Olivia sentou-se no terceiro banco da frente, bem na ponta. O resto do banco estava ocupado. A igreja podia acomodar umas duzentas pessoas, e os ali presentes não passavam de um terço da capacidade. Olivia estava de cabeça baixa, olhando para as suas mãos entrelaçadas. Quando a sacerdotisa descreveu a breve vida de Sandra, ela ouviu jovens fungando baixinho e presumiu que fossem os colegas de escola de Sandra. Ela continuou de cabeça baixa, olhando para as mãos, não queria ver o altar, o lugar onde o padre Welander costumava ficar há não muito tempo. Não permitiria que ele perturbasse aquele momento.

Quando a sacerdotisa convidou os presentes a aproximarem-se do caixão para as despedidas, ela permaneceu sentada. Trazia consigo uma única rosa, vermelha, que colocaria no caixão, mas queria esperar, não queria entrar na fila, queria caminhar até lá sozinha.

Quando viu as últimas pessoas afastando-se do caixão, ela se levantou e foi até lá. Havia um leito de flores cobrindo a tampa. Ela parou em uma extremidade e olhou para aquele caixão de madeira leve e estreito. Com extremo cuidado, deixou a rosa sobre a tampa, juntamente com suas lágrimas.

Continuou parada ali por um longo tempo, até que finalmente sentiu que poderia dizer baixinho: "Eu estou pensando em você, Sandra, como você me pediu, eu prometo."

Maria tinha parado um pouco distante do caixão. Viu quando a filha levantou a cabeça e secou as lágrimas, viu sua imensa tristeza quando endireitou o corpo.

Olivia afastou-se do caixão, olhando para o chão. Quando chegou perto de Maria, parou, adiantou-se um passo e deu um longo e comovido abraço na mãe. Enquanto se abraçavam, Olivia sussurrou em espanhol no ouvido de Maria: "*Te amo.*"

Olivia soltou-se do abraço e saiu da igreja. Maria continuou parada com um nó na garganta.

A solene música do órgão podia ser ouvida na entrada da igreja. Olivia ficou nos degraus e viu um sol pálido brilhando sobre o cemitério, um cemitério muito antigo, remontando ao século XII. Agora estava coberto de um manto de cristais brancos cintilantes: nevara a noite toda. Olivia desceu os degraus e seguiu para o cemitério. Não queria juntar-se aos outros, queria prantear sozinha. Passou pelas lápides, grandes e pequenas, de volta à Capela da Serenidade. Era a coisa mais dolorosa que já tinha feito.

Despedir-se de Sandra.

Ela parou ao lado da bela capela e encostou-se em um pinheiro grande e escuro. Podia ver as pessoas saindo da igreja, seguindo na direção de carros e ônibus. Suas vidas continuariam, tudo continuaria, o sol brilharia até chover, tudo continuaria sempre. Ela tirou o bilhete amarelo do bolso e olhou para ele. Por que as coisas não continuaram para você? Por que você não era forte o bastante? Sentiu as lágrimas escorrendo pelo rosto novamente e colocou o bilhete no bolso. Ou eu é que devia ter sido mais forte? Eu poderia ter agido de forma diferente? A culpa foi minha?

Ela passou o pé na neve do chão.

Não foi minha culpa. Não fui eu que destruí a sua vida. Olivia sentiu a raiva crescer dentro dela. Foram homens desprezíveis que a destruíram. Destruíram a vida de uma jovem completamente inocente.

Ela aprumou-se e olhou para a igreja. Havia ainda um pequeno grupo de pessoas de preto paradas nos degraus. Ela seguiu na direção oposta com as mãos entrelaçadas, a tristeza e a raiva apertando o seu peito. Quando se aproximava do último túmulo branco, tomou uma decisão.

Por Sandra.

Ela passou pelo túmulo e não viu uma gralha solitária pousar em uma lápide de mármore cinzento logo atrás.

Agradecimentos

Gostaríamos de agradecer à investigadora Ulrika Engström e ao jornalista e escritor francês Cédric Fabre pelas valiosas informações que nos forneceram.

Agradecemos a Estrid Bengtsdotter pela cuidadosa leitura do texto.

Agradecemos também a Lena Stjernström, da Grand Agency, e a Susanna Romanus e Peter Karlsson, da Norstedts, pelo apoio inspirador em todos os níveis.

Impressão e Acabamento:
GRÁFICA STAMPPA LTDA.